Knaur

Sophie Massons spannende Trilogie im Knaur Taschenbuch Verlag:

Band 1: Im Wald der Träume
Band 2: Die Herrin der Blumen

Über die Autorin:

Sophie Masson wurde als Kind französischer Eltern in Indonesien geboren und wuchs in Australien auf. Sie ist eine der bekanntesten und meistverkauften australischen Autorinnen, die bereits zahlreiche Romane, Jugend- und Kinderbücher veröffentlicht hat. Sie schreibt außerdem regelmäßig für australische und internationale Zeitungen und Magazine. Sophie Masson lebt, gemeinsam mit ihrem Mann und ihren drei Kindern, in der Nähe von Armidale, New South Wales.

Mehr Informationen über die Autorin gibt es im Internet: www.northnet.com.au/~smasson

Sophie Masson

Im Wald der Träume II

DIE HERRIN DER BLUMEN

Roman

Aus dem australischen Englisch
von Usch Pilz

Knaur Taschenbuch Verlag

Die australische Originalausgabe erschien erstmals 1998 in Australien und Neuseeland unter dem Titel *The Lady of the Flowers* bei Random House Australia Pty Limited, Sydney, Australia. Die vorliegende deutsche Ausgabe erscheint mit freundlicher Genehmigung von Random House Australia.

Besuchen Sie uns im Internet:
www.knaur.de
Sagen Sie uns Ihre Meinung zu diesem Buch:
fantasy@droemer-knaur.de

Deutsche Erstausgabe 2004

Alle Rechte vorbehalten. Das Werk darf – auch teilweise – nur mit
Genehmigung des Verlags wiedergegeben werden.
Redaktion: Lüra – Klemt & Mues GbR
Umschlaggestaltung: ZERO Werbeagentur, München
Umschlagillustration: Jürgen Gawron, München
Satz: Ventura Publisher im Verlag
Druck und Bindung: Clausen & Bosse, Leck
Printed in Germany
ISBN 3-426-70297-5

2 4 5 3 1

KARTE

Die Welt der Marie de France

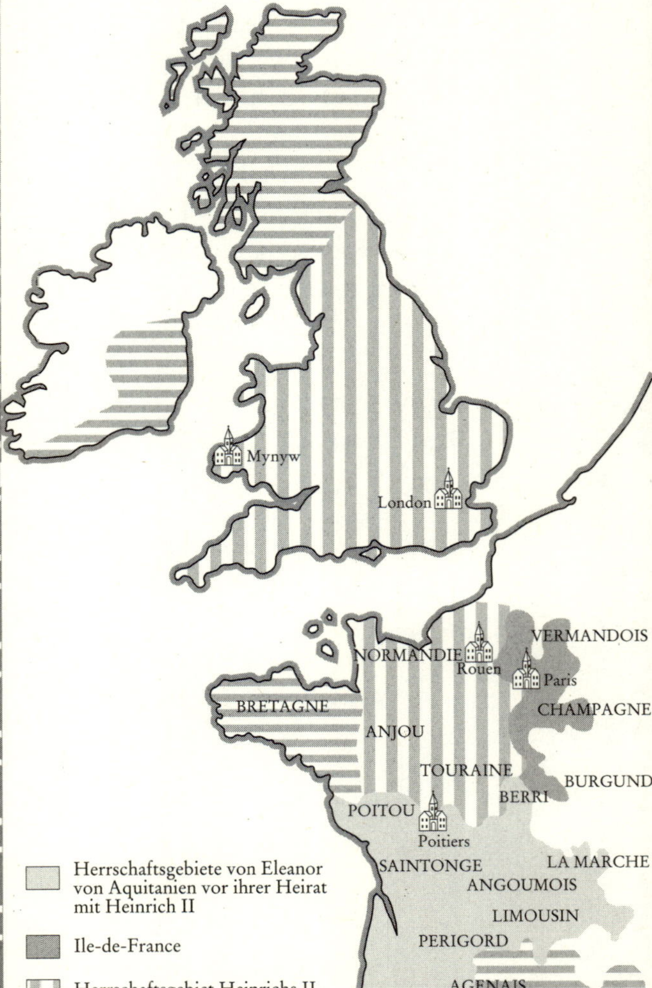

L'aventure d'un autre lai,
Cum el avaient, vus cunterai:
Fait fu d'un mut gentil vassal,
En bretans l'apelent Lanval.

Merkt auf und höret die Geschichte,
Von tapf'ren Rittern ich berichte.
Den Edelsten besingt mein Lied,
Lanval, von britischem Geblüt.

Marie de France
Das Lai von Sir Lanval

PROLOG

Im äußersten Südwesten von Cymru, dem Land, das die Engländer Wales nennen, liegt in den stürmischen Wassern der Irischen See eine Halbinsel. Sie trägt den Namen Mynyw. Manche nennen sie Dewis oder Davids Land, denn der heilige David wirkte dort manches Wunder und hinterließ viele Quellen, denen heilende Kräfte zugeschrieben werden. Über der Halbinsel tönt der endlose Gesang des Meeres. Die Wellen schlagen gegen die hohen Klippen und tanzen in den schmalen Buchten. Das Sonnenlicht bricht sich in der schäumenden Gischt und legt einen silbernen Schimmer über das Land. Die wilde Brandung schleudert wertvolle Schätze an die vom Wind gepeitschten Strände, und das Meer raunt und flüstert sein unendliches Lied. Manchmal aber brüllt es eine Warnung hinaus zu den Seefahrern, die ihre Schiffe an den Klippen von Mynyw vorbeisteuern. Arthur Pendragon zog durch dieses Land und mit ihm all seine Männer – unter ihnen der viel gerühmte Krieger Gwalchmai, der Falke des Monats Mai. Auch der große Magier Merlin übte seine Künste auf der Halbinsel aus. Könige aus Irland, Prinzen aus Wales und England, Nordmänner mit den Herzen von Wölfen und zahllose Heilige aus Cymru und aus weit entfernten Gegenden der Welt kamen nach Mynyw. Viele Reisende verließen die Halbinsel nie mehr. Sie blieben – die einen im Leben, die anderen im Tod. Der feuchte Sand trug eine Zeit lang ihre vergänglichen Spuren, ihre Gebeine sanken auf den Grund des Meeres, und in den von Kristallen blitzenden Höhlen, die die Klippen wie Bienenwaben durchziehen, findet sich noch heute vieles von dem, was sie einst ihr Eigen nannten.

Geheimnisse und Magie schwängern die Luft von Mynyw, während die gewaltige, fordernde Stimme des Meeres die

Stille durchdringt. Dieses Land ist von unsichtbaren Wesen bevölkert, die selbst das Tageslicht nicht scheuen. Es ist ein Grenzland zwischen Erde und Meer, zwischen der Welt der Sterblichen und dem unsterblichen Reich der Anderwelt. Wenn die Nacht hereinbricht, zeigt Mynyw denjenigen, die Augen haben zu sehen und Ohren zu hören, seine wahre Gestalt. Im kalten Licht des Mondes, in der unruhigen Weite der nächtlichen See und unter dem hohen Firmament voller funkelnder Sterne verschwimmen die Grenzen und lösen sich schließlich gänzlich auf.

In einer solch magischen silbernen Nacht eilte eine Gestalt auf dem schmalen Pfad, der in Schwindel erregender Höhe über die Krone der Klippen führt, der Halbinsel entgegen. Dem stummen Beobachter, der sich hinter den Felsen am Rande des Pfades verborgen hielt, erschien das herannahende Wesen im eisigen Licht der Nacht wie ein Bote aus einer anderen Welt. Flinke Schritte, leicht wie die eines Vogels, ließen das Gras leise rascheln. Ein weit schwingender Umgang mit einer Kapuze verhüllte die Gestalt und verlieh ihr das elegante und doch gleichzeitig unheimliche Aussehen eines Raubvogels.

Als das Wesen die Stelle erreichte, an der die Klippen jäh ins Meer abfallen, hielt es einen Augenblick lang inne. Es schien fast, als wolle es sich tatsächlich in die Lüfte erheben. Der Beobachter hielt den Atem an. Doch dann bewegte sich der Kopf in der Kapuze hin und her. Das geheimnisvolle Wesen schien die Umgebung genau in Augenschein zu nehmen und den Stimmen der Nacht zu lauschen. Der Beobachter spürte, wie scharfe Augen ihre Blicke über die Landschaft schickten und alles, selbst die Schatten der Felsen, durchdrangen. Doch die eng verwobenen Worte des Schutzzaubers hielten den Blicken stand, und sie glitten nach einem kaum wahrnehmbaren Zögern über den Beobachter hinweg in die Ferne.

Offenbar zufrieden warf die Gestalt die Kapuze ab und ließ den Umhang von den Schultern gleiten. Gut sichtbar stand sie nun im fahlen Licht des Mondes.

Dem Beobachter stockte vor Staunen und Bewunderung der Atem. Denn unter dem Umhang hatte sich kein Ungeheuer und keines der furchtbaren Geschöpfe der Dunkelheit verborgen. Nein, in der wilden, weißen Nacht erblickte er eine Frau von überwältigender Schönheit. Mondlicht schien aus allen Poren ihrer Haut zu sickern, und sie trug ein Gewand, das abwechselnd tiefschwarz und silbern schimmerte. Ihr wallendes Haar hatte die Farbe des vom Mond beschienenen Wassers. Es leuchtete mit einem tiefen, schwarzen Licht. Ein silberner Reif, dem Spiegelbild des Monds auf den Wellen gleich, blitzte darin auf. Unter den rabenschwarzen Brauen glühten die Augen mit dem goldenen Glanz von kostbarstem Bernstein. Die Haut der Frau war weiß wie die Gischt, ihre Lippen so rot wie Korallen, und ihre Zähne hatten den matten Schimmer von Perlen. Sie war schlank und hoch gewachsen wie die Weiden, die am Ufer von Flüssen stehen.

Der schützende Talisman entfaltete seine Kraft, sonst wäre der Beobachter in seiner Verzückung aus den Schatten der Felsen getreten und hätte alles verdorben. Doch die Bestandteile des Talismans waren mit Bedacht gewählt und hielten den Beobachter fest in ihrem Bann. So blieb er vor schwerem Schaden bewahrt, denn das Wissen um die Schönheit gehört zu den verborgenen Schätzen der Anderwelt. Nur ein dünner Schleier, dünner noch als die Wolkenfetzen, die in einer stürmischen Nacht das Antlitz des Mondes verhüllen, steht zwischen diesem Wissen und den tiefsten Schrecken, die die Seele zerstören. Den Schleier vorschnell zu zerreißen, die Schönheit zu früh zu erkennen, führt den von seiner Neugier Verführten nur allzu leicht auf die Schwelle des Todes.

Die schöne Unbekannte verharrte eine Zeit lang still. Sie blickte aufs Meer hinaus. Dann hob sie die Arme zum Himmel und stieß einen wilden und doch unendlich traurigen Schrei aus. Er vereinte in sich die Stimmen der Seevögel und das Heulen der Wölfe im Nordwind. Im selben Augenblick stürzte etwas vom Himmel herab, ihren ausgestreckten Armen entgegen. Es war ein Falke, ein Tier voller Wildheit, Stärke und Anmut, mit mondblassem Federkleid. In seinen Augen lag jedoch der warme Glanz der Sonne.

Wieder schrie die Frau auf. Nun stieg ihr Ruf silberhell und melodiös wie der Klang einer Glocke in die Nacht. Der nächste Schrei, den sie ausstieß, glich dem vibrierenden Ton einer Harfensaite. Der Falke stieß sich von ihrem Handgelenk ab und glitt zielstrebig hinab, den tosenden Wellen entgegen. Als der Raubvogel die Oberfläche des Wassers durchbrach, begann das Meer zu glitzern und zu schimmern, als schmelze das Licht des Himmels in seinen Wassern.

Plötzlich taten sich vor den staunenden Augen des Beobachters Himmel und Meer weit auf, und er erblickte einen wundersamen Ort: Eine grüne Insel voll unsagbarer Schönheit, übersät von den Blüten unzähliger Blumen, erschien wie aus dem Nichts. Gleißendes Sonnenlicht lag über dem Eiland, das nicht von dieser Welt sein konnte. An seinem Ufer stand eine zweite Frau, die älter war und noch majestätischer wirkte als die erste. Ein Kranz aus violetten Anemonen krönte ihr goldenes Haar, und ihre Haut schimmerte in einem goldenen Licht. Ihre Augen waren von dem tiefen Blau des unergründlichen Ozeans, ihr Gewand aus blütenweißem und goldenem Brokat. Auf dem Rücken trug sie einen Köcher voller Pfeile. Den Bogen hielt sie in der Hand.

Die Frau auf den Klippen lag nun auf den Knien. So gequält klang ihr nächster Schrei, so voll Sehnsucht krümmte sich ihr Körper, dass Land, Meer und Himmel vor ihrem Schmerz erbebten und ihn in sich aufzunehmen schienen. Die Frau auf der Insel antwortete ihr. Der Laut, den sie ausstieß, war tief wie das Donnern der Wellen gegen die Felsenklippen. Die Rufe der Frauen verschmolzen zu einem Lied von so majestätischer und doch verlorener Schönheit, dass es klang, als stimmten alle Harfen, alle Flöten und Glocken der ganzen Welt darin ein. Die Erde, der Himmel und der Ozean pulsierten vor Ehrfurcht und Bewunderung unter den erhabenen Tönen. Das Lied erzählte von Sehnsucht und Verbannung, von Kummer und Schmerz, die so tief waren, dass kein Herz sie ertragen konnte. Es erzählte von unendlichem Bedauern und von Reue.

Dann breitete sich plötzlich Stille aus. In diese Stille hinein kündigte sich die Gegenwart eines neuen Wesens an. Der Beobachter blickte auf und sah einen herrlichen weißen Schwan, der durch die Lüfte herbeisegelte. Als der einsam dahinziehende Vogel näher kam, erkannte der Beobachter einen grünen Schimmer auf seiner Brust. Wie ein Edelstein auf dem Mantel eines Königs funkelte der grüne Fleck. Das Herannahen des erhabenen weißen Schwans, dessen Gefieder der smaragdfarbene Stein zierte, stellte alles, was der Beobachter bislang gesehen hatte, in den Schatten. Denn die Kraft und Anmut im bedächtigen Schlag der Schwingen, die Herrlichkeit und Schönheit dieses Seefahrers der Lüfte verwandelte jeden noch so bitteren Kummer in tiefe Freude. Immer näher kam der Schwan, befand sich schon beinahe über den Klippen, als der Beobachter zu seinem Schrecken sah, wie die Frau auf der Insel auf ein Knie niederfiel, den Bogen spannte und einen Pfeil hervorschnellen ließ, der mit der Schnelligkeit und Zielsicherheit eines jagenden Raubvogels auf den Schwan zuflog.

Im selben Augenblick blitzte ein Lichtstrahl auf. Es war der Falke, der sich dem Pfeil entgegenwarf, ihn aus der Bahn lenkte und ihm ein wenig von seinem Schwung nahm.

Dennoch traf der Pfeil den Schwan. Eine schreckliche purpurne Blüte begann neben dem grünen Edelstein auf der schneeweißen Brust des Tieres zu erblühen. Der Falke aber schnellte wie ein geflügelter Teufel an die Brust des verwundeten Schwans. Doch der weiße Vogel schwankte nur einen Herzschlag lang auf seiner Bahn. Dann strebte er mit kraftvollen Flügelschlägen zurück nach Osten, von wo er gekommen war. Der Falke blieb zurück. In seinem gebogenen Schnabel hielt er eine blutige Feder.

DIE BEGEGNUNG VON PWYLL UND RHIANNON

»Ie«, heb ynteu Pwyll, »y mae yno ryw ystyr hut.«

(»Wohlan«, sprach Pwyll,
»es muss wohl mit Zauberei zugehen.«)

Arawn, der Fürst von Annwvyn, der Innerwelt, war sehr zufrieden mit Pwyll, der sich Arawns Weib gegenüber so ehrenhaft und ritterlich benommen und Hafgan, den Feind des Fürsten, in die Flucht geschlagen hatte. Danach nannte man Pwyll nur noch selten den Prinzen von Dyfed, was sein eigentlicher Titel war. Stattdessen gab man ihm den Beinamen Edler von Annwvyn. Eines Tages begab es sich, dass Pwyll, der nun zurück in seinem eigenen Lande war, an seinem Hof ein großes Fest ausrichten ließ. Nachdem er mit den Gästen zum ersten Mal getafelt hatte, wollte Pwyll ein wenig spazieren gehen und machte sich mit einigen seiner Männer auf den Weg zum Gorsedd Arberth, dem Hügel hinter der Burg.

»Herr«, sagte einer der Männer, »dieser Hügel ist ein seltsamer Ort. Wenn ein Herr von edlem Geblüt sich darauf niederlässt, werden ihm entweder furchtbare Hiebe und grauenhafte Wunden zugefügt, oder er wird Zeuge eines Wunders.«

»In Begleitung von Männern wie Euch fürchte ich weder Hiebe noch Wunden. Doch ein Wunder zu sehen, wer wünschte das nicht?«, antwortete Pwyll. »Lasst uns auf den Hügel steigen und dort ein wenig lagern.«

Kaum hatten sie sich auf dem Hügel niedergelassen, erblickten sie eine Frau, die auf einem gewaltigen hellen Pferd saß und Gewänder aus Goldbrokat trug. Sie kam die Straße entlanggeritten, die an dem Hügel vorbeiführte. Das Pferd schien einen recht gemächlichen Schritt zu haben und näherte sich nur langsam. »Männer«, sagte Pwyll, »kennt einer von Euch diese Reiterin?«

»Nein, Herr«, antworteten sie.

»Nun«, entgegnete Pwyll, »einer von Euch soll zur Straße hinuntergehen und herausfinden, wer sie ist.«

Ein Mann erhob sich sogleich und stieg den Hügel hinab. Doch als er die Straße erreichte, war die Frau bereits vorbeigeritten. So schnell er es vermochte, folgte er ihr zu Fuß. Doch je schneller er rannte, desto weiter war sie ihm voraus. Als er einsehen musste, dass alle Mühe umsonst war, kehrte er zu Pwyll zurück und sagte: »Herr, zu Fuß kann sie niemand einholen.«

»Wie du meinst«, erwiderte Pwyll. »Geh zurück zur Burg, hol dir das schnellste Pferd, das du finden kannst, und reite ihr nach.«

Der Mann tat wie ihn geheißen. Er erreichte die offene Heide und gab seinem Pferd die Sporen, doch je schneller er ritt, desto weiter war ihm die Frau voraus. Es gelang ihm nicht, ihr näher zu kommen, obwohl ihr Ross sich mit ungewöhnlicher Langsamkeit fortzubewegen schien. Schließlich ermüdete das Pferd des Mannes. Er ließ es in Schritt fallen und kehrte um. Zu Pwyll sagte er: »Herr, es ist zwecklos, der Prinzessin zu folgen. Im ganzen Königreich gibt es kein schnelleres Pferd als das ihre.«

»Wohlan«, sprach Pwyll, »es muss wohl mit Zauberei zugehen. Lasst uns auf die Burg zurückkehren.«

Sie gingen zurück und verbrachten den Rest des Tages und auch den nächsten auf der Burg, bis es Zeit für das Abendessen war. Nachdem sie die ersten Speisen genossen hatten, sagte Pwyll: »Diejenigen von Euch, die auch gestern bei mir waren, steigen nun noch einmal mit mir auf den Hügel. Und du«, fuhr er an einen der Stallknechte gewandt fort, »bring mir das Pferd, das in der Ebene am schnellsten von allen rennt.« Der Stallknecht tat, wie ihm befohlen war. Die Männer gingen mit dem Pferd und dem Stallknecht zum Hügel und ließen sich dort nieder.

Kaum hatten sie sich ins Heidekraut gesetzt, sahen sie schon die Frau in ihrem weißen Kleid auf demselben Pferd wie am vergangenen Tag die Straße entlangreiten. »Da ist sie wieder«, sagte Pwyll, »die Reiterin, die auch gestern hier vorbeikam. Bursche«, fügte er an den Stallknecht gewandt hinzu, »reite ihr nach und finde heraus, wer sie ist.«

»Das will ich gern tun, Herr«, antwortete der Knecht. Indes befand sich die Reiterin auf der Höhe der Männer. Der Bursche schwang sich aufs Pferd, doch bevor er recht im Sattel saß, war sie schon an ihm vorbei. Er folgte ihr und ließ sein Pferd dabei zunächst im Schritt gehen, denn er glaubte, sie auch auf diese Art bald einholen zu können. Doch es gelang ihm nicht. Darum trieb er das Pferd nach einer Weile doch zu einer zügigeren Gangart an. Aber je schneller er ritt, desto weiter war die Frau ihm voraus. Schließlich musste er sich geschlagen geben, wendete das Pferd und ritt zurück zu Pwyll. »Herr«, sagte er, »schneller kann dieses Pferd nicht galoppieren.«

»Ich habe es gesehen«, antwortete Pwyll. »Es hat keinen Zweck. Doch bei Gott, ich bin mir sicher, sie hat eine Botschaft für einen von uns. Allein, das sture Weib will nicht anhalten und die Nachricht dem, für den sie bestimmt ist, überbringen. Lasst uns zur Burg zurückkehren.«

Also wanderten sie den Hügel hinab und verbrachten den Rest des Abends und den darauf folgenden Tag dort. Dann wurde es wieder Abend. Pwyll sprach: »Wo sind die Männer, die mich am gestrigen Tag und am Tag davor begleitet haben?«

»Hier sind wir, Herr«, antworteten sie.

»Dann wollen wir gehen und uns wieder auf den Hügel setzen. Und du«, wandte er sich an den Stallknecht, »sattle mein Pferd und bring mir meine Sporen.« Und so geschah es.

Sie erreichten den Hügel und setzten sich ins Heidekraut. Schon wenig später erschien die Reiterin, noch immer in demselben Brokatkleid, noch immer auf demselben hellen Pferd mit dem gemächlichen Schritt. So ritt sie die Straße entlang. »He, Bursche«, sagte Pwyll. »Ich sehe die Reiterin kommen. Hierher mit dem Pferd!« Pwyll schwang sich in den Sattel und sah, wie die Dame an ihm vorüberritt. Er ließ sein Pferd die Gangart selbst wählen, denn er glaubte, die Frau auf seinem schnellen Tier bald einzuholen. Doch sie war ihm weit voraus. Bald gab er seinem Pferd die Sporen. Dennoch vergrößerte sich der Abstand zu der geheimnisvollen Fremden. Nach einer Weile sah Pwyll die Zwecklosigkeit seines Unterfangens ein.

Er zügelte sein Pferd und rief: »Holde Dame, haltet an, tut es dem Mann zuliebe, der Eurem Herzen der Nächste ist!«

»Das will ich gern tun«, antwortete sie. »Euer Ross hätte es Euch wohl gedankt, wenn Ihr mich schon früher darum gebeten hättet.« Die Frau ließ ihr Pferd halten, schlug ihren Schleier zurück und wartete auf Pwyll.

»Holde Dame«, sprach dieser, als er sie erreicht hatte, »woher kommt Ihr und was führt Euch her?«

»Nur meine eigenen Angelegenheiten«, antwortete sie. »Und ich bin froh, Euch zu sehen.«

»Ich heiße Euch willkommen«, sagte Pwyll. Ihm schien, der Liebreiz aller Mädchen und Frauen im ganzen Land müsse angesichts der unvergleichlichen Schönheit dieser Frau verblassen. »Wollt Ihr mir ein wenig mehr über diese Angelegenheiten verraten?«

»Bei Gott, das will ich«, antwortete sie. »Am wichtigsten war es mir, Euch zu sehen.«

»Wie schön«, sagte Pwyll. »Eine größere Freude hättet Ihr mir nicht machen können. Verratet Ihr mir nun auch Euren Namen?«

»Das werde ich tun, Herr«, sagte sie. »Ich bin Rhiannon, die Tochter von Heveydd dem Alten, und man will mich gegen meinen Willen vermählen. Aber ich wollte nie einen anderen als Euch, denn Euch gehört meine Liebe. Nur wenn Ihr mich abweist, werde ich es über mich bringen, meine Hand einem anderen Mann zu reichen.«

»Gott ist mein Zeuge«, sagte Pwyll, »Ihr sollt meine Antwort hören. Selbst wenn ich die Wahl zwischen allen Mädchen und Frauen der Welt hätte, sie fiele immer auf Euch.«

»Gut«, antwortete sie. »Wenn Ihr so darüber denkt, wollen wir eine Zeit für ein Wiedersehen verabreden. Ihr müsst zu mir kommen, bevor man mich mit dem anderen vermählen kann.«

»Je früher, desto besser in diesem Fall«, sagte Pwyll. »Wann werden wir uns also wieder sehen?«

»Ich will es Euch sagen, Herr«, kam Rhiannons Antwort. »In genau einem Jahr an Heveydds Hof. Dort wird man ein großes Fest geben, um Euer Kommen gebührend zu feiern.«

»Wie Ihr wünscht«, sagte er. »Ich werde da sein.«

»So lebt denn wohl, Herr«, antwortete sie. »Und vergesst Euer Versprechen nicht.«

Und so nahmen sie Abschied voneinander. Pwyll kehrte mit den Männern auf seine Burg zurück. Doch immer, wenn im Verlauf des Jahres einer von ihnen von der rätselhaften Dame sprechen wollte, lenkte er das Gespräch auf andere Dinge.

Pwyll, Pendeuic Dyuet-Powell, Prinz von Dyfed
von Gruffydd ap Rhodri, Schreiber

ERSTER TEIL

Das Herz des Löwen

1

Anjou, Frankreich, im September 1177

Anfangs war die Luft golden, süß wie Sirup und dick wie Honig; sie bot ihrer Brust ein Kissen, teilte sich wie Wasser vor ihr. Als sie hinabblickte, lag unter ihr ein lebender Gobelin, eine modellierte Landkarte in kräftigen Farben: die unterschiedlichen Grüntöne der Wälder und Felder und eine herrliche Palette von Gold in allen Schattierungen, von blass bis strahlend, von den frisch gedeckten Dächern bis zu den reifen Kornfeldern. Sie sah das Graubraun des Brachlandes, des abgestorbenen Schilfrohrs und der gepflügten Äcker, das strahlende Grün, Blau, Braun und Silber der Teiche, Seen und Flüsse, die unterschiedlich gefärbten Kleider der Menschen, die unglaubliche Vielfalt der Tiere und Vögel und der riesigen Insektenheere. Doch nicht allein dieser Anblick erfüllte ihre Sinne; auch Klänge nahm sie wahr: vom Lied der Lerche, die sich in die Lüfte erhob, über das Brüllen und Fluchen des Mannes, der die Ochsen vor dem Pflug antrieb, bis zu den fröhlichen oder schwermütigen Weisen der Troubadoure. Auch Gerüche gab es: den heißen Duft von Stroh, den kalten Geruch von Stein, den Gestank der Verwesung, das Parfum der Rosen, das uralte Aroma der Erde und den pulsierenden Dampf des Blutes. Die Luft streichelte ihre Brust, berührte sie mit seidenen Fingern, der Wind wehte ihr um den Kopf, die Sonne wärmte ihren Rücken ... Alles war so wunderschön, so herrlich vielgestaltig, unterschiedlich und doch voller wundersamer, sich wiederholender Muster, dass die Dankbarkeit ihr Herz wie ein Loblied füllte – und nicht nur ihr Herz, auch ihre Kehle und ihre Gedanken. Schließlich brach ein Lied aus ihr heraus, doch es kam nicht nur aus ihr. Die ganze unvergleichliche Vielfalt der Schöpfung stimmte darin ein.

Dann verließ sie diese goldene Schicht, stieg höher in eine klarere, kältere, die dünn und scharf war wie Glas und von einem Blau, dessen eisiges Strahlen das Auge blendete. Jeder Atemzug in dieser Höhe ließ selbst die Knochen bis ins Mark vor Schmerz erstarren. Der Klang der frostigen Luft, die nun unter ihr dahinfegte, glich den Tönen einer diamantenen Glocke. Von hier aus konnte sie den Mond mit seinem weißen Licht sehen und die Sonne mit ihrem blendenden Gold. Sie erkannte auch die Planeten und Gestirne. Sie hörte den kristallenen Klang ihrer seit uralten Zeiten immer gleichen Reise auf vorgezeichneten Bahnen. Der dröhnende Bass der Sonne vermischte sich mit dem silbrigen Trällern des Mondes. In dieser dünnen, scharfen Luft verschmolzen Klänge und Gerüche, lösten sich auf und entflohen wie der Duft polierter Edelsteine – ein Gespinst aus Licht und Luft. Auch sang die dünne Luft in ihrem Kopf und höhlte ihr Herz aus, sodass es klang wie eine Glocke. Über sich erkannte sie eine weitere Schicht voll Licht und Dunkelheit, dick und samtig wie die Nacht. Dort blinkten Sterne, als wären sie kostbare Diamanten, Rubine und Saphire. Über ihnen lag der Hauch des Geheimnisvollen, der so undurchdringlich schien, dass ihr Herz sich zusammenkrampfte und ihre Augen sich mit Tränen füllten. Sie gefroren auf ihren Wangen zu Eis. Schnell ließ sie sich aus der klaren blauen Schicht in die warme goldene zurückfallen, denn sie spürte, wie die Geheimnisse über den Gestirnen mit klammen Fingern nach ihr griffen. Noch war die Zeit nicht reif, sich dieser Herausforderung zu stellen. Noch hielten sich Neugier und Angst die Waage.

Sie tauchte wieder in das goldene Licht ein, spürte die süße Luft an ihrer Brust und wusste plötzlich, dass sie flog. Ihre

Schwingen trugen sie über Felder, Wälder und Siedlungen. Dabei war sie nun der Erde wieder so nahe, dass die Welt sich vor ihr ausbreitete wie ein aufgeschlagenes Stundenbuch. Sie konnte alle Seiten dieses Buches zur gleichen Zeit lesen, alle Bilder zur gleichen Zeit betrachten. Und sie hatte das sonderbare Gefühl, nicht allein zu sein. Die Gedanken und das Blut eines anderen Wesens zogen mit ihr; ein zweites Herz schlug im selben Takt wie das ihre. Sie spürte die erregende Berührung dieser Gegenwart, wandte sich um und sah, wie die Erde unter ihr kippte und ihr entgegenraste.

Sie strebte fort vom Land, dem Meer entgegen, das in der Ferne schimmerte. Sein schwerer Duft nach Salz und Tang lag in der Luft wie die ersten Töne eines lockenden Liedes. Immer näher kamen die rastlosen Wellen. Wie Glieder mit kräftigen Muskeln streckte sich das Wasser, es krümmte sich und zitterte, als verberge sich etwas unter der Oberfläche, das seine Ruhe störte. Während ihre starken Schwingen sie der Küste entgegentrugen, sah sie, wie eine Insel von der Vollkommenheit eines kunstvoll angelegten Gartens sich langsam aus den Tiefen erhob. Abertausende von Rosen wuchsen auf diesem Eiland, und als es Gestalt annahm, ertönten tiefe, kehlige Rufe. Sie lauschte ihrem sonderbaren Klang und blickte hinunter auf den paradiesischen Garten. Da plötzlich schwanden ihre Kräfte und die Luft war nicht mehr weich und golden, sondern schwer und hart wie Eisen. Sie spürte, wie der unbarmherzige Griff der Erde sie in die Tiefe zog, und stürzte der Insel mit all ihrer Blütenpracht entgegen. Sie fiel und fiel, ahnte und fürchtete die Härte des Aufpralls. Einen einzigen Schrei stieß sie aus, dann kam der ungeheure Schock, der alles zerriss, und mit ihm die heiße Klinge der Dunkelheit …

Marie erwachte mit einem erstickten Schrei. Ihr Herz schlug so heftig, dass es aus ihrer Brust zu springen drohte, ihr Nacken war steif und ihr Kopf tat weh. Alle Muskeln hatten sich schmerzhaft verhärtet. Der Traum hielt sie noch immer in seinem Bann. Trotz seines schrecklichen Endes bedauerte sie, daraus erwacht zu sein, denn sein Anfang war so unvergleichlich schön gewesen. Nun wusste sie, was Vögel empfanden, wenn sie sich schwerelos in die Lüfte schwangen. Welche Freiheit, welche Herrlichkeit, was für ein Wunder, wenn die Welt durch jede Pore der Haut strömte! Marie presste die Lider fest aufeinander, um diesen kostbaren Augenblick festzuhalten, doch es gelang ihr nicht. Nach und nach verlor der Traum seine Kraft. Widerstrebend fand Marie sich damit ab, dass sie nun endgültig erwachen musste. Zögernd öffnete sie die Augen einen Spalt breit.

In dem Turmzimmer herrschte Stille. Heimlich wie Diebe schlichen sich die ersten Strahlen der Morgensonne durch das Fenster und vertrieben die Schatten der Nacht. Pergament, Tintenfass und Feder befanden sich vor ihr auf dem Tisch. An der Stelle, wo Maries im Schlaf erschlaffte Hand auf die frische Tinte gesunken war, wies das Pergament hässliche Flecken und Kleckse auf. Es würde schwierig, wenn nicht gar unmöglich werden, das Geschriebene zu retten. Wenn sie mit dem Hauer eines Ebers über die Flecken rieb, ließ sich der schlimmste Schaden vielleicht beheben.

Marie betastete seufzend ihren verspannten Nacken. Das kommt davon, wenn man bei der Arbeit einschläft, dachte sie. Welchen Sinn hatte es, in der Bibliothek die Nacht zum Tag werden zu lassen, wenn der Lohn für diese Mühen nur Tintenkleckse waren? Der Anblick der befleckten Seite im ersten Morgenlicht ließ Marie ihre verzweifelten Anstrengungen noch überflüssiger erscheinen als zuvor in der dunklen Tiefe der Nacht. Nachdenklich betrachtete sie das Pergament und las noch einmal die beiden letzten Zeilen, die sie geschrieben hatte:

Nie sollt Ihr vergessen, wie ich mich genannt:
Ich bin Marie aus dem Frankenland.

Ach, wie lange war es her, seit sie diese Worte mit unschuldiger Freude aneinander gereiht hatte. Bei ihrer ersten Niederschrift vor ein paar Wochen war sie sich so sicher gewesen, endlich ihre wahre Berufung gefunden zu haben. Sie hatte ihre erste große Ballade, die Geschichte des armen Ritters Bisclavret, den das Schicksal zu einem Dasein als Werwolf verdammt hatte, zu Ende geschrieben. Wie im Fieber waren die Worte aus ihrer Feder geflossen. Sie waren aus ihrem tiefsten Inneren aufgestiegen und trugen noch die Kraft der damals gerade überstandenen, fruchtbaren Prüfungen in sich. Und kaum war die Tinte getrocknet, schon entsprang Maries regem Geist eine weitere fesselnde Geschichte, die von zwei Mädchen erzählte – einem Zwillingspaar, das durch widrige Ereignisse getrennt wurde. Das Werk trug den Titel *Le Fresne*. Gleich danach brachte Marie das Lai von Guigemar, der sich in ein verwunschenes Land, in einen goldenen Traum verirrte, aufs Pergament. Drei gelungene Werke in ebenso vielen Wochen ... Marie warf ungeduldig ihren langen schwarzen Zopf auf den Rücken und seufzte tief vor Müdigkeit und Erschöpfung. In jenen Tagen war ihr alles so leicht erschienen. Die Liebe und die Dichtkunst hatten wie ein wärmendes Feuer in ihr gebrannt. Seine heiße Glut gab ihr unsägliche Kraft. Endlich tat sie das, wofür sie geboren war. Diese Erkenntnis wurde ihr zu einem Quell unendlicher Freude und Befriedigung. Eine Leichtigkeit, die ihren Geist in ungeahnte Sphären entschweben ließ, ergriff von ihr Besitz.

Und nicht nur sie selbst schwelgte genussvoll in ihrer Dichtkunst. Ihre Verse wurden allseits mit Begeisterung aufgenommen. Die kunstvollen Reime und der eingängige Rhythmus, die exotische, ja magische Welt der Geschichten beflügelte die Phantasie der sonst meist so blasierten edlen Herrschaften, die auf den Burgen und an den Höfen lebten. Abschriften von Maries Geschichten wurden unter Ausrufen des Entzückens von Hand zu Hand weitergereicht. Selbst König Heinrich, der als großer Kenner poetischer Werke galt, fand nur lobende Worte für Maries Schöpfungen. In diesem Überschwang der Begeisterung waren die besagten Zeilen aus ihrer Feder geflossen, voller Stolz und Zuversicht unterzeichnete sie damit ihre Werke. Doch ach, wohin war dieses Hochgefühl entschwunden?

Seit Wochen versuchte Marie nun bereits vergeblich, etwas aufs Pergament zu bringen, das ihren Ansprüchen genügte. Wie viele Lais, Gedichte und Balladen hatte sie begonnen, nur um schon nach wenigen Versen ins Straucheln zu geraten und das unvollendete Werk schließlich beiseite zu legen. Die Unzufriedenheit mit ihrem fruchtlosen Tun brachte sie beinahe um den Verstand. Rastlos wanderte sie in ihrer Kammer auf und ab, füllte unzählige grüne Wachstafeln mit wilden Kritzeleien, doch keine göttliche Eingebung wollte den banalen oder gar albernen Worten Leben einhauchen und sie zu einem Kunstwerk werden lassen. Maries Stolz auf ihre Begabung geronn zu bleierner Enttäuschung. In ihrer Verzweiflung war sie in den letzten Tagen dazu übergegangen, die gelungenen Werke zurückliegender Wochen noch einmal auf frisches, neues Pergament abzuschreiben. Sie hoffte, durch die Beschäftigung mit den klangvollen Versen und dem vertrauten Rhythmus der Worte, durch die magischen Linien der Tinte auf dem Pergament die Quelle der Inspiration wieder zum Sprudeln zu bringen. Doch ihr Geist war wie ausgetrocknet.

Die Angst, nie wieder schreiben zu können, die Furcht, ihre Gabe habe sie für alle Zeiten verlassen, schlich sich sogar in

Maries Träume und raubte ihr den Schlaf. Sie hatte den König gebeten, die Bibliothek im Turm auch nachts benutzen zu dürfen, denn sie hoffte, zwischen all den wunderbaren Büchern wenigstens ein wenig Trost zu finden. Doch die Fülle und der Reichtum der Gedanken anderer Dichter und Schreiber, der Beweis für die lebhafte Phantasie dieser beneidenswerten Künstler und Gelehrten, führten Marie ihre eigene Unfähigkeit nur noch schonungsloser vor Augen. Die Angst fraß an ihrem Herzen, und ein Gedanke begann sich in ihr zu formen: Dass sie ihre Gabe verloren hatte – vielleicht sogar für immer –, konnte ihre Strafe sein. Denn sie hatte ein Versprechen gegeben und es nicht gehalten ...

Als einzige Tochter eines angesehenen französischen Barons hätte Marie das angenehme und in weitgehend vorgezeichneten Bahnen verlaufende Leben einer Edelfrau führen können. Doch es war alles anders gekommen: Der schönen jungen Gemahlin des alternden bretonischen Ritters Hoel de Broceliande begegnete in den Tiefen des Waldes, der zum Anwesen ihres Gemahls gehörte, ein geheimnisvoller Ritter aus der Anderwelt. Diese Begegnung hinterließ in Maries Seele tiefe Spuren. Das Erlebnis im Wald machte sie empfänglich für die Magie, für die Wunder und für die Gefahren, die seit jenem Tag Einzug in ihr Leben gehalten hatten. Als Hoel de Broceliande gestorben war, reiste die junge Witwe, von dem treuen Ritter Llew beschützt, in das Land ihrer Ahnen. Nachdem sie den ersten Teil des weiten und gefahrvollen Weges zurückgelegt hatte, begegnete ihr der zweitgeborene Sohn des Königs von England: der wunderbare und schöne Richard Löwenherz, Herzog von Aquitanien und Graf von Poitou. Die junge Witwe verlor ihr Herz an den Prinzen und ihre Liebe wurde erwidert, obwohl Richard schon seit frühester Kindheit Prinzessin Alais, der Tochter des Königs von

Frankreich, versprochen war. Doch selbst die Tage in Gegenwart des Königssohnes verloren angesichts der Schrecken, die Marie bei ihrer Entführung in die Dunkelheit der Unterwelt erlebt hatte, ihren Glanz. Es war diese Reise in die finsteren Tiefen von Hoels trauriger Vergangenheit gewesen, die für Maries Ballade über Bisclavret Pate gestanden hatte. Sie konnte von großem Glück sagen, dass sie an Geist und Körper unversehrt aus der Unterwelt entkommen war, und dafür hatte sie wohl vor allem dem tapferen Llew zu danken. Er hatte für das Wohl seiner Herrin seine menschliche Gestalt geopfert. Der Waliser wurde in einen Schwan verwandelt. Nur die reinigenden Wasser aus der Quelle der heiligen Non, der Mutter des heiligen David, konnten Llew von diesem bösen Zauber befreien. Die heilende Quelle lag mitten im tiefsten Wales und Marie hatte geschworen, dorthin zu reisen und Llew zu helfen.

Tatsächlich wollte sie, sobald sie noch einmal am Grab ihres verblichenen Gatten am Rand des großen Waldes von Broceliande gebetet hatte, nach Wales aufbrechen. Sogar die Schiffspassage war bereits arrangiert. Doch dann ließ sie sich von dem Vorhaben abbringen. Richard Löwenherz erfuhr von ihren Plänen und war alles andere als begeistert von dem Abenteuer, auf das seine Geliebte sich einlassen wollte. Wie konnte sie auch nur daran denken, ihn zu verlassen, wo sie einander doch gerade erst begegnet waren, fragte er sie unter Tränen. Er nahm sie mit nach Anjou, auf die Sommerresidenz seines Vaters, Heinrichs des Zweiten. Der ganze Hof sollte wissen, dass Marie aus Richards Leben nicht mehr wegzudenken war. Nach Wales konnte sie immer noch reisen. Richard versprach sogar, sie persönlich zu begleiten, sobald die Lage im Lande es ohne größere Gefahr zuließe. Doch es bestand kein Grund zur Eile. Der Winter, der die Straßen unpassierbar machte und selbst kurze Reisen zu einem unkalkulierbaren

Wagnis werden ließ, war noch Monate entfernt, und wenn der erste Frost sich über das Land legte, würde Llew längst wieder ein freier Mann sein.

Zu dieser Zeit wohnten ihrer Liebe noch die Frische und der Zauber der ersten Tage inne. Marie beugte sich Richards Willen und verschob ihren Aufbruch nach Wales. Sie ließ sich von seiner Liebe tragen und lebte einige Wochen lang wie in einem süßen Traum. Es war eine ereignisreiche Zeit, denn König Heinrichs Sommerresidenz war ein Anziehungspunkt für Edelleute von nah und fern. Ernste Staatsgeschäfte gehörten in Anjou genauso zum Alltag wie rauschende Feste. Im Juli fand die prunkvolle Hochzeit von Maries Freundin, Komptess Heloise von Chenemeton, statt. Ihr Vater galt als einer der mächtigsten Männer Frankreichs. Dann folgten einige Besuche an König Ludwigs Hof, schließlich Jagdausflüge und Turniere. Stets war Marie dabei an Richards Seite. Er bekannte sich vor aller Welt zu seiner Liebe, und Marie zog allerorten Bewunderung, oft aber auch den Neid vom Schicksal weniger begünstigter Damen auf sich.

Während dieser aufregenden Zeit gelang es Marie, ihr schlechtes Gewissen gegenüber dem ergebenen Llew zu verdrängen. Und noch ein anderes Gefühl, das drohte, ihrem Glück den Glanz zu nehmen, verbannte sie in einen entfernten Winkel ihres Herzens: Sie liebte Richard, doch sie wollte bei Hofe nicht lediglich als seine Mätresse betrachtet werden. Zuerst war es nur ein flüchtiger Gedanke, denn Marie wusste, dass ihr Geliebter seine Verlobung mit Alais niemals auflösen konnte. Diese Verbindung diente politischen Zwecken und war alles andere als eine Herzensangelegenheit. Anfangs hatte Marie geglaubt, das Wissen um Richards Verlobte könne sie nicht belasten, denn schließlich hatte sie sich aus freien Stücken für ihre Liebe zu dem Prinzen entschieden. In den ersten Wochen gelang es ihr, nicht allzu oft an Llew zu denken, denn die Einlösung ihres Versprechens war nicht an einen bestimmten Zeitpunkt gebunden. Vielleicht war es ihrem Vorhaben sogar dienlich, wenn sie erst einmal alles in Ruhe überdachte und plante. Marie beruhigte ihr Gewissen, indem sie einen Brief an das Kloster von St. David schrieb. Darin bat sie um Erlaubnis für einen Besuch und erkundigte sich nach Llews Familie, die ihres Wissens in alle Winde versprengt war – wenn Llew überhaupt noch lebende Verwandte hatte. Sie hoffte, die Antwort würde ihr zeigen, wie sie weiter vorgehen sollte. Arnaud de Beroul, ein junger Ritter aus Aquitanien, erklärte sich bereit, den Brief mit nach Wales zu nehmen. Er erledigte für zahlreiche Edelleute bei Hofe derlei Botendienste.

Was Maries Verhältnis zu Richard anging, so ließen ihre Verse und Lais sie zunächst vergessen, was ihr daran missfiel. Die Kunstwerke, die aus ihrer Feder flossen, erlaubten es ihr, sich vor allem als Dichterin zu betrachten. Ihr Zusammensein mit Prinz Richard glich in ihren Augen dem Ideal der höfischen Liebe, dem die Minnesänger unzählige Lieder widmeten. Nie würden die kleinlichen häuslichen Querelen einer Ehe die Vollkommenheit dieser Liebe zerstören.

Die Tage wurden zu Wochen und die Wochen zu Monaten, doch Arnaud de Beroul kehrte nicht zurück. Marie wartete vergeblich auf ein paar Zeilen aus dem Kloster von St. David, und vielleicht war es dieses Warten, das an ihren Nerven zerrte. Noch dazu musste sie feststellen, dass die Menschen, die sie umgaben, für ihre Liebe zu Richard weitaus weniger verklärende Worte fanden als sie selbst.

Nahezu jeder mächtige Mann hielt sich inzwischen eine Mätresse; viele leisteten sich sogar gleich mehrere. Aber keinem dieser hohen Herren wäre es je in den Sinn gekommen, eine der betreffenden Damen zu ehelichen. An den Höfen nahm kaum jemand daran Anstoß, nur die Kirche verurteilte diese aus ihrer Sicht so verwerfliche Unsitte. Mehr oder weniger diskrete Liebesbeziehungen mochten seit geraumer Zeit zum Alltag des Adels gehören, dennoch haftete ihnen der Ruch des Verbotenen und Frivolen an. Vor allem die Frauen bekamen das früher oder später zu spüren. Es gab Tratsch und Eifersüchteleien, abschätzige Blicke und Bemerkungen – Marie empfand die Art, wie man sie behandelte, immer mehr als Zumutung. Ihr verwitweter Vater, Godefroi de Valoiz, hatte den Stolz und die Geradlinigkeit seiner einzigen Tochter stets gelobt und sie oft ermahnt, den guten Namen der Familie in Ehren zu halten. Marie wusste, wie groß seine Enttäuschung angesichts des Lebens, das sie nun führte, gewesen wäre.

Sie sprach mit Richard über ihren Kummer, und anfangs hörte er ihr geduldig zu. Doch als Marie nach Tagen und Wochen noch immer nicht mit den Gegebenheiten versöhnt war, erregten ihre Klagen zunehmend seinen Unwillen. In den Augen ihres Geliebten konnte Marie lesen, dass er ihre Bedenken als belanglos, wenn nicht gar albern abtat. Schließlich erwies ihr der begehrteste Prinz des christlichen Abendlandes die Gunst seiner Liebe, und das Leben an seiner Seite war voller exquisiter Genüsse und Annehmlichkeiten. Er verstand Maries Unzufriedenheit nicht. Am ganzen Hofe wagte kein Mensch, sich ihr gegenüber ungebührlich zu verhalten, zumindest nicht in der Öffentlichkeit. Und sollte sich dennoch einmal jemand erdreisten, so würde er Richards Zorn zu spüren bekommen. Zudem war er überzeugt, dass sie bald wieder schreiben würde. Für ihn war es nur eine Frage der Zeit, bis Marie erneut aus dem reichen Schatz ihrer Phantasie schöpfen konnte. Sie musste nur noch ein wenig Geduld haben. Auch die Reise nach Wales würde bald stattfinden, nur nicht gerade jetzt. Sah sie denn nicht, wie beschäftigt er war?

Marie stützte den Kopf auf die Hände. Herr im Himmel! Noch immer gehörte ihre ganze Liebe diesem Mann. Wie hätte sie diesen Prinzen des Lichtes nicht lieben sollen? Und doch kroch nach und nach eine Kälte unter ihre Haut, die ihr das Blut in den Adern gefrieren ließ. Alles hatte sie dieser Liebe geopfert. Die Warnungen ihres Bruders Aymeric und ihrer Freundin Heloise hatte sie genauso in den Wind geschlagen wie die mahnende Stimme ihres eigenen Gewissens. Nun musste sie sich eingestehen, dass die Liebe zu Richard ihre Seele zerfraß und dass sie den Gefahren der Unterwelt vergeblich getrotzt hatte.

Gütiger Himmel, wie sehr bereute sie jetzt ihre Untätigkeit! Sie hätte sich niemals von ihren Reiseplänen abbringen lassen dürfen. Dann wäre sie sicher längst zurück an Richards Seite, hätte Llew befreit und sich bei alledem ihre Selbstachtung bewahrt. Auf welche Art sie Llew gerettet hätte, vermochte sie noch immer nicht zu sagen. Doch jeder noch so dilettantische Versuch wäre besser gewesen, als sich einfach den Genüssen des Lebens bei Hofe zu widmen und ansonsten nichts zu tun. Llew hatte sich für sie geopfert, und sie war dieses Opfers nicht würdig. So sah die bittere Wahrheit aus, vor der sie die Augen nicht länger verschließen konnte. Die schweren Prüfungen der Unterwelt hatte sie völlig umsonst bestanden. Sie hatte alles verraten, was ihr Vater ihr mit auf den Weg gegeben hatte, und damit nicht zuletzt ihre eigenen Ideale.

Alle Mahnungen ihrer inneren Stimme hatte sie geflissentlich überhört, anstatt das zu tun, was gut und richtig gewesen wäre. Dafür gab es keine Entschuldigung. Im Gegensatz zu Llew hatte sie sich für den einfachen Weg entschieden, den Weg der Selbstsucht. Dieser Gedanke erfüllte Marie mit Scham. Selbst die Erinnerung an Llews bedingungslose Treue und an seine Stärke war ihr kein Trost. Die Dunkelheit, die sich in ihrem Geist ausbreitete, drohte alle guten Erinnerungen zu zerstören, verwandelte sie in eine bittere Anklage.

Das Knarren der Tür riss Marie aus ihren düsteren Gedanken. Sie fuhr herum. Auf der Schwelle zur Bibliothek stand Richard und lächelte sie an.

2

Trotz der drückenden Last ihrer Gedanken begann Maries Herz schneller zu schlagen. Sie sprang auf. »Mein Herr!«

Mit geschmeidigen Schritten durchmaß Richard den Raum und schloss sie in die Arme. Seine Augen leuchteten. »Wie schön, dich zu sehen, Marie«, sagte er mit einem tiefen Seufzen.

Es war sicher nur die Müdigkeit gewesen, die ihre Urteilskraft getrübt hatte. Warum sich den Kopf darüber zerbrechen, was andere von ihr dachten, solange allein Richards Anblick sie in einen Zustand der Glückseligkeit versetzte. »Oh, Richard, es tut so ungeheuer gut, dich zu sehen«, sagte sie voll Erleichterung.

Seine Augen strahlten. »Ich suchte dich in deiner Kammer, meine Liebste. Die Zofe sagte mir, ich würde dich hier bei deinen geliebten Büchern finden. Schon wieder!«

Marie lächelte ein wenig verschämt. »Ja, schon wieder, liebster Herr. Aber auch das führt zu nichts. Ich bin nicht fähig, etwas Vernünftiges zu schreiben.«

Richards Blick streifte das Pergament und die Feder auf dem Tisch. »Wirklich?«

»Das sind nur Abschriften meiner alten Balladen und Lais«, antwortete Marie niedergeschlagen. »Neue Verse wollen mir einfach nicht einfallen. Mein Kopf ist leer, mein Geist gleicht einer weißen Wand.«

Richards Lächeln wirkte plötzlich ein wenig angestrengt, seine Stimme klang vage. »Sorge dich nicht. Deine Gabe ist nicht verloren. Du wirst schon sehen. Und falls sie nicht zurückkehrt – dann kannst du dich immer noch anderen schönen Dingen zuwenden und beispielsweise das Leben an meiner Seite genießen. Wäre das denn so furchtbar für dich?«

Maries Herz sank. »Liebster Herr, es ist gut, dass du gekommen bist. Denn ich muss dir sagen …«

»Nein, warte Marie«, fiel Richard ihr ins Wort. »Ich bringe Neuigkeiten. Komm, setz dich zu mir auf diese Bank. Herr im Himmel, was bin ich müde.«

Marie erschrak ein wenig, als sie ihm in die blauen Augen sah. Sie hatten einen fiebrigen Glanz, und auf Richards Wangen breiteten sich hektische rote Flecken aus. Von plötzlicher Angst um ihn ergriffen, sank Marie neben ihm auf die Bank. »Mein Geliebter, ist etwas geschehen?«

Ein wenig zerknirscht ob ihrer Sorge antwortete er. »Du musst dich nicht ängstigen, Marie. Es ist nichts geschehen, jedenfalls nichts Unvorhersehbares. Es sind nur die gewohnten Querelen mit meinem Bruder Heinrich und die üblichen endlosen nächtlichen Unterredungen mit meinem Vater, der keine Müdigkeit zu kennen scheint. Glaube mir, Marie, ein halbes Dutzend Schlachten zu schlagen ist weniger anstrengend, als eine Nacht lang mit ihm Familienrat zu halten!« Erschöpft fuhr Richard sich durch das dichte blonde Haar. »Mein törichter Bruder, der voll Neid und Eifersucht auf alles blickt, was ich tue, macht wieder einmal von sich reden. Wusstest du, dass er inzwischen nichts unversucht lässt, um unter den ohnehin wankelmütigen Baronen des Südens eine Rebellion anzuzetteln? Er bezahlt sogar Dichter und Barden, damit sie rüde Verse über mich schmieden, und er lässt die übelsten Gerüchte über meine angeblich so verwerflichen Neigungen und Gewohnheiten verbreiten. Aber damit nicht genug. Nun ist ihm noch eine weitere Unverschämtheit eingefallen. Gestern kam ein Bote aus England und überbrachte uns etliche Schriftstücke. Meine Mutter schreibt, Prinz Heinrich behaupte, ich hätte sie gezwungen, mich als ihren Erben einzusetzen. Auf diese Weise sei ich auf unrechtmäßige Weise zum Herzog von Aquitanien geworden. Also schreckt mein geschätzter Bruder nicht einmal mehr vor den infamsten Lügen zurück!«

Marie glaubte Richard aufs Wort. Schließlich war sie seinem älteren Bruder bei verschiedenen Anlässen begegnet und hatte sich selbst ein Bild von dessen schwachem Charakter machen können. Prinz Heinrich mochte ebenso intelligent, gut aussehend und talentiert sein wie die anderen Plantagenets. Doch sein Benehmen war eines Kronprinzen unwürdig. Marie erinnerte er eher an ein störrisches Kleinkind. Sein Vater misstraute dem nach ihm benannten Erstgeborenen zutiefst. Immerhin hatte dieser vor vier Jahren eine Rebellion gegen ihn angeführt. Seither ließ der König von England seinen Thronerben auf Schritt und Tritt beobachten. Im Vergleich zu seinem Bruder führte Richard ein viel freieres Leben, was ihm der Ältere wiederum neidete. Erschwerend kam hinzu, dass ihre Mutter, Königin Eleonore, nicht Heinrich, sondern Richard zum Herzog von Aquitanien gemacht hatte. Deshalb ließ der ältere der beiden Prinzen nun nichts unversucht, um seinem Bruder zu schaden. Es genügte ihm nicht, der Kronprinz von England zu sein. Das Herz der Königin und ihrer Kinder hing an Aquitanien. Das regnerische, kleine und so ungünstig gelegene England hielt in ihren Augen dem Vergleich mit dem sonnigen Aquitanien, dem Hort der Künste und der Lebensfreude, nicht stand. Außerdem wusste Prinz Heinrich nur zu gut, dass seine Mutter Richard vorzog. Allein dieser Umstand war ein Quell ständiger Eifersüchteleien zwischen den Brüdern.

»Wie schrecklich, wenn Brüder zu Feinden werden«, murmelte Marie. Die Zwietracht in Richards Familie erfüllte sie mit Traurigkeit. In ihrer eigenen Familie fühlte man sich einander in Liebe verbunden. In Richards Verwandtschaft hingegen gab es nichts als hässliche Intrigen und endlose Streitereien.

Maries Worte erregten offenbar Richards Missfallen. Er starrte sie an. »Was sollten wir denn deiner Meinung nach tun, liebe Marie? Sollen wir etwa großzügig über die aufrührerischen Umtriebe meines törichten Bruders hinwegsehen, nur damit niemand auf den Gedanken kommt, wir könnten etwas anders sein als eine glückliche Familie? Sicher treffen seine Lügen bei vielen Baronen im Süden auf offene Ohren. Sogar Vater ist inzwischen der Meinung, es sei an der Zeit, meinem Bruder eine Lehre zu erteilen.« Richards Züge verhärteten sich. »Heinrichs Treiben ist absurd. Aber wir können uns nicht darauf verlassen, dass er sich mit seinen unhaltbaren Gerüchten selbst der Lächerlichkeit preisgibt. Der Schaden, den er zuvor noch anrichten könnte, wäre zu groß. Mit der Erlaubnis meines Vaters werde ich mich auf den Weg nach Salisbury machen und dort mit der Königin sprechen. Denn ich brauche den Segen meiner Mutter, um gegen Heinrich vorgehen zu können. Außerdem weiß sie sicher Rat, wie mit den Baronen zu verfahren ist. Wie dem auch sei ...« Er brach ab und lächelte Marie strahlend an. »Ein Gutes hat diese ganze unerfreuliche Geschichte: Du reitest mit mir nach Salisbury, meine Liebste. Und dort wirst du endlich meine Mutter, die Königin, kennen lernen!«

»Oh, Richard!« Maries Herz machte einen Sprung. Sie wusste, wie wichtig ihm die Meinung seiner Mutter war und dass sie bei der Königin unbedingt einen guten Eindruck hinterlassen musste.

Richard war seine freudige Erregung nun deutlich anzusehen. »Ja, das sind meine Neuigkeiten, Geliebte. Wenn das Wetter es erlaubt, brechen wir schon morgen auf und reiten in die Normandie. Von dort aus stechen wir in See. Vater hat bereits einen Boten vorausgeschickt, damit unser Schiff ablegen kann, sobald wir die Küste erreichen.«

»Wie freundlich von König Heinrich, liebster Richard.«

»So würde ich es kaum nennen«, antwortete er. Dabei schob er trotzig das Kinn vor. Marie musste wieder einmal feststellen, wie sehr Richard in solchen Augenblicken dem König glich. »Vater weiß, dass Mutter noch immer über eine gewisse Macht und großen Einfluss verfügt. Selbst wenn er sie in England festhält – Aquitanien kann er nicht ohne sie regieren. Und Mutter ist nun einmal mit jeder Faser ihres Herzens eine Königin. Nie würde sie ihre persönlichen Gefühle über die Belange des Reiches stellen, nie sich dem Kampf für eine gerechte Sache verweigern.«

Marie nickte vage. Wenn es um seine Mutter ging, duldete Richard weder Einwände noch kritische Fragen. »Und von Salisbury aus reiten wir weiter nach Wales, nicht wahr, Richard?«

Ein Schatten huschte über sein Gesicht. »Wales?«

Marie war überrascht und auch ein wenig verletzt. »Sicher hast du nicht vergessen, was meine Aufgabe ist, Geliebter! Ich muss nach St. David ... Ritter Llew ... Richard, du weißt doch. Du sagtest, du würdest mich nach Wales bringen und ...«

Richards Miene war undurchsichtig. Aber Marie erkannte sofort, dass er ihr Anliegen ganz und gar nicht vergessen hatte. »Oh ja. Der walisische Ritter.« Die Pause nach diesen Worten ließ Marie nichts Gutes ahnen. Dann schüttelte Richard langsam den Kopf. »Es tut mir Leid, Marie. Aber ich kann nicht mit dir nach Wales reiten. Nicht jetzt. Wenn ich in Salisbury mit der Königin geredet habe, muss ich sofort nach Frankreich zurückkehren und ins Poitou reiten, wo Heinrich sein Unwesen treibt. Wir haben keine Zeit zu verlieren. Wenn wir meinem Bruder, diesem Esel, gestatten, dort unten den ganzen Winter lang ungestört die Saat der Rebellion unter die Barone zu streuen, wird es Krieg geben, sobald das Frühjahr anbricht.« Richard lächelte über Maries bekümmerte Miene.

»Ach, Marie. Denk doch einfach für eine Weile nicht an das grässliche alte Wales. Die Reise dorthin hat sicher Zeit bis zum Frühling. Und Aquitanien ist selbst im Herbst und Winter wunderschön. Du könntest im Schloss meiner Mutter in Poitiers wohnen, und du wärest dort nicht allein. Ich würde zu dir kommen, so oft es meine Zeit erlaubt.« Er legte ihr den Arm um die Schultern. »Ist das nicht ein viel besserer Plan? Ein angenehmer Winter im milden Klima Aquitaniens; und das regnerische, kalte Wales besuchen wir im nächsten Frühjahr. Klingt das nicht gut?«

Erwartungsvoll lächelte er Marie an. Es fiel ihr unendlich schwer, der Versuchung, Richards Vorschlag anzunehmen, zu widerstehen. »Ich würde den Winter gerne in Aquitanien verbringen. Aber das ist unmöglich«, sagte sie traurig. »Die Reise nach Wales duldet keinen weiteren Aufschub. Das Versprechen, das ich Llew gegeben habe, muss endlich erfüllt werden. Ich habe schon viel zu lange gezaudert.«

Wie sie befürchtet hatte, schwand die Freude aus Richards Gesicht. Mit kalter Stimme sagte er: »Wie du wünschst, liebe Marie.«

Nun, dieses Spiel können auch zwei spielen, dachte sie verärgert. »Richard, mein Herr, du sprachst von einem Boten, der Briefe aus England brachte. Ist Ritter Arnaud etwa zurückgekommen? Sind Briefe aus Wales unter den Schriftstücken?«

»Ja, Arnaud ist wieder hier.«

Warum hatte er ihr das nicht gleich gesagt? »Hat er auch einen Brief für mich mitgebracht, Herr?«

Richards Augen verengten sich. »Eines der Schreiben kommt aus St. David. Ich glaube, es ist an dich gerichtet.«

Hätte sie das an diesem Morgen überhaupt noch erfahren, wenn sie ihn nicht danach gefragt hätte? »Herr, du weißt, wie sehr ich auf diesen Brief gewartet habe. Werde ich ihn bald lesen dürfen?«

»Das lässt sich einrichten«, antwortete Richard knapp. »Ich werde den Haushofmeister anweisen, das Schreiben an dich herauszugeben. Es kam zusammen mit einem Paket von offiziellen Schriftstücken des Bischofs.«

Für kurze Zeit schwiegen beide. Maries Herz krampfte sich zusammen. Sie verstand Richard nicht. Was war nur in ihn gefahren? Warum musste sie ihm jedes Wort mühsam abringen? Er wusste doch, wie wichtig ihr der Brief war. Er kannte die ganze Geschichte. Sie hatte keine Geheimnisse vor ihm. »Vergib mir meine Ungeduld, Richard«, sagte sie schließlich. »Aber ich warte schon so lange auf eine Nachricht über meinen armen Freund.«

In Richards Blick lag Kälte, als er antwortete: »Die Sehnsucht, mit der du auf einen Brief aus Wales wartetest, konnte mir nur schwerlich entgehen.«

»Ritter Llew war mein ergebener Begleiter, Richard!«, rief Marie empört. »Ich kann ihn nicht einfach seinem Schicksal überlassen.«

Die Kälte wurde zu Hochmut. »Ja, das verstehe ich. Du hast mir ja oft genug versichert, was für ein treuer Freund er dir war. Nein, Marie, protestiere nicht. Tu, was du tun musst. Aber erwarte nicht, dass ich mich darüber freue.«

Über die Maßen erregt, fauchte Marie den Prinzen an: »Oh, nun bist du mehr als ungerecht, edler Richard! Soll *ich* mich vielleicht freuen, wenn du ins Poitou reitest, obwohl du mir versprochen hast, mich nach Wales zu begleiten? Oder soll ich mich freuen, dass du noch immer mit Prinzessin Alais verlobt bist und nichts unternimmst, um deine bevorstehende Heirat mit ihr zu verhindern? Wo inzwischen doch alle Welt weiß, dass sie die Geliebte deines Vaters ist! Oder erwartest du gar, dass ich mich freue, wenn du dich benimmst wie ein verwöhntes Kind anstatt wie ein ehrenhafter Ritter von Ruhm und Ansehen?«

Das Blut wich aus Richards Gesicht. Er sprang auf und hob die Hand. Ein gefährliches Funkeln lag in seinen Augen. »Wie kannst du es wagen, so mit mir zu sprechen!«, herrschte er sie an. Marie erhob sich ebenfalls, wich aber nicht vor ihm zurück. Ihre Wangen waren feuerrot, doch sie reckte stolz das Kinn. Wenn er sie schlagen wollte, so musste er ihr dabei in die Augen sehen. Er ließ die Hand sinken. Mühsam beherrscht presste er hervor: »Du vergisst, wo dein Platz ist, Marie. Du bist meine Geliebte, aber ich bin der Sohn eines Königs. All mein Trachten muss stets dem Wohle des Reiches gelten. Dieses Reich muss ich notfalls mit meinem Leben und stets mit der mir zu Gebote stehenden Macht schützen. Meine Verpflichtungen stehen an erster Stelle, meine persönlichen Wünsche – ganz gleich, wie sie aussehen mögen – müssen sich dem unterordnen. Ich dachte, das hättest du inzwischen verstanden.«

Ein schmerzhafter Klumpen lag in Maries Kehle. Die Wut machte ihr das Atmen schwer. »Möge Gott verhüten, dass ich je den niederen Platz vergesse, der mir gebührt, hoher Herr.«

Richards Züge blieben hart. »Ich sehe, wir verstehen uns.«

»Herr«, sagte Marie steif und neigte den Kopf. Bei allen Heiligen, wie hatten diese strahlenden blauen Augen sie verzaubert, wie hatte dieser goldene Körper sie in seinen Bann gezogen. Und wie sehr hatte sie stets die Leichtigkeit bewundert, mit der dieser Mann die große Macht der Plantagenets auf seinen Schultern trug. Doch nun brannten ihre Augen, als hätte sie zu lange in die Sonne geblickt.

Ein lähmendes Schweigen dehnte sich zwischen ihnen aus. Schließlich sagte Richard in sanfterem Ton: »Geh nach Wales und suche deinen verlorenen Ritter, meine Liebe. Denn du musst tun, was du für gut und richtig hältst – ohne Rücksicht auf meine Gefühle.«

Die distanzierte Freundlichkeit, mit der er nun sprach, war schwerer zu ertragen als sein Ärger. Marie wurde schmerzhaft bewusst, dass sich etwas zwischen ihnen unumkehrbar verändert hatte. »Ja, denn wenn ich es nicht tue, wird der Preis, den ich dafür bezahlen muss, zu hoch sein, Herr. Wenn ein gebrochenes Versprechen und die Selbstsucht erst mein Herz zerfressen haben, womit soll ich dich dann lieben?«

Richard starrte sie einen Augenblick lang schweigend an. Dann griff er nach ihren Händen und zog sie an sich. »Ach, Marie, wenn nur alles anders wäre! Wenn wir nur arme Bauern sein könnten, in einer Hütte mitten im Wald! Dann müssten wir uns nicht um die Geschicke der Welt draußen scheren, sondern nur an unser eigenes bescheidenes Dasein denken. Wir würden zufrieden in den Tag hinein leben und nichts würde unser Glück trüben.«

Ihre Blicke trafen sich. Richard schlug als Erster die Augen nieder und ließ Marie los. »Oh, Marie. Du weißt, das kann nicht sein.«

»Aber warum denn nicht, Herr, warum nicht?«

Die Augen des Prinzen blitzten auf. »Herr im Himmel!« Er brach ab und sprach dann ein wenig ruhiger weiter. »Ach, Marie. Wir sind beide viel zu müde, um noch einen klaren Gedanken zu fassen. Lass uns nicht über Kleinigkeiten streiten.«

Doch so leicht wollte sie sich nicht besänftigen lassen. »Es sind gewiss keine Kleinigkeiten, über die wir uns uneins sind, Herr.«

Richard schüttelte seufzend den Kopf. »Wir sollten es dabei bewenden lassen. Ich ertrage es nicht, dass ... Wie dem auch sei, ich muss nun gehen. Ich habe noch viele Vorbereitungen für die Reise zu treffen und werde nicht zum Frühstück erscheinen. Aber der König findet sich zweifellos bald im Speisesaal ein. Es wäre gut, wenn du dich dort ebenfalls blicken ließest.«

Marie gab ihre Antwort mit zusammengepressten Lippen. »Das hatte ich ohnehin vor, Herr.«

»Gut.« Richard wandte sich zum Gehen. »Ich werde dafür sorgen, dass du den Brief bekommst. Ich schicke Arnaud zu dir.«

»Danke, Herr.« Oh, wie kalt und leer ihr Herz war! Wie sehr wünschte sie sich, die Zeit zurückdrehen zu können. Sie wollte Richard aufhalten, ihn umarmen und sich mit ihm versöhnen, doch sie brachte kein Wort über die Lippen. Er verließ die Bibliothek mit festem Schritt und in der Haltung eines Mannes, der mit sich und der Welt im Reinen ist.

Als sie wieder allein war, atmete Marie tief durch. Mut, dachte sie, ich muss Mut fassen. Denk daran, du bist kein unerfahrenes kleines Mädchen mehr, keine zerbrechliche Blüte, die sich willenlos vor den Winden des Schicksals hertreiben lässt. Du bist eine erwachsene Frau, die ihren Stolz und ihren eigenen Willen hat. Was soeben geschehen war, tat weh. Ja, der Schmerz war beinahe unerträglich. Aber nun wusste Richard, dass sie zu ihrem Wort stand, dass an ihrer Entschlossenheit nicht zu rütteln war. Sie ließ sich nicht durch die Aussicht auf einen angenehmen Winter im Schloss von Poitiers von einem wichtigen Vorhaben abbringen, das hatte sie ihm deutlich gemacht. Doch Richards hochmütige, wütende Worte trafen sie tiefer, als sie es wahrhaben wollte.

Und noch etwas anderes beschäftigte sie. Bisher hatte sie nicht gewusst, wie sehr Richard sich an dem Versprechen, das sie nun endlich erfüllen wollte, störte. Warum unterstützte er sie nicht bei ihrem schwierigen, vielleicht sogar gefahrvollen Vorhaben? Schließlich galt er als verwegener Krieger, war ein kampferprobter Ritter und großer Prinz, der die ritterlichen

Tugenden hochhielt und wusste, welch ein hohes Gut die Treue war. Einem Mann, der zu seinem Wort stand, würde er dafür Respekt zollen. Warum also nicht auch ihr, der Frau, die er liebte? Selbst hätte er sich sicher nie erlaubt, ein Versprechen zu geben und es dann erst nach langem Zaudern zu erfüllen. Hätte sie vielleicht bis in alle Ewigkeit auf seine Erlaubnis warten sollen, bevor sie sich endlich auf die Reise machen konnte? Hätte sie das, was ihr selbst wichtig war, den Belangen, die für ihn an erster Stelle standen, unterordnen sollen? Hieß das, er wollte über ihre Seele genauso verfügen wie über ihren Geist und ihren Körper? Nein, mein Geliebter, das wäre wirklich ein zu hoher Preis, dachte Marie trotzig. Doch der Gedanke schmerzte und höhlte sie aus wie die Trauer um einen verlorenen Menschen. Das Atmen wurde ihr schwer.

Niedergeschlagen sammelte sie Pergament und Tinte ein. Sie musste sich noch ein wenig zurechtmachen. Der König erwartete beim Frühstück ihre Anwesenheit; und kein Mensch, der seine Sinne beisammen hatte – weder Mann noch Frau –, wagte es, König Heinrich den Zweiten von England und Anjou warten zu lassen.

3

Das Jahr 1177 war das dreiundzwanzigste Jahr der Herrschaft des Königs von England. Heinrich, Sohn der hochmütigen Regentin Matilda und des mächtigen Geoffrey d'Anjou, hatte bei der Beendigung des blutigen Bürgerkrieges, der in England wütete, eine wichtige Rolle gespielt. Seine Mutter Matilda erbte den Thron ihres Vaters, Heinrichs des Ersten. Doch ihr Vetter, Stephen von Blois, hielt sich für den einzig legitimen Anwärter auf die englische Krone. Vetter und Kusine lieferten einander einen langen erbitterten Kampf, der das Land spaltete und an den Rand des Ruins brachte. Während die Armeen von Matilda und Stephen es gnadenlos aussaugten, herrschten allerorten Anarchie und Chaos. Erst als Stephen sich einverstanden erklärte, den Thron Matildas Sohn zu überlassen, kehrte ein brüchiger Frieden ein. So wurde Heinrich Plantagenet zum König von England gekrönt, und langsam wendete sich das Schicksal des vom Krieg gebeutelten Reiches.

Heinrich war ein fähiger Herrscher, der mit ruhiger, aber fester Hand regierte. Er verstand etwas von Verwaltungsgeschäften, verfügte über einen ausgeprägten Sinn für Gerechtigkeit und fühlte mit dem Volk. Den Armen gab er großzügige Almosen, oft sogar im Geheimen, und er zeigte sich gegenüber den vielen Bittstellern, die sich an seinen Höfen drängten, großzügig und geduldig. Er führte viele Reformen im Rechtswesen und in der Lenkung der Staatsgeschäfte herbei und kehrte unter den korrupten Sheriffs mit eisernem Besen. Intelligent, charmant und belesen, wie er war, suchte er die Gesellschaft von Gelehrten. Mit ihnen diskutierte er leidenschaftlich über Philosophie und Politik. Außerdem liebte Heinrich die Poesie, schätzte phantasievoll erzählte

Geschichten und hatte eine Schwäche für Bücher mit kunstvollen Illustrationen. Der König beherrschte die meisten Sprachen der bekannten Welt, die sich von den Küsten Frankreichs bis an den fernen Jordan erstreckte. Meist unterhielt er sich jedoch auf Französisch oder Lateinisch.

Dieser mit großer Klugheit und Intelligenz gesegnete Herrscher war außerdem ein Mann der Tat, der die Grenzen seines Reiches zu erweitern wusste. Er führte sein Heer in Frankreich, Wales und Irland in manche schwere Schlacht. Doch seine Erfahrungen mit den Zeiten der Anarchie in England ließen ihn den Krieg sehr planvoll, und nur wenn er von seinem Nutzen überzeugt war, einsetzen. Nie suchte er aus purer Lust am Schlachtgetümmel den Kampf mit einem Gegner, wenn er sein Ziel auch durch Verhandlungen und Verträge erreichen konnte. Als Vasall des Königs von Frankreich war er diesem zwar zu Treue verpflichtet, doch längst überstieg seine Macht die Ludwigs. Der französische König war sich dessen bewusst und bemühte sich um ein gutes Verhältnis mit dem Angevin, wie man die Bewohner Anjous und die Plantagenets gern nannte. In Wales verfuhr König Heinrich strikt nach dem Grundsatz *Teile und herrsche!*. Er wusste die Rivalität zwischen den nördlichen und südlichen walisischen Clans für seine Zwecke zu nutzen. Heinrich schloss getrennte Pakte mit den Prinzen Gwynedd und Dyfed. Damit machte er es den Walisern schwer, in ihm einen gemeinsamen Feind zu sehen, und erreichte, dass sie sich stattdessen voll Misstrauen gegenseitig belauerten. Wie ein talentierter Gaukler hielt der englische König zu jeder Zeit mehrere Bälle in der Luft, und dank seines klaren Verstandes schien er auch schwierige Situationen meist richtig einzuschätzen. Weitreichende Entscheidungen traf er mit Klugheit und Bedacht.

Doch auch er war nicht ohne Schwächen. Sein aufbrausendes, oft nachtragendes Temperament war legendär und brachte ihn gelegentlich in Schwierigkeiten. Einige im Zorn gesprochene Worte führten gar zur Ermordung seines früheren Freundes, des Erzbischofs von Canterbury, Thomas Becket. Der Mord an diesem Kirchenfürsten versetzte den Papst in Wut. Er strafte Heinrich mit zeitweiliger Exkommunikation. Diese wiederum hätte den englischen König um ein Haar seinen Thron gekostet. Seither versuchte der rührige Plantagenet, sein Temperament zu zügeln – wenn auch zumeist mit mäßigem Erfolg.

Auch seine unersättliche Lust brachte ihn immer wieder in Verlegenheit. Für gewöhnlich nahm er sich, was ihm gefiel, und keine Frau, auf die der König seinen begehrlichen Blick geworfen hatte, war vor ihm sicher. Wie alle Plantagenets war Heinrich der Zweite ein auffallend gut aussehender Mann. Sein muskulöser, männlicher Körper, sein Charme, dazu gewisse ritterliche Umgangsformen, gepaart mit einem scharfen Verstand – diese Eigenschaften zogen die Frauen in ihren Bann. Es war kaum verwunderlich, dass Heinrich eines Tages auch die Aufmerksamkeit der ansonsten überaus kritischen Eleonore von Aquitanien erregte. Dass sie zu jener Zeit noch mit ihrem ersten Ehemann, dem freundlichen, aber eher mönchischen König Ludwig dem Siebten von Frankreich, verheiratet war, hinderte sie nicht daran, die Nähe des Plantagenet zu suchen.

Eleonore war damals gerade zu ihrer vollen Schönheit erblüht. Zwar haftete ihr von jeher der Ruch von Skandalen an, doch noch immer galt sie als die beste Partie der bekannten Welt. Als älteste Tochter und Erbin von William, dem berüchtigten Herzog von Aquitanien, beherrschte sie nicht allein die Künste, in denen sich edle Damen für gewöhnlich übten. Sie kannte sich auch in Regierungsgeschäften bestens aus. Im Alter von fünfzehn Jahren – schon damals so eigenwillig und temperamentvoll wie ihr Vater – hatte sie den zwar noch jungen, aber etwas spröden Ludwig geheiratet. Von Anfang an war er Wachs in ihrer Hand. Eleonore blieb bis zu ihrem dreiundzwanzigsten Lebensjahr kinderlos, dann gebar sie Ludwig zwei Töchter, aber keinen männlichen Erben. Der König machte sich nicht viel daraus, denn er war von seiner schönen Frau wie besessen. Sie begleitete ihn sogar auf einen Kreuzzug nach Jerusalem. Noch nie zuvor hatte eine Königin mit ihren Hofdamen an einem solch riskanten Unternehmen teilgenommen, und Ludwig sollte allzu bald bereuen, dass er sie mitgenommen hatte. Denn unterwegs kam es beinahe zu einem Eklat. Eleonore, die ihr asketischer Gatte inzwischen fast zu Tode langweilte, ließ sich auf ein gefährliches Spiel mit dem Feuer ein. Der Mann, dem sie ihre Gunst bezeugte, war ausgerechnet ihr Onkel, Raymond von Antiochien. Das konnte sogar der ansonsten so tolerante Ludwig nicht dulden. Er schickte seine heißblütige Gattin nach Hause und drohte ihr die Scheidung an.

Dem Papst gelang es zwar, das entfremdete Paar wieder zu versöhnen, doch bald gab es für Ludwig einen neuen Grund zur Beunruhigung: Eleonore begegnete Heinrich Plantagenet und war nun der frommen Lebensführung ihres Gatten endgültig überdrüssig. Dass Heinrich elf Jahre jünger war als sie, kümmerte sie nicht, und auch er störte sich nicht an dem Altersunterschied. Eleonore gelang es, ihre Ehe mit Ludwig annullieren zu lassen. Als Grund diente der Umstand, dass sie mit dem französischen König allzu eng verwandt war. Der wiederum hatte keine Einwände gegen die Scheidung, da er der ständigen Querelen mit seiner unzufriedenen Gattin müde war und sich nach einem friedvollen, harmonischen Leben sehnte. Schon bald nach der Scheidung ehelichte er eine unscheinbare junge Frau, die weder mit Skandalen noch mit Eleonores unzähmbarem Temperament belastet war. Zum grenzenlosen Erstaunen der adeligen Gesellschaft gelang ihm außerdem das Kunststück, zu Eleonore und ihrem zweiten Ehemann, der schon bald zum König von England gekrönt wurde, freundschaftliche Beziehungen zu unterhalten. Einige Jahre später kam auf Ludwigs Drängen sogar die Verlobung seiner Tochter Alais mit Richard, dem zweitgeborenen Sohn Eleonores und Heinrichs, zustande.

Eleonore hatte geglaubt, mit Heinrich genauso umspringen zu können wie vorher mit Ludwig. Sie musste allerdings bald feststellen, dass sie sich getäuscht hatte. Heinrichs Mutter, die Regentin Matilda, war eine ebenso eigenwillige und starke Frau gewesen wie Eleonore. Vielleicht fühlte sich der junge Angevin gerade deshalb so sehr zu dem stolzen Wesen und zu der Leidenschaftlichkeit der aquitanischen Herzogin hingezogen. Gleichzeitig zeigte er jedoch nicht die geringste Bereitschaft, sich von ihr beherrschen zu lassen.

Anfangs erschien die Verbindung der beiden geradezu perfekt. Eleonore, die Ludwig nie einen männlichen Erben geschenkt hatte, empfing innerhalb kürzester Zeit und gebar Heinrich nacheinander eine große Zahl von Nachkommen. Fast schien es, als ob ihr Schoß durch die Liebe ihres jungen Ehemannes erst zum Leben erwacht sei.

Jahrelang führten Eleonore und Heinrich eine für damalige Zeiten ungewöhnliche Ehe voller Leidenschaft und gegenseitiger Toleranz. Trotz ihres Altersunterschiedes, der zahlreichen Seitensprünge, die Heinrich sich leistete, und den diskreten Liebschaften, die Eleonore sich gönnte, galt ihre Verbindung als stabil. Eleonore fand nichts dabei, dass die große Schar von Heinrichs unehelichen Kindern am Hofe aufwuchs. Dafür gestattete Heinrich seiner Frau, sich aktiv an den Regierungsgeschäften zu beteiligen. Eleonore sprach Recht und beriet ihren Gatten bei seinen Entscheidungen. Wenn der Herrscher wieder einmal im Anjou oder in der Normandie weilte, regierte sie gar England an seiner statt.

Darüber hinaus unterstand Eleonore noch immer das Herzogtum Aquitanien. Oft waren die Gatten monatelang voneinander getrennt. Doch die Zeiten, die sie gemeinsam verbrachten, schienen sie in vollen Zügen zu genießen. Sie erfreuten sich aneinander und verstanden sich aufs Beste – wohl auch weil ihre Wesen sich glichen. Jeder kannte die Gedanken und Wünsche des anderen, wusste um den verzehrenden Machthunger und die leidenschaftliche Seele seines Gegenübers. Nichts schien diese starke Verbindung erschüttern zu können.

Und doch kam der Tag, der alles ändern sollte. Es war der Tag, an dem Heinrich Rosamunde Clifford begegnete. Eleonore erholte sich gerade von einer weiteren Niederkunft. Die Geburt des kleinen John war sehr schwierig gewesen, und auch die Schwangerschaft hatte Eleonore viel Kraft gekostet. Heinrich, der für Frauenleiden jedweder Art wenig Geduld aufbrachte, zog derweil durch das Grenzland zwischen Wales und England. Dort besuchte er einige seiner Vasallen, darunter den Baron Walter Clifford. Auf dem Anwesen des Vaters kam es zu der schicksalhaften Begegnung mit der Tochter, der lieblichen Rosamunde, die gern auch *Rose der Welt* genannt wurde.

Heinrich war damals in seinem vierzigsten Lebensjahr, und die lange Zeit als Herrscher über ein zersplittertes Reich hatte einen harten Mann aus ihm gemacht. Doch nun berührte der Anblick einer Frau zum ersten Mal sein Herz und nicht nur seine Lenden. Er verliebte sich in die Schönheit aus dem Marschland. Rosamunde hatte mit Ende zwanzig die Blüte ihrer Jugend bereits weit hinter sich gelassen. Ihre Schönheit wirkte sehr verletzlich und zerbrechlich, und sie war von bescheidenem, zurückhaltendem Wesen – das genaue Gegenteil der rastlosen, stolzen Eleonore. Von den anstrengenden Regierungsgeschäften und der Notwendigkeit dauernder

Wachsamkeit ermüdet, fand Heinrich in Rosamundes Gesellschaft Ruhe und Entspannung. Das Zusammensein mit ihr glich einer Flucht in einen sonnigen Garten voller Wohlgerüche. Er ließ das Schloss von Woodstock für Rosamunde umbauen und hielt sich monatelang dort mit ihr auf. Dabei vernachlässigte er seine Gemahlin und seine Kinder. Alles, was ihn mit Eleonore verbunden hatte, schien vergessen und vorbei. Er lebte nur noch für seine neue Leidenschaft. Schließlich bekannte er sich offen zu Rosamunde und nahm sie mit auf seine Reisen. Der wütende Protest seiner Gattin und die empörten Ermahnungen der Kirchenmänner prallten an ihm ab.

Die stolze Eleonore verzieh Heinrich diese Demütigung nie. Sie hasste und verachtete die sanfte Rosamunde. In Eleonores Augen war sie ein blasses, geziertes Wesen ohne einen Funken Verstand, für das die Welt hinter den Rosenrabatten des Schlosses von Woodstock endete. Das Einzige, was Eleonores verwundeten Stolz wieder ein wenig aufrichtete, war, dass Rosamunde nacheinander mehrere Fehlgeburten erlitt. Niemals würde sie Heinrich ein gesundes Kind schenken können. Doch selbst das schien seine Liebe zu der blütenzarten Schönheit nicht zu schmälern. Er war wie besessen von diesem albernen Geschöpf.

Eleonore behielt ihre Gefühle für sich, wie es sich für eine Königin geziemte. Sie zog sich mit ihren Söhnen Heinrich, Geoffrey und Richard und ihrer Tochter aus erster Ehe, Marie de Champagne, mit der sie sich nach einem Zerwürfnis wieder versöhnt hatte, nach Aquitanien zurück. Bald hatte Eleonore einen so ungewöhnlichen und prachtvollen Hofstaat um sich versammelt, dass man in ganz Europa darüber sprach. Dagegen verlor selbst Woodstock seinen Glanz, denn Rosamunde war keine Bienenkönigin wie Eleonore. Der Aquitanierin saßen inzwischen ganze Scharen junger

Männer schmachtend zu Füßen, sangen ihr Lieder vor und schrieben Gedichte über sie.

Nur Eleonores jüngster Sohn, John, blieb in England bei seinem Vater zurück. Eleonore hatte für den dunkeläugigen, stets wachsam blickenden Säugling nie mütterliche Gefühle entwickelt. Sie betrachtete ihre beschwerliche Schwangerschaft und den bedauernswerten John als Quelle ihres Kummers. Außerdem würde er bis zu seinem siebten Lebensjahr ohnehin vorwiegend in der Obhut von Ammen und Kindermädchen aufwachsen und seine Eltern nur selten zu Gesicht bekommen. So blieb dieser Knabe der einzige Prinz aus dem Geschlecht der Plantagenets, der in England aufwuchs und nicht in Aquitanien, der geliebten Heimat seiner Mutter, lebte. Davon sollte sein ganzes weiteres Leben geprägt werden.

Den anderen Plantagenets gefiel es in Aquitanien weitaus besser als in England. Kaum einer von ihnen konnte mehr als ein paar zusammenhanglose Brocken in englischer Sprache von sich geben. Französisch hingegen beherrschten alle fließend. Außerdem unterhielten sie sich mühelos in sämtlichen anglonormannischen Dialekten und in Latein. Bretonisch sprachen sie zwar nicht, doch sie verstanden die Geschichten der bretonischen Gaukler ohne Schwierigkeiten. Die Kinder fanden nichts Besonderes dabei, dass ihr Vater sich eine Mätresse hielt, doch Rosamunde erschien ihnen dumm und ungebildet. Außerdem fürchteten sie den Einfluss, den diese Frau auf ihren Vater hatte. Keiner wusste, was geschehen würde, wenn die englische Hure, wie sie Rosamunde gerne betitelten, eines Tages doch ein lebendes Kind zur Welt brächte. Heinrichs Söhne waren bereit, ihr Erbe um jeden Preis zu verteidigen.

Eleonores Vasallen, die Edelmänner von Aquitanien und aus dem Poitou, hatten für Heinrich nicht viel übrig. Er regierte mit eiserner Hand über ihr schönes Land und hatte ihnen einen Teil ihrer angestammten Pfründe genommen. Außerdem verübelten sie ihm seine Selbstherrlichkeit. Diese Männer trugen ihre Beschwerden an Eleonores Hof vor, der dadurch bald eine Brutstätte rebellischer Umtriebe wurde.

Heinrich entgingen die Gewitterwolken, die sich jenseits der Meerenge aufzutürmen begannen, nicht. Er versuchte, seine Söhne freundlich zu stimmen und ihr Misstrauen zu zerstreuen, indem er den ältesten, Prinz Heinrich, neben sich auf den englischen Thron holte. Doch König Heinrichs Plan ging nicht auf, denn er war im Grunde seines Herzens kein Mensch, der seine Macht mit einem anderen teilen konnte. Die Übertragung der Königswürden auf seinen Sohn diente letztlich sogar Eleonore und ihren Anhängern. Denn mit dem jungen Heinrich hatten sie nun einen rechtmäßig gekrönten König in ihren Reihen, den sie gegen seinen Vater einsetzen konnten.

Im Jahre 1173 begannen die Prinzen Heinrich, Geoffrey und Richard denn auch die lange befürchtete offene Rebellion gegen ihren Vater. Dieser kommandierte seine Armeen wutentbrannt auf die Schiffe und segelte gen Frankreich. Seinen Söhnen blieb bald nichts anderes übrig, als den französischen König um Schutz zu bitten und sich an dessen Hof zu flüchten. Eleonore ritt, als Mann verkleidet, mit ihnen. Doch sie wurde entdeckt und von Heinrichs Truppen gefangen genommen.

König Ludwig verspürte keinerlei Verlangen, seinen Hof in ein Hornissennest zu verwandeln. Mit den Intrigen dieser mächtigen Familie wollte er so wenig wie möglich in Verbindung gebracht werden. So wandte er den Blick ab und griff nicht ein, als sein mächtiger Vasall einen Rebellen nach dem anderen an die Leine legte und schließlich die ganze aufmüpfige Sippschaft nach England zurückbringen ließ. Einzig Aquitanien wollte König Ludwig vor dem Zugriff des englischen Königs schützen. Ludwig ließ Heinrich wissen, er dulde nicht, dass der abtrünnigen Eleonore ihr Herzogtum genommen werde. Sie zählte trotz allem noch immer zu seinen mächtigsten Vasallen.

Heinrich schickte eine Abordnung nach Rom. Der Papst sollte ihm die Auflösung seiner Ehe mit Eleonore gestatten oder zumindest erlauben, dass er sie öffentlich verstoßen und in ein Kloster schicken konnte. Doch Papst Alexander, der Heinrich dem Zweiten alles andere als freundlich gesinnt war, wollte nichts davon hören. Er konnte dem englischen König zwar nicht verbieten, seine ungehorsame Gattin zu bestrafen. Da sie aber ein großes Herzogtum regierte und eine mächtige Königin war, durfte die Strafe nicht allzu hart ausfallen. Dem zornigen Heinrich blieb letztlich nichts anderes übrig, als sich eine Bestrafung auszudenken, mit der er Eleonore geziemend demütigen, vor allem aber von weiteren aufrührerischen Umtrieben abhalten konnte.

Seine Rache bestand darin, die machtgewohnte Aquitanierin in eine abgelegene Ecke des Landes zu verbannen, das sie nie geliebt hatte. Sie musste fortan auf einer Burg in England leben, wo sie Tag und Nacht von Heinrichs Spionen und von seinen treuesten Anhängern umgeben war. Man bewachte sie dort wie eine Gefangene. Ihr geliebtes Aquitanien rückte für Eleonore damit in unerreichbare Ferne. Und mit ihrem Herzogtum – ihrer Heimat – verlor sie auch ihren Hofstaat, der ihr stets Freude und Inspiration gewesen war. Außerdem trug sie die schwere Bürde einer tiefen Schuld, denn das Herzogtum hatte ihr die Treue gehalten und dafür einen hohen Preis bezahlt. Die Männer von Aquitanien und aus dem Poitou waren Eleonore nur allzu bereitwillig in den Kampf gegen den rotblonden Tyrannen aus dem Norden gefolgt. Das hatte sie ihr Leben, ihre Gesundheit, ihr Land und ihre Freiheit gekostet.

Auch Eleonores Söhne litten unter den Folgen der fehlgeschlagenen Rebellion. Heinrich der Zweite legte sie an die kurze Leine. Zwar erlaubte er ihnen, ihre Mutter gelegentlich zu besuchen, doch seine Spione beobachteten alle ihre Bewegungen, und keines ihrer Worte entging ihnen. Unbeugsam bis zum Letzten ertrug Eleonore alle Demütigungen mit großer Würde. Selbst im Exil blieb sie doch immer die rechtmäßige Erbin des Herzogtums Aquitanien. Sie nutzte die wenige Macht, die ihr geblieben war, um Richard, ihren Liebling, zu ihrem Nachfolger zu bestimmen.

Seine Rache an der Frau, von der er nun meist als »der verhängnisvollen Poitevin« sprach, hätte Heinrich Genugtuung verschaffen sollen. Doch er fand keine Ruhe, denn Eleonore hatte in seinen Augen noch nicht genug gelitten, und auch seine abtrünnigen Söhne konnte er trotz seiner Großzügigkeit nicht zurückgewinnen. Um sie zu besänftigen, ließ der König seinem Sohn Heinrich alle Titel und gestattete, dass Aquitanien an Richard ging. Heinrich der Zweite nahm seine Söhne schließlich gar in den engsten Kreis seiner Vertrauten auf und ließ sie an den Regierungsgeschäften teilhaben. Dafür erntete er jedoch weder Liebe noch Dankbarkeit. Aber die Söhne wussten, dass es zu ihrem Vorteil war, wenn sie dem Vater Respekt erwiesen, und er musste keinen weiteren Zwang ausüben, damit sie an seinem Hof blieben. Für das ungeliebte England zeigten Heinrichs Sprösslinge allerdings keinerlei Interesse. Ihre ganze Sehnsucht gehörte dem Land jenseits des Wassers. Allein der kleine John fühlte sich in England zu Hause. Heinrichs Triumph über die Rebellen zerfiel zu Asche und hinterließ nichts als Bitterkeit. Er wurde reizbarer denn je.

Vollends unberechenbar wurde er, als Rosamunde, sein

Augapfel und seine Freude, im Jahre 1176 plötzlich starb. Zahllose Gerüchte rankten sich um ihr jähes Ende. Die einen sagten, Eleonore habe ihr ein vergiftetes Blumengebinde geschickt. Andere behaupteten, Rosamunde sei bei der Geburt eines Kindes gestorben. Manche vermuteten auch, ihr Herz sei gebrochen, als sie erfahren hatte, dass der unverbesserliche Heinrich inzwischen sein Lager mit der lieblichen Prinzessin Alais teilte. Was immer der Grund für Rosamundes Ableben gewesen sein mochte, Heinrich traf ihr Verlust zutiefst. Im Kloster von Godstow, wo sie gestorben war, ließ er ein gewaltiges Grabmahl für sie errichten. Für ihren Sarg durfte nur das beste und teuerste Holz verwendet werden. Die Nonnen bezahlte er fürstlich dafür, dass Rosamundes Grab stets mit frischen Blumen geschmückt war und dass die Kerzen vor dem Schrein seiner Liebe niemals erloschen. Den Kirchenfürsten war es ein Dorn im Auge, dass Heinrich seinem sündigen Leben mit Rosamunde ein derart prachtvolles Denkmal setzte. Dafür wünschten sie ihm die ewige Verdammnis, doch das kümmerte ihn wenig. Der König vergrub sich in seinem Kummer, und nur der kleinen Prinzessin Alais gelang es hin und wieder, ihn ein wenig aufzuheitern.

Im Jahre 1177 war die französische Prinzessin noch längst keine zwanzig Jahre alt, doch sie hatte beinahe ihr ganzes Leben in Heinrichs Umgebung zugebracht. Der Tradition folgend, die verlangte, dass eine königliche Braut am Hofe ihres Zukünftigen erzogen wurde, hatte man sie schon als Wickelkind nach England gebracht. Im Laufe der Jahre war Alais für Heinrich zu einem wertvollen Pfand geworden. Ihre Anwesenheit an seinem Hof sicherte ihm das Wohlwollen ihres Vaters und verhinderte, dass König Ludwig ihm seine Gunst entzog und stattdessen Eleonore stützte. Prinzessin

Alais, die arme kleine Geisel des Schicksals, wuchs trotz aller Widrigkeiten zu einem hübschen, intelligenten Kind heran, das bald der Liebling des ganzen Hofes war. Sie spielte fröhlich mit den Königssöhnen und verehrte Richard, der allerdings kaum Notiz von ihr nahm, wie einen Helden. Selbst als aus dem aufgeweckten Kind eine junge Schönheit wurde, beachtete Richard sie nicht. Alais musste bald verzagt feststellen, dass sie das Herz ihres Verlobten niemals erobern würde, sosehr sie sich auch bemühte. Als schließlich Heinrich bei ihr Trost suchte, gab sie ihm bereitwillig, was er haben wollte. Sie war sehr jung und hatte nie etwas anderes gekannt als den Hof der Plantagenets. Heinrich war die strahlende Sonne ihres ganzen bisherigen Lebens gewesen. Geschmeichelt von seiner Aufmerksamkeit ließ sie sich von den Strahlen dieser Sonne wärmen.

Im Laufe der Zeit nahm sie einen immer wichtigeren Platz in Heinrichs Plänen ein. Im vergangenen Sommer hatte er Alais' Vater, König Ludwig von Frankreich, einen Besuch abgestattet. Er hatte ihn um sein Einverständnis gebeten, die Verlobung zwischen Richard und Alais lösen zu dürfen. Nach einer angebrachten Wartezeit wollte er dem Papst seine Aufwartung machen und um die Erlaubnis ersuchen, die junge Prinzessin selbst heiraten zu dürfen. Doch Ludwig wollte nichts davon wissen. Heinrichs Lüsternheit erfüllte ihn mit tiefer Abscheu, und er hielt mit seiner Meinung nicht hinter dem Berg. Die Machtgier des englischen Königs und seine berüchtigte Gier nach jungem Fleisch erregten schon des Längeren das Missfallen des französischen Monarchen. Heinrich musste es sich gefallen lassen, dass Ludwig drohte, ihm seine Ländereien in Frankreich zu nehmen, wenn er versuchen sollte, seinen widerwärtigen Plan in die Tat umzusetzen. Dem englischen König blieb angesichts der Abhängigkeiten, in denen er sich befand, nichts anders übrig, als sich mit den augenblicklichen Gegebenheiten abzufinden. Seinen Willen dem eines anderen unterzuordnen, fiel ihm nicht leicht. Demut und Gehorsam lagen nun einmal nicht in Heinrichs Natur.

4

Verbum sat sapienti ...

Den Weisen zum Gehör ...

Lateinisches Lemma

Nachdem sie sich zurechtgemacht hatte, harrte Marie noch für eine Weile in ihrem Zimmer aus. Sie hoffte, Arnaud würde ihr den lang ersehnten Brief noch vor dem Frühstück bringen. Doch alles Warten war vergeblich, und sie wagte nicht, dem Frühstück noch länger fernzubleiben. Beinahe im Laufschritt eilte sie durch die Gänge zum großen Saal. Für gewöhnlich wimmelte es um diese Tageszeit überall im Schloss von Menschen, doch an diesem Morgen schienen bereits alle an der Tafel versammelt zu sein. Nur ein paar Diener, die riesige Platten mit dampfenden Speisen schleppten, hasteten umher. Sie waren viel zu beschäftigt, um Marie zu beachten. Schon bevor sie um die letzte Ecke vor dem Speisesaal bog, hörte sie laute Stimmen. Sie gehörten Prinz John, dem jüngsten Plantagenet, und Fulk Fitzwarin, einem von Richards Männern. Offenbar hatten sie eine Meinungsverschiedenheit.

»Madame Marie!«, rief John, als er sie kommen sah. »Bitte sagt Fulk, er muss auf mich hören!«

Marie seufzte. John war ein hübscher, aber ziemlich verstockter Knabe von aufbrausendem Temperament. Man sagte ihm auch eine gewisse Hinterhältigkeit nach. Ihr hatte das mutterlose Kind Leid getan, als sie an den Hof gekommen war, und sie hatte den kleinen John ein wenig unter ihre Fittiche genommen. Nun betrachtete er sie offenbar als seine Fürsprecherin. Marie blickte Fulk fragend an. Er stammte aus dem Marschland zwischen England und Wales und man hörte viel Gutes über ihn. In gespielter Verzweiflung hob der junge Mann die Augen zum Himmel.

»Junger Herr«, sagte Marie zu dem erbosten Prinzen. »Was ist denn geschehen?«

»Seine Hoheit behauptet, er habe ...«, begann Fulk, die Frage zu beantworten.

»Fulk glaubt mir nicht!«, fauchte der Prinz. »Aber ich weiß genau, was ich gesehen habe.«

Der Ritter zuckte resigniert die Achseln. »Ich sagte nicht, dass ich Euch nicht glaube, Hoheit, nur dass Ihr Euch täuscht ...«

Trotz seiner Jugend konnte John seinen älteren Brüdern, zumindest was deren Hochmut anging, mühelos das Wasser reichen. »Ich weiß, was ich gesehen habe. Ich bin ein Prinz! Und es ist Eure Pflicht, mir zu glauben.«

Fulk zeigte sich wenig beeindruckt. Amüsiert hob er die Augenbrauen. Doch bevor er antworten konnte, fragte Marie freundlich: »Was habt Ihr denn gesehen, Hoheit? Wollt Ihr es mir nicht sagen?« Armer John, dachte sie. So voller Eigensinn und Herrschsucht und doch nur ein verunsichertes Kind, das nie die liebende Hand einer Mutter gespürt hat und die Geborgenheit einer harmonischen Familie nie kennen lernen durfte.

Die emsige Geschäftigkeit, die ständigen Eifersüchteleien und Querelen der vielen Männer an Heinrichs Hof waren kein gutes Umfeld für einen Knaben. John hatte von klein auf lernen müssen, sich durchzusetzen. Heinrichs Höflinge wären nie auf den Gedanken gekommen, darauf zu achten, was sie sagten oder wie sie sich benahmen, nur weil zufällig ein Kind anwesend war. War es da ein Wunder, wenn der kleine

John die Merkmale eines Engels und eines Teufels in sich vereinigte? Marie fand es erstaunlich, dass er unter diesen Umständen überhaupt seine ersten Jahre überlebt hatte.

Ein wenig besänftigt nickte John. »Ich sah ein magisches Wesen«, erklärte er in dramatischem Ton. »Es hatte Flügel und es ...«

»Sicher war es ein Jagdfalke aus der Falknerei des Königs«, unterbrach Fulk ihn erneut.

John stampfte mit dem Fuß auf. »Du bist ein Trottel, ja ein Trottel! Fulk der Trottel!«

Fulks Augen blitzten gefährlich auf. Um Himmels willen, dachte Marie, die langsam die Geduld mit den beiden verlor, vor allem aber mit Fulk, der schließlich ein erwachsener Mann war. In strengem Ton begann sie: »Edler Fulk, könntet Ihr vielleicht ...«

Eine wohlbekannte, aufgeregte Stimme unterbrach sie. »Junger Herr! Da seid Ihr ja!«

Es war Johns Lehrer, der ehrwürdige Master Robert, der gefolgt von einem deutlich jüngeren Mann herbeigeeilt kam. Marie verlor sofort jedes Interesse an dem Streit, denn Master Roberts Begleiter war kein anderer als Arnaud de Beroul.

»Prinz John«, sagte Master Robert etwas außer Atem. »Es ist Zeit für Euren Unterricht.«

»Ich will aber nicht«, erklärte John ungerührt. »Ich muss Madame Marie erzählen ...«

Arnaud lächelte. »Bringt die Dame nicht in Schwierigkeiten, Hoheit.« Arnaud drückte sich viel vorsichtiger und gewählter aus als Fulk. Wahrscheinlich verlangten die Dienste, die er leistete, viel Diskretion. Er trat dem Jungen gegenüber nicht als überlegener Erwachsener auf, sondern versuchte, ihn sich zum Verbündeten zu machen. »Ihr wisst, der König wartet nicht gern.« Er sprach mit melodiösem aquitanischen Akzent.

John musterte den jungen Mann eingehend. Dann glitt sein Blick zu Marie. Schließlich nickte er. »Ja, das ist wahr. Ich erlaube Euch, mich später aufzusuchen, Madame Marie.«

Marie neigte das Haupt. »Das ist sehr freundlich von Euch, Hoheit.« Wenn es sich irgendwie einrichten ließ, würde sie sich von dem kleinen Tyrannen fern halten. Im Augenblick stand ihr der Sinn wahrlich nicht nach einem weiteren hochnäsigen Plantagenet. Sie wollte endlich den ersehnten Brief in den Händen halten.

John entließ sie mit einer majestätischen Geste. »Gut, Master Robert. Ich bin bereit.« Dann marschierte er hoch erhobenen Hauptes davon. Der betuliche Kirchenmann blieb ihm dicht auf den Fersen.

Als die beiden außer Hörweite waren, seufzte Fulk tief. »Der arme Master Robert! Der Gute ist wirklich nicht zu beneiden. Habt Ihr sein Gesicht gesehen? Für alles Gold Frankreichs würde ich nicht mit ihm tauschen.«

»Dieses Kind wird uns eines Tages noch großes Kopfzerbrechen bereiten«, sagte Arnaud mit einem schiefen Lächeln. »Denkt an meine Worte.«

»Pah!«, lachte Fulk. »Darauf bin ich gespannt. Aber wahrscheinlich habt Ihr Recht. Wir sollten dem Himmel danken, dass dieses kleine Scheusal niemals den Thron besteigen wird.«

Arnauds ebenmäßiges Gesicht verdunkelte sich. »Ja.«

»Er ist doch nur ein armes, einsames Kind«, murmelte Marie bedrückt.

Fulk schnaubte. »Ich würde ihn eher einen verwöhnten Balg nennen.«

Arnaud musterte Marie mit Interesse. »Ihr habt ein freundliches Herz, Madame. Ich stimme Euch zu, das Los des jüngsten Prinzen ist nicht einfach. Aber wir gewöhnlichen Sterblichen können nicht viel daran ändern.« Mit diesen Worten zog er ein mehrfach gefaltetes Pergament aus den Falten seines Umhangs und überreichte es Marie. Unter Fulks neugierigen Blicken verbarg sie den Brief zwischen den Falten ihres Rockes.

»Ich danke Euch, Ritter Arnaud.« Marie errötete. »Ich weiß Eure Mühen zu schätzen. Dieser Brief ist ... ist von großer Wichtigkeit für mich.«

»Es war mir ein Vergnügen«, antwortete Arnaud. »Mein Weg führte mich ohnehin auf diesen Teil der Insel und ich war nur der Bote. Bei den Mönchen sprach Gerald de Barri an meiner statt vor. Er ist ein Mann der Kirche. Vielleicht wollt Ihr ja gern einmal selbst mit ihm reden. Ich werde ihn Euch vorstellen.«

»Gerald de Barri ist hier!«, rief Fulk erfreut. Den Brief schien er schon wieder vergessen zu haben. »Dann werden wir ein paar interessante Geschichten zu hören bekommen, mein Freund!«

»Ohne Zweifel«, antwortete Arnaud lächelnd. »Er ist von Wales mit mir hierher geritten. Ich musste die ganze Zeit kaum den Mund auftun. Der gute de Barri redete genug für zwei.«

Fulk grinste. »Ich weiß genau, wovon Ihr sprecht. Er war einmal auf unserer Burg zu Gast. De Barri gelang es, selbst meinen Vater in Erstaunen zu versetzen – und Ihr wisst ja, auch der ist nicht auf den Mund gefallen!«

Als Marie in den großen Saal trat, schlug ihr der Lärm der Menge, die sich dort versammelt hatte, entgegen. Geschirr klapperte, Menschen redeten durcheinander, Heinrichs geliebte Jagdhunde bellten und die Musikanten gaben ihr Bestes, um ihren fröhlichen Weisen in all dem Durcheinander noch Gehör zu verschaffen.

Das ausgelassene Treiben an Heinrichs Hof hatte Marie anfangs schockiert. Oft glaubte man, sich auf einem Marktplatz zu befinden und nicht in den ehrwürdigen Mauern einer königlichen Residenz. Auch ein ausgeklügeltes Hofzeremoniell durfte man hier nicht erwarten. Marie hatte schon die Höfe geringerer Männer besucht und wusste, dass es dort oft weitaus vornehmer zuging. Im Schloss des französischen Monarchen beispielsweise herrschte eine Atmosphäre von würdevoller Frömmigkeit. Man sprach meist mit gedämpfter Stimme und führte den Namen Gottes häufig, aber nie eitel im Munde. Wieder andere Dinge erzählte man sich über den früheren Hof von Königin Eleonore in Poitiers. Die Herrscherin von Aquitanien hatte großen Wert auf Eleganz, geistreiche Unterhaltungen und die Ausübung der schönen Künste gelegt. Auch Gelehrte hatten zu den ständigen Gästen an ihrem Hof gehört. An Heinrichs Residenz hingegen herrschte stets eine wilde, geräuschvolle Betriebsamkeit, die Marie zunächst befremdet hatte. Inzwischen hatte sie sich allerdings daran gewöhnt und genoss die ereignisreichen Tage am Hofe des englischen Königs. An diesem Morgen ertrug sie den Lärm und das turbulente Treiben jedoch nur schlecht. Allem Anschein nach hatten sich sämtliche erwachsene Mitglieder des Hofstaates um König Heinrich geschart.

Der König schien bester Laune zu sein. Wie gewöhnlich war er eher zweckmäßig als prunkvoll gekleidet. In diesem Aufzug konnte er sich jederzeit auf ein Pferd schwingen und zu einem Jagdausflug aufbrechen. Sicher war die lockere Kleidung des Jägers für einen so stattlichen Mann bei weitem angenehmer zu tragen als steife königliche Roben. Für höfische Zeremonien hatte er sich ohnehin noch nie erwärmen können. Sie langweilten ihn und erfüllten ihn mit Ungeduld. Die Jahre hatten ihre Spuren in dem einstmals so schönen Gesicht des Monarchen hinterlassen. Aber noch immer war er ein gut aussehender Mann von geradezu magnetischer Anziehungskraft. Die lange Zeit seiner Regentschaft mit all ihren Schlachten, Intrigen und Liebschaften hatte ihn gezeichnet, aber nicht gebeugt. Im Gegenteil, Marie erschien Heinrich oft wie die Fleisch gewordene Lebenskraft.

Keiner der Prinzen befand sich im Saal. Aber neben dem König saß Prinzessin Alais und zerkrümelte geistesabwesend ein Stück Brot. Marie gesellte sich zu der Gruppe, die den König umringte. Wieder einmal musste sie voll Mitleid feststellen, wie müde und traurig die französische Prinzessin wirkte. Ihre Züge waren angespannt, und unter ihren Augen lagen dunkle Ringe. Bislang hatte Marie die Tochter König Ludwigs gemieden, denn sie hielt die junge Frau für recht oberflächlich und affektiert. Außerdem musste Marie sich eingestehen, dass sie die Prinzessin schon deshalb nicht mochte, weil sie – wenn auch gezwungenermaßen – Richards Verlobte war. Alais schien ihrerseits ebenfalls nicht begierig, Marie näher kennen zu lernen.

In diesem Augenblick wünschte Marie sich jedoch, sie wäre in letzter Zeit ein wenig freundlicher zu dem Mädchen gewesen. Wie demütigend musste es für die Prinzessin sein, einen Verlobten zu haben, der sie mit Missachtung strafte, von dessen lüsternem Vater jedoch nicht nur als Spielzeug, sondern auch als Unterpfand für den Frieden mit ihrem Vater benutzt zu werden. Marie blieb wenigstens der Trost, um ihrer selbst willen geliebt zu werden. Der armen Alais blieb dieses Glück versagt. Sie musste sich mit dem Wenigen zufrieden geben, was das Leben im goldenen Käfig ihr bot. Es war sicher nicht einfach, eine machtlose Frau, ein willenloser Spielball im rücksichtslosen Gerangel mächtiger Männer zu sein.

»Madame Marie! Meine Lieblingspoetin!«, dröhnte Heinrichs kräftige Stimme. »Tretet näher, meine Liebe. Und sagt, war Euch meine Bibliothek eine Inspiration?«

Marie blickte in das von einem genussreichen Leben ein wenig aufgeschwemmte Gesicht des Königs und sah in die durchdringenden blauen Augen, die zwischen tiefen, fleischigen Falten wachsam blitzten. Heinrich behandelte sie freundlich. Das hatte er immer getan. »Eure Bibliothek ist ein wunderbarer Ort, Sire.«

Der König nickte, doch er sagte: »Ihr habt meine Frage nicht beantwortet.«

»Nein, Sire«, antwortete Marie leise. Zu ihrem Ärger errötete sie dabei. Sie bemerkte, dass etliche Mitglieder des Hofstaates, darunter Alais und Fulk, der Unterhaltung mit unverhohlenem Interesse lauschten. Unter diesen Umständen brachte sie es nicht über sich, ausführlicher über die versiegte Quelle ihrer Dichtkunst zu sprechen.

Heinrich lächelte. »Wie ich höre, werdet Ihr uns bald verlassen, Madame Marie. Ihr geht nach Salisbury.«

»Ja, Herr.« Sie zögerte, fuhr dann aber fort: »Und mit Eurer Erlaubnis, Sire, würde ich danach gern nach Wales weiterreisen.«

Die wachsamen Augen musterten sie nachdenklich. »Wales ist für gewöhnlich nicht der Ort, an den es junge Edelfrauen zieht. Was drängt Euch dazu, Madame Marie, gerade diesen entlegenen Winkel der Welt aufzusuchen?«

»Ich möchte nach Sankt David und dort an der Quelle der heiligen Non beten, denn ich muss ein Versprechen erfüllen. Schon vor Wochen gab ich es einem treuen Freund, der sich in großer Not befindet, Sire.«

»Ha! Welch eine edle und christliche Gesinnung, Madame. Treue ist wahrhaftig die schönste aller Tugenden.«

»Ja, Sire.« Marie versuchte, ihrer Stimme einen neutralen Klang zu geben. Denn Treue, so erstrebenswert sie auch sein mochte, gehörte sicherlich nicht zu den herausragenden Eigenschaften der Plantagenets.

»Ihr werdet ein Schreiben benötigen, das Euch eine sichere Reise durch die Ländereien von Lord Rhys, dem Prinzen von Dyfed, ermöglicht. Mein Hofschreiber wird dafür sorgen, dass Ihr es erhaltet. Außerdem braucht Ihr natürlich eine bewaffnete Eskorte. Auch das lässt sich arrangieren. Ich werde dem obersten meiner Männer in Salisbury entsprechende Anweisungen zukommen lassen.«

»Sire, ich danke Euch von Herzen.«

Aber Heinrich hatte bereits wieder das Interesse an Marie verloren. Mit einem abwesenden Lächeln winkte er sie beiseite und wandte sich einem der unzähligen Bittsteller zu, die um seine Aufmerksamkeit buhlten.

Mit einem Gefühl der Erleichterung entfernte sich Marie aus der unmittelbaren Nähe des Königs und suchte sich einen Platz an einem der weniger begehrten Tische, die ein Stück abseits standen. Dort hatten sich auch Fulk und Arnaud niedergelassen. Das Pergament, das Marie in den Falten ihres Rockes verborgen hielt, knisterte bei jedem Schritt. Das Geräusch erfüllte sie mit Ungeduld.

Arnaud hielt sie am Ärmel fest. »Dort drüben, seht Ihr? Das ist der Erzdiakon Gerald de Barri.«

Marie blickte in die Richtung, in die Arnaud zeigte, und sah zu ihrem Erstaunen einen überaus gut aussehenden, vorzüglich gekleideten Mann Anfang dreißig. Seine selbstbewusste Haltung und seine kraftvollen Bewegungen standen in seltsamem Gegensatz zu der Tonsur, die ihn als Mann der Kirche auswies.

Arnaud entging Maries verdutzte Miene nicht. »Ihr meint, er sieht nicht gerade aus wie ein Bettelmönch, habe ich Recht? Aber für einen Pfaffen ist er kein schlechter Kerl. Allerdings solltet Ihr Euch hüten, ihm das zu sagen. Er ist schon eingebildet genug. Seine Mutter ist eine walisische Prinzessin, sein Vater ein normannischer Ritter. Er ist mit Rhys von

Dyfed und Dafydd von Gwynedd und sämtlichen anderen wichtigen Leuten, die Euch einfallen mögen, wenn Ihr an Wales denkt, verwandt. Nur nützt ihm das nicht viel. Geralds erklärtes Ziel ist es, so bald wie möglich Bischof von Sankt David zu werden. Sein Onkel David Fitzgerald saß bis zu seinem Tode im vergangenen Jahr dort auf dem Bischofsstuhl. Gerald will offenbar unbedingt in die Fußstapfen des Verblichenen treten. Seit dessen Ableben reist er schon rastlos durch die Lande, verhandelt und intrigiert und wirbt um die Unterstützung des Königs. Leider wird er diese nie erhalten.«

»Und warum nicht?«

Arnauds und Fulks Blicke trafen sich. Schließlich sagte Fulk: »Der König kennt Geralds Charakter. Er würde schnell zu einem zweiten Thomas Becket werden, unerbittlich und voller Ehrgeiz. Noch dazu ist Gerald ein halber Waliser. Und wie könnte der König je einem Mann vertrauen, in dessen Adern ein gut Teil Blut dieses verschlagenen Gesindels fließt? Noch dazu einem Mann, der über die besten Verbindungen zu den walisischen Adelshäusern verfügt? Ihr werdet es bald selbst merken, Madame. Niemand lügt so vollendet wie ein Waliser, niemand bricht ein Versprechen so leicht. Ich will diesen Leuten eine gewisse Ausstrahlung nicht absprechen, aber Verbrecher und Diebe sind sie allesamt. Sie finden nichts dabei, Euch mit einem Lächeln die Kehle durchzuschneiden. Schenkt ihnen also niemals Euer Vertrauen.«

»Ich kenne bislang nur einen einzigen Waliser«, sagte Marie und dachte dabei an Llew. »Und er ist nicht so, wie Ihr dieses Volk beschreibt.«

Fulk zuckte die Achseln. »Dann war er wohl lange nicht in seiner Heimat. Ihr dürft meinen Worten ruhig Glauben schenken, Madame. Als Ritter aus dem Marschland bin ich mit den Walisern aufgewachsen. Sie wickeln arglose Reisende mit ihrer Freundlichkeit ein, um ihnen dann bei der ersten passenden Gelegenheit von hinten ein Messer zwischen die Rippen zu stoßen. Wendet keinem Waliser je den Rücken zu, wenn Euch Euer Leben lieb ist. Von vorn werden sie Euch nicht angreifen. Habe ich nicht Recht, Arnaud?«

»Durchaus, mein Freund«, sagte Arnaud ernst. »Aber die Dame wünscht, Master Gerald vorgestellt zu werden«, fuhr er in einem leichteren Ton fort, »nicht Euren wohlmeinenden Ausführungen zu lauschen. Gerald hat übrigens noch eine weitere Leidenschaft: das Schreiben. Ohne Unterlass bekritzelt er ganze Stapel von grünen Wachstafeln und behauptet, er schriebe die großartigsten Bücher, die die Welt je gesehen hat. Er wird sich freuen, einer verwandten Seele zu begegnen.«

Marie bewunderte Arnauds geschliffene Ausdrucksweise. Der König konnte sich glücklich schätzen, einen Mann von seinen Talenten in seinen Diensten zu wissen. »Das möchte ich bezweifeln«, antwortete sie lächelnd. »Meines Wissens betrachten die meisten Dichter und Schreiber in Diensten der Kirche schreibende Damen als Geschmacklosigkeit oder gar als etwas Anstößiges.«

»Ich glaube, unser Freund Gerald gehört nicht zu dieser Sorte«, sagte Fulk. »Aber urteilt selbst. He, Gerald!«

Gerald wandte sich um. »Fulk Fitzwarin!«, rief er zurück. »Was treibt Ihr denn hier, so fern der Heimat?«

»Was glaubt Ihr?«, brüllte Fulk quer durch den Saal. »Ich bin der Turniere und der sommerlichen Jagdausflüge wegen hier. Wozu auch sonst, guter Freund!«

Gerald lächelte nachsichtig. »Das hätte ich wissen müssen.«

»Kommt zu uns herüber und lasst Euch der Poetin Marie de France vorstellen! Sie möchte gern mit Euch reden!«, fuhr Fulk fort. Marie fing Arnauds gequälten Blick auf. Ihr war nicht ganz wohl bei der Sache. Wie konnte eine Begegnung ruhig und mit Würde vonstatten gehen, solange Fulk in der Nähe war? Inzwischen lauschte bereits der ganze Tisch mit gespitzten Ohren, was als Nächstes kommen würde.

»Die große Poetin Marie de France!« Gerald drängte sich durch die Menge bis zu der Ecke, wo Marie und die beiden Ritter saßen. Gekonnt verbeugte er sich vor ihr.

»Ich habe schon viel von Euch gehört, Madame.« In seinen Augen konnte sie lesen, dass er ihren Namen nicht nur mit romantischen Gedichten in Verbindung brachte.

Sie errötete, sagte aber mit fester Stimme: »Master Gerald, ich schulde Euch tiefen Dank. Wie ich höre, hat Eure Fürsprache es möglich gemacht, dass ich ein sehr wichtiges Schreiben erhielt.«

Sie hatte offenbar den richtigen Ton getroffen. Gerald sah zufrieden aus. »Ja, in der Tat, ich habe mich für Euer Anliegen verwendet«, antwortete er mit einem selbstgefälligen Lächeln. »Glücklicherweise verfüge ich über viele nützliche Verbindungen.« Einen Augenblick lang hielt er inne. Dann sagte er: »Ich hoffe, der Brief enthielt gute Nachrichten?«

Marie hatte nicht vor, dieses Thema ausgerechnet im Speisesaal inmitten Dutzender neugieriger Zuhörer zu erörtern. Im Übrigen wusste sie noch gar nicht, was in dem Brief stand. »Ich hoffe es, Master Gerald. Ich hoffe es.«

Offenbar hatte er nicht aus Neugier, sondern aus purer Höflichkeit gefragt. Aufs Reden verstand er sich ohnehin besser als aufs Zuhören – genau wie die anderen es gesagt hatten. »Einer der Schreiber des Klosters, Bruder Gruffydd, fertigte den Brief.«

»Gruffydd!«, rief Marie überrascht aus. Llews Name war ›ap Gruffydd‹ – Sohn des Gruffydd. War der junge Ritter am Ende der uneheliche Spross eines Mönches? Hatte er deshalb nie über seine Herkunft gesprochen? Man hielt es zwar in gewissen Kreisen für akzeptabel, wenn Priester Kinder hatten. Aber ein Mönch, der Keuschheit und Enthaltsamkeit gelobt hatte? Ein Verstoß gegen die Gelübde war eine schwere Sünde und galt als große Schande.

Gerald nickte ungeduldig. Offensichtlich behagte es ihm nicht, unterbrochen zu werden. »Ja, Gruffydd ap Rhodri. Ein guter Mann und sehr gelehrt. Im Kloster genießt er hohes Ansehen, denn er gehört zur Familie von Lord Rhys, dem Prinzen von Dyfed. Soweit ich weiß, schreibt er im Augenblick an einem geschichtlichen Werk über einen seiner königlichen Vorfahren. Es handelt von dem längst zur Legende gewordenen Prinzen von Dyfed namens Pwyll, welcher eine gewisse Prinzessin Rhiannon zur Frau nahm.«

Marie wusste nicht recht, was sie dazu sagen sollte. »Ach, tatsächlich?«, schien ihr am unverfänglichsten.

Doch Geralds missbilligender Blick sagte ihr, dass er nichts sagende Einwürfe nicht schätzte. »Es ist eine, gelinde gesagt, etwas sonderbare Geschichte, weder Märchen noch Sage und doch vielleicht ein wenig von beidem. Aber derlei Erzählungen sind in Wales von jeher sehr beliebt. Wollt Ihr eine Pilgerfahrt nach Sankt David unternehmen, Madame?«

Marie hielt es für einfacher, diese Frage zu bejahen, als den Geistlichen in die wahren Gründe für ihre Reise einzuweihen. »Das möchte ich in der Tat gern tun, Master Gerald.«

Diese Antwort brachte ihr ein wohlwollendes Lächeln ein. »Das Kloster ist ein wunderbarer, ein heiliger Ort. Nirgendwo sonst in Britannien haben heilige Männer und Frauen mehr Wunder gewirkt.«

»Ja, davon habe ich bereits gehört, Master Gerald.«

»Selbst unser Herr, der König, besucht Sankt David, wann immer er in Britannien weilt. Sogar seine Jagdfalken lässt er sich von dort bringen. Aber sicher kennt Ihr die Geschichte.«

Fulk lachte. »Gerald, alter Gauner, Ihr wisst genau, dass

Madame Marie diese Geschichte noch nicht gehört hat, und Ihr brennt darauf, sie zum Besten zu geben!«

Gerald machte ein strenges Gesicht. »Vielleicht interessiert sich die Dame ja gar nicht für das, was sich damals in Wales zutrug.«

»Oh, aber natürlich, das tue ich. Ich möchte gern ein wenig mehr über dieses Land erfahren.«

»Da habt Ihr es«, sagte Arnaud mit einem Augenzwinkern. »Worauf wartet Ihr noch, mein Bester?«

»Nun, wenn Ihr wirklich darauf besteht …« Gerald wollte noch ein wenig gebeten werden.

»Nun ziert Euch doch nicht so, Gerald!«, rief jemand am Tisch. Inzwischen hatte sich schon eine stattliche Anzahl von Zuhörern eingefunden. Der Kirchenmann setzte ein resigniertes Lächeln auf. »Dann möchte ich Euch gute Leute nicht enttäuschen«, sagte er betont gönnerhaft.

»Es war im Herbst vor sechs Jahren«, begann er. »Ich befand mich im Gefolge von König Heinrich, der einen Eroberungsfeldzug nach Irland unternahm. Wir wurden beinahe einen ganzen Monat lang in Sankt David aufgehalten, denn die Winde standen schlecht, und wir konnten nicht in See stechen. Eines Tages ritt der König gemeinsam mit Lord Rhys und dem Bischof von Sankt David an die Klippen. Dort wollten sie ein wenig jagen. Der König trug einen seiner norwegischen Jagdfalken auf dem Arm. Er liebt diese Raubvögel, denn sie sind besonders groß und kraftvoll, aber dennoch elegant.«

Ein vielstimmiges Seufzen stieg aus den Kehlen der Zuhörerschaft. Ein so herrlicher Vogel wäre nach dem Herzen so manches Nobelmannes gewesen.

»Plötzlich«, fuhr Gerald fort, »sah der König hoch oben auf den Klippen einen wilden einheimischen Falken sitzen. Um zu sehen, was geschehen würde, ließ der König seinen Jagdfalken auf dessen wilden Vetter los. Er glaubte, der schwere norwegische Räuber würde den kleineren Vogel mit Leichtigkeit töten. Doch der zierliche einheimische Falke erhob sich gleich einem gefiederten Pfeil in die Lüfte!«

Gerald machte eine Kunstpause, bevor er weitersprach. Er war offenkundig ein erfahrener Geschichtenerzähler. »Plötzlich warf sich der wilde Falke mitten in der Luft herum. Geschwind wie ein Pfeil, sicher wie der Tod selbst, schoss er auf den Jagdfalken des Königs zu und tötete diesen mit einem einzigen Schlag seiner scharfen Fänge!«

Das Publikum hielt den Atem an. »Und was tat der König?«, fragte Marie. Sie dachte an Heinrichs gefürchtete Zornesausbrüche.

»Wir alle warteten gespannt. Wir glaubten, der König werde den Wildling fangen und töten lassen, weil er einen der kostbarsten Falken aus dem königlichen Horst zur Strecke gebracht hatte. Doch Seine Hoheit lächelte nur. ›Der norwegische Falke mag an meinem Hof ein Prinz sein‹, sagte er, ›doch sein walisischer Vetter ist der König der Lüfte und hat das Herz eines Löwen!‹ Dann ordnete Seine Hoheit an, dass von nun an jedes Jahr einige Falken aus Wales in die königliche Falknerei gebracht werden sollten, denn diese Vögel sind die besten Jäger der Welt. Und so geschah es.«

Die Zuhörer brachen in beifälliges Murmeln aus. Fulk rief: »Ja, aus dieser Begebenheit spricht die Weisheit eines wahren Königs!«

»Es würde mich nicht wundern, wenn die Waliser diesen Falken abgerichtet hätten, um mit seiner Hilfe ein paar Spione bei den Engländern einzuschleusen!«, schnaubte jemand am Tisch. »Vielleicht sollten wir herausfinden, ob die Jagdfalken von der Insel sich untereinander auf Walisisch unterhalten!«

»Das wird uns schwerlich gelingen«, gab Fulk mit einem

Grinsen zu bedenken. »Diese Sprache ist dem Schrei der Raubvögel allzu ähnlich.«

Damit hatte er die Lacher auf seiner Seite. Nur Gerald blieb ernst. »Die cymrische Sprache ist eine der ältesten in Britannien. Brutus selbst bediente sich ihrer«, zischte er. »Sie ist dem Schrei der Falken genauso unähnlich wie das Normannische dem Heulen der Wölfe – obwohl ich schon gehört habe, dass man ebendas von dieser Sprache behauptet.«

Fulk ließ sich nicht beirren. Er schüttelte den Kopf. »Ist es nicht schockierend, was manche Leute so daherreden? Was für ahnungslose Dummköpfe es doch auf dieser Welt gibt!«

»Wie wahr. Und man begegnet ihnen überall«, antwortete Gerald trocken.

Doch Fulk schien ihm die Spitze nicht übel zu nehmen. Er füllte einen Becher für Gerald. »Nun funkelt mich doch nicht so streitlustig an, alter Freund. Ich wollte Euch nur ein wenig aufziehen. Hier nehmt das, Ihr seht durstig aus. Lasst uns auf die Gesundheit aller walisischen Falken trinken!«

»Auf ihre Gesundheit!«, brüllten die Männer ringsum, hoben die Becher, tranken und führten dann ihre geräuschvollen Unterhaltungen fort.

Marie nutzte den Umstand, dass im Augenblick niemand auf sie achtete, und lehnte sich zu dem Geistlichen hinüber. »Wie stehen die Dinge in Wales im Augenblick, Master Gerald?«, erkundigte sie sich. »Ich frage Euch dies, weil ich, wie Ihr wisst, selbst schon bald dorthin aufbrechen werde.«

»Ja, ich verstehe. Nun, Wales ist derzeit ein halbwegs sicherer Ort, wenn auch vielleicht nicht ganz so friedlich, wie man es sich wünschen könnte. Wahrscheinlich wisst ihr von der Rebellion, die es dort vor ein paar Jahren gab. Inzwischen ist sie längst beendet, und König Heinrich hat Verträge mit den walisischen Prinzen geschlossen. Aber keiner traut dem anderen recht über den Weg. Die Prinzen beobachten einander mit der Wachsamkeit von Raubvögeln. Außerdem gibt es in manchen Landesteilen noch immer aufrührerische Umtriebe. Vor ein paar Wochen hörte ich, wie hinter vorgehaltener Hand geflüstert wurde, König Arthur werde zurückkehren. Es hieß, eine verzauberte Insel – ich denke, die Rede war von Avalon – sei wieder aus dem Meer gestiegen. Vielleicht ist Euch bekannt, was man in Britannien sagt: Wenn die Waliser von Avalon und von König Arthurs Rückkehr sprechen, tut der englische König gut daran, seine Truppen um sich zu scharen!«

»Nein, das habe ich noch nie gehört«, sagte Marie. »Wie kommt es, dass gerade die Waliser noch immer an die Rückkehr Arthurs glauben?«

Gerald musterte sie nachdenklich. »Es gibt Orte, an denen das Tor zwischen der sterblichen Welt und dem ewigen Reich der Anderwelt weit offen steht. Ein solcher Ort – der wichtigste von allen – ist Cymru.«

»Es gibt auch noch andere …«, murmelte Marie. Die Erinnerung an ihre eigenen Erlebnisse war noch frisch.

Gerald betrachtete sie mit neuem Interesse. »Ja, natürlich. Aber in Wales hat die Anderwelt einen Namen: Annufen. Das heißt eigentlich ›Innerwelt‹, Madame. Oder ›der Ort im Inneren‹, denn Annufen liegt nicht jenseits unserer alltäglichen Welt, sondern in ihr. Und diese Anderwelt ist in ebenso viele Reiche und Herrschaftsgebiete unterteilt wie die unsere. Wer sie betreten hat, weiß von wundersamen Orten zu berichten. Es heißt, dort läge die Seele der Welt verborgen – eine Seele, die sich gewöhnlichen Sterblichen nur höchst selten offenbart, falls Ihr wisst, was ich meine. Alles ist dort heller, farbiger, stärker, schöner und natürlich voller Geheimnisse.«

Marie musste an die Unterwelt mit ihrer alles erdrückenden Dunkelheit denken. Die Erinnerung an den Gestank und die Angst, die dort herrschten, ließ sie erschauern. Was der Geistliche über Annufen sagte, klang ganz anders, stellte sie beinahe wehmütig fest. Vielleicht stammte Tydorel, der Ritter der Tiefe, aus jenem Land. Ja, so musste es sein. Denn hatte Llew nicht gesagt, in seiner eigenen Welt sei der Ritter der Tiefe ein Prinz?

Gerald war noch immer ganz in seine Erläuterungen vertieft. »Annufen ist, wie ich schon sagte, in viele Reiche unterteilt, und jedes davon hat seinen eigenen Herrscher. Die heilige Insel Avalon ist in aller Munde. Weniger bekannt ist Wybren, die Heimat der Sterne, und kaum jemand spricht von der Stadt, die man auch die Festung aus Glas nennt. Schließlich gibt es noch das Sommerland und viele, viele andere Reiche. Cymru pflegt von jeher die besten Beziehungen mit allen Teilen der Anderwelt. In früheren Zeiten nahmen hohe walisische Herren sogar Prinzessinen aus der Anderwelt zu Gemahlinnen! Lord Rhys, der jetzige Prinz von Dyfed, stammt aus einer solchen Verbindung, denn Prinzessin Rhiannon von den Vögeln gehört zu seinen Ahnen. So mancher starke Bund wurde auf diese Weise schon zwischen den Welten geschlossen. Am lebhaftesten waren die Beziehungen zu König Arthurs Zeiten, dann damals galt Cymru als der Mittelpunkt aller Welten.«

Marie wurde ihrer Aufregung kaum Herr. Ihre Augen strahlten. »Das heißt also, wenn die Waliser beginnen, über diese Dinge zu reden, entsteht gerade wieder ein Freundschaftsbund zwischen Cymru und einem der mächtigen Reiche der Anderwelt!«

»Ich kenne viele Leute, die das zumindest glauben«, antwortete Gerald, nachdem er sich vorsichtig umgeblickt hatte.

Geralds Worte stiegen Marie zu Kopf wie junger Wein. Sie staunte ein wenig darüber, wie aufgeregt sie mit einem Mal war. Im Aufruhr ihrer Gefühle entging ihr, dass noch andere Ohren den Ausführungen des Geistlichen lauschten. »Und wie steht es mit Euch, Master Gerald? Glaubt auch Ihr an König Arthurs Rückkehr?«

Der Kirchenmann drehte schweigend seinen Becher in den Händen. Schließlich sagte er: »Ich glaube nicht, dass ein Toter die Macht hat wiederzukehren. Nur unser Herr Jesus Christus ist bisher von den Toten auferstanden. Aber es gibt sicher Männer, die bereit wären, sich König Arthurs Mantel überzuwerfen.«

»Und in der Anderwelt? In Annufen, wie Ihr diesen Ort nennt? Könnte König Arthur dort erscheinen?«, bohrte Marie weiter.

Gerald breitete die Arme aus. »Ihr seht einen Sohn der heiligen Mutter Kirche vor Euch, Madame. Als solcher bin ich gehalten, an einen Himmel und an die Hölle zu glauben. Annufen ist weder das eine noch das andere, es ist weder das Paradies noch der Rachen des Teufels. In der Heiligen Schrift findet es keine Erwähnung. Aber sagte unser Herr nicht, das Reich Gottes wohne in uns allen? Ist das nicht auch eine Art der Innerwelt?«

»Ja, so könnte man die Worte der Schrift sicherlich auslegen«, sagte Marie mit strahlenden Augen.

Pur sa valur, pur sa largesce,
Pur sa beaute, pur sa pruesce,
L'envioent tut li plusur;
Tel li mustra semblant d'amur,
S'al chevaler mesavenist,
Ja une feiz ne l'en pleinsit.
Fiz a rei fu de haut parage,
Mes luin ert de sun heritage.
De la meisne le rei fu.
... Kar le reis rien ne li dona,
Ne Lanval ne li demanda.
Ore est Lanval mut entrepris,
Mut est dolent e mut pensis.

Lanval war edel, stark und voll Mut,
In den Herzen der Damen entfacht' er die Glut.
Und jeder Ritter im ganzen Land
Voll Ehrfurcht seinen Namen nannt'.
Er war eines großen Königs Sohn,
Ob auch in der Fremde stand sein Thron.
An Arthurs Hof lebt' er manches Jahr,
Doch nie in der Gunst des Königs er war.
Er wollte nicht betteln, er wollte nicht bitten.
Trug nur stumm und in Demut, was er erlitten.

Marie de France
Das Lai von Sir Lanval

5

Schon kurze Zeit nach dem Gespräch mit Gerald de Barri entschuldigte sich Marie und kehrte in ihre Kammer zurück. Nun, da sie endlich allein war und den Brief öffnen konnte, zögerte sie. Sie fürchtete sich vor den schändlichen Geheimnissen, die er ihr vielleicht verraten würde, denn die Herkunft des armen Llew lag bisher im Dunkeln. Eine Zeit lang drehte Marie das Pergament in den Händen hin und her. Noch wollte sie das Siegel nicht brechen.

Der sauber gefaltete Brief fühlte sich warm an, denn sie hatte ihn auf der Haut getragen. Sie betrachtete ihn nachdenklich. Sicher ... Nein. Doch. Das rote Siegel sah recht seltsam aus. Man konnte fast meinen, es habe sich jemand daran zu schaffen gemacht. Ja, in der Tat, man hatte es gebrochen und später den Riss mit ein wenig geschmolzenem Wachs wieder verschlossen. Nur wer sehr genau hinsah, entdeckte, dass der Brief bereits geöffnet worden war.

Hätte Marie das Schriftstück an sich genommen und eilig aufgerissen – das beschädigte Siegel wäre ihr mit Sicherheit entgangen. Wahrscheinlich lasen enge Vertraute des Königs gewisse Briefe, die an Mitglieder des Hofstaates gerichtet waren. So etwas war durchaus nicht unüblich. Aber Marie verstand nicht, warum man glaubte, ausgerechnet einen Brief, der für sie bestimmt war, überprüfen zu müssen. Sie hatte sich nichts zuschulden kommen lassen. Ihre Hände begannen vor Ärger und Unbehagen zu zittern. Oh, wie sehr hasste sie inzwischen all die Intrigen und die zahllosen versteckten Fallstricke an diesem Hof! Sie war all dessen so überdrüssig, so furchtbar überdrüssig!

Wütend brach sie das verletzte Siegel und faltete das Pergament auseinander.

Der Brief war sehr lang und in der schnörkellosen, aber in ihrer Ebenmäßigkeit sehr schönen Schrift eines geübten Schreibers abgefasst. Die Buchstaben bedeckten dicht an dicht das Pergament, waren sogar noch an den Rändern entlanggeschrieben. Schon als sie die ersten Zeilen gelesen hatte, schwand Maries Ärger. Stattdessen ergriff sie tiefe Sorge.

An die edle Dame Marie de France, Witwe dessen von Broceliande, Bretagne; Gruffydd ap Rhodri, Schreiber des Klosters Dewi Sant in Cymru, sendet Grüße und alle erdenkliche Ehrerbietung.

Sehr edle Dame, Euer Brief erreichte mich vor einiger Zeit. Doch ich fürchte, ich blieb Euch bislang eine Antwort schuldig, denn der Inhalt Eures Schreibens erschütterte mich zutiefst. Ich muss Euch mitteilen, dass der junge Mann, von dem Ihr sprecht, Ritter Llew ap Gruffydd, meinem Herzen in der Tat sehr nahe ist. Ich betrachte Llew ap Gruffydd als meinen Sohn und hoffte, ihn vor dem Fluch, der auf ihm liegt, schützen zu können. Was ich Euch nun schreibe, habe ich bisher nie einer lebenden Seele anvertraut. Doch ich weiß diesen Brief bei Master Gerald in sicheren Händen. Ich bitte Euch um Eure geschätzte Geduld, denn ich habe eine lange und auch traurige Geschichte zu erzählen.

Edle Dame, Llew kam als kleines Kind zu uns. Im Grunde war er Waise. Sein Vater war Elfric von Bestude, ein junger englischer Nobelmann aus dem fernen Tal der Teme, die durch das Marschland fließt. Er kam mit seinem Herrn, Master Robert de Saint Jean, in unser Land. Robert de Saint Jean war ein enger Freund von Lord Rhys. Elfric war ein freundlicher junger Mann von sanftem Wesen. Er war ein begnadeter Harfenspieler, der Gefallen daran fand, die alten Weisen von Cymru zu erlernen. Liebe Dame, ich brachte ihn mit den besten Harfenspielern und den Poeten von Lord Rhys zusammen, und er lebte eine Zeit lang am Hofe des Prinzen. Dort mag ihm auch Llews Mutter begegnet sein. Mit Sicherheit vermag ich es nicht zu sagen, denn er sprach nie über sie – nicht ein einziges Mal.

Eines Nachts, edle Dame, kam Elfric verstört und voll Sorge zu mir ins Kloster. In den Armen hielt er einen neugeborenen Säugling. »Gruffydd, das ist mein Sohn«, sagte er zu mir. »Sein Name ist Llew. Er ist ein schönes Kind, doch ihm ist ein schweres Schicksal vorbestimmt. Ein Fluch wird ihm das Herz brechen. Nur hier, an diesem heiligen Ort, ist er sicher. Gruffydd, mein lieber Freund, werdet Ihr Euch um ihn kümmern?«

Verehrte Dame, ich war ratlos und schockiert, denn ich war noch sehr jung und hatte nichts von der Notlage geahnt, in der Elfric sich offenbar befand. Ich machte mir seinetwegen große Sorgen. »Wie steht es mit der Mutter des Kindes?«, fragte ich. »Wird sie es nicht vermissen?«

Der Blick, den Elfric mir daraufhin zuwarf, edle Dame, ließ mir den Atem stocken. »Sie ist nicht mehr unter uns«, brachte er mit Mühe hervor. »Sie wird niemals zurückkehren.« Daraus schloss ich, dass sie tot war. »Es ist meine Schuld!«, schrie Elfric dann. »Nur ich allein bin schuld daran! Aber wenigstens mein Kind soll sicher sein.«

Ich betrachtete den Säugling. Er war wach und sah mich an. Nie zuvor hatte ich in solch sonderbare Augen geblickt. Eines war blau, das andere braun.

»Lieber Freund«, sagte ich dann, »nun, da die Mutter es verlassen hat, braucht das Kind seinen Vater.«

»Ich kann nicht bei ihm bleiben, Gruffydd«, antwortete mein Freund voll Qual. »Ich kann es nicht.«

»Aber Lord Rhys ...«, begann ich.

»Nein, nein. Ihr versteht mich nicht. Nur hier im Kloster ist

das Kind sicher. Lasst meinen Sohn niemals von hier fortgehen, Gruffydd. Versprecht es mir.«

Edle Dame, ich gab ihm dieses Versprechen. Wie hätte ich meinen Freund in all seiner Qual enttäuschen sollen? Hätte ich ihm nicht geholfen, ich wäre nicht wert gewesen, mich einen Diener des Herrn zu nennen.

»Noch eines«, sagte Elfric dann. Dabei las ich in seinen Zügen so viel Schmerz, dass mir vor Mitleid die Tränen in die Augen stiegen. »Ich bitte Euch, nennt den Knaben Llew ap Gruffydd, mein Freund, denn er darf meinen Namen nie erfahren. Ich bringe denen, die mich lieben, nichts als Verderben.«

In unserem Land, verehrte Dame, kommt es nicht selten vor, dass ein Knabe von einem Mann erzogen wird, der nicht sein leiblicher Vater ist. Oft trägt das Kind sogar den Namen des Ziehvaters. Waisen werden bei uns niemals mitleidlos ihrem Schicksal überlassen. Stets findet sich jemand aus der Familie, der sich ihrer annimmt. Ich wusste, dass die anderen Mönche glauben würden, ich müsse eine familiäre Verpflichtung erfüllen. Keiner würde etwas dabei finden, wenn ich das Kind bei mir aufnahm. Doch ich wusste auch, dass die Engländer nicht dieselben Bräuche haben wie wir. Ich wagte nicht, mir die schrecklichen Umstände auszumalen, die Elfric dazu bewogen hatten, seinen Sohn aufzugeben und seinen wahren Namen vor dem Kind verborgen zu halten.

So nahm ich also den Säugling namens Llew in meine Obhut, und es kam genau so, wie ich erwartet hatte: Niemand fand etwas dabei, niemand stellte Fragen. Damals lebten viele Kinder unter uns, die, wenn die Zeit kam, die Gelübde ablegen sollten. Elfric konnte mir für seinen Sohn kein Geld hinterlassen, denn er hatte keinen Besitz. Nur zwei Dinge gab er mir noch an jenem Abend. Llew sollte sie bekommen, wenn er alt genug war, ihren Wert zu erkennen. So lange sollte ich sie für ihn aufbewahren: die hölzerne Harfe seines Vaters und einen Schild, der das Bildnis eines Schwans trug.

Marie ließ den Brief einen Augenblick lang sinken. Sie dachte daran, wie Llew in der Unterwelt die Harfe gespielt hatte. Und sie erinnerte sich an den Schild mit dem Schwan. Der gebogene Schwanenhals, der einer Schlange so ähnlich war, hatte dazu geführt, dass man Llew fälschlicherweise für einen Mörder und Verräter gehalten hatte. Dann fiel Marie ein, was Hoel de Broceliande, ihr verstorbener Gatte, ihr von Llews Ankunft auf seiner Burg erzählt hatte. Im Alter von dreizehn oder vierzehn Jahren war der schweigsame Junge wie aus dem Nichts dort erschienen. Sein Beutel war leer gewesen und er hatte nur zwei Dinge bei sich getragen: die Harfe und den Schild.

Fröstelnd las Marie weiter.

Edle Dame, Llew wuchs zu einem kräftigen und doch sanften Knaben heran. Er war ein stilles Kind, dabei aber von durchaus heiterem Gemüt. In ihm vereinte sich der Mut des Löwen mit der Freundlichkeit des Südwindes. Zorn und Wut waren ihm fremd. Er schloss mit einigen der anderen Waisen, die im Kloster aufwuchsen, Freundschaft. Aber im Grunde schien er am liebsten mit sich allein zu sein. Harter Arbeit ging er niemals aus dem Weg, und er gab stets ehrlich zu, wenn er einmal eine kindliche Verfehlung begangen hatte. Was mich jedoch am meisten freute, war, dass er lernte, die Harfe zu spielen. Bald übertraf das Saitenspiel des Sohnes sogar die große Fingerfertigkeit des Vaters. Edle Dame, ich wuchs inmitten der besten walisischen Musikanten auf, doch ich kann ohne Übertreibung sagen, dass es unter ihnen keinen gab, der Llew das Wasser hätte reichen können. Und nicht nur menschliche Wesen liebten den Klang seiner Harfe. Einmal, verehrte

Dame, entdeckte ich ihn mitten auf einer Wiese. Er saß im hohen Gras und entlockte seinem Instrument eine überaus liebliche Weise. Um ihn hatten sich die verschiedensten behaarten und gefiederten Kreaturen geschart und lauschten verzückt den Tönen der Harfe.

Oh, edle Dame! Ich liebte dieses Kind, betrachtete den Knaben wahrlich als meinen Sohn. Sein Vater Elfric kehrte niemals in unser Kloster zurück. Nur noch zweimal hörten wir überhaupt von ihm. Es hieß, er habe seine Heimat verlassen, um in einem fernen Land unter einem fremden Herrn in den Krieg zu ziehen. Dann gingen viele Jahre ins Land, in denen ich nichts über ihn in Erfahrung bringen konnte.

Eines schrecklichen Tages – Llew war damals in seinem zwölften Jahr – erzählte mir ein Wanderer, der in unserem Kloster rastete, von Elfrics traurigem Schicksal. Er war auf der Straße nach Bestude, wohin er zurückkehren wollte, in einen Hinterhalt geraten und ausgeraubt worden. Zwar setzte er sich nach Kräften zur Wehr, doch er wurde feige niedergemetzelt und starb allein und ohne den Segen eines Geistlichen auf der staubigen Straße.

Nun, Llew hatte schon immer einen aufmerksameren Blick als die meisten anderen Menschen. Obwohl ich versuchte, meine Gefühle zu verbergen, entging ihm nicht, wie traurig und verstört ich an jenem Tage war. Er drängte mich, ihm zu sagen, was mich bedrückte, doch ich antwortete ihm, das könne ich nicht tun. Noch nicht. Ich hätte schlechte Nachrichten erhalten und würde ihm später einmal erzählen, was geschehen war. Es war töricht von mir, zu glauben, ich könne ihn darauf vorbereiten. Wer sein leiblicher Vater war, hatte ich Llew nie gesagt, denn, edle Dame, ich fürchtete, ihn dann zu verlieren. Die Harfe und den Schild gab ich ihm jedoch. Ich sagte ihm, die Gegenstände stammten aus der Familie. Aus welcher Familie sie kamen, das behielt ich allerdings für mich. Oh, liebe Dame, wie wir uns doch nur selbst verstricken, wenn wir beginnen, ein Netz aus Lügen zu weben!

In jener Nacht verschwand Llew ohne Abschied aus dem Kloster. Die Harfe und den Schild nahm er mit, und ich sah ihn nie wieder. Bald fand ich heraus, dass ein anderer Junge, wohl aus Neid auf meinen armen Llew, ihm gesagt hatte, ich sei nicht sein Vater, ja, ich gehöre noch nicht einmal zu seiner Familie. Mit dem grausamen Instinkt, der vielen Kindern eigen ist, erfand dieser schändliche Knabe eine garstige, aber doch glaubhafte Geschichte. Er erzählte Llew, sein wahrer Vater sei ein Straßenräuber und Strauchdieb gewesen, der während eines Raubüberfalls sein Leben gelassen hätte, und seine Mutter sei eine Dirne der übelsten Sorte. Überwältigt von Kummer und Scham lief der arme Llew davon.

Ich ließ den hinterhältigen Lügner ordentlich verprügeln und aus dem Kloster werfen. Doch das brachte mir Llew nicht zurück. Natürlich stellte ich viele Erkundigungen nach ihm an. Aber ich hörte nie wieder etwas von meinem Ziehsohn. Bald fürchtete ich, er sei nicht mehr am Leben.

Liebe Dame, was Ihr mir in Eurem Brief geschrieben habt, erfüllte mich mit Freude, aber auch mit Sorge. Aber wenigstens weiß ich nun, dass Llew weiterlebte und seinem Ziehvater draußen in der Welt Ehre machte. Doch nun raubt mir das schlechte Gewissen den Schlaf, denn ich habe Llew nicht den Schutz angedeihen lassen, dessen er bedurft hätte. Mein Geist ist erfüllt von Angst und Sorge um ihn.

Nur ein einziger Trost bleibt mir in diesen Tagen: Ich weiß, dass nichts verloren ist, solange Gott es nicht verloren gibt. Und da Llew in Euch eine so gute und treue Freundin hat, ist es vielleicht sogar möglich, ihn unserer Welt zurückzugeben. Ich hoffe, Euch bald in Sankt David begrüßen zu dürfen. Zu meiner großen Freude kann ich Euch mitteilen, dass der Abt seine Erlaubnis für Euren Besuch gegeben hat.

Ich hoffe, Ihr befindet Euch wohl, edle Dame, und versichere Euch meine wärmste Freundschaft, in unserem Herrn, Jesus Christus.

Marie ließ das Pergament sinken. Die Gedanken wirbelten wild durch ihren Kopf. Herr im Himmel! Was für eine merkwürdige, zutiefst anrührende, aber auch geheimnisvolle Geschichte offenbarte sich ihr mit diesem Brief. Die Worte des Mönches brachten Licht in manches, was bislang im Dunkeln gelegen hatte. Aber gleichzeitig warf dieses Schreiben viele neue Fragen auf. Marie wusste vor Scham nicht aus noch ein. Die Sorge um Llew legte sich wie ein schwerer Stein auf ihre Brust. Der Ärmste! Was hatte er wohl alles durchlitten, bevor er schließlich auf Hoels Burg angelangt war? Und was mochte ihn in all den Jahren, die er dort verbracht hatte, bewegt haben? Marie dachte an die scheuen, traurigen Blicke des jungen Mannes, daran, wie sich in ihm auf unnachahmliche Weise Anmut und Kraft vereinten. Die Gedanken an ihn ließen ihr Innerstes erzittern. Ihr Herz quoll über vor Mitleid mit dem Kind, das Llew einst gewesen war. Welch ein merkwürdiges und einsames Leben, hatte er geführt! Und doch war er so stark gewesen, hatte trotz seines eigenen Schmerzes stets treu zu seinem Herrn gehalten und sich schließlich sogar selbst geopfert. Der Herr Jesus Christus musste einen Menschen wie ihn im Sinn gehabt haben, als er sagte: »Selbst das Wenige, das er besitzt, wird ihm genommen werden.« Llew, oh, Llew. Wie sehr sie sich nach ihm sehnte. Wie sehr sie sich wünschte, in das Antlitz des geliebten Freundes blicken zu können!

Marie fuhr zusammen. Ein seltsames Geräusch drang an ihr Ohr. Es klang wie ... wie Flügelschlag! Mit klopfendem Herzen wandte sie sich in die Richtung, aus der das Rascheln kam, und sah dort nicht, wie sie beinahe erwartet hatte, einen Schwan, sondern einen Falken. Er saß auf dem Fenstersims hoch über ihr und trug etwas in seinem gekrümmten Schnabel.

»Heilige Mutter Maria!«, entfuhr es Marie. Noch nie in ihrem Leben hatte sie einen Falken von solch überwältigender Schönheit gesehen. Der majestätische Vogel mit den silbernen Schwingen, der in der Fensteröffnung thronte, hatte mit einem gewöhnlichen Falken so wenig Ähnlichkeit wie das prächtig gearbeitete Original mit einer blassen Kopie. Marie dachte an Geralds Worte und an ihr eigenes Erlebnis im Wald von Broceliande und wusste ohne jeden Zweifel, dass der Falke ein Wesen aus der Anderwelt war. Vor ihren Augen saß kein wachsam blickender Raubvogel, wie es Tausende gab, sondern der Inbegriff all dessen, was einen Falken ausmachte. Das Wesen aller Falken war in diesem einen Vogel vereint. Gerade so war Marie vor langer Zeit im Wald von Broceliande die Verkörperung aller Hirsche erschienen, und sie war ihm gefolgt. Nie in ihrem Leben würde sie diese erste Begegnung mit den Mächten der Anderwelt vergessen.

Marie wagte kaum zu atmen. Freude, Angst, abgrundtiefer Schrecken und heftige Erregung stritten sich wie damals bei Tydorels eiskalter Berührung in ihrer Brust. In ihren Augen brannten Tränen, und die feinen Härchen auf ihrer Haut richteten sich auf.

»Oh, Herr der Lüfte«, flüsterte sie und hob dem Vogel die Arme entgegen. »Ehrwürdiger Gevatter Falke, seid Ihr meinetwegen hier? Seid Ihr aus dem Königreich der Vögel zu mir gekommen? Bringt Ihr mir ... Bringt Ihr mir eine Nachricht von Llew?«

Die goldenen Augen des Falken blickten Marie ruhig an. Doch der Vogel sprach nicht mit ihr. Nicht einmal im Geiste konnte sie seine Stimme hören. Dann glitt er plötzlich von dem Gesims und kam in ihre Kammer. Marie stand wie erstarrt. Was der Falke im Schnabel hielt, war rot und weiß gefärbt. Es sah aus wie eine lange, zweifarbige Blüte ...

»Marie, meine geliebte Marie, was tust du?« Die Stimme ließ sie mit einem erstickten Schrei herumfahren. Der Falke schoss wie ein Pfeil in die Luft und stieg hoch, bis er die Fensteröffnung erreicht hatte. Es dauerte kaum einen Herzschlag lang, bis er verschwunden war. Schon schien es, als habe es ihn nie gegeben. Tief getroffen vom Schmerz über seinen Verlust fiel Marie in die Arme ihres geliebten Richard. Dort weinte sie, als müsse ihr das Herz zerspringen.

Richard war freundlich und sanft. Er strich ihr übers Haar und wartete schweigend, bis sie sich ein wenig beruhigt hatte. Als der Strom ihrer Tränen langsam versiegte, flüsterte er: »Meine Geliebte, es tut mir so Leid, dass ich dich gekränkt habe. Bei den Wunden Jesu Christi, das wollte ich nicht. Ich kam, um dich für die verletzenden Worte, die ich heute Morgen sprach, um Vergebung zu bitten.«

Marie starrte ihn durch den Schleier ihrer Tränen hindurch an. Sie brachte nur ein mühsames Stammeln hervor. »Mein liebster Herr, der Grund für meine Tränen ist nicht, was du sagtest, es ist ...«

Richard unterbrach sie. »Nein, du sollst die Schuld nicht auf dich nehmen, Geliebte. Ich bin ein ungehobelter Gesell und ein einfältiger Esel; ich bin wahrlich der Spross einer Teufelsbrut. Wirst du mir gestatten, meinen Fehler wieder gutzumachen? Wirst du zulassen, dass ich dir am Hof meiner Mutter beweise, wie viel du mir bedeutest? Und dann, später, wenn wir wieder vereint sind und du all deine Verpflichtungen erfüllt hast, ja, dann wird nichts mehr so sein wie jetzt.«

Marie fand keine Worte. Richard hatte den Falken nicht gesehen. Wie sollte sie ihm erklären, dass ein erhabenes Wesen aus einer anderen Welt sie hier in dieser Kammer aufgesucht hatte? Die Zunge klebte ihr am Gaumen, und ihr Herz schlug wie in größter Angst.

»Ich werde dich nicht mehr allein lassen, solange wir noch zusammen sein können«, murmelte Richard. Dabei versprühten seine Augen ihr blaues Feuer. »Lass uns allen Streit und allen Zwist vergessen, meine Liebste.«

Er nahm sie an der Hand und führte sie zum Bett. Dort lag Gruffydds Brief. Richard hob ihn auf und legte ihn auf die Kleidertruhe. Marie sah ihm wortlos dabei zu. »Wir werden den ganzen Tag gemeinsam verbringen«, flüsterte er, »und die ganze Nacht. Ich habe meinen Leuten befohlen, uns allein zu lassen. Niemand wird es wagen, uns zu stören.«

Zitternd ließ sie sich von ihm umarmen und streicheln. Sie ließ es zu, dass er ihr die Kleider abstreifte. Sein Geruch war wie geschmolzenes Gold und die Lust verdunkelte das Blau seiner Augen. Richards geflüsterte Liebesworte kamen heiß und schnell, seine Berührungen ließen Marie erzittern wie ein Blatt im Wind. Die Arme des Prinzen umschlossen sie, sein Körper umgab sie wie eine eigene Welt. Und doch schlug ihr Herz noch immer voll Angst. Wie wilde Schwingen flatterte es in ihrer Brust.

Sie strebte fort vom Land, dem Meer entgegen, das in der Ferne schimmerte. Sein schwerer Duft nach Salz und Tang lag in der Luft wie die ersten Töne eines lockenden Liedes. Immer näher kamen die rastlosen Wellen. Wie Glieder mit kräftigen Muskeln streckte sich das Wasser, es krümmte sich und zitterte, als verberge sich etwas unter der Oberfläche, das seine Ruhe störte. Während ihre starken Schwingen sie der Küste entgegentrugen, sah sie, wie eine Insel von der Vollkommenheit eines kunstvoll angelegten Gartens sich langsam aus den Tiefen erhob. Abertausende von Rosen wuchsen auf diesem Eiland, und als es Gestalt annahm, ertönten tiefe, kehlige

Rufe. Sie lauschte ihrem sonderbaren Klang und blickte hinunter auf den paradiesischen Garten. Da plötzlich schwanden ihre Kräfte und die Luft war nicht mehr weich und golden, sondern schwer und hart wie Eisen. Sie spürte, wie der unbarmherzige Griff der Erde sie in die Tiefe zog, und stürzte der Insel mit all ihrer Blütenpracht entgegen. Sie fiel und fiel, ahnte und fürchtete die Härte des Aufpralls. Einen einzigen Schrei stieß sie aus, dann kam der ungeheure Schock, der alles zerriss, und mit ihm die heiße Klinge der Dunkelheit …

Und plötzlich war sie allein, hatte ihre Schwingen verloren, ihre Anmut eingebüßt. Sie war nichts als ein unbeholfener Mensch mit einem nutzlosen, schweren Körper, verwundet und zerschlagen. Allein lag sie in einem wunderbaren, verlassenen Garten voller Rosen.

Nach und nach kehrten die Sinneswahrnehmungen zurück. Ein Duft, der von Frieden kündete, begann sie zu umhüllen. Der heilende Atem dieses Duftes schien unter ihre Haut zu kriechen, war wie eine zärtliche Berührung. Sie streckte sich und fühlte sich leicht und frei. Ihre Wunden schlossen sich und verschwanden. Bald war es, als hätte es sie nie gegeben. Ein ehrfürchtiges Staunen bemächtigte sich ihrer. Es wurde zu einem warmen Glühen der Freude. Sie war endlich zu Hause angelangt.

Marie erwachte im Mondlicht. Um sie war alles still und friedlich. Neben ihr lag der schlafende Prinz, den Arm nach ihr ausgestreckt. Dankbar dachte Marie an den Traum, in dem sie durch die schimmernden Lüfte geflogen war. Ja, sie hatte wahrlich allen Grund zu Freude und Dankbarkeit. Erst wurde ihr dieser wunderbare Traum geschenkt, dann kam der Herr der Falken zu ihr, und all das gerade jetzt, zu dieser Zeit! Nun wusste sie, dass das, was sie tun wollte, richtig war.

Vorsichtig stützte sie sich auf den Ellbogen und betrachtete den Mann an ihrer Seite. Selbst im Schlaf wirkte Richard noch angespannt. Der ausgestreckte Arm glich einem harten Balken. Zärtlich strich sie ihm das Haar aus der Stirn und wünschte sich, er möge erwachen, damit sie ihm von den schönen Dingen erzählen konnte, die sie gesehen hatte. Sie wollte ihn mitnehmen in den duftenden Garten ihres Traumes. Er murmelte unwillig im Schlaf und bewegte sich ein wenig von ihr weg. Doch er erwachte nicht. »Oh, Richard«, flüsterte Marie, »mein geliebter Herr.« Er schlief noch immer fest. Sie schmiegte sich eng an ihn und hoffte, seine Wärme möge die Kälte vertreiben, die von ihrem Körper Besitz ergriffen hatte. Bald fiel sie in einen tiefen, traumlosen Schlaf.

WIE PWYLL RHIANNONS GUNST GEWANN

Ef a aeth ryngtaw a llys Heueyd Hen.

Und sie ritten hinaus zum Hof von
Heveydd dem Alten.

Als ein Jahr vergangen war, machte Pwyll, der Prinz von Dyfed, sich in Begleitung von neunundneunzig Männern auf den Weg. Sie ritten zum Hofe Heveydds des Alten. Als sie dort ankamen, herrschte große Freude, und Heveydd bot Pwyll alle Schätze seiner Burg an. Der große Saal wurde geschmückt und alle ließen sich darin nieder. Heveydd der Alte saß an Pwylls Seite, und auf der anderen ließ Rhiannon sich nieder. Alle anderen wählten ihre Plätze so, wie es ihrem Rang entsprach. Dann speisten sie, redeten und feierten ausgelassen.

Noch während des Mahles trat ein hoch gewachsener, vornehmer junger Mann mit rotbraunem Haar in den Saal. Er trug Kleider aus reiner Seide. Sogleich trat er ans obere Ende des Tisches, wo Pwyll saß, und begrüßte ihn und seine Begleiter. »Im Namen des Herrn, seid uns willkommen, mein Freund. Setzt Euch zu uns«, sagte Pwyll.

»Nein, das kann ich nicht«, sagte der junge Mann. »Denn ich habe einen Auftrag zu erledigen.«

»Dann will ich Euch nicht aufhalten«, antwortete Pwyll.

»Herr«, sprach da der andere. »Mein Auftrag betrifft Euch. Ich muss Euch um einen Gefallen bitten.«

»Nun, was immer Ihr verlangt, ich werde es Euch geben, sofern es in meiner Macht steht.«

»Oh weh«, sagte Rhiannon. »Was trieb Euch nur zu dieser Antwort?«

»Ihr habt die Worte gehört, edle Frau. Sie wurden in Gegenwart all dieser vornehmen Herren gesprochen«, sagte der junge Mann.

»Freund«, sagte Pwyll, »wie lautet der Gefallen, um den Ihr mich bitten wollt?«

»Die Frau, der mein Herz gehört, ist die, die heute Nacht Euer Lager teilen wird. Ich bin gekommen, um Euch um sie zu bitten und um dieses Mahl und um alle Ehren.«

Pwyll wurde still, denn er konnte dem Mann keine Antwort geben.

»Ihr tut gut daran zu schweigen«, sagte Rhiannon. »Denn Ihr habt diesem Manne fürwahr ein törichtes Versprechen gegeben.«

»Edle Dame«, sagte Pwyll leise zu ihr, »ich wusste nicht, wer er ist.«

»Er ist der Mann, mit dem ich gegen meinen Willen vermählt werden sollte«, antwortete sie. »Gwawl ab Clud ist sein Name, oder Wall, Sohn des Clyde. Er ist ein mächtiger Herr aus dem Norden und hat ein großes Gefolge. Nun, da Ihr ihm Euer Wort gegeben habt, müsst Ihr es halten und ihm auch mich geben. Sonst verliert Ihr Eure Ehre.«

»Edle Dame«, antwortete Pwyll, »warum sprecht Ihr so mit mir? Ich bringe es nicht über mich, so zu handeln, wie Ihr sagt.«

»Gebt mich ihm«, sagte sie, »und ich werde dafür sorgen, dass er mich nicht bekommt.«

»Wie ist das möglich?«, fragte Pwyll.

»Ich werde Euch einen kleinen Beutel geben, und Ihr müsst tun, was ich Euch sage. Er wird Euch um dieses Festmahl und alle Ehren bitten. Aber diese Dinge könnt Ihr ihm nicht gewähren, denn das liegt nicht in Eurer Macht. Nur ich kann ihm das Mahl geben und ihm die Ehren erweisen. Das soll Eure Antwort an ihn sein. Ich selbst«, fuhr sie fort, »werde ihm sagen, dass ich erst in einem Jahr mit ihm liegen werde. An diesem Tag müsst Ihr zur Stelle sein. Bringt den Beutel mit und Eure neunundneunzig Reiter, und haltet Euch im Obstgarten hinter der Burg bereit. Ihr müsst Euch in Lumpen hüllen, und wenn er mitten beim Festmahl und beim Feiern ist, kommt Ihr mit dem Beutel herein und bittet ihn darum, Euch dieses Behältnis mit Speisen zu füllen. Ihr werdet sehen, dass alle Keller und Scheunen dieses Landes nicht ausreichen werden, den Beutel voll zu machen. Nachdem schon viele Speisen in seinen Tiefen verschwunden sind, wird er von Euch wissen wollen, ob dieses Behältnis jemals voll sein wird. Ihr müsst ihm antworten, der Beutel würde nur voll, wenn ein mächtiger Herr hineinsteigt, die Speisen feststampft und dabei spricht: ›Genug ist genug für diesen Beutel.‹ Ich werde ihm sagen, es sei eine Ehre für ihn, das zu tun, und er wird hineinsteigen. Dann müsst Ihr den Beutel umdrehen, sodass er darin auf dem Kopfe steht, und ihn gut verschnüren. Ihr werdet ein Jagdhorn an Eurem Hals tragen, und sobald Ihr den Beutel fest verknotet habt, stoßt Ihr in dieses Horn. Mit diesem Signal ruft Ihr Eure Reiter aus dem Obstgarten herbei.«

»Herr«, sagte Gwawl, der von alledem nichts gehört hatte, »wann werdet Ihr mir Eure Antwort geben?«

»Ihr sollt von mir erhalten, was ich Euch geben kann, denn so ist es versprochen«, sprach Pwyll.

»Freund«, sagte Rhiannon da, »das Fest und die Ehren habe ich bereits diesen edlen Herren und den Begleitern des Prinzen von Dyfed gegeben. Es ist nicht möglich, diese Dinge nun einem anderen zu gewähren. Aber heute in einem Jahr werden wir ein Fest zu Euren Ehren abhalten, und ich werde das Lager mit Euch teilen.«

So machte sich Gwawl auf den Rückweg in sein Land und Pwyll ritt nach Dyfed zurück. Ein Jahr lang dachten nun alle an das Fest, das am Hofe Heveydd des Alten stattfinden würde. Als das Jahr um war, erschien Gwawl ab Clud, um sich zu holen, was ihm versprochen worden war. Am Hofe Heveydd des Alten wurde er freudig begrüßt. Pwyll, der Edle von Annwvyn, hüllte sich in Lumpen, und an den Füßen trug er alte Lappen. Er verbarg sich mit seinem Beutel und den neunundneunzig Männern im Obstgarten, wie Rhiannon es ihm aufgetragen hatte. Als das Festmahl begonnen hatte, trat Pwyll in den Saal. Am oberen Ende des Tisches verbeugte er sich vor Gwawl ab Clud und seinem Gefolge.

»Möge Gott sein gnädiges Auge auf Euch richten«, sagte Gwawl. »In seinem Namen heiße ich Euch willkommen.«

»Herr«, sprach Pwyll, »möge Gott Euch dafür belohnen. Ich möchte Euch um einen Gefallen bitten.«

»Eure Bitte ist uns willkommen«, antwortete Gwawl. Dann fügte er spöttisch hinzu: »Und wenn sie mir vernünftig scheint, werde ich sie Euch gewähren.«

»Oh, das ist sie durchaus, Herr«, sagte Pwyll. »Denn ich will nur meinen Hunger stillen. Hört nun mein Begehren: Füllt diesen kleinen Beutel, den ich bei mir trage, mit Speisen.«

»Es ist kein allzu großer Gefallen, um den Ihr da bittet«, sagte Gwawl. »Ich werde Euch Eure Bitte gewähren. Bringt diesem Mann zu essen.«

Die Diener kamen und brachten Speisen herbei. Doch so viel sie davon auch in den Beutel taten, er wurde nicht voller.

»Freund«, sagte Gwawl, »wird dieser Beutel jemals voll sein?«

»Das wird er nicht, und Gott ist mein Zeuge«, antwortete Pwyll. »Es sei denn, ein edler Herr von großem Reichtum und großer Macht steigt hinein, stampft die Speisen mit beiden Füßen fest und ruft dabei: ›Genug ist genug für diesen Beutel!‹«

»Edler Herr«, sagte Rhiannon zu Gwawl ab Clud, »erhebt Euch.«

»Das will ich gern tun«, sagte er. Er stand auf und stieg mit beiden Füßen in den Beutel. Pwyll aber drehte den Beutel sogleich um, sodass Gwawl im Inneren auf dem Kopf stand. Dann schnürte er den Beutel zu und stieß in sein Horn. Gwawls Begleiter waren schon im selben Augenblick gefesselt. Pwyll warf die schmutzigen Lumpen und die alten Lappen ab. Seine Männer kamen in den Saal, schlugen kräftig auf den Beutel und fragten: »Was ist darin?« Die Versammelten antworteten ihnen: »Ein alter Dachs.« Dann sagten sie: »Wir spielen das Spiel vom Dachs im Sack«, und so wurde dieses Spiel erfunden.

»Herr, hört mich an!«, schrie der junge Mann in dem Beutel. »Zu sterben wie ein gemeiner Dachs in einem Sack ist kein geziemender Tod für einen Edelmann.«

»Was er sagt, ist wahr, Herr«, sagte Heveydd der Alte zu Pwyll. »Es wäre kein ehrenhaftes Ende, das dürft Ihr ihm nicht antun.«

»Ja«, sagte Pwyll. »Ich werde in dieser Sache Eurem Rat folgen.«

»Und das sollst du tun«, sagte Rhiannon. »Die fahrenden Sänger und Bittsteller, die zu diesem Fest erscheinen werden, wirst du reich beschenken. Sag Gwawl, er muss die Geschenke an deiner statt bezahlen. Und er muss schwören, keine Rache zu üben. Das ist Strafe genug.«

»Das will ich mit Freunden tun«, sprach der Gefangene im Beutel.

»Dann werde ich auch mit Freuden den Rat von Heveydd und Rhiannon annehmen«, sagte Pwyll. Die beiden nickten und sagten: »Ja, das ist unser Rat an dich.«

So wurde Gwawl aus dem Beutel gelassen, und auch seine Begleiter wurden befreit. Heveydd der Alte gab Pwyll den Rat, sich ein Unterpfand für Gwawls Schwur geben zu lassen. Doch Pwyll antwortete, was Rhiannon vorgeschlagen hatte, reiche ihm aus. Dann sagte Gwawl: »Herr, ich bin verwundet und verletzt, denn Eure Männer hieben gar zu kräftig auf den Beutel ein. Ich bitte Euch um Erlaubnis, nach Hause in mein Land reiten zu dürfen, um dort die Hilfe der Heiler zu suchen. Aber ich lasse meine besten Männer zurück. Sie werden die Geschenke bezahlen.«

»So soll es sein«, sagte Pwyll. Und Gwawl ab Clud ritt sogleich zurück in sein Land.

Dann begann das Schmausen und Feiern und die Zeremonie, in der Pwyll und Rhiannon zu Mann und Weib erklärt wurden. Ein jeder hatte seine Freude daran, und keiner der fahrenden Sänger und Bittsteller, die um ein Geschenk baten, musste mit leeren Händen davongehen. Sie wünschten dem Paar alles erdenkliche Glück und den Segen Gottes. Am nächsten Tag ritt die ganze Gesellschaft nach Arberth. Auch dort gab es ein fröhliches Fest, und Geschenke von großer Seltenheit und Kostbarkeit wurden verteilt. Denn Rhiannon schien einen unerschöpflichen Vorrat an wertvollen Ringen, Broschen und edlen Steinen zu besitzen.

Pwyll, Pendeuic Dyuet-Powell, Prinz von Dyfed
von Gruffydd ap Rhodri, Schreiber

ZWEITER TEIL

DAS BUCH VON HIMMEL UND ERDE

6

Man raubte dich aus deiner Heimat,
trug dich hinweg in ein fremdes Land.
Einst schwelgtest du in köstlichen Genüssen und
wurdest verehrt, wie es einer Königin gebührt.
Dein Erbe nährte dich reichlich. Du wandeltest
mit deinen Hofdamen durch blühende Gärten,
lauschtest den Liedern der Sänger und den Melodien der
Lauten und Trommeln. Doch nun trauerst du und weinst.
Die Sorge zerfrisst dein Herz. Du magst schreien
vor Schmerz, doch dein Schrei verhallt ungehört,
denn dein Kerkermeister ist der König des Nordens ...

Richard le Poitevin, *Klagelied für Eleonore*

An einem sonnigen Oktobermorgen, nach einer beschwerlichen, zehn Tage dauernden Reise über Land und Meer, erreichten sie Salisbury. Für Marie war die Reise nicht sehr angenehm gewesen. Sie hatte ihre geliebte Stute Liane in Anjou zurücklassen müssen, denn das Tier war trächtig, und die lange Reise hätte es zu viel Kraft gekostet. Der temperamentvolle Wallach, den Marie stattdessen ritt, war längst nicht so umgänglich wie Liane und wurde schließlich in der Normandie zurückgelassen. Hernach erschwerten stürmische Winde und die raue See die Schiffspassage, und Marie wurde von Übelkeit geplagt. Und zu allem Überfluss wurde Marie einen Tag, bevor sie in London ankamen, von ihrer monatlichen Blutung überrascht.

Aber nichts von alledem konnte ihr Hochgefühl dämpfen. Sie war so erleichtert, sich nun endlich auf dem Weg nach

Wales zu befinden, dass sie alle Strapazen mit Gelassenheit ertrug. Noch dazu entschädigte sie das freie Leben fern der königlichen Residenz für manche Unbill, welche die Reise mit sich brachte. Nur wenige Diener begleiteten den Tross und jeder Reisende hatte nur eine einzige Truhe mitgenommen. Überflüssiges Gepäck hätte sie nur an einem schnellen Vorankommen gehindert. Erst jetzt merkte Marie, wie beengend das höfische Leben gewesen war. Die immer wiederkehrenden Pflichten und die vielen Regeln und ungeschriebenen Gesetze, die den Alltag in der Sommerresidenz bestimmten, hatten ihr fast den Atem genommen. Das Leben unter freiem Himmel und die beträchtliche Geschwindigkeit der Reise gaben ihr ihre gute Laune zurück. Abgesehen davon erfüllte es sie mit unbändiger Freude, dass die Anderwelt sich ihr erneut geöffnet hatte. Dieses innere Glühen ließ Marie wieder in ihrer vollen Schönheit erstrahlen. Auch Richard schien wie von einer schweren Last befreit. Seine lebhafte Persönlichkeit und seine magnetische Anziehungskraft konnten sich endlich wieder ungezwungen entfalten. Marie und Richard genossen die ereignisreichen Tage in vollen Zügen.

Sie erreichten das Ziel der Reise an einem herrlichen Herbsttag. Der Himmel war strahlend blau und die Luft kühl. Marie liebte diese Jahreszeit von jeher. Die Hecken und Wälder von Wiltshire waren von einem knisternden Kleid aus Gold, Bronze, Purpur und Grün bedeckt – hatten sich geschmückt wie eine alternde Schönheit, die noch ein letztes Mal auszieht, die Herzen der Männer zu brechen. Schwärme von aufgeregten Vögeln flatterten und zwitscherten in der reinen Luft, und in jedem Gehölz hasteten kleine Kreaturen umher und bereiteten sich mit unermüdlichem Fleiß auf den bevorstehenden Winter vor. Auf den Feldern arbeiteten Pflüger und Sämänner, in den Obstgärten pflückten Frauen

Äpfel und Birnen von den Bäumen, und Kinder hüteten Schweine.

Über all dieser Betriebsamkeit thronten die düsteren Mauern der Burg von Salisbury. Wie der graue Winter selbst hob sie ihr steinernes Haupt in die klare Luft des Herbstes. Diese Anlage war nicht für ein vergnügliches höfisches Leben gebaut worden. Vor Marie erhob sich ein ehemaliges normannisches Bollwerk gegen das trotzige Aufbegehren der Engländer, die nichts von Unterwerfung unter die neuen Herren hatten wissen wollen. Die Burg stammte aus den frühen Tagen der Eroberung. Zwar hatte man die Anlage in späteren Jahren etwas erweitert und umgebaut, um das Leben dort ein wenig angenehmer zu gestalten, doch noch immer glich die Festung von Salisbury eher einer düsteren Trutzburg als einer königlichen Residenz. Längst wurden zwischen den hohen Mauern keine rebellischen Engländer mehr eingekerkert; nun waren sie das Gefängnis einer Frau, die gegen ihren Herrn und Gebieter aufbegehrt hatte.

Dieser Gedanke machte Marie unruhig. Königin Eleonore war eine Berühmtheit. Trotz ihres langen Exils lebte die Erinnerung an ihre Taten und an ihre legendäre Schönheit und Tapferkeit fort. Eleonore, die gefeierte Erbin von Aquitanien, die in Poitiers ein Ideal des höfischen Lebens geschaffen hatte, beflügelte nach wie vor die Phantasie der fahrenden Sänger. Zahllose Männer hatten um ihre Gunst gebuhlt und waren für sie gestorben. Sie war die Gattin zweier mächtiger Könige gewesen, und sie war die Mutter der ungewöhnlichsten und talentiertesten Königskinder, die je in der bekannten Welt gelebt hatten. Noch immer begegnete man ihr mit Ehrfurcht und suchte ihre Nähe, um seinen Geist an ihrer Gesellschaft zu erfrischen. In Poitiers hatte sie ihre schützende Hand über viele der größten Poeten jener Jahre gehalten. Und nun würde Marie dieser lebenden Legende schon bald gegenübertreten; nicht nur als Poetin mit einer noch sehr bescheidenen Anzahl von hoch gelobten Werken, sondern auch als die Geliebte des Lieblingssohnes der Königin. War es da ein Wunder, dass Maries Hände sich klamm anfühlten und ein dicker Klumpen in ihrer Kehle saß?

Sie blickte sich zu Richard um. Seine angespannten Züge waren voller Melancholie. Er hatte ihr einmal erzählt, dass die Jugendjahre, die er am Hof seiner Mutter in Poitiers verbracht hatte, die glücklichste Zeit seines Lebens gewesen seien. Was mochte in ihm vorgehen, wenn er Eleonore nun als Gefangene in diesem zwar schönen, aber sehr abgelegenen Landstrich wieder sah? Er wagte es nicht mehr, sich gegen seinen Vater zu erheben, denn das konnte ihn die Ansprüche auf all seine Ländereien kosten. Aber wie sehr musste es ihn quälen, machtlos mit anzusehen, wie seiner Mutter der Platz, der ihr zustand, versagt wurde. Der Käfig, in dem Eleonore lebte, mochte aus Gold sein, aber ein Kerker blieb er dennoch. Sie musste nicht in einem finsteren Verlies darben wie ein gewöhnlicher Gefangener, sie konnte jederzeit über die Hügel reiten und ihr Pferd durch das sanft gewellte Grasland, welches die Burg umgab, galoppieren lassen. Sie konnte mit ihrem Hofdamen im goldenen Abendlicht sitzen und die neuesten Bücher lesen. Man gestattete ihr, im nahen Wald zu jagen, wenn ihr der Sinn danach stand. Sogar ein wenig reisen durfte sie – nach Winchester, nach Ludgershall und an andere Orte im Süden Englands. Zu besonderen Anlässen, wenn beispielsweise ihre Tochter Matilda, die nun die Gattin des schottischen Königs war, England besuchte, war es Eleonore gestattet, die Abgeschiedenheit der Festung zu verlassen und sich angetan mit allen Insignien der königlichen Macht dem Volk zu zeigen. Aber sie musste stets im Land bleiben, wurde auf Schritt und Tritt bewacht und war immer und überall von König Heinrichs Spionen umgeben. Sie war dazu verdammt, den Rest ihrer Jahre – oder den Rest der Jahre ihres grausamen Gatten – fern der Heimat auf fremdem Boden zu verbringen.

»Ha! Da kommt Gilbert Fitzhenry. Er reitet uns entgegen.« Richards Ausruf unterbrach Maries Gedankengänge. »Er kommandiert die Wachen der Burg«, erklärte Richard. Dabei zeigte er auf den hoch gewachsenen rothaarigen Reiter, der sich ihnen näherte. »Kein schlechter Kerl, wenn auch ein wenig humorlos. Aber seine Frau Hawise – nimm dich vor ihr in Acht, sie ist eine böse Hexe, eine Sphinx.«

Der Mann kam heran und zügelte sein Pferd. »Gottes Segen sei mit Euch, Prinz Richard. Lord Fitzstephen und Lord Glanville sind nicht in der Festung. Im Augenblick führe ich das Kommando.«

»Ich grüße Euch, Sir Gilbert.«

»Herr, Eure Mutter, die Königin, befindet sich wohl und lässt Euch bitten, sie sogleich in ihrem Gemach aufzusuchen«, sagte Gilbert. Dann wandte er sich Marie zu. »Mylady, die Königin heißt auch Euch willkommen. Lady Isabelle hat den Auftrag, sich um Euch zu kümmern und Euch dabei behilflich zu sein, Euch nach der langen Reise ein wenig frisch zu machen. Sie hat eine Kammer hergerichtet und ...«

Richard hob die Augenbrauen. »Lady Isabelle? Ist das nicht Eure Tochter, Sir Gilbert? Und sie ist nun ebenfalls hier in Salisbury! Ich dachte, sie wäre noch ein kleines Kind.«

Der Ritter lächelte kühl. »Sie ist inzwischen zu einer jungen Frau herangewachsen. Meine Gattin ist dabei, sie zu lehren, ein wertvolles Mitglied des königlichen Haushaltes zu werden.«

Marie hörte die Ironie in Richards Ton. »Ja, ich bin sicher, Lady Hawise wird, wie immer, ihr Bestes tun.«

Auch Sir Gilbert war die ironische Anspielung nicht entgangen. Mit undurchdringlicher Miene antwortete er: »Mein

Herr, Ihr seid zu freundlich.« Dann wendete er sein Pferd mit einem groben Griff in die Zügel und ritt an der Spitze der kleinen Prozession zur Burg.

Richard lehnte sich zu Marie hinüber und sprach so leise, dass seine Stimme beinahe vom Klirren des Zaumzeugs übertönt wurde: »Du Ärmste! Wenn das Mädchen seiner Mutter nachschlägt, tust du mir jetzt schon Leid.«

»So schlimm wird es schon nicht werden«, lachte Marie. »Aber wie dem auch sei, wollen wir nicht ...« Ihr blieb keine Zeit mehr, ihren Satz zu beenden, denn sie ritten bereits in den Burghof ein, wo in Erwartung der Gäste dienstbare Geister herbeieilten. Die freie Reisezeit war zu Ende. Nun war Richard wieder ein Königssohn.

Lady Isabelle glich nicht im Entferntesten einer bösen Hexe. Nach Maries Schätzung war sie siebzehn oder achtzehn Jahre alt und wirkte mit ihrem angenehmen Gesicht voller Sommersprossen eher unscheinbar. Ihr Haar leuchtete im selben Rot wie der Schopf ihres Vaters und sie hatte freundliche kornblumenblaue Augen. Lady Isabelle sah jung und unschuldig, aber keineswegs böse und verschlagen aus. Doch Marie wusste, dass sie sich durch das Äußere eines Menschen nicht zu voreiligen Schlüssen verleiten lassen durfte. Schließlich konnte sich sogar der Teufel selbst hinter der Maske eines gut aussehenden jungen Mannes verbergen. Marie beschloss, Vorsicht walten zu lassen und ihre Zunge im Zaum zu halten. Letzteres erwies sich nicht als besonders schwierig, denn Isabelle redete genug für zwei. Munter plapperte sie in einem gewöhnungsbedüftigen Französisch mit kräftigem angelsächsischen Akzent drauflos.

»Ich bin beglückt, Eure Bekanntschaft zu machen, Lady Marie. Mein Name ist Isabelle Fitzhenry. Ich bin die Tochter von Sir Gilbert und Lady Hawise und habe eine Kammer für

Euch herrichten lassen. Ich hoffe, es ist alles zu Eurer Zufriedenheit. Die Dienstboten sind ja so nachlässig, wenn man sie nicht ständig beaufsichtigt, und für mich ist es das erste Mal, dass ich einem Gast zur Seite stehen soll. Sicher wird es Euch bei uns gefallen. Ich weiß nicht, wie es in Frankreich zugeht. Vielleicht findet Ihr unsere englischen Gepflogenheiten zunächst ein wenig ungewohnt, aber ...«

Marie stemmte sich gegen die unaufhaltsame Flut der Worte. »Ich danke Euch für Eure Mühe, Lady Isabelle.«

»Oh, bitte, das ist doch nicht der Rede wert!« Isabelle winkte einen Diener heran, der sich sogleich Maries Truhe annahm. »Ich hoffe, Ihr stört Euch nicht daran, dass ich die Kammer mit Euch teile, Lady Marie. Wir haben auch nicht viele Dienstmädchen oder gar Kammerzofen, und Mutter meinte, ich sollte ...«

Marie war bestürzt. »Ich schlafe in Eurer Kammer?«

Isabelle zog ein Gesicht, als wäre sie darüber selbst nicht besonders glücklich. »Es ist gar nicht meine Kammer. Normalerweise gehört sie meiner Mutter, Lady Hawise. Aber sie dachte, Ihr würdet meine Gesellschaft bevorzugen. Die Burg ist nicht sehr groß, Lady Marie. Ein anderes Gästezimmer gibt es nicht.« Isabelle errötete. »Meine Mutter ... meine Mutter hielt dieses Arrangement für das Passendste. Aber wenn Ihr es wünscht, kann ich draußen vor der Tür schlafen und ...«

»Bitte, das wird nicht nötig sein«, sagte Marie kühl. »Ich werde nicht lange bleiben.«

Sie war eher erheitert als verärgert. Lady Hawise gefiel es offenbar nicht, dass Richards Geliebte ihn begleitete. Und sie brachte ihr Missfallen zum Ausdruck, indem sie ihre Tochter schickte, um die Dame willkommen zu heißen, anstatt, wie es sich eigentlich gehörte, diese Aufgabe selbst zu übernehmen. Der Geliebten des Prinzen gar einen Platz in den Gemächern der adeligen Ehefrauen anzubieten, kam für Lady Hawise wohl ebenfalls nicht in Frage. Marie war sicher, dass sie die Art ihres Quartiers nicht der Königin, sondern Lady Hawise zu verdanken hatte. Die ranghöchste Dame eines königlichen Haushaltes genoss meist das volle Vertrauen ihrer Herrin und konnte gewisse Dinge ganz nach ihrem Belieben einrichten. Aber vertraute die Königin Lady Hawise tatsächlich? Immerhin befehligte ihr Gatte die Wachen, die Heinrich Treue geschworen hatten. Eine böse Hexe und eine Sphinx hatte Richard Lady Hawise genannt. Vielleicht war diese Frau ein Gitterstab von Eleonores goldenem Käfig, eine der zahlreichen unsichtbaren Fesseln, welche die Königin gefangen hielten wie eine Fliege im seidenen Netz der Spinne.

»Oh, wie bin ich froh, dass Ihr Euch nicht daran stoßt«, sagte Isabelle. »Ich hatte mich so sehr darauf gefreut, Euch kennen zu lernen.«

Die naive Aufrichtigkeit in ihrer Stimme ließ Maries Antwort freundlich ausfallen: »Ich bin sicher, wir werden gut miteinander zurechtkommen.«

Die Kammer, in die Isabelle Marie brachte, war tatsächlich nicht groß; sie war kaum mehr als ein Alkoven. Mit zwei Betten und Maries Reisetruhe voll gestopft, konnte man sich darin kaum noch um die eigene Achse drehen. Ungestört werde ich mich in dieser Enge wirklich nicht fühlen können, dachte Marie. Und da Isabelle im Bett neben ihr schlafen sollte, war ein nächtlicher Besuch von Richard wohl ausgeschlossen. Wahrscheinlich hatte man ihn unten im Saal bei den anderen Rittern einquartiert. Anders als Heinrichs Schloss im Anjou bot die Festung von Salisbury nicht genügend Platz für private Unterkünfte. Nur die Königin hatte ihr eigenes Gemach. Selbst die ranghöchste unter den Damen der Burg musste mit der bescheidenen Kammer vorlieb nehmen, die Marie und Isabelle nun teilten.

»Es ist ein bisschen eng ...«, begann Isabelle verlegen.

»Nein, nein. Das ist ein hübsches kleines Zimmer.« Marie ließ sich auf einem der Betten nieder und seufzte tief.

»Ich werde die Diener anweisen, Euch warmes Wasser heraufzubringen.« Aber Isabelle machte keine Anstalten, zur Tür zu gehen. Unschlüssig ging sie in dem engen Gang zwischen den beiden Betten hin und her. Schließlich brach es aus ihr heraus: »Welch eine lange Reise, Mylady! So weit bin ich noch nie in meinem Leben von zu Hause weg gewesen.«

»Ihr kennt Frankreich nicht?« Marie war überrascht, denn die meisten Adeligen Englands verbrachten mehrere Monate des Jahres auf der anderen Seite der Meerenge.

Isabelle errötete erneut. »Nein, mein Vater sagt, er könne es sich nicht leisten, mich dorthin zu schicken. Aber meine Mutter stammt aus der Normandie. Sie meint, das sei der schönste Ort, den man sich nur vorstellen kann.« Isabelles Stimme klang wehmütig.

Marie betrachtete ihr Gegenüber nachdenklich. Wenn dieses Mädchen ihre naive Unschuld nur spielte, dann hatte sie wohl die vollendetste Schauspielerin vor sich, welche die Welt je gesehen hatte. »Nun, für Eure Mutter gilt das ganz sicher, denn die Heimat ist stets der liebste Ort einer jeden Menschenseele. England scheint mir aber auch recht schön zu sein.«

»Oh, meint Ihr das wirklich?«, fragte Isabelle eifrig. »Mir gefällt es jedenfalls. Ich wurde in den Hügeln nicht weit von hier geboren. Dort liegt das Anwesen, das der König meinem Vater gegeben hat.«

Sie warf einen Blick in Maries verschlossene Miene, deutete deren Reserviertheit aber falsch. »Oh, Mylady, vergebt mir! Ich rede zu viel. Meine Mutter sagt, ich sollte mir ein Schloss an die Lippen hängen. Sie meint, ich würde nie eine gute Kammerfrau abgeben, wenn mir das nicht gelingt. Ich versuche es ja. Aber mir scheint, ich kann den Schlüssel nicht oft genug herumdrehen.«

»Bitte seid nicht so streng mit Euch«, sagte Marie, die nun doch lächeln musste. »Ich bin nur ein wenig müde von der Reise. Vielleicht könnte ich mich ja nun etwas ausruhen ...«

»Aber natürlich, natürlich.« Isabelle machte nervös ein paar Schritte zur Tür. »Ich werde mich um das warme Wasser kümmern und komme dann später wieder.« Mit eilig gerafften Röcken und einem verlegenen Lächeln hastete sie davon.

Marie sank auf das Bett zurück. Sie atmete tief durch und ließ die Stille der sonnigen kleinen Kammer in sich einziehen. Die Erschöpfung von der Reise machte ihr die Glieder schwer. Aber sie war endlich in England. In ein paar Tagen würde sie nach Wales aufbrechen. Sie seufzte tief.

Sie glaubte nicht, dass sie ihre Augen überhaupt geschlossen hatte, doch plötzlich befand sie sich wieder in dem Rosengarten. Diesmal wanderte sie darin herum und bewunderte die herrlichen Büten: Sie sah purpurrote, violette, weiße, goldene, scharlachrote und rosafarbene. Schwärme von Bienen summten durch die warme Luft, die vom goldenen Duft der Rosen durchtränkt war. Ein enger, scheinbar nicht enden wollender Pfad wand sich durch den Garten, und Marie folgte ihm still. Selbst ihre Haut schien von all den Wohlgerüchen und der Schönheit, die sie umgab, durchdrungen zu sein. Beglückt kostete Marie den Geschmack der goldenen Luft. Sie versuchte nicht, eine der majestätischen Blumen zu berühren oder gar zu pflücken; es war ihr genug, durch dieses endlose Meer von sommerlichen Rosen wandeln zu dürfen.

Plötzlich war außer ihr noch jemand anderes in dem Garten. Eine Frau. Sie war groß und anmutig wie eine Weide am Ufer eines Flusses und ganz in Weiß gekleidet. Ein weißer Schleier verdeckte ihr Gesicht. In den Armen trug sie Rosen: Rosen, so rot wie Blut, und Rosen, so weiß wie Schnee. Diese Blüten verströmten einen solch herrlichen Duft, dass es schien, als hätten alle anderen Blumen in dem Garten aufgehört zu duften.

Doch die wunderschönen Rosen mit dem herrlichen Duft hatten furchtbare Dornen, und die zarten Arme der Frau waren so zerkratzt, dass es aussah, als hätten grausame Messer ihr die Wunden zugefügt. Die Frau streckte Marie mit einem traurigen Lächeln die Rosen entgegen. Marie verspürte eine Sehnsucht, die sie nicht verstand, und eine Angst, die übermächtig war. Sie konnte sich weder abwenden noch der Frau entgegengehen.

»Oh, edle Dame«, flüsterte sie. »Oh, edle Dame, was wollt Ihr von mir? Edle Dame, warum kommt Ihr zu mir?« Aber die Frau hielt Marie nur schweigend die Rosen hin. Da wusste Marie, dass sie die Blumen annehmen musste, auch wenn die Dornen sich tief in ihr Fleisch krallen würden. Zögernd streckte sie die Arme aus. Doch im selben Augenblick heulte plötzlich ein bitterer, kalter Wind durch den Garten. Er riss der Frau die Rosen aus den Armen und verstreute die Blütenblätter in alle Himmelsrichtungen. Kaum waren ihr die Blumen entrissen, da veränderten sich die Züge der Frau. Sie wurden schärfer und sie bleckte die Zähne. In ihren schwarzen Augen lag die zerstörerische Kraft von Blitzen, und die zarten Hände verformten sich zu Krallen, die noch schärfer waren als die Dornen der Rosen. Wieder heulte der Wind, und er hatte die Stimme der Frau, die so verzweifelt und leer klang, dass sie selbst ein Herz aus Stein hätte zerspringen lassen.

Marie wollte davonlaufen. Aber der Garten hatte sich in ein Labyrinth verwandelt, und der Pfad wand sich wie eine wütende Schlange vor ihren Füßen. Immer wieder führte er sie zurück zu der Furcht erregenden Erscheinung, die nun durch den welkenden Garten stob wie der Nordwind durch den sterbenden Sommer.

7

Der Stier ist mein Zeichen mit dem Mars im Gespann;
War Liebe je Sünde, sagt an nur, sagt an!

anon. zwölftes Jahrhundert, *Tristan und Isolde*

Lady Marie? Oh bitte, bitte, so wacht doch auf!«

Marie fuhr der Schreck in die Glieder. Der kräftige Duft von Rosen erfüllte ihre Sinne, und langsam nahm ein besorgtes Gesicht über dem ihren Gestalt an.

»Oh, dem Himmel sei Dank! Ihr wart so blass wie der Tod ... Ich sah Euch nicht atmen. Einen Augenblick lang ...« Lady Isabelle setzte das Becken mit dem heißen, parfümierten Wasser auf der Truhe ab und sank neben Marie aufs Bett. Dann tauchte sie einen Lappen in das Wasser.

»Kommt, lasst Euch die Stirn abwaschen. Geht es Euch nicht gut? Oh, Ihr seid ja so kalt ... so kalt wie Eis.« In den kornblumenblauen Augen stand noch immer die Angst.

Marie konnte nicht sprechen. Dieser Duft nach Rosen! Noch immer beherrschte der Traum ihren Geist und ihre Sinne und verblasste nur langsam. Die Frau, das Labyrinth, die Angst – Marie hatte Mühe, sich wieder in der Wirklichkeit zurechtzufinden; doch am Ende blieb nur der Rosenduft. Wie eine verlorene Erinnerung hing er in der Luft.

»Meine Mutter stellt aus den Blüten der Rosen im Garten der Königin eine Essenz her«, erklärte Isabelle, als könne sie Maries Gedanken lesen. »Ich habe ein wenig davon in das warme Wasser geträufelt, weil ich dachte, der Duft würde Euch gefallen.« Sie lächelte unsicher.

»Ich danke Euch«, brachte Marie schließlich hervor. Sie

schwieg eine Zeit lang und sagte dann: »Bitte, Lady Isabelle, macht Euch meinetwegen keine Sorgen. Ich bin nicht krank. Mir war nur ein wenig schwindelig von einem Alptraum. Ich ... ich schlafe schon seit Wochen nicht sehr gut.« Sie hielt inne. »Wie lange habe ich denn geschlafen?«

Isabelle schien ein wenig beruhigt. »Oh, zwei Stunden vielleicht. Ich wollte Euch nicht früher wecken, weil ich glaubte, der Schlaf würde Euch gut tun. Es tut mir Leid, dass ich Euch nun doch in Eurer Ruhe gestört habe. Aber ich wollte nicht, dass das Wasser kalt wird, und Ihr wart so blass und ... Soll ich ein Dienstmädchen rufen? Sie sind alle sehr beschäftigt, aber ich kann eines für Euch holen, wenn Ihr wollt.«

»Nein, bitte. Es geht mir gut.« Marie setzte sich vorsichtig auf. Die Kammer bot nicht genügend Platz für eine weitere Person. Außerdem war Marie daran gewöhnt, auf Reisen ohne Dienstmägde auszukommen. Sie genoss es, einmal nicht ständig jemanden um sich zu haben. Am liebsten hätte sie auch Isabelle weggeschickt, aber das konnte sie nicht tun.

Marie griff nach dem Lappen, den Isabelle ihr hinhielt, und tauchte ihn erneut in das warme, duftende Wasser. Sie wusch sich das Gesicht, den Nacken und die Arme so gut es ging. Dann bürstete sie ihr Haar, bis es glänzte, und flocht anschließend einige schmale Seidenbänder in die schimmernde Pracht. Schließlich legte sie ihr von der Reise arg mitgenommenes Überkleid ab und schlüpfte in ein Kleid aus feiner grüner Wolle mit farbigen Stickereien am Halsausschnitt und an den Ärmeln. Dann nahm sie ihren besten Schleier aus der Truhe und befestigte ihn auf ihrem Kopf.

Isabelle beobachtete geradezu andächtig jede ihrer Bewegungen. Schließlich räusperte sie sich. »Mylady«, sagte sie scheu, »Ihr seid wunderschön ...«

Marie unterbrach ihre Toilette einen Augenblick lang und lächelte das Mädchen an. »Ich danke Euch für die freundlichen Worte.«

»Aber die Königin sagte ...«, Isabelle zögerte, sprach dann aber schnell weiter. »Ich habe gehört, Ihr wärt eine Dichterin!«

Marie musterte das Mädchen mit einem scharfen Blick. »Ich habe ein paar Lais geschrieben, das ist wahr.«

Isabelle verstand Maries Schroffheit nicht. Für sie war offenbar jeder, der ein paar Verse auf ein Stück Pergament kritzeln konnte, ein Poet. »Ich bin noch nie einer Dichterin begegnet!«

Maries Stimme klang hart. »Gibt es hier denn keine Poeten, Lady Isabelle? Gibt es keine fahrenden Sänger im Haus der Frau, welche die schönen Künste pflegte und förderte wie sonst niemand in der Welt?«

»Nein, nicht dass ich wüsste«, antwortete Isabelle nach kurzem Nachdenken. Sie sah an Marie vorbei. »Ich wusste bislang nicht einmal, wie man sich eine Poetin vorzustellen hat, und ich ahnte nicht, dass eine Dichterin so jung und schön sein kann wie Ihr.«

»Ach – und warum nicht?«, fragte Marie scharf. Die unendlichen Qualen, die sie litt, weil sie schon so lange Zeit keine brauchbare Zeile hatte schreiben können, machten sie ungerecht. Nun würde sie Isabelle erklären müssen, dass sie bisher lediglich drei Balladen und Lais verfasst hatte und ihr Geist inzwischen so unfruchtbar war wie ihr Schoß.

»Vergebt mir, Lady Marie«, sagte Isabelle leise. »Ich wollte nicht unhöflich sein. Ich ... ich liebe Bücher und träume manchmal davon, eines Tages selbst eines zu schreiben. Aber die einzige schreibende Frau, von der ich je etwas gelesen habe, ist Lady Phoebe. *Das Buch von Himmel und Erde* stammt aus ihrer Feder.«

»Lady Phoebe? Diesen Namen habe ich noch nie gehört.«

Die Züge des Mädchens verdüsterten sich. »Oh, Ihr habt nur noch nie von ihr gehört, weil es böse Menschen gibt, die alles tun, damit ihr Name in Vergessenheit gerät. Sie schrecken auch nicht davor zurück, Lady Phoebes Ehre zu beschmutzen! In der Bibliothek der Königin stehen die beiden einzigen noch erhaltenen Kopien ihres herrlichen Buches. Dabei pries einst die ganze bekannte Welt den Namen dieser begnadeten Künstlerin. Lady Phoebe schrieb nicht nur, sie war außerdem eine Astrologin und ebenso belesen und gelehrt wie die Männer jener Tage. Sie wusste von vielen seltsamen und geheimnisvollen Dingen zu berichten, sie kannte die Bahnen der Sterne und verstand die Sprache der Erde. Doch ein großes Unglück befiel sie, und sie musste ihre Heimat verlassen. Sie musste ihren Reichtum, ihre Familie, ihre Freunde – alles, was ihr lieb und teuer war – aufgeben und nur von einer treuen Dienerin begleitet aus Byzanz fliehen. Sie kehrte niemals dorthin zurück.«

Die Empörung über die Ungerechtigkeiten, die Lady Phoebe widerfahren waren, rötete Isabells Wangen. Hätte Richard in diesem Augenblick ihr Gesicht gesehen, es hätte ihn sicher tief berührt. Das Mädchen stand offenbar treu zu seiner Mutter. Allem Anschein nach sah Lady Isabelle gewisse Gemeinsamkeiten in den Schicksalen von Lady Phoebe und Königin Eleonore: Die eine hatte aus der Heimat fliehen müssen, die andere war eine Gefangene in der Fremde.

»Welch eine traurige Geschichte«, sagte Marie nach einer Weile. »Und Ihr scheint sie gut zu kennen.«

»Einmal in jeder Woche ruft die Königin alle jungen Damen, die in der Burg leben, zusammen, und wir lesen ihr aus Büchern vor«, erklärte Isabelle stolz. »Wir dürfen uns selbst aussuchen, welches Buch wir lesen wollen. Und ich wähle jedes Mal *Das Buch von Himmel und Erde*. Die Königin selbst hat uns einmal die traurige Geschichte von der Frau, die es schrieb, erzählt.«

»Lady Marie ist deines Geplappers sicher längst überdrüssig, Isabelle.« Eine Frau stand in der Tür. Wie lange sie ihnen schon zuhörte, vermochte Marie nicht zu sagen. Weder sie noch Isabelle hatten ihr Kommen bemerkt.

Das Mädchen sprang erschrocken auf. »Mutter!« Die Marie inzwischen wohl bekannte Röte stieg wieder in ihre Wangen. »Ich wollte nicht ... Das heißt, ich ...«

»Still, Kind. Du redest wie immer viel zu viel.« Nach einer kurzen Pause brachte Lady Hawise – eine andere konnte diese Frau nicht sein – ein mattes Lächeln in Maries Richtung zustande. »Ich nehme an, Ihr habt Euch ein wenig von den Strapazen der Reise erholt, Mylady.«

»Danke, das habe ich.« Marie fiel es schwer, in der kleinen, ordentlichen Frau, die nun an ihrem Bett stand, eine böse Hexe oder gar eine Sphinx zu sehen. Auf ihrem streng aus dem Gesicht gebürsteten grauen Haar saß eine blütenweiße Haube, und sie hatte große und sehr schöne grüne Augen. Auch ihre Stimme passte nicht zu Maries Vorstellungen von einer bösen Zauberin. Sie klang ruhig und angenehm. Außerdem sprach die Mutter fast mit demselben Akzent wie die Tochter. Aber Marie wusste aus Erfahrung, dass das Wesen eines Menschen sich oft erst im Laufe der Zeit offenbarte und nicht bereits bei einer ersten, flüchtigen Begegnung.

»Lady Marie«, sagte Lady Hawise nun, »ich bin gekommen, um Euch zu sagen, dass die Königin nun bereit ist, Euch zu empfangen. Lord Richard bespricht inzwischen einige Dinge mit Sir Gilbert.« Sie hielt inne. »Ich bedaure, dass ich Euch nicht selbst willkommen heißen konnte. Aber ich bin dieser Tage sehr beschäftigt. Ich hoffe, Isabelle hat mich würdig vertreten.«

»Ich danke Euch, Lady Hawise. Das hat Eure Tochter in der

Tat.« Marie wusste selbst nicht, warum sie noch hinzufügte: »Eine bessere Gesellschafterin hätte ich mir nicht wünschen können.«

Diesmal errötete Isabelle vor Freude. Die Augenbrauen ihrer Mutter schnellten nach oben, doch ihre Stimme blieb kühl und unverbindlich. »Es freut mich, das zu hören, Mylady. Würdet Ihr mir nun bitte folgen?«

8

Lady Hawise führte Marie zum Gemach der Königin. Die Hofdame meldete die Ankunft der Besucherin mit leiser Stimme und zog sich dann zurück. Zunächst bemerkte Marie die Königin gar nicht, so sehr war sie von der Schönheit des Raumes, an dessen Tür sie nun stand, geblendet. Im Wohnbereich der Königin wurde nicht wie am Hof ihres Gatten königlicher Prunk und Reichtum zur Schau gestellt. Eleonore umgab sich mit einer unaufdringlichen Eleganz, die erst nach und nach das Auge füllte. Marie fühlte sich an einen vortrefflich angelegten Garten voller Sonnenlicht erinnert. Dabei waren die Mauern dieses Raumes in einer Zeit errichtet worden, in der der Kriegsgott Mars über das Land regiert hatte. Eleonore, die königliche Tochter Jupiters, hatte das ihr angeborene Gefühl für alles Schöne und Erhabene genutzt, um dieses Gemäuer in eine Heimstätte zu verwandeln, welche selbst die Göttin Venus nicht verschmäht hätte.

Die grauen Steinmauern waren mit pastellfarbener Seide und mit Gobelins in strahlenden Farben behängt. Die kunstvollen Wandteppiche erfreuten das Auge mit Szenen aus der Minne – der höchsten Form höfischer Liebe – und aus dem Leben von König Arthur. Auf den Bodenfliesen lag ein großer, kostbarer Teppich mit byzantinischen Mustern in Farben, die glühten wie Edelsteine. Die wenigen Einrichtungsgegenstände waren sorgfältig ausgewählt. Auf einem niedrigen Tisch aus hellem Holz lag ein kleines, reich bebildertes Buch neben einem hölzernen Rahmen mit einer unvollendeten Stickarbeit. In einer Ecke des Raumes stand eine Kniebank aus Eichenholz. Ein dickes Polster schützte die Schienbeine der Königin, wenn sie dort betete.

Am anderen Ende des Zimmers stand ein hohes, mit aufwändigen Schnitzereien verziertes Bett in der Nähe eines offenen Kamins. Neben dem zweiten Kamin, in dem ein Feuer knisterte, saß die Königin in einem Stuhl, der mit seiner hohen Lehne und den gepolsterten Armstützen einem Thron nicht unähnlich war. Zu Eleonores Füßen lag ein zartgliedriger Windhund. Warf man nur einen flüchtigen Blick in das königliche Gemach, so konnte man seine Bewohnerin beinahe übersehen, denn sie war weder besonders hoch gewachsen noch besonders stattlich. Doch mit jedem Schritt, der sie der Königin näher brachte, spürte Marie, wie eine seltsame Macht sie immer stärker in ihren Bann zog. Noch nie hatte die Gegenwart einer anderen Person vergleichbare Gefühle in ihr ausgelöst.

Maries Hände begannen zu zittern, und das Herz hämmerte in ihrer Brust. Sie war im Begriff, einer lebenden Legende gegenüberzutreten. Tragödien und Skandale begleiteten Eleonores Leben wie der Schweif eines Kometen. Und doch strahlte sie heller als die Sterne des Nachthimmels und verwandelte mit ihrer Gegenwart selbst ihr Gefängnis an diesem gottverlassenen Ort in einen Palast.

Dabei war die Königin keine atemberaubende Schönheit, zumindest nicht in herkömmlichem Sinne. Das Alter hatte feine Linien um ihre ausdrucksvollen grauen Augen gezeichnet und ihr kräftiges dunkles Haar mit grauen Strähnen durchzogen. Eleonore war von mittlerer Größe und weder zu schlank noch zu üppig. Alles an ihr hatte ein gesundes Mittelmaß. Damit war sie auf den ersten Blick viel unscheinbarer als ihr zweiter Ehemann, wirkte zurückhaltender und weniger stolz. Ihr geliebter Sohn Richard verdankte sein blendendes Aussehen offenbar überwiegend seinem ungeliebten Vater und nicht der Mutter, die er anbetete. Den Mangel an vordergründigem königlichen Glanz machte Eleonore durch ihre ungeheure Ausstrahlung mehr als wett. Aus ihren Augen sprühte ein wacher Geist, der mit tänzerischer Leichtigkeit die Welt zu ergründen schien, und eine große Seele ließ ein warmes Licht darin brennen. Wer in die Augen dieser Frau blickte, konnte erahnen, warum die Männer in Scharen um sie gebuhlt hatten. Wer die Gegenwart dieser Frau spürte, verstand, was Heinrich, der mehr als zehn Jahre jünger war als sie, in ihren Bann gezogen hatte. Und noch immer fürchtete der König von England die Kraft und Größe dieser Frau so sehr, dass er sie in diesen entlegenen Winkel seines Reiches verbannt hatte.

In ihrer Jugend hatte Eleonore von Aquitanien Königreiche ins Wanken gebracht. Hartgesottene Prinzen und Herzöge, die zuvor nur das Streben nach Macht oder Reichtum gekannt hatten, waren ihr hoffnungslos verfallen. Weit gereiste, weltgewandte Poeten und Troubadoure hatten ihr Herz an sie verloren. Und mit der schieren Macht ihres Willens hatte sie den ungehobelten Rittern, die an ihren Hof gekommen waren, Respekt vor der Anmut und Klugheit der Frauen abgetrotzt. Die westliche Welt verdankte fast ihr allein den Einzug in das Zeitalter der Ritterlichkeit, in dem Platz war für die Künste, für rauschende Feste und für die Liebe. Selbst jetzt, da ihr sechzigstes Jahr schon in greifbarer Nähe lag, leuchtete Eleonores Stern hell und klar. Sie war eine Frau, die man nicht vergaß, eine Frau, deren tiefe, wohltönende Stimme Tausende von Rebellen zu den Waffen rufen konnte.

Nun, da sie Marie die Hände entgegenstreckte, war ihre Stimme freundlich. Mit einem ungeduldigen Winken hielt die Königin ihre Besucherin davon ab, auf die Knie zu fallen. »Nein, nein, ich bitte Euch, Madame Marie, spart Euch die Ehrfuchtsbekundungen. Ich habe von meinem Sohn schon so viel über Euch gehört. Und natürlich habe ich Euren

Bisclavret, den *Guigemar* und auch die *Fresne* gelesen. Eure Werke vermögen es, selbst hier in den düsteren Mauern von Salisbury Licht in meine Tage zu bringen, Madame. Ich sehne mich schon lange danach, Eure Bekanntschaft zu machen. Kommt, setzt Euch auf diesen Schemel und lasst Euch ansehen.«

»Oh, Eure Hoheit«, sagte Marie ergriffen. Sie war außer sich vor Freude über Eleonores Worte, doch gleichzeitig ließ der scharfe, forschende Blick der Königin sie erbeben. »Das ist zu viel der Ehre, Madame. So viel Freundlichkeit verdiene ich nicht.«

Eleonore lächelte. »Für eine Frau mit Euren Gaben kann es nie zu viel der Ehre geben, Madame Marie. Es ist lange her, seit ich etwas gelesen habe, was an Eure Verse heranreichen könnte. Man spürt Eure tiefe, liebende Seele in jedem Wort, und gleichzeitig kündet Euer Werk von einem wachen, lebhaften Geist. Ach, Madame! Ihr habt mir den Glauben an Eure Generation von Frauen zurückgegeben. Wenn nur alle so wären wie Ihr, Madame. Dann wären wir nicht von ganzen Heerscharen einfältiger Dienstmägde und keifender Hausdrachen umgeben, zu denen man die Mädchen heutzutage offenbar erzieht. Das weibliche Geschlecht wäre dann so mutig, so stolz und so weltgewandt wie das männliche. Ja, es überträfe dieses sogar. Denn angeblich männliche Tugenden wie Mut, Stolz und Wissensdurst würden noch durch die Tiefe der weiblichen Seele verfeinert.«

Marie war vollkommen überwältigt. Tränen brannten ihr in den Augen. »Eure Hoheit«, stammelte sie. »Ich ... ich weiß nicht, was ich sagen soll ... ich ...«

»Ihr braucht nichts zu sagen«, antwortete die Königin. »Das haben Eure Verse schon für Euch getan. Offenbar seid Ihr an Orten gewesen, die vor Euch nur wenige Sterbliche betreten haben. Es sind Orte, die im Inneren der Seele liegen; Orte, die man nur jenseits unserer greifbaren Welt findet.«

Maries Staunen kannte keine Grenzen. Eleonore verfügte tatsächlich über ganz besondere Fähigkeiten. »Oh, Madame!«, flüsterte Marie. »Die Wirkkraft meiner Verse verdanke ich einer Begegnung, die ich vor langer Zeit hatte. Ein Wesen aus der Tiefe, ein Ritter der Anderwelt berührte mich und ließ mich die innere Welt, die in der äußeren verborgen ist, erkennen.«

Ohne recht zu wissen, was sie dazu bewegte, brach plötzlich die ganze Geschichte aus Marie heraus. Sie erzählte der Königin von der schicksalhaften Begegnung im Wald von Broceliande und von Hoel. Sie schilderte, wie sie Richard getroffen hatte, und beschrieb die Unterwelt mit all den Schrecken, die dort lauerten. Schließlich sprach Marie von Llews Verwandlung und vergaß auch nicht, Gruffydds Brief zu erwähnen. Eleonore lauschte mit großer Aufmerksamkeit, ohne Marie auch nur ein einziges Mal zu unterbrechen. Den Augen der Königin entging keine der Gefühlsregungen, die sich im Laufe der Erzählung auf Maries Gesicht abzeichneten.

Als alles gesagt war, seufzte Eleonore. »Was für eine außergewöhnliche Geschichte.« Nach einem Augenblick des Schweigens sprach sie bedächtig weiter: »Es muss Euch sehr schwer gefallen sein, nach all diesen Erlebnissen in die gewöhnliche Welt unserer Tage zurückzukehren. Denn sicher habt Ihr einen Teil Eurer selbst in der Anderwelt zurückgelassen und werdet von diesem Ort nie wieder loskommen.«

Marie stockte der Atem. Nie hätte sie geglaubt, dass ein Mensch verstehen würde, was sie im tiefsten Inneren fühlte. Und am wenigsten hätte sie das von dieser mächtigen, durch zahllose Intrigen und die grausamen Wendungen ihres eigenen Schicksals sicher sehr abgeklärten Frau erwartet. Marie wusste nicht, woher das tiefe Vertrauen kam, das sie nun weitersprechen ließ. »Ja, Hoheit, genauso ist es. Ich ... es fällt mir tatsächlich sehr schwer, wieder ganz in unserer sichtbaren Welt zu leben. Besonders quälend waren die vergangenen Wochen, denn schon seit geraumer Zeit will es mir nicht gelingen, etwas zu schreiben, was nicht sinnlos, hohl und töricht klingt. Es ist, als wären für mich die Tore zur Anderwelt, in der mein Geist zum Leben erweckt wurde, für immer zugeschlagen. Das Verlangen, diese Tore zu erstürmen, verzehrt mein Herz und meine Seele. Es nimmt mir die Freude an den vielen schönen Dingen der sichtbaren Welt – sogar an den süßesten Genüssen der Liebe.« Als ihr bewusst wurde, was sie Richards Mutter mit ihren letzten Worten offenbart hatte, errötete Marie bis unter die Haarwurzeln.

Doch Eleonore schien weder beunruhigt noch beleidigt. »Wie könnte es auch anders sein, meine Liebe?«, sagte die Königin freundlich. »Denn Ihr selbst habt die Tore, von denen Ihr sprecht, zugeworfen. Ihr selbst habt den Schlüssel im Schloss herumgedreht. Und Ihr selbst seid auch der Kerkermeister, der Euch den Weg versperrt.«

»Oh!« Aus Maries Kehle stieg ein Schrei der Qual. Der heiße Schmerz drohte, sie mit seinem Feuer zu verbrennen. Doch die Königin beugte sich zu ihr und berührte sie am Knie. Dankbar ließ Marie es geschehen. Wie heilendes, kühles Wasser linderte die Hand der Königin den zerstörerischen Schmerz.

»Wenn Ihr Euer Versprechen erfüllt habt«, sagte Eleonore, »werdet Ihr Euch nicht mehr selbst im Wege stehen. Ihr werdet Euer Herz nicht mehr verschließen und die Scheuklappen von Euren Augen reißen. Ihr werdet eine Sehende sein – für immer und alle Zeit!«

Stille trat ein. Marie schlug das Herz bis zum Hals. »Ihr kennt meine Seele, oh Königin«, sagte sie schließlich. »Ihr versteht, dass ich meine Pflicht erfüllen muss, damit ich, in Selbstachtung und von innerem Frieden getragen, weiterleben kann.«

Sie zögerte. »Und doch ... und doch kann ich es nicht ... Es gelingt mir nicht, ihm ...«

»Es gibt Dinge, die wir nicht erklären können – am wenigsten denen, die unserem Herzen am nächsten sind«, sagte die Königin und spann damit Maries halb ausgesprochenen Gedanken fort. »Doch das sollte uns nicht davon abhalten zu tun, was wir tun müssen.«

»Ja, Ihr habt Recht, und im Herzen wusste ich längst, was ich zu tun habe.« Marie neigte das Haupt. Oh, wenn Richard dieses Gespräch nur mit angehört hätte. Dann würde er alles verstehen. Wenn sie es nur wagen könnte, die Königin zu bitten ... Nein, schon allein der Gedanke war vermessen. Sie konnte Richards Mutter nicht bitten, ihr diese schwere Aufgabe abzunehmen.

Marie hob den Blick. In Eleonores Augen lag tiefes Verstehen. »Ich werde mit meinem Sohn sprechen«, sagte sie schlicht. »Denn er sollte all dies ebenfalls wissen.«

»Große Königin«, rief Marie. »Ich danke Euch für Eure Freundlichkeit und Eure unendliche Großzügigkeit. Nie hätte ich gewagt, ein solches Geschenk von Euch zu erbitten. Wie kann ich Euch das nur je danken?«

»Diese Frage ist leicht zu beantworten«, sagte Eleonore. Lebhafte Lichter tanzten in ihren Augen. »Bringt mir die Urschrift der nächsten Ballade, die Ihr verfasst, oder des nächsten Lais, das Ihr schreibt.«

»Das werde ich tun, ich verspreche es Euch bei allem, was mir heilig ist. Ihr sollt die Erste sein, die meine Verse liest – wenn sie Eurer Aufmerksamkeit überhaupt würdig sind. Aber ich fürchte, dieser Dank für die große Gnade, die Ihr mir erweist, wird noch lange auf sich warten lassen.«

»Ich freue mich schon jetzt darauf, Euer nächstes Werk in den Händen zu halten«, sagte Eleonore lächelnd. »Und ich bin sicher, wir werden uns nicht allzu lange gedulden müssen.« Dann wurde ihre Stimme ernst. »Aber nun müssen wir erst einmal Eure weiteren Schritte planen. Ihr wollt nach Sankt David in Wales. Der Weg dorthin ist lang und beschwerlich.«

»Oh, ich bin guter Dinge, denn ich trage einen Brief von König Heinrich bei mir, mit dessen Hilfe ich wohlbehalten durch die Lande der walisischen Prinzen gelangen soll. Noch dazu versprach der König mir eine bewaffnete Eskorte. Er sagte, er würde den Männern, die diese Burg bewachen, entsprechende Anweisungen geben.«

Marie bemerkte ein kurzes Aufflackern in den Augen der Königin und bereute ihr gedankenloses Geplapper sofort. Sie hatte sich von der Freude über Eleonores Verständnis und von der Intimität des Augenblicks hinreißen lassen und alle Zurückhaltung und Vorsicht vergessen.

Doch die Königin nickte bereits nachdenklich. »Gut, das wird Euch nützlich sein. Aber wenn Ihr erst einmal in Sankt David angekommen seid, Madame Marie, was wollt Ihr dann tun?«

»Ich dachte, ich könnte ...« Marie verstummte. Beschämt musste sie sich eingestehen, wie wenig sie bislang darüber nachgedacht hatte, wie sie ihre schwere Aufgabe meistern sollte.

»Im Kloster bei den Mönchen könnt Ihr nicht wohnen«, unterbrach Eleonore Maries verlegenes Gestammel. »Es gibt dort zwar eine Unterkunft für Pilger, aber ich wüsste etwas Besseres für Euch. Eine gute Freundin von mir lebt in der Nähe des Klosters. Sie ist eine gelehrte Dame und würde sich über Euren Besuch sicher freuen. Eigentlich stammt sie aus Byzanz. Doch sie war gezwungen, ihre Heimat zu verlassen. In Sankt David hat sie nun Zuflucht gefunden ...«

»Ihr sprecht von Lady Phoebe!«, rief Marie. Ihre Überraschung ließ sie vergessen, dass es sich nicht geziemte, die Königin zu unterbrechen.

Auf Eleonores Stirn erschien eine kleine Falte. »Ja, in der Tat. Kennt Ihr sie denn?«

Marie errötete. »Lady Isabelle hat mir von ihr erzählt.«

Die Falte verschwand. »Ah, ich verstehe.« Eleonore machte eine kleine Pause. »Ein liebes Kind, unsere Lady Isabelle; vielleicht noch ein wenig ... unbedarft. Aber *Das Buch von Himmel und Erde* liebt sie über alles. Ich hätte mir denken können, dass sie Euch davon erzählt.« Die Königin erhob sich. »Ich werde sofort einen Brief an Lady Phoebe schreiben. Sie wird sich freuen, Euch kennen zu lernen. Vielleicht kann Sie Euch sogar bei der Erfüllung Eures Versprechens behilflich sein. Sie weiß von vielen Dingen, die den Augen von gewöhnlichen Sterblichen verborgen sind. Ja, je mehr ich darüber nachdenke, desto sicherer bin ich, dass sie Euch wertvolle Dienste leisten könnte. Ihr Weg in die Anderwelt führt durch die östlichen Wissenschaften, durch die Astrologie, über die Bahnen der Sterne und durch die Weisheit, die wir dem großen Pythagoras verdanken. Doch am Ende bringt sie dieser Weg an denselben Ort.«

»Es fällt mir schwer, die richtigen Worte zu finden«, sagte Marie bewegt. »Ich bin überwältigt von Eurer Freundlichkeit, oh große Königin.«

Ein Lächeln erhellte Eleonores Züge. Es machte sie nicht nur sehr anziehend, sondern verlieh ihr auch eine ganz besondere, fast schmerzhafte Schönheit. »Ihr braucht mir nicht zu danken, denn Ihr werdet mir dafür einen Gefallen erweisen, mein Kind.«

»Ich werde alles tun, was in meiner Macht steht – und mit Freuden.«

Eleonores Blick war offen. »Es mag Euch wie eine Kleinigkeit erscheinen, aber Ihr würdet mir damit eine große Freude bereiten. Am Anfang meiner Gefangenschaft war ich sehr traurig und einsam. Ich hatte nur meine Bücher und ein paar Damen, die mir ein wenig Gesellschaft leisteten. Doch schon bald beschloss ich, mir eine sinnvolle Beschäftigung zu suchen, denn es gereicht einer Königin nicht zur Ehre, wenn sie in Trübsal versinkt. So kam ich auf den Gedanken, eine Abschrift des Werkes *Das Buch von Himmel und Erde* anfertigen zu lassen. Denn die Weisheit meiner Freundin hat mich schon manche Unbill ertragen lassen. Die Kopie sollte etwas ganz Besonderes werden, etwas, das die Welt zuvor noch nie gesehen hat. Sie sollte östliche und westliche Kunstfertigkeit in sich vereinen und gleichzeitig so handlich sein, dass man sie ohne Mühe überallhin mit sich tragen kann. Ich selbst entwarf und plante dieses Buch. Dann beauftragte ich die besten Schreiber und Künstler mit seiner Herstellung.« Sie deutete auf den Tisch, auf dem, wie Marie schon beim Eintreten bemerkt hatte, ein reich bebildertes kleines Buch lag. »Seht Ihr, dort liegt es. Ich wäre Euch sehr verbunden, wenn Ihr es mit zu Lady Phoebe nehmen könntet. Sicher wird sie ihre Freude daran haben. Es soll Ihr zeigen, dass ihre Freunde sie auch in der Fremde nicht vergessen haben. Und sagt ihr bitte, dass ich an den Papst schreiben werde. Ich will ihn ersuchen, seinen Einfluss in Byzanz geltend zu machen. Wer weiß, vielleicht wird Lady Phoebe die Rückkehr in ihre geliebte Heimat eines Tages doch noch möglich werden. Ich selbst kann leider nicht nach Wales reiten. Aber es wäre schön, wenn Ihr an meiner statt das Buch dorthin bringen würdet.«

»Es wäre mir eine große Ehre«, antwortete Marie.

Eleonore erhob sich und trat an den Tisch. Sie ließ das

Buch in eine seidene Hülle gleiten und reichte es Marie. »Nehmt es gleich an Euch, Madame Marie. Ihr werdet es lesen wollen, bevor Ihr Euch auf den Weg nach Wales macht.« Die Königin nickte Marie mit einem freundlichen Lächeln zu und ging dann zu ihrem Stuhl zurück. Der Windhund begrüßte seine Herrin mit heftigem Schwanzwedeln. Marie verbeugte sich tief und verließ den Raum.

9

Der ganzen Schöpfung – den Bäumen, den Pflanzen, den Tieren und Steinen – wohnen geheimnisvolle Kräfte inne, die uns nur Gott eröffnen kann.«

Hildegard von Bingen, zwölftes Jahrhundert

Anstatt in ihre enge Kammer zurückzukehren, suchte und fand Marie den Weg in den Blumengarten. Es drängte sie, das Buch der Königin unter freiem Himmel im Sonnenschein zu betrachten. Sie wollte Eleonore, dem Kind des sonnigen Südens, in ihrem eigenen Element Ehre erweisen.

Tief beeindruckt von der Weisheit und inneren Kraft der Königin und dankbar für das Vertrauen, das diese Frau in sie setzte, schien es Marie, als schwebe sie auf einer Glückswolke dahin. Selbst in ihren kühnsten Träumen hätte sie sich niemals ausmalen können, mit welch klarem Blick die Königin in ihr Herz sah.

Marie dachte daran, was Richard ihr damals in Rouen gesagt hatte: Seine Mutter verstünde alles, was gut und rein an ihm sei, und sie werde daher auch Marie verstehen. Damals hatte Marie noch geglaubt, sie würde das Schicksal herausfordern, wenn sie der großen Herrscherin einmal zu nahe kam. Die ungeheure Macht dieser lebenden Legende würde sie versengen, wie eine brennende Lampe die Flügel des Falters versengt, der ihr zu nahe kommt.

Nun wusste Marie, dass dies die Gedanken eines ängstlichen, dummen Mädchens gewesen waren. Derlei Befürchtungen lagen weit hinter ihr. Sie waren so unbegreiflich und bedeutungslos wie der Alptraum, den sie an diesem Vormittag gehabt hatte.

Zu dieser Jahreszeit bot der Garten längst keinen so herrlichen Anblick wie im Frühling oder Sommer. Die Zeit des Blühens und Wachsens war vorbei. Im Herbst erstarb die Pracht der Blumen und Ziersträucher, doch überall herrschte geschäftiges Treiben. Gärtner schnitten die Rosenbüsche zurück und rechten das Laub von den Pfaden. Marie spürte viele neugierige Blicke auf sich ruhen, als sie durch ein kleines Labyrinth zu der Laube ging, die sie entdeckt hatte. Zwar verbreiteten auch dort die kahlen Rosenbüsche eine melancholische, herbstliche Atmosphäre, doch das Sonnenlicht fiel auf eine kleine steinerne Bank, und die Luft war erfüllt vom anregenden Duft des Rosmarins. Es hieß, Rosmarin wecke Erinnerungen. Marie erschien das passend. Sie ließ sich auf der kleinen Bank nieder und nahm das Buch aus seiner seidenen Hülle.

Der Umschlag des Bändchens war mit ungewöhnlich glattem, fast samtigem weißen Leder bezogen. Es fühlte sich weich an. Marie ließ ihre Finger voll Wonne ein paar Mal über den Einband gleiten. Als sie das Buch schließlich aufschlug, entfuhr ihr ein leiser Entzückensschrei.

Das Deckblatt zeigte das Bild einer Kugel, die in zwei Hälften geteilt war. Die eine schimmerte in blassem Blau, die andere in einem zarten Grün. Jede Halbkugel war noch einmal in mehrere Abschnitte unterteilt, die man mit zierlichen braunen, mit Gold unterlegten Buchstaben beschriftet hatte. Um die untere Hälfte der Kugel brandete ein azurblauer Ozean. Auf den Wellenkämmen schäumte weiße Gischt. Alle Arten von Kreaturen tummelten sich in diesem Meer. Marie entdeckte Wale, Delphine, Fische und Sirenen. Sogar Neptun mit seinem Dreizack und eine Reihe scheußlicher Ungeheuer tauchten aus den Fluten auf. Der obere Teil der Kugel hingegen war vom Reich der Lüfte umgeben, das durch einen klaren, aber doch fast durchsichtigen Goldton symbolisiert wurde. Viele schwerelose und schöne Dinge und Wesen schwebten durch den goldenen Glanz. Auf einer Seite der Kugel stand ein Mann, auf der anderen eine Frau. Verbunden waren sie durch eine lange, rote Feuerzunge, die wohl die Leidenschaft des Geistes versinnbildlichte, welcher Himmel und Erde, Luft und Wasser miteinander verband.

Das Bild war im Stil byzantinischer Mosaike gemalt, in denen jedes Teil für sich betrachtet werden konnte. Marie erinnerte es eher an eine Wandfreske als an die Illustrationen, die sie sonst aus Büchern kannte. Auch die Gesichter des Mannes und der Frau trugen byzantinische Züge. Ihre Augen folgten dem Betrachter, ganz gleich, wie er das Buch auch hielt.

In der Technik und in der Wahl der Farben zeigten sich die ganze Pracht und der Reichtum östlicher Kunst. Allein die Ungeheuer, die auf dem Bild ihre Furcht erregenden Häupter reckten, wirkten eher westlich. Marie dachte daran, was die Königin gesagt hatte. In diesem Werk sollte die Verschmelzung der Kunstfertigkeit des Ostens mit der des Westens stattfinden. Den Schreibern und Illustratoren war es offenbar gelungen, Eleonores Traum von einem Buch, das in der Welt einzigartig war, Wirklichkeit werden zu lassen.

Marie blätterte weiter. Immer wieder stieß sie auf kunstvolle Illustrationen. Winzige, mit vielen liebevollen Details ausgestattete Bilder im Stile der ersten großen Darstellung schmückten und bereicherten an vielen Stellen den Text. *»Das Buch von Himmel und Erde*, welches ist *Das Buch der Phoebe«*, las Marie laut. Aber natürlich! Phoebe war der Mond, der auf alles Verborgene herabschien, der jedes Geheimnis kannte. Mit einem tiefen Seufzer der Zufriedenheit begann Marie zu lesen.

ERSTER DISKURS

Wir leben in einer Welt aus Licht und Materie, einer Welt, über die der große Pythagoras in einer längst vergangenen Zeit sagte, sie sei die Eine und doch gleichzeitig viele. Es ist die Harmonie, welche die Eine mit den Vielen verschmelzen lässt. Der große Meister sagte auch, wir sollten nie die Wahrheit ohne die Schönheit suchen, die beiden seien nicht voneinander zu trennen. Wenn wir die Wahrheit in der Welt suchen, finden wir den Schlüssel zu deren tieferer Bedeutung. Die Wahrheit liegt in allen Zeichen der Welt: in den Sternen, den Formen, den Zahlen, in Melodien und in Logos, dem Wort selbst. Wir finden sie auch in denen, die keine Worte kennen: den Kreaturen, den Pflanzen und Blumen.

Den Sternen und Planeten sollen meine ersten Gedanken gehören. Und von diesen will ich nun schreiben. Jeder Mann, jede Frau und jedes Kind dieser Welt steht unter dem Einfluss der Himmelskörper, einer Macht, die manche Engel nennen. Man weiß, dass sie unendliche Hymnen zum Lobe Gottes singen und dass die Musik selbst göttlich ist. Doch davon soll ein anderer Diskurs handeln.

Im Universum gibt es einen Kreis, und dieser Kreis ist in 360 Grade unterteilt, aber auch in zwölf Zeichen. Einem jeden davon lassen sich 30 Grad zuordnen und es begleitet einen Teil des Jahres.

Das erste Zeichen ist der Widder, ein Schafbock, das zweite ist Taurus, der Stier, das dritte nennt man Gemini, die Zwillinge, das vierte ist der Krebs, das fünfte der Löwe, das sechste die Jungfrau, das siebte die Waage, die alles im Gleichgewicht hält. Das achte Zeichen ist der Skropion, das neunte ist der Sagittarius, der centaurische Schütze, das zehnte der Steinbock, das elfte Aquarius, der das Wasser trägt, und das zwölfte sind die Fische. Das erste Zeichen beginnt im Frühling, und dort endet auch das letzte. So schließt sich der Kreis, und der Lauf der Zeit beginnt auf ewig neu. Jedes der Zeichen ist dem Wesen nach ein männliches oder weibliches und lässt sich einem der Elemente Feuer, Wasser, Erde und Luft zuordnen.

Auch wird jedes Zeichen von einem der sieben Planeten regiert. Diese sieben sind Saturn, Jupiter, Mars, die Sonne, Venus, Merkur und der Mond. Jeder Planet hat einen Einfluss auf die Zeichen, ist der Erde jedoch auf seiner Bahn einmal ferner und einmal näher. Deshalb mag ein bestimmtes Zeichen in das Haus eines Planeten fallen; es können aber auch andere Zeichen darin erscheinen. Bestimmend ist also weder allein der Planet noch gar ein einzelnes Zeichen. Vielmehr wirken viele Einflüsse zusammen. Darum ist das Wissen von der Kraft der Sterne, auch Astrologie genannt, so schwer zu greifen. Sein Studium nimmt sehr viel Zeit in Anspruch. In diesem ersten Diskurs will ich nur einige Grundlagen beschreiben, die später vertieft werden sollen.

Das männliche Feuerzeichen, das wir mit dem Namen »Widder« bezeichnen, wird vom Mars regiert. Des Widders Wesen ist heiß und trocken und von bitterem Geschmack. Das Zeichen fällt in das beginnende Frühjahr, ist ein Zeichen des Tages, leicht zu verärgern, aber auch voll Leidenschaft und Abenteuerlust. Beim Menschen beherrscht er den Kopf und das Gesicht und auf der Erde die Städte.

Das weibliche Erdzeichen Taurus oder auch Stier wird von der Venus regiert. Sein Wesen ist kalt und trocken und von saurem Geschmack. Es ist ein Zeichen der Nacht und des späten Frühjahrs. Taurus regiert über alle Pflanzen, die in der Erde wurzeln, liebt alles Schöne und hat einen unbeugsamen Willen. Beim Menschen beherrscht er den Hals und die Kehle, sein Platz auf der Erde ist das Ackerland.

Gemini, der luftige Zwilling, ist ein männliches Zeichen und wird von Merkur regiert. Sein Wesen ist heiß und feucht und von süßem Geschmack. Der Zwilling ist das Zeichen des frühen Sommers und des Tages. Es herrscht über hohe Bäume und alle fliegenden Kreaturen, ist wortgewandt, großzügig und freundlich, gleichzeitig aber auch sehr wechselhaft. Beim Menschen beherrscht dieses Zeichen Brust und Arme, auf der Erde ist es in Gehölzen und Wäldern zu Hause.

Das Wasserzeichen Krebs ist von weiblichem Geschlecht und wird vom Mond regiert. Sein Wesen ist kalt und feucht und sein Geschmack salzig. Ihm gehört die Nacht und der Sommer. Es steht für das Sonderbare und Geheimnisvolle und herrscht über die Reptilien, über alle Tiere die schwimmen, über Bäume von mittlerer Höhe, über fließende Gewässer und den Regen. Beim Menschen beherrscht der Krebs die Brüste, das Herz, die untere Bauchgegend, die Seiten, die Milz und die Lungen. Auf der Erde gehört ihm das Meer.

Der männliche Löwe ist im Feuer zu Hause und wird von der Sonne regiert. Sein Wesen ist heiß und trocken und von bitterem Geschmack. Der Löwe ist ein Zeichen des Tages und des scheidenden Sommers. Er herrscht über die Wölfe und andere Kreaturen mit todbringendem, scharfem Gebiss und gefährlichen Krallen. Der Löwe ist tatkräftig, sorgt sich jedoch viel und ist oft traurig. Beim Menschen beherrscht er die obere Bauchgegend, die Sehnen und Rippen. Er teilt mit dem Zwilling die Wälder und fühlt sich in deren tiefem Herzen am wohlsten.

Die Jungfrau wird von Merkur beherrscht und ist ein weibliches Erdzeichen. Das Wesen dieses Zeichens ist kalt und trocken und hat einen sauren Geschmack. Ihm gehört der frühe Herbst und die Nacht. Die Jungfrau hat eine schöne Stimme, ist schön anzuschauen und großzügig. Beim Menschen beherrscht sie das Gesäß und die Eingeweide, auf der Erde bevorzugt sie Städte, Orte, an denen sie Unterhaltung findet, und kunstvoll angelegte Gärten.

Die Waage wird von der Venus regiert. Sie ist ein Luftzeichen männlichen Geschlechts. Ihr Wesen ist heiß und feucht und hat einen süßen Geschmack. Sie ist ein Zeichen des Herbstes, der lebhaften Stimme, und der Farbenpracht. Sie ist mäßig in ihren Wünschen und Bestrebungen wie auch in der Lust. Beim Menschen beherrscht sie die tiefere Bauchgegend und das Becken, während ihr auf der Erde die Orte gehören, an denen gejagt wird, und die hohen Berge.

Den Skorpion regiert der Mars. Er ist weiblich und ein Zeichen des Wassers. Sein Wesen ist kalt und feucht und von salzigem Geschmack. Ihm gehört der späte Herbst und die Nacht. Der Skorpion lügt und verursacht gern Ärger und Verwirrung. Er regiert über Flüsse und Sträucher und teilt sich die schwimmenden Kreaturen mit dem Krebs. Beim Menschen beherrscht er die weiblichen Geschlechtsteile und den Samen des Mannes, auf der Erde die Wüsten, das freie Land, aber auch übel riechende Orte, Gefängnisse und die Höhlen von Skorpionen.

Den Schützen regiert der Jupiter. Er ist ein männliches Feuerzeichen. Sein Wesen ist heiß und trocken und von bitterem Geschmack. Der Schütze ist ein Zeichen des Tages, des späten Herbstes und des frühen Winters. Er ist mutig und liebt die Freiheit. Beim Menschen beherrscht er die Beine, auf der Erde die Berge und alle Orte, an denen Feuer ist.

Das Zeichen des Steinbocks, ein weibliches Erdzeichen, regiert der Saturn. Das Wesen des Steinbocks ist kalt und trocken und von bitterem Geschmack. Der Steinbock ist ein Zeichen der Nacht und des Windes. Er hat Macht über die Haustiere und unfruchtbare Menschen. Dabei ist der Steinbock oft lüstern und traurig. Beim Menschen beherrscht er die Knie, auf der Erde die Wiesen und Blumenbeete, aber auch die Orte, an denen sich Hunde und Wildschweine aufhalten.

Auch das Luftzeichen des Wassermanns regiert der Saturn. Es ist männlich und sein Wesen ist heiß und feucht und von süßem Geschmack. Ihm gehört der Tag und der Winter. Der Wassermann ist das Zeichen der Widersprüche und der großen Anziehungskraft. Beim Menschen beherrscht er die Waden bis hinunter zu den Knöcheln. Auf der Erde teilt er sich Wiesen und Wasser mit anderen Zeichen.

Die Fische sind ein weibliches Wasserzeichen, von Jupiter regiert. Ihr Wesen ist kalt und feucht und von salzigem Geschmack. Die Fische sind ein Zeichen der Nacht, des späten Winters und des beginnenden Frühjahrs. Sie sind freundlich und lieben alles Schöne. Beim Menschen beherrschen sie die Füße, auf der Erde die Küsten, das Marschland, Orte, an denen gebetet wird, und die Behausungen von Engeln.

Die zwölf Zeichen und die Sterne finden sich auf dem äußeren Ring des Universums. Im Inneren liegen die Häuser, deren es ebenfalls zwölf gibt. Das Haus, das den Aufgang des Zeichens oder auch den Aszendenten zur Zeit der Geburt eines Menschen beherbergt, bestimmt sein Horoskop. Es hat Einfluss auf seinen Körper, sein Leben und alles, was er beginnt. Das zweite Haus beeinflusst die Besitztümer des Menschen und den Handel, den er schließt. Das dritte bestimmt über Brüder und Verwandte, auch über die Verwandten des Weibes, über das, was ein Mensch liest, über sein Wissen und seine Bewegungen innerhalb der Heimat. Das vierte Haus hat Einfluss auf Eltern und Ahnen, bestimmt, welchen Teil des Landes ein Mann besitzen wird und ob er darin Schätze oder versteckte Geheimnisse findet. Das fünfte Haus beherbergt Herzensangelegenheiten und ist das Haus der Kinder eines Menschen. Das sechste Haus ist das Haus der Krankheiten, der Diener und Haustiere. Das siebte hat Einfluss auf die Wahl des Gatten und den Verlauf der Ehe. Im achten Haus wohnen Angst und Tod. Im neunten finden sich Reisen und Pilgerfahrten, Gesetzestreue und die Zwiesprache mit Gott, die Beschäftigung mit der Philosophie und den Künsten, mit Visionen und den Worten der Heiligen. Das zehnte Haus steht für das Reich, die Politik, Ruhm, Berufung und die Aufgaben eines Menschen. Das elfte Haus bestimmt über Hoffnung, Glück, Reichtum und Freundschaften. Das zwölfte ist das Haus des Leidens, des Neides, des Hasses, der Feinde, des Schmerzes und der Not.

Jeder Planet gehört zu einem ganz bestimmten Haus: Merkur zum Haus des Horoskops, der Mond zum dritten Haus, Venus zum fünften, Mars zum sechsten, die Sonne zum neunten, Jupiter zum elften und Saturn zum zwölften Haus.

Die Gegenwart eines Planeten im Geburtszeichen eines Menschen beeinflusst sein Schicksal. Jeder Mensch steht daher auch unter dem besonderen Schutz eines der Himmelskörper. Die Planeten bewirken vieles im Menschen und in der Natur. Ihr Einfluss kann hilfreich sein oder aber Verderben bringen.

Saturn hat eine böswillige Natur. Er ist dunkel, übel riechend und voll Gier. Wenn er Reichtum schenkt, dann schenkt er ihn im Übermaß. Und wenn er nimmt, dann nimmt er alles. Was er im Munde führt, muss er nicht auch im Herzen tragen. Er ist der Planet der Kerkermeister, der Folterknechte, von Menschen, die Zwang ausüben und sich mit Gewalt nehmen, was ihr Herz begehrt. Er kann aber auch ein guter Freund sein, intelligent und alt. Man begegnet ihm daher oft in Großvätern, Urgroßvätern und älteren Brüdern. Er steht für Hartnäckigkeit, verliert wenig Worte, ist kalt, wahrt Abstand und verfällt gerne in Melancholie.

Jupiter hingegen ist hilfreich, freundlich, glücklich, fröhlich und sauber. Er bringt Lebendigkeit, hat Macht über die Kinder und die Philosophie. Er ist wachsam, königlich und großzügig. Oft trifft man ihn in Menschen an, die Gesetze erlassen, in Doktoren, Gönnern, Lehrern und Traumdeutern. Er liebt die Frauen und begegnet ihnen mit Freundlichkeit.

Mars bringt Verderben, ist bitter, schön, stark und kriegerisch. Er ist stets mit großen Dingen beschäftigt, oft aber auch mit Kriegen und Hinrichtungen. Er tötet die Frucht im Leib der Frauen. Sein Wesen ist heiß, feurig und aufbrausend. Man begegnet ihm in Straßenräubern und Strauchdieben, in mittleren Brüdern, Pferdehändlern, Erforschern von Grabmahlen, in Anführern und Lügnern.

Die Sonne wiederum ist segensreich. Sie schenkt Leben, Glanz und Reichtum. Sie ist eine Friedensstifterin und bringt voran, was gut ist, kann aber auch Böses geben. Wortgewandt, würdevoll und weise trifft man sie oft in Philosophen, Herrschern, Menschen, die Gesetze erlassen, und in religiösen Menschen an.

Auch die Venus ist hilfreich und dabei von phlegmatischem, sauberem, großzügigem Wesen. Treue ist ihr allerdings fremd. Sie betrinkt sich und ist faul. Man trifft sie in jüngeren Brüdern an und auch in denen, welche die Schönheit lieben, die Musik und die Freuden des Lebens.

Merkur ist von unbestimmbarem Wesen. Er bringt nicht allein Segen noch Verderben, sondern stets beides. Er ist voll Witz, ein unsteter Täuscher, intelligent und dabei ein Meister aller Künste. Man begegnet ihm in Komponisten und jenen, die neue Melodien hervorbringen, in Poeten, Astrologen, in Erzählern und in jenen, welche die Geschichte der Menschheit niederschreiben. Merkur sammelt die Kinder der Armen um sich und liebt sie, doch er kann auch Reichtum zerstören.

Der Mond ist segensreich, sauber und maßvoll, dabei aber doch ein wenig hitzig, denn sein Licht kommt von der Sonne.

Er ist königlich und mehrt das Leben. Er hat Macht über die Freude. Der Mond kümmert sich um Mütter, Schwestern und Tanten. Man begegnet ihm in Botschaftern, Bischöfen, Bauern und Menschen, die mit Wasser zu tun haben. Er steht für verborgene Schönheit und das Licht der Wahrheit.

Die Planeten herrschen auch über die Tage der Woche. Der erste gehört der Sonne, der zweite dem Mond, der dritte dem Mars, der vierte Merkur, der fünfte Jupiter, der sechste der Venus und der siebte Saturn.

Das Buch von Himmel und Erde

»Da bist du ja! Ich hätte wissen müssen, dass ich dich mit einem Buch in der Hand antreffen würde. Wo du auch bist, du findest stets eines, in das du deine Nase stecken kannst.«

Marie hob den Blick und lächelte Richard an. Sorgsam ließ sie das Buch in seine Hülle zurückgleiten. »Es gehört der Königin, liebster Herr.«

Richard setzte sich neben sie. »Die Audienz bei meiner Mutter ist also zu deiner Zufriedenheit verlaufen?«

Maries Augen strahlten wie Sternenlicht. »Oh, Richard, ich werde ihre Dienerin sein, solange ich lebe!«

Richard lachte. »Mir scheint, auch du kannst dich der Wirkung, die sie auf fast alle Menschen hat, die einmal ihre Nähe spüren durften, nicht entziehen.« Zärtlich berührte er Maries Schulter. Dann sagte er: »Es war also gar kein so schlechter Gedanke, hierher zu kommen?«

»Für schlecht habe ich diesen Gedanken nie gehalten«, antwortete Marie voll Ernst. »Dass du mich hierher gebracht hast, ist eine große Ehre für mich. Denn wer der Königin begegnet, ist wahrlich gesegnet.«

»Herr im Himmel«, sagte Richard und verdrehte dabei ein wenig die Augen. »Du bist ihr verfallen.« Dabei konnte er nicht verbergen, wie glücklich ihn Maries Begeisterung für seine Mutter machte. »Warum bleibst du nicht noch ein wenig hier, meine Geliebte?«, schlug er vor. »Ich weiß, meine Mutter dürstet nach der anregenden Gesellschaft von Poeten und Künstlern. Sie vermisst die geistreichen Unterhaltungen mit einer verwandten Seele. Die Reise nach Wales duldet sicher noch etwas Aufschub.«

Marie wollte ihren Ohren nicht trauen. »Richard, ich bitte dich! Du weißt doch, ich muss mein Versprechen endlich einlösen.« Sie hielt inne. »Und die Königin ... Die Königin versteht mich. Ich werde sie wieder sehen, wenn ich ... wenn ich aus Wales zurückkomme.«

Richard hob die Augenbrauen und zuckte die Achseln. »Ganz wie du willst«, sagte er kühl.

Voll Trauer, weil der Augenblick gegenseitiger Vertrautheit sich so schnell verflüchtigt hatte, fragte Marie: »Mein Herr, hat die Königin dir ihren Segen für dein Vorhaben gegeben? Hast du ihr Einverständnis, etwas gegen deinen Bruder, Prinz Heinrich, zu unternehmen?«

Manchmal half es, Richards Gedanken auf ein anderes Thema zu lenken. Marie sah mit Erleichterung, wie seine Miene sich wieder aufhellte. »Ja, ich habe ihre Erlaubnis. Aber eine bewaffnete Auseinandersetzung soll nur das letzte Mittel sein. Mutter hofft, dass ich Heinrich zur Vernunft bringen kann, ohne die Waffen sprechen zu lassen. Sie wünscht sich nichts mehr als Frieden und Harmonie zwischen ihren Kindern. Der ständige Streit und die Zwietracht in unserer Familie bedrücken sie sehr.«

»Ja, das kann ich gut verstehen.«

»Ich weiß – das kannst du wirklich.« Richard lächelte sie an. Offenbar hatte er seine gute Laune wiedergefunden. »Aber genug von diesen Dingen. Möchtest du gerne auf die Jagd gehen? Sir Gilbert meint, der Wald sei sehr wildreich.« Dann neckte er sie: »Oder willst du lieber hier herumsitzen und dein hübsches Gesicht in einem Buch vergraben?«

»Oh nein, Herr, für den Augenblick habe ich genug gelesen!«, rief Marie mit gespielter Empörung. Schon als Kind war sie auf ihrem eigenen kleinen Pferd dem Ruf des Horns in die Wälder gefolgt. Die Jagd war eine ihrer großen Leidenschaften.

»Dann komm!«, sagte Richard und zog sie auf die Füße. Er nahm sie in die Arme und sie küssten einander zärtlich. Warm strich Richards Atem über Maries Gesicht. Seine Lippen hatten einen zarten, flüchtigen Duft, der Marie an wilde Rosen erinnerte.

»Oh, Richard«, flüsterte sie. »Wenn es nur immer so sein könnte.«

»Ja, wenn es nur immer so sein könnte«, murmelte er. »Aber schon in zwei Tagen muss ich nach Frankreich zurückreisen. Ich wünschte nur, die Hexe hätte nicht ihr liebes Töchterlein in deine Kammer gesteckt. Uns bleibt so wenig Zeit!«

»Mach dir nichts daraus«, sagte Marie. »Wir werden bald wieder vereint sein, und dann gehört uns die Zeit!«

Richard umschloss ihr Gesicht mit den Händen und sah ihr mit ernstem Blick in die Augen. »Ja, mir scheint, du glaubst tatsächlich daran«, murmelte er. »Fürwahr, du glaubst es wirklich.«

»Aber natürlich tue ich das!«, rief Marie. »Glaubst du es etwa nicht, geliebter Herr?«

»Ach, Marie, die Zukunft liegt in Gottes Hand«, antwortete er leichthin. »Und wenn ich aus dem Poitou nicht mehr zurückkehren sollte ... Ich will das Schicksal nicht herausfordern, meine Liebste, das ist alles.«

»Ich werde zur Königin des Himmels beten, ich werde die Heilige Jungfrau Maria anflehen, dich zu beschützen«, sagte Marie mit fester Stimme. »Gott wird sich den Fürbitten seiner eigenen Mutter nicht verschließen!«

Richards anerkennendes Lachen vertrieb die letzte Melancholie. »Ja, da magst du Recht haben!« Er nahm Marie an der Hand und führte sie aus dem Garten.

Garda aval les la riviere,
Si veit venir deus dameiseles,
Unc n'en ot veues plus beles.
Vestues ierent richement,
Laciees mut estreitement,
En deus bliaus de purpre bis,
Mut par aveient bel le vis.

Hinab zum Flusse blickte er,
Sie schritten wie im Traum daher,
Sie waren so unvergleichlich schön,
Nie hatte er solche Anmut geseh'n.
Eine jede trug Bänder am purpurnen Kleide,
Und züchtige Jungfern waren sie beide.

Marie de France
Das Lai von Sir Lanval

10

In dieser Nacht schlief Marie tief und ruhig. Nicht einmal Isabelles leises Schnarchen störte sie. Es gab tatsächlich viel Wild im großen, tiefen Wald von Salisbury. Auch fand man dort so manches verschwiegene Fleckchen, an das ein Ritter und seine Angebetete sich verirren konnten, wenn sie eine Weile ungestört sein wollten. In den stillen, wässrigen Schatten des Waldes hatte Richards Haar wie ein goldener Helm geschimmert und sein Körper geglänzt wie Silber. Marie musste an ihre erste Begegnung mit ihm denken. Er war aus der Stille, die die Kathedrale von Rouen erfüllte wie einen geheimnisvollen Wald, zu ihr gekommen. Die Worte, die sie dann zueinander gesagt hatten, waren ihnen durch das Schicksal selbst zugeflüstert worden. Doch im Wald wirkte Richard abwesend. Die Art, wie er sie streichelte, erschien Marie beinahe mechanisch. Gleichzeitig glaubte sie, eine tiefe Melancholie in seinen Zügen zu entdecken. Sein Lächeln war freundlich, und doch schien er ihr seltsam fern. Marie versuchte sich zu sagen, dass er an das Poitou dachte und an die schwere Aufgabe, die ihn dort erwartete. Doch eine düstere Vorahnung kroch langsam unter ihre Haut und machte es ihr schwer, daran zu glauben. Eigentlich hatte sie damit gerechnet, dass sie die halbe Nacht wach liegen und darüber nachsinnen würde, was aus ihr und dem Mann, den sie liebte, werden sollte. Doch die Strapazen der langen Reise steckten ihr noch immer in den Knochen. Der Schlaf übermannte sie, sobald sie sich auf der schmalen Bettstatt ausgestreckt hatte.

Kaltes, graues Morgenlicht umgab Marie, als sie erwachte. Sie war allein. Der Lärm, der aus dem Hof in die Kammer drang, hatte sie geweckt. Auf bloßen Füßen hastete sie zum Fenster. Eine unerklärliche Angst, Richard könne aufbrechen, ohne sich von ihr zu verabschieden, griff nach ihrem Herzen. Aber unten im Hof entdeckte sie nur ein paar Stallknechte, die Sättel und Zaumzeug bereitlegten. Ihre derben Scherze schallten durch die schneidend kalte Herbstluft zu Marie hinauf.

»Ihr seid wach, Lady Marie?« Isabelle war zurück. Sie trug ein kleines Tablett mit einem Becher Wein und einer dampfenden Schüssel voll Haferbrei in den Händen. »Die Königin nimmt heute das Frühstück zusammen mit Herzog Richard in ihrem Gemach ein«, erklärte sie. »Ihr schlieft noch. Darum trug Mutter mir auf, Euch das hier zu bringen. Sie meinte, Ihr würdet sicher gern hier in der Kammer in aller Ruhe essen. Unten im Saal geht es mitunter ein wenig rau zu.«

Marie war alles andere als erfreut. »Stellt das Tablett auf die Truhe«, fuhr sie das verdutzte Mädchen an.

Isabelle stellte das Tablett ab. Sie warf Marie einen waidwunden Blick zu. »Vergebt mir, ich wollte nur …«

»Oh, ich weiß schon.« Das arme Kind traf keine Schuld an diesem sonderbaren Arrangement. Marie atmete tief durch. Dabei versuchte sie, ihren Ärger abzuschütteln. »Was geht da draußen vor?«, fragte sie und deutete dabei auf das Fenster. Sie zwang sich, einen freundlicheren Ton anzuschlagen.

»Man sattelt die Pferde für einen Ausritt, der für heute geplant ist. Ihr werdet zum *Giant's Dance* auf der Ebene von Salisbury reiten. Die Königin hat einige wichtige Briefe zu schreiben. Darum fehlt ihr die Zeit, sich um Herzog Richard kümmern. Außerdem meint sie, Ihr würdet den Tag vielleicht gern gemeinsam verbringen, weil Ihr Euch doch nun für einige Zeit trennen müsst.«

Welches Feingefühl, welche Großzügigkeit die Königin damit bewies! Marie schwoll das Herz vor Dankbarkeit. Zu Isabelle sagte sie: »Ich glaube, von *Giant's Dance* habe ich schon einmal gehört. Ist das nicht eine Art steinernes Monument?«

»Ja, und es ist wirklich ein sehr ungewöhnlicher Ort!« Isabelles Augen glänzten. »Oh, bitte, darf ich Euch die Geschichte seiner Entstehung erzählen?«

Wer hätte dem arglosen Eifer in den Augen des Mädchens widerstehen können? Marie deutete auf das zweite Bett und sagte: »Setzt Euch dorthin, Isabelle. Ich bin ganz Ohr.« Dann zog sie das Tablett mit dem Frühstück auf ihren Schoß.

»Meine Amme erzählte mir diese Geschichte, als ich noch ein Kind war. Der *Dance* ist ein Bauwerk aus Stein. Er gleicht einem großen Palast, dessen Portale dem Licht der Sterne offen stehen. In uralten Zeiten standen die Steine in Irland. Riesen aus den fernsten Winkeln der Welt brachten sie dorthin und richteten sie mit großem Geschick und großer Kraft zu dem unvergleichlichen Bauwerk auf. Später versetzte der große Magier Merlin die Steine in einer stürmischen Nacht von Irland nach Britannien. Er tat es auf Geheiß König Arthurs, der großen Kummer hatte. Seine Feinde, die Sachsen, wollten angeblich Frieden. Und um dieses Friedens willen berief König Arthur eine Versammlung ein. Die Blüte der Jugend, die besten Kämpfer – die meisten von ihnen Männer aus Wales – sollten sich einfinden. Die Briten und die Sachsen wollten Bruderküsse austauschen und fortan in Frieden miteinander leben. Met floss in Strömen, Musikanten ließen ihre Dudelsäcke ertönen, Harfenspieler sangen Lobeshymnen, und alle Krieger standen unter dem Schutz des Königs. Das hatte er ihnen zugesichert. Die allerbesten unter den britischen Rittern fanden sich ein, und sie trugen keine Waffen. Sie waren verletzlich wie Mohnblumen in einem Kornfeld. Und die Sachsen metzelten alle nieder. Sie hatten Dolche unter dem Herzen getragen. Darum befahl König Arthur dem großen Merlin, *Giant's Dance* aus Irland zu holen. Die Steine sollten auf ewig an diesen feigen Verrat und an den Mut und die jugendliche Kraft der abgeschlachteten Männer erinnern.

Seit jenem Tag steht das steinerne Monument draußen auf der Ebene und versetzt jeden, der es sieht, in ehrfürchtiges Staunen. Jedes Jahr zur Sommersonnenwende fällt das Licht der aufgehenden Sonne genau in das Zentrum des gigantischen Steinkreises. Dann scheinen die grauen Riesen zu glühen. Und in dieser Glut hat man schon die Schatten der Toten erblickt – aber nicht blutbefleckt und sterbend, sondern lebendig und strotzend vor Schönheit und Jugend.

Marie rieb über die Gänsehaut an ihren Unterarmen. »Offenbar sind die Steine ein würdiges Denkmal für die Seelen der Ermordeten.«

»Es heißt, dass jeder, dessen Ahnen zu den Verrätern gehörten, tot umfällt, wenn er in der Mittsommernacht in den Steinkreis tritt«, erklärte Isabelle. Dann fügte sie trocken hinzu: »Ich werde diesen Ort wohl nie zu dieser Zeit besuchen, denn die Mutter meines Vaters stammt aus dem Volk der Sachsen. Und wer weiß, vielleicht war ihr Vater einer der Meuchelmörder?« Isabelle grinste. »Natürlich ist das nur ein Ammenmärchen. Aber in der Mitsommernacht komme ich *Giant's Dance* trotzdem lieber nicht zu nahe!«

»Das erscheint mir sehr weise«, sagte Marie lächelnd. »Denn wer weiß schon, was für Dinge geschehen können, auf die wir Menschen keinen Einfluss haben?«

Eine Stunde später ging es bereits in flottem Trab in die frische Herbstluft hinaus. Marie ritt an Richards Seite. Sie wurden von Sir Gilbert und zwei bewaffneten Männern begleitet, außerdem von zwei Dienern, die Körbe voller Proviant hinter ihre Sättel geschnallt hatten. Marie und Richard saßen auf frischen Pferden aus den Ställen der Königin: Marie auf einem kleinen, aber doch kräftigen weißen Welshpony und Richard auf einer wunderschönen schwarzen Araberstute. Die Pferde strotzten vor Bewegungsdrang und die kleine Schar kam schnell voran. Unter dem freien Himmel kehrte auch die ausgelassene Stimmung zurück, die schon auf der Reise nach Salisbury geherrscht hatte. Richard war fröhlich und heiter. Er genoss den rasanten Ritt und die Frische des Herbsttages.

Nach einer Weile erreichten sie das Ufer eines Flusses. Hier hatten die Sonnenstrahlen den Morgennebel noch nicht ganz vertrieben. Wie ein feiner Schleier hing er über dem Wasser. Das andere Ufer schien gleich einem verzauberten Land in der Nebelwolke zu schweben. Sie trieben die Pferde durch eine Furt im Fluss. Unter ihren Hufen zerbrach das Wasser in Tausende von Splittern aus Diamant und Kristall. Auf der anderen Seite hielten sie unter hohen Bäumen eine kurze Rast und verzehrten die Kuchen, die man ihnen eingepackt hatte. Dann setzten sie ihren Ritt über die weite Ebene fort und erreichten die Steine bald nach Mittag.

Giant's Dance war tatsächlich so beeindruckend, wie Isabelle es beschrieben hatte. Wie versteinerte Riesen erhoben sich die gewaltigen Monolithen in den Himmel. Dieser äußere Zirkel schien einen inneren aus Luft und Licht zu bewachen. Das Bauwerk stand auf einer niedrigen, mit Gras bewachsenen Anhöhe. Nichts deutete auf die Nähe einer menschlichen Ansiedlung hin. Auch andere graue Steine suchte man in der Umgebung vergeblich. Es gab nur den weißen Kalkstein der Ebene, den eine dünne Grasnarbe bedeckte wie Haut bleiche Knochen bedeckte.

»Das muss wahrlich das Werk von Giganten sein.« Die Ehrfurcht ließ Marie beinahe flüstern. Große, aufrecht stehende Steine hatte sie in der Bretagne schön häufig gesehen. Aber sie waren nicht mit diesem kunstvoll angelegten, ganz und gar außergewöhnlichen Bauwerk zu vergleichen.

»Die Waliser behaupten wohl, ihre Riesen hätten das

Monument erbaut. Denn in den Hügeln von Wales gibt es ähnliche graue Steine wie diese«, erklärte Sir Gilbert mit ruhiger Stimme.

»Ha! Die Waliser erheben Anspruch auf alles, was auch nur im Entferntesten geheimnisvoll und außergewöhnlich ist!«, bemerkte Richard trocken. »Aber ihre besten Zeiten sind vorbei. Merlin ist in einem Baum gefangen, und die Ritter der Tafelrunde schlafen den tiefen Schlaf. Die Tage König Arthurs leben nur noch in Erinnerungen und Legenden fort.«

»An manchen Orten sind sie mehr als das«, sagte Gilbert grimmig, und Marie dachte an Gerald de Barris Geschichten. »In Wales, Mylord, erschallen die Namen der toten Helden noch immer in den Schlachtrufen der Clans.«

Für kurze Zeit waren alle still. »Nun, dann solltest du dich hüten, diese Namen allzu oft auszusprechen, wenn du in Wales bist, Marie«, sagte Richard leichthin. »Und jetzt wollen wir uns diese zu Stein gewordenen Giganten einmal aus der Nähe ansehen.« Sir Gilbert und die anderen Männer blieben zurück. Nur Marie und Richard ritten zu dem Steinkreis.

Dort angekommen, stiegen sie aus den Sätteln und ließen die Pferde grasen. Die letzten Schritte bis zu dem rätselhaften Felsenrund legten sie zu Fuß zurück. Zwischen den hoch aufragenden Steinriesen gab es kein Vogelgezwitscher. Der Wind wurde zu einem leisen Seufzen im Gras unter den Füßen der menschlichen Besucher. Die feinen Haare in Maries Nacken richteten sich auf. Ehrfurcht und Begeisterung erfüllten ihre Seele zu gleichen Teilen. Sie befand sich an einem Ort, der für die Ewigkeit geschaffen war – von unsterblichen Wesen aus uralten Legenden. Merlin hatte diese grauen Steine mit seinen Händen berührt. König Arthur und all seine Männer hatten inmitten dieser Steine den Tod der besten Krieger Britanniens beweint.

Nun stand Marie in der Mitte des Kreises. Richard war

unbemerkt zurückgeblieben. Nur noch von Steinen umgeben, blieb Marie stehen. Ein Gefühl des Friedens und der Ruhe überkam sie. Ihr Gehör schien schärfer zu sein als sonst, ließ die Töne tiefer in sie dringen. Bald war ihr, als hörte sie mit dem ganzen Körper und nicht nur mit den Ohren. Sie lauschte dem leisen Trommeln von Kaninchenpfoten, dem heimlichen Krabbeln der Insekten und dem Flüstern des Grases. Doch es gab noch ein anderes Geräusch. Tief und pulsierend schlug es in ihren Füßen, trommelte unter ihrer Haut und in ihrem Blut, kroch bis in ihren Schädel und sang in ihren Knochen. Es war keine Musik, wie Marie sie kannte, aber etwas, das aus ihr selbst kam, aus ihrem Körper, ihrem Geist und aus der Luft, die sie umgab. Es kam aus der Erde und aus jedem Grashalm. Selbst die Steine summten in wortlosem Entzücken darüber. Maries Haut wurde durchlässig, genauso ihr Haar, ihre Knochen und ihr Blut. Millionen magischer kleiner Lichtblitze durchfluteten sie, kündeten von Schönheit und Ekstase und wurden von dem tiefen, tiefen Klang getragen. In diesem Licht gewahrte Marie die Gestalten von Männern und Frauen, von Menschen voll Anmut und Schönheit. Der Anblick versetzte sie in atemloses Staunen.

Ein Rascheln hinter ihr schreckte sie schließlich auf. Richard war ihr gefolgt. Eine sonderbare Anspannung lag in seinen Zügen. »Komm fort von hier, Marie! Das Böse wohnt an diesem Ort.«

»Nein, nein, Richard. Still, mein Geliebter.« Ihre Stimme war sanft und beschwichtigend, als spräche sie mit einem Kind. Sie streckte die Hand nach ihm aus und flüsterte: »Komm, nimm meine Hand. Fürchte dich nicht. Hier gibt es nichts, was uns ein Leid zufügen könnte. Schau nur, dort drüben, in der Öffnung ... Siehst du es auch? Oh, Richard, siehst du ihn?«

Keine menschliche Gestalt bewegte sich in dem warmen

Licht zwischen den Steinen. Dort, in dem geheimnisvollen Schimmer, saß der Falke mit silbern glänzenden Schwingen und Augen von strahlendem Gold. In seinem gekrümmten Schnabel hielt er die rotweiße Blume. Marie erkannte ihn sofort.

»Richard, siehst du, wie schön er ist? Er ist zu uns gekommen ... Er will uns segnen, Herr, denn er ist ein Wesen der Anderwelt, aus dem Ort im Inneren, und er ...«

Sie sah nicht, wie Richards Arm zurückschnellte, denn ihre Blicke hingen wie gebannt an dem Raubvogel. Ein Zischen zerschnitt die feierliche Stille, ein Stein flog durch die Luft. Marie hörte den wütenden Schrei des Raubvogels, und plötzlich gab es keinen Falken mehr, kein Licht, keine Schönheit, nur einen kalten leeren Kreis aus Steinen und einen Kiesel, der zu Boden fiel.

Marie war vor Schreck wie erstarrt. »Richard, wie konntest du das tun?« Zum Glück hatte er den Falken nicht getroffen. Marie dankte dem Himmel dafür. Ihre Kopfhaut prickelte vor Unbehagen. Was wäre wohl geschehen, wenn ihr Geliebter ein so wundersames Geschöpf verletzt hätte? Sie wagte nicht, daran zu denken.

Richard antwortete ihr nicht, packte nur ihre Hand und zerrte sie aus dem Steinkreis. »Richard, nein!«, protestierte Marie atemlos. »Bleib stehen!«

Er sprach zwischen zusammengebissenen Zähnen hindurch. »Auf keinen Fall. Und du kommst jetzt mit mir.«

Sie erreichten ihre Pferde. Die Stute war nervös, ihre Nüstern bebten, doch das Pony graste ruhig. Nur seine Ohren waren gespitzt. »Steig auf«, sagte Richard barsch.

»Dort drin gab es nichts, vor dem wir uns hätten fürchten müssen«, sagte Marie. Trotzig blieb sie stehen. »Das hättest du nicht tun sollen.«

»Hast du seine grausamen Augen nicht gesehen?«, brach

es aus Richard heraus. »Bist du denn blind? Das war kein zahmer Falke, Marie, und auch kein Wesen aus einem Traum. Das war eine böse Kreatur. Sie wollte dir die Augen aushacken.«

Wütend funkelten sie einander an. Ihre Herzen hämmerten wild und ihre Hände wurden klamm. Eine Ewigkeit schien zu vergehen, dann senkte Richard als Erster den Blick. Er trat zu seinem Pferd und machte sich am Sattelzeug zu schaffen. Schließlich murmelte er: »Vergib mir, Marie. Ich ... Das Böse lauert an diesem Ort. Es streckte die Hand nach uns aus, und als ich den Raubvogel mit den grausamen Augen sah ...« Er brach ab. Marie bemerkte, dass er zitterte.

Nie zuvor hatte sie ihn so erlebt. Er sah plötzlich so jung und verletzlich aus. Alle Wut fiel von ihr ab. Doch ihr eigenes sicheres Gefühl für die wahre Natur des Falken und dieses Ortes blieb davon unberührt. »Oh, Richard«, sagte sie und trat an seine Seite.

Er wandte sich zu ihr um und schloss sie in die Arme. »Das Ding ist nun ja nicht mehr da ... Ich habe es vertrieben! Versprich mir, dass du nie wieder hierher kommen wirst, Marie. Versprich es mir!«

»Mein Herr«, sagte sie mühsam. »Ich verspreche es, wenn du es so willst. Aber ...«

»Kein ›Aber‹«, sagte Richard in einem Ton, der keine Widerrede duldete. »Und vergiss dieses Versprechen niemals.«

Sie hatte ihm sagen wollen, dass sie den Falken bereits im Schloss seines Vaters gesehen hatte, doch die Worte blieben ihr in der Kehle stecken. Schon morgen wird er nach Frankreich zurückreisen, dachte sie. Wir sollten uns die letzten gemeinsamen Stunden nicht von Streit und Angst verderben lassen.

Leise murmelte sie. »Ich werde stets daran denken.«

»Gut«, antwortete er und schien erleichtert. »Ich bin froh,

dass du dich von mir leiten lässt, denn Eigenwilligkeit steht einer Frau nicht gut zu Gesicht.«

Marie unterdrückte ein bitteres Auflachen. Der Sohn der großen und eigenwilligen Eleonore klingt mehr wie sein Vater, als er selbst es je für möglich halten würde, dachte sie. Sie murmelte ein paar belanglose Worte, damit er sich nicht weiter um sie sorgte. Nie wieder würde sie mit ihm über die Wunder der Anderwelt sprechen.

Dedenz cel tref fu la pucele:
Flur de lis e rose nuvele,
Quant ele pert al tens d'este,
Trespassot ele de beaute.
Ele jut sur un lit mut bel –
Li drap valaient un chastel –
En sa chemise senglement.
... Tut ot descovert le coste,
Le vis, le col e la peitrine;
Plus ert blanche que flur d'espine.

In dem Zelt lag eine Maid in schläfriger Pose,
War so weiß wie die Lilie, war so schön wie die Rose.
Selbst der Sommerblüten üppige Pracht
Hat es nie zu so süßer Schönheit gebracht.
Sie lag auf dem Bette so zart und so weich –
Für die Decken allein gäb ein König sein Reich –
Nur ein seidenes Hemd ihre Blöße bedeckt'
... Nicht die Seiten, nicht die Kehle
noch den Busen versteckt'
Blasser und lieblicher gar als Weißdornblüten.

Marie de France
Das Lai von Sir Lanval

11

Dychaun Dyu da dy unic.

Der Herr lässt nicht zu, dass du in Einsamkeit schmachtest.

Mittelalterlicher Sinnspruch aus Wales

Richard brach früh am nächsten Morgen mit einer bewaffneten Eskorte auf. Ein kalter Nieselregen fiel auf die Männer nieder. Es war, als beweine der Himmel selbst diesen Abschied. Dennoch ritten sie voll Zuversicht hinaus. Musik und Trommelklang begleiteten sie, und hoch über ihren Köpfen flatterte das Löwenbanner im fahlen Licht des anbrechenden Herbsttages. Alle Bewohner der Burg hatten sich versammelt, um die Reiter zu verabschieden. Stolz und aufrecht stand Eleonore in der ersten Reihe. Nun war sie nicht die besorgte Mutter, die sich von ihrem Sohn trennen musste, sondern die mächtige Königin, die einen Prinzen in die Welt hinausschickte.

Hinter Eleonore stand Marie und sah zu, wie ihr Geliebter in den Sattel stieg. Auf dem Rücken des herrlichen schwarzen Pferdes bot er einen wahrhaft königlichen Anblick. Eine kalte Hand griff nach Maries Herz und krallte sich daran fest. Nach ihrem Abschied von Richard in der Nacht zuvor hatte sie keinen Schlaf gefunden. Sie war in die Kapelle gegangen, um zu beten. Dort fand sie die Königin auf den Knien liegend. Eleonore forderte Marie mit einer stummen Geste auf, neben ihr niederzuknien. Gemeinsam beteten die beiden Frauen mit demütig gesenkten Häuptern und baten Gott, dass Herzog Richard unversehrt zurückkehren und das

Zerwürfnis zwischen den Brüdern ein unblutiges Ende finden möge. Der Trost, den sie im Gebet, in der friedlichen Atmosphäre der kleinen Kapelle und in der Freundlichkeit der Königin fand, half Marie durch die Nacht. Richards Schicksal lag nun, genau wie das ihre, in Gottes Hand – und in den freundlichen, liebevollen Händen Seiner himmlischen Mutter.

Doch nun hieß es endgültig Abschied nehmen. Und bald würde auch sie selbst aufbrechen müssen. Sie würde ins Ungewisse ziehen und versuchen, ein Versprechen zu erfüllen, ohne recht zu wissen, wie. Maries Herz und ihre Seele erbebten angesichts der schweren Aufgabe, die sie sich gestellt hatte.

Am Tor drehte Richard sich noch einmal im Sattel um. Er hob seine Hand, die in einem gepanzerten Handschuh steckte, zu einem letzten Gruß und rief etwas. Doch das Geklapper der Hufe auf dem Pflaster verschluckte seine Worte. Dann ritten die Männer durch das Tor, und das Warten begann.

Marie verbrachte den Rest des Tages in ihrer Kammer. Dort las sie *Das Buch von Himmel und Erde*. Sie war froh, dass niemand glaubte, bei ihr sitzen und mit ihr reden oder sie trösten zu müssen. Wenn sie Kraft sammeln wollte, musste sie es auf ihre Weise und zu ihrer Zeit tun. Und diese stillen Stunden, in denen sie weder über ihre Trennung von Richard nachdachte noch darüber nachsann, was sie in Wales erwartete, gaben ihr die innere Ruhe, die sie nun brauchte. Sie überließ ihren Geist der Führung einer Philosophin, deren Werk von den vielen unergründlichen Geheimnissen des Universums handelte, und stählte sich damit für die Herausforderung, die ihr bevorstand.

Marie überlegte, ob die Königin persönlich dafür gesorgt hatte, dass sie nicht gestört wurde, denn selbst Lady Isabelle und Lady Hawise zeigten sich nicht. Nur eine scheue kleine Dienstmagd trippelte gegen Mittag in die Kammer und brachte Marie etwas zu essen. Ansonsten blieb sie sich selbst überlassen. Viele Stunden vergingen, in denen Marie völlig in das Buch vertieft war. Ihr Geist verlor sich in den fesselnden Ausführungen der Verehrerin des großen Pythagoras.

ZWEITER DISKURS

So wie der Himmel, die Planeten, die Sterne und Zeichen eine Bedeutung für den Menschen haben, so hat auch die Erde mit allem, was auf ihr wächst und was sich tief in ihrem feurigen Inneren verbirgt, einen Einfluss auf sein Dasein. Ich werde nicht von den Tieren und Vögeln und nicht von den kriechenden Kreaturen schreiben, denn von denselben weiß ich nicht viel zu sagen, und sie kümmern mich nicht. Als Erstes will ich mich den Steinen und den Edelsteinen der Erde zuwenden, hernach den Pflanzen und Bäumen und allem was grün ist und wächst. Nützlich oder unnütz, in jedem Medizinkasten zu finden oder von Ärzten und Heilkundigen verschmäht, so hat doch ein jedes Ding eine tiefere Bedeutung, die in seiner Form und Farbe verborgen liegt.

Stein ist ein Symbol für Gottes Macht und Herrschaft. Es ist kein Zufall, dass überall auf der Welt steinerne Altäre stehen. Die alten Griechen sagen, dass Rhea, die Mutter des großen Zeus, ihren neugeborenen Sohn vor dem Zorn seines Vaters, des bösen Giganten Kronos, schützte, indem sie einen Stein in ein Tuch wickelte und ihn Kronos gab. Kronos verschlang den Stein in dem Glauben, in dem Tuch wäre sein Sohn, und Zeus entkam. Als Zeus schließlich seinen Vater besiegte, zwang er ihn, den Stein wieder auszuspucken, und stellte ihn an einem ganz bestimmten Ort auf. Die Griechen nannten den Stein *Omphalos* – das bedeutet »Nabel« – und verehrten ihn.

Steine sind die Knochen der Erde und wurden von Gott, nicht von Menschenhand geformt. Erst später begann der Mensch, sie zu behauen. Im Grunde haben Steine keine Stimme, doch es heißt, sie kennen ein einziges Lied. Dieses Lied klingt wie ein tiefer, unwiderstehlicher Ruf. Im fernen Irland gibt es an einem Ort, der Tara genannt wird, einen fruchtbaren Stein des Wissens. Er ist geformt wie die Rute des Mannes und stößt einen Schrei aus, wenn sich ihm der wahre König nähert. Nur dem König schenkt er große Fruchtbarkeit, wie es auch die heißen, sprechenden Steine in der Bretagne tun. Dort aber suchen kinderlose Frauen Heilung für ihren unfruchtbaren Schoß.

Als der große Pythagoras Ägypten bereiste, sah er riesige dreieckige Steinblöcke, die dort Pyramiden genannt werden. Ihrer Form und ihrer Natur nach (denn sie sind aus Stein) stehen sie für das Göttliche und haben daher große Macht. Aber jedes Land muss seine eigenen Steine verehren und nicht auf die Steine seiner Nachbarn blicken. Denn in jedem Stein leben die Eigenheiten des Ortes, von dem er stammt.

Die Steine, die wir Edelsteine nennen, haben noch andere Eigenschaften, denn sie wurden den Eingeweiden der Erde entrissen, wenngleich manche wie ganz gewöhnliche Kiesel an der Oberfläche liegen. Die Steine, die wir Kristalle nennen, sind mit ihrer makellosen Reinheit Symbole der Tugend. Bergkristall beispielsweise verströmt selbst kein Licht, doch er glitzert, wenn Gottes Licht darauf fällt. Edelsteine vereinigen Feuer und Wasser in sich, denn sie wurden geschaffen, als die Flüsse schäumend an den Fuß brennender Vulkane schlugen. Der Teufel scheut ihren Anblick, denn sie erinnern ihn an die strahlende Herrlichkeit, die ihm auf immer verwehrt ist, und sie sind in dem Feuer geboren, das ihn bestraft.

Edelsteine können je nach ihrem Wesen und Gottes Willen verwendet werden, um Gutes oder Schlechtes zu bewirken. Doch man sollte sie nur zu Gottes Ehre und zum Lobe seiner Schöpfung benutzen.

Jedes Sternzeichen hat, genau wie jeder Planet, einen bestimmten Stein, der zu ihm gehört. Denn die Edelsteine sind die Sterne der Erde und haben ebenso viel Einfluss auf das Leben eines Menschen wie sein Geburtszeichen.

Den Widder verbindet man mit Rotem Jaspis und dem Karneol. Zu Taurus, dem Stier, gehört der Smaragd, zum Zwilling die Steine mit unterschiedlichen Farben. Die Perle gehört dem Krebs, dem Löwen der Rubin, der Jungfrau Beryll, der Waage Achat und dem Skorpion der Amethyst. Zum Schützen gehört der Türkis, zum Steinbock Onyx und zum Wassermann Bernstein. Den Fischen gehört die Koralle.

Die Planeten und die Edelsteine sind ebenfalls miteinander verbunden: die Sonne mit Diamanten und Bergkristall, der Mond mit Perlen, dem Adular, auch Mondstein genannt, und Achat, Mars mit Rubinen, Granat, Koralle und Karneol, Merkur mit Beryll, Tigerauge, Topas, und Bernstein, Jupiter mit Smaragd, Serpentine und Malachit, Venus mit Lapislazuli, blauen Saphiren und Aquamarin, Saturn mit Amethyst und dunklem Onyx und Saphiren.

Jeder Stein hat eine Bedeutung und ist von bestimmtem Nutzen.

Die Perle beispielsweise hat die Farbe des Mondes und ist von makelloser Form. Sie ist ein Symbol der Jungfräulichkeit und der Venus, die aus der Gischt des Meeres hervorging. Perlen stärken die Lebensgeister des Herzens. Der Diamant, der Unnachgiebige, ist unzerbrechlich und unzähmbar. Sein Licht ist rein, und seine Aufrichtigkeit macht ihn zu einem guten Mittel gegen böse Geister, Kriege und Seuchen. Der glühende Rubin, eine Tochter des Mars, vertreibt Krankheiten, schlechte Träume und Melancholie. Außerdem schützt er Schiffe auf hoher See. Der weiße Bergkristall, den man in vielen Höhlen findet, ist der Schlüssel, der das Schloss zu anderen Welten öffnen kann. Die Steine haben noch unzähligen weiteren Nutzen, von dem ich hier nicht ausführlich sprechen will, denn es sind ihrer zu viele und es ist nicht leicht, all dies zu verstehen. Aber wer Ohren hat zu hören, der höre, und wer Augen hat zu sehen, der sehe.

Denn Steine und Edelsteine haben viele Eigenschaften und Bedeutungen, und ein Menschenleben reicht nicht aus, sie alle zu ergründen.

Wenn aber die Edelsteine die Sterne der Erde sind, die sie aus einem Firmament in ihrem Untergrund heraus beleuchten, dann gleichen die Pflanzen dem Menschen. Ein Teil von ihnen ist über der Erde. Sie recken die Köpfe den himmlischen Sternen entgegen. Ihre Füße aber stecken im Boden und sehen die Sterne des Untergrundes. Auch der Mensch hebt seinen Kopf in den Himmel und steckt die Füße in die Erde. Er ist eine Kreatur beider Elemente. Pflanzen sind wie Menschen, denn sie treiben tiefe Wurzeln, da wo sie stehen. Ihren Samen aber streuen sie in alle vier Winde. Im Frühjahr sind Pflanzen wie kleine Kinder. Sie sind scheu und hübsch anzuschauen und öffnen sich der Sonne. Der Sommer ist die Zeit des Übermutes und der Schönheit. In dieser Zeit gleichen die Pflanzen dem Menschen in seiner Jugend. Im Herbst tragen sie Sorge, dass ihr Same auf fruchtbaren Boden fällt, wo er dann bis zum nächsten Frühjahr schlummert. Im Winter welken sie und sterben. Genauso verhält es sich mit dem Menschen. Unser Leben ist nur kurz. Verglichen mit dem Alter der Erde sind wir wie Motten, die die Flammen versengen. Angesichts der Zeit, die Gott in seinen Händen hält, gleicht unsere Zeit einer vergänglichen Blüte.

Pflanzen können dem Menschen genau wie die Sterne hilfreich sein oder Verderben bringen. Das hängt von ihrem Platz innerhalb des Kosmos ab, denn jedes seiner Teile spiegelt sich auch in vielen anderen wider. Alles ist miteinander verwoben, und der Einflüsse sind viele.

Bäume, die größten und langlebigsten unter den Pflanzen, übertreffen selbst den Menschen an Jahren. Sie sind die Herrscher des grünen Königreiches. Ich will nur von einigen wenigen schreiben, denn auf der Welt wachsen ebenso viele verschiedene Bäume, wie es Prinzen und Fürsten gibt! Es heißt, der Apfelbaum sei der älteste von allen, denn er ist der Baum der Erkenntnis, und viele seiner Art wuchsen bereits im Garten Eden. Dieser Baum trägt gute und böse Früchte und die Frucht der Versuchung, die in beide Richtungen führen kann. Denn nicht jede Versuchung ist schlecht. Es ist der Mensch, der sie dazu macht. Aus dem Holz vom Baum der Erkenntnis waren auch die Balken des Kreuzes Christi gemacht. Damit wird dieser Baum zu einem wahren Baum des Lebens, denn an seinem Holze besiegte unser Erlöser den Tod. Apfelbäume stehen an den Grenzen zwischen dieser Welt und den anderen, und unter ihnen zu schlafen birgt Gefahren. Die runde Form der Äpfel steht für den Kosmos, ihr weißes Fleisch und ihre rote Haut für die Einheit von Körper und Seele.

Auch die Eibe mit ihren giftigen Samen und Nadeln kann uns vieles lehren. Sie wächst auf Friedhöfen und gedeiht in der Gegenwart des Todes. Aber im Winter stirbt sie nicht. Ihre Zweige werden nicht kahl und grau. Sie bleiben stets grün, und so zeigt uns die Eibe den Weg zur Unsterblichkeit. Sie ist ein magischer Baum, kann aber auch dazu verwendet werden, einen Zauber zu brechen. Man stellt aus ihrem Holz Bögen her, und ihr Gift wird für todbringende Pfeile verwendet. Und doch schützt ein Kreuz aus Eibenholz die Unschuldigen und diejenigen, die reinen Herzens sind, vor der Macht des Bösen.

Die Eiche ist der König des Waldes. Sie ist standhaft, stark und herrlich anzuschauen mit ihrer majestätischen Krone aus Blättern. Blitz und Donner sind ihre Gefährten, und man kann den Willen Gottes aus ihren Blättern flüstern hören. Die Frucht der Eiche, die Eichel, wird von bestimmten Schweinen gefressen, die dann, wie ihre Hirten behaupten, viele Dinge vorhersehen können. Man trägt die Eichel auch als Talisman, um sich vor Krankheiten zu schützen, welche die Lenden befallen. Hingegen wird ein Pulver aus Eicheln von manchen skrupellosen Menschen benutzt, um in einem unwilligen Geliebten unersättliche Lustgefühle zu wecken.

Der Maibusch oder Weißdorn ist eine sonderbare Pflanze, aber gleichzeitig sehr schön. Er verkündet das Nahen des Frühlings, kann aber auch Tod bringen. Der Weißdorn blüht in dieser Welt und in der nächsten. Die Dornenkrone, die unser Herr Jesus Christus in seinen Todesqualen trug, soll aus Weißdorn geflochten worden sein. Darum sehen viele im Weißdorn einen Boten des Unglücks.

Die Blumen, die im Garten eines Menschen wachsen, sind wie Seelen, die sich im Garten Gottes einfinden. Sie sind ein Zeichen seiner Güte, aber auch eine Warnung an die Menschen. Die Alten sagen, die sanfte Lilie sei gewachsen, weil einige Tropfen Milch aus den schneeweißen Brüsten der Juno auf die Erde fielen und dort zu Blumen wurden. Andere Tropfen stiegen hoch in den Himmel und bildeten dort die Milchstraße.

Heute wissen wir, dass der Erzengel Gabriel der Jungfrau Maria eine Lilie gab, als er ihr verkündete, dass sie den Heiland unter dem Herzen trug. Denn die Lilie ist keusch und jungfräulich. Gleichzeitig heißt es jedoch, der Stempel der Lilie gliche dem männlichen Begattungsorgan und wolle uns warnen, dass auch die keuscheste Seele nicht vor Gefühlen der Wollust gefeit ist. Die Lilienpflanze, die man Iris nennt, wird oft auf die Gräber von Frauen gepflanzt, damit sie deren Seelen schützt.

Die Rose ist eine schöne Blume und das Herz des Pflanzenkönigreiches. Sie ist die Königin der Blumen, so wie die Eiche die Königin des Waldes ist. Die Alten berichten von Adonis, dem schönen Jüngling und Geliebten der Venus, dessen rotes Blut die erste Rose erblühen ließ. Heute erinnert uns die Rose auch an das Blut, das der Heiland für uns am Kreuz vergoss. Ihr süßer Duft kündet von der Erlösung. Rosen versiegeln die Lippen eines Betrunkenen, sodass er keine Geheimnisse verrät, ganz gleich, wie groß die Menge des Weines ist, der ihm die Zunge lösen will. Darum tut man gut daran, dem Wein die Blütenblätter von Rosen beizugeben. Auch Liebende schätzen die Rose wegen ihres süßen Parfums, ihrer Farbenpracht und ihrer festen Knospe. Erst nach und nach entfaltet sich die Blüte und gibt ihre volle Schönheit preis. Die Rose darf in keinem Garten, der dem Lustwandeln dient, fehlen. Die weiße Rose ist ein Symbol der Gottesmutter. Nur Jungfrauen ist es erlaubt, Girlanden und Kränze aus weißen Rosen zu tragen. Weiße Rosen können aber auch für den Tod stehen. Die rote Rose hat ebenfalls unterschiedliche Bedeutungen. Ihr Anblick kann von schweren Opfern künden, die bevorstehen, aber auch von erfüllter Liebessehnsucht. Die gelbe Rose steht ihrerseits für die Herrlichkeit der Sonne, aber auch für das Übel der Eifersucht.

Ein Garten ist wie ein kleiner Kosmos, den der Mensch sich schafft. Darin gibt es Pfade und Beete, die mit größter Umsicht angelegt und gepflegt werden müssen. Denn die böse Macht mancher Pflanzen kann manches andere Kräutlein überwuchern, wenn der Mensch nicht mit ordnender Hand eingreift. Aber auch Verderben bringende Pflanzen sollten nicht aus einem Garten verbannt werden, denn sonst ziehen Schlangen dort ein. Sie spüren die Leere, so wie die Schlange Evas Leere im schönen Garten Eden spürte.

Das Buch von Himmel und Erde

12

Die Stunden vergingen, und der graue Tag neigte sich dem Ende zu. Es dunkelte bereits am späten Nachmittag. Trotz der Düsternis des scheidenden Tages wurde Marie langsam ein wenig leichter ums Herz. Sie erhob sich von ihrem Bett, verstaute das Buch in seiner Schutzhülle und machte sich auf die Suche nach ein wenig Gesellschaft.

Die Königin war nirgends zu finden, und auch Lady Hawise sah Marie nicht. Nach einigem Fragen und Nachforschen gelang es ihr immerhin, Lady Isabelle in der Küche aufzustöbern. Das Mädchen naschte dort gerade Kuchenteig und unterhielt sich so angeregt mit den Küchenmägden, als wären sie ihresgleichen. Isabelle hörte Marie nicht kommen, denn sie war ganz in ein Gespräch vertieft. Die scheue kleine Magd, die Marie das Mittagessen in die Kammer gebracht hatte, bemerkte die unverhoffte Besucherin jedoch sogleich. Die Augen des Mädchens wurden groß und ängstlich. Marie versuchte, sie durch ein freundliches Lächeln zu beruhigen.

Endlich fiel auch Isabelle der betretene Gesichtsausdruck ihres Gegenübers auf. Sie drehte sich um und japste: »Lady Marie! Ich dachte, Ihr wäret ... Ich ...« Dann straffte sie plötzlich die Schultern, zeigte mit dem Finger auf die scheue Magd und herrschte das arme Mädchen an: »Und du geh rasch zurück an die Arbeit!«

»Ja, Ma'am.« Die Stimme der Magd war kaum mehr als ein Piepsen. Schnell huschte sie davon.

Isabelle schob Marie energisch aus der Küche und schloss die Tür hinter sich. »Im Umgang mit Dienstboten ist stets Vorsicht angebracht«, erklärte sie mit einem Ernst, als wäre sie deutlich älter als Marie oder gar eine gestandene Matrone, die das Zepter in ihrem eigenen großen Haushalt schwingt.

Marie hob die Augenbrauen. »Das sind weise Worte, Lady Isabelle.«

Isabelles aufgesetztes Selbstbewusstsein zerbröckelte wie Sandkuchen. »Ihr werdet doch meiner Mutter nichts verraten?«, flehte sie. »Wenn sie wüsste, dass ich mit den Mägden spreche, würde sie mich umbringen. Aber ich wuchs mit Emma zusammen auf, müsst Ihr wissen. Das ist die Küchenmagd, die Euch das Essen brachte. Sie kommt von unserem Anwesen. Es ist schwer, stets daran zu denken, dass die Dinge sich ändern, wenn man erwachsen wird. Aber ich weiß, das ist ein Fehler.«

»Warum soll das ein Fehler sein?«, fragte Marie freundlich. Das Mädchen gefiel ihr langsam immer besser.

Isabelle machte große Augen. »Nun, weil …«

»Die Dinge ändern sich«, sagte Marie. »Das ist unvermeidlich. Ihr müsst beide den Platz einnehmen, den euch das Schicksal zugedacht hat: sie den der Dienerin und Ihr den der Herrin. Aber das bedeutet nicht, dass die Jahre der Kindheit vergessen sind und alles, was damals war, keine Gültigkeit mehr hat. Die Magd ist genau wie Ihr ein Kind Gottes. Nur weil Euch das Glück zuteil wurde, als Tochter adeliger Eltern zur Welt zu kommen, dürft Ihr das, was Euch und die Magd als Kinder Gottes miteinander verbindet, nicht vergessen. Ihr dürft Emma nicht geringer achten als Euch selbst. Vielleicht liegt die Verantwortung, die gemeinsame Kindheit nicht in Vergessenheit geraten zu lassen, sogar mehr bei Euch als bei ihr. Denn für einen Menschen von hohem Stand ist es nur allzu leicht, stolz und hochmütig zu werden; und für einen armen Menschen ist es schwer, ob seines harten Lebens keine Bitterkeit zu empfinden. Der wahre Adel zeigt sich im Herzen, nicht im Titel einer Person.

Der ärmste Mann kann ein edleres Geschöpf sein als der reichste König, wenn nur Treue und Menschlichkeit ihren Platz in seinem Herzen haben, denn allein diese Tugenden machen wahren Reichtum aus. Alles andere ist nur irdischer Tand. Im Tod stehen wir alle – ob von hohem oder geringem Stand – so nackt und bloß vor Gott, wie wir in dieses Leben gekommen sind.«

Isabelle war während Maries Rede der Mund offen stehen geblieben.

Marie lachte. Sie selbst war ebenfalls ein wenig überrascht. »Vergebt mir, Lady Isabelle«, sagte sie leichthin. »Ich wollte Euch keine Predigt halten.«

»Nein, nein, was Ihr sagtet, war gut und richtig!«, widersprach Isabelle. »Ihr habt ausgesprochen, was ich schon lange im Herzen trage, aber nie in Worte fassen konnte. Oh, Mylady! Wenn ich nur sprechen und schreiben könnte wie Ihr. Würde ich nicht immer alles durcheinander bringen und wäre ich nicht so ungeschickt, meine Mutter hätte wohl ein wenig mehr Freude an mir.«

»Wir sind, die wir sind«, sagte Marie, die lieber für sich behielt, was sie über Lady Hawise dachte. »Wir können nur die Gaben mehren, die Gott uns in seiner Güte geschenkt hat.«

Isabelle seufzte. »Ja, so ist es wohl«, sagte sie ohne rechte Überzeugung. »Aber einige Menschen, und zu diesen gehört auch Ihr, scheinen stets zu wissen, was gut und richtig ist. Sie gehen in Würde, aber doch gleichzeitig mit so viel Anmut und Leichtigkeit durchs Leben.«

»Ach, meine Liebe«, sagte Marie und legte dem Mädchen die Hand auf die Schulter. »Das dürft Ihr nicht glauben. Das verdiene ich nicht. Oh, wenn Ihr um die Torheit meines Herzens wüsstet!«

Isabelle schüttelte den Kopf. »Alle Herzen sind töricht.

Aber manche bleiben es ihr Leben lang. Und ich fürchte, ich bin ... Oh!«

Isabelles erschreckter Ausruf ließ Marie herumfahren. Wie ein Gespenst löste sich Lady Hawise aus den Schatten des dunklen Korridors.

Marie war fast so erschrocken wie Isabelle selbst. Die Hofdame hatte wirklich ein besonderes Talent, unverhofft zu erscheinen. Man konnte fast meinen, sie läge beständig auf der Lauer.

Hawise tat, als bemerke sie die Verwirrung ihrer Tochter nicht. Mit scharfer Stimme verkündete sie: »Lady Marie, die Königin lässt nach Euch fragen.«

»Ich komme sofort.« Marie ärgerte sich, dass ihr Herz ängstlich zu flattern begann. Schließlich wusste sie inzwischen nur zu gut, wie freundlich die Königin ihr gesinnt war und wie tief das Verständnis war, das diese große Herrscherin ihr entgegenbrachte.

»Und du meine Teuerste«, sagte Lady Hawise an ihre Tochter gewandt, »begibst dich unverzüglich in meine Kammer und wartest dort auf mich. Es gibt etwas, was ich dir zu sagen wünsche.«

Die arme Isabelle wurde blass. Wortlos suchte sie das Weite.

Die Königin erhob sich gerade von ihrer Kniebank, als Lady Hawise Marie zu ihr brachte. Mit einem kurzen Winken forderte Eleonore Marie auf, einzutreten. Hawise zog sich diesmal nicht zurück. Sie blieb an der Tür stehen.

Marie spürte ihre Gegenwart wie einen lauernden Schatten. Die Anwesenheit dieser Frau erfüllte sie mit Unbehagen. Sie fragte sich, warum die Königin Lady Hawise nicht einfach wegschickte. Sicher konnte es der Herrin nicht recht sein, wenn ihre Hofdame bei einem privaten Gespräch zugegen war. Aber womöglich nahm Lady Hawise nun, da Richard die Burg verlassen hatte, wieder ihre Stellung als Kerkermeisterin ein. Vielleicht hatte sie nicht gewagt, in seiner Gegenwart allzu sehr in Erscheinung zu treten. Oh, die arme Königin. Maries Herz floss über vor Mitgefühl und Bedauern.

Sie sank auf die Knie nieder. »Madame, Ihr habt nach mir geschickt.«

»Ja.« Diesmal forderte Eleonore Marie nicht auf, sich von den Knien zu erheben. Sie bot ihr auch keinen Schemel an, auf den sie sich setzen konnte. »Nun, da mein Sohn fortgeritten ist, werdet auch Ihr uns bald verlassen wollen.«

Überrascht von der Härte, mit der Eleonore sprach, hob Marie den Blick.

Die Königin sah an ihr vorbei. Sie starrte auf einen Punkt hinter Maries Schulter. Marie begriff, dass Richards Mutter sich vor Lady Hawise verstellte. Nun, dann war es wohl angebracht, dieses Spiel mitzuspielen.

»Ja, das muss ich wohl tun, große Königin.«

»Gut. Die Zeit des Regens naht, und wenn Ihr Euch nicht beeilt, werden alle Wege unpassierbar sein.«

Unter anderen Umständen hätte die Barschheit der Königin Marie verletzt. Doch sie wusste, dass Eleonore nicht ihr wahres Gesicht zeigte. Demütig antwortete sie: »Ich könnte schon morgen aufbrechen.«

Eleonore musterte sie mit kühlem Blick. »Ja, geht gleich morgen, das ist gut. Es ist nicht notwendig, zu warten, bis Lady Phoebe den Brief erhalten hat. Er wird längst dort sein, wenn Ihr in Wales ankommt, und Eure Eskorte steht bereit.«

Marie spürte einen schmerzhaften Klumpen in der Kehle. Aber sie sagte nichts.

Eleonore bedeutete ihr aufzustehen. Als Marie sich erhob,

brannte sich der Blick der Königin in ihre Augen. »Also dann, morgen«, sagte sie mit fester Stimme.

Marie stammelte: »Ja, morgen ... Madame.«

Nun trat Hawise neben sie. In den Augen der Edelfrau flackerte ein kaum unterdrückter Funke auf. War es Freude oder Genugtuung? Die Impertinenz der Hofdame reizte Marie. Anstatt, wie es sich geziemte, mit gesenktem Haupt den Raum zu verlassen, sah sie der Königin direkt ins Gesicht und sagte: »Hoheit, erlaubt mir, Euch für all die Freundlichkeit zu danken, die Ihr mir trotz der schweren Bürde, welche die Verbannung an diesen Ort für Euch bedeuten muss, gewährtet. Was immer geschehen mag, die Erinnerung an Eure Großzügigkeit und Gnade werde ich im Herzen bewahren, solange ich lebe.«

Der Ausdruck wütenden Erstaunens, der auf Hawises Gesicht erschien, belohnte Marie für ihre Forschheit. Die Königin schenkte ihr ein schwaches, unendlich trauriges Lächeln.

Weder die Königin noch Lady Hawise erschienen an diesem Abend zum Essen im Saal. Marie war nicht überrascht. Lady Isabelle saß ein wenig abseits auf einer Bank und starrte betrübt vor sich hin. Rote Ränder um ihre Augen zeugten, da war Marie sich sicher, von Lady Hawises Schimpftiraden. Die arme Isabelle war wirklich nicht zu beneiden. Zu Maries Verwunderung setzte sich Sir Gilbert zu ihr. Als wolle er etwas gutmachen, erzählte der sonst so reservierte Ritter ihr in aller Ausführlichkeit von einem seiner Aufenthalte in Wales.

»Vor langer Zeit schickte mich der König einmal nach Wales, und ich musste ein ganzes Jahr dort verbringen«, erklärte er. »Ich lernte die Waliser also recht gut kennen. Sie sind stolze, mutige Menschen, die sich keinem Herren beugen.«

»Aber König Heinrich regiert doch auch über Wales.«

Gilberts Lippen kräuselten sich zu einem harten Lächeln. »Was immer man darunter verstehen mag. Die mächtigsten Fürsten von Wales, der Prinz von Dyfed und der Prinz von Gwynedd, liegen in ständigem Zwist miteinander, obwohl sie Vettern sind. Deshalb fehlt es ihnen an der Stärke und Schlagkraft, die sie bräuchten, um sich erfolgreich gegen König Heinrich zu stellen. Mit den Lippen mögen sie uns Engländern Ehre erweisen, doch ihre Herzen sind berechnend, und Fremde schätzen sie nicht. Wenn die Waliser einmal ihren eigenen Streit beilegen und uns gemeinsam angreifen sollten, ist unser Schicksal besiegelt, das dürft Ihr mir glauben.«

»Aber es ist doch wohl recht unwahrscheinlich, dass dieser Fall je eintritt, meint Ihr nicht? Und England ist stark.«

»Ja, für den Augenblick gebe ich Euch Recht, denn wir haben einen König, der nicht einmal mit Gold aufgewogen werden könnte«, sagte Gilbert ernst. »Aber mein Herz sinkt, wenn ich daran denke, was die Zukunft uns bringen mag.«

Das Bild von Prinz Heinrich – mürrisch, streitlustig, vor allem aber unfähig, ein Land zu regieren – nahm vor Maries geistigem Auge Gestalt an. Sie wusste genau, warum der König seinem ältesten Sohn den Thron noch nicht überlassen wollte. »Ja«, antwortete sie. »Es gibt fürwahr Grund zur Sorge.«

»König Heinrich ist der fähigste Herrscher, den wir seit langem hatten«, sagte Gilbert mit Nachdruck. »Er allein hält die Waliser aus dem Marschland und die Franzosen von unseren Küsten fern.«

Marie nickte. »Gibt es irgendeinen Hinweis darauf, dass die Prinzen von Wales ihre Rivalität je aufgeben werden?«

Gilbert schwieg einen Augenblick lang. Dann sagte er:

»Bislang ist alles ruhig, aber unsere Spione haben gewisse Gerüchte gehört.«

»Über König Arthurs Rückkehr?«

Gilbert warf Marie einen erstaunten Blick zu. »Ja, in der Tat.«

»Ein Geistlicher namens Gerald de Barri sprach in König Heinrichs Residenz im Anjou davon«, sagte Marie.

»Ah ja. Ich kenne den Mann. Er ist selbst zur Hälfte Waliser und kann es nicht verleugnen. Noch hat er sich nicht entschieden, wem seine Loyalität gehören soll – den Walisern oder uns. Es ist sicher nicht leicht für den Mann, mit einem gespaltenen Herzen zu leben.«

Marie lächelte. »Gilt das nicht für alle Männer, Sir Gilbert?«

Unangenehm berührt, murmelte er: »Mag sein, Mylady, mag sein. Die Waliser sind jedoch allesamt nicht leicht zu verstehen. Bei ihnen weiß man nie, woran man ist. Auf den ersten Blick erscheinen sie fromm und gottesfürchtig. Und es heißt ja auch, den Bewohnern der Britischen Inseln sei das Evangelium vor allen anderen Völkern verkündet worden. Doch in Wales glaubt man außerdem an die wunderlichsten Dinge. Im Gegensatz zu den wahren Christen, für die es außer der sichtbaren Welt nur Himmel und Hölle gibt, spricht dieses Volk von weiteren Welten jenseits der unseren. Und ein Waliser fürchtet sich nicht vor der Anderwelt. Noch dazu sind diese Leute völlig unberechenbar. Man darf ihnen nicht trauen. Nur die Treue zu ihrem Land ist ihnen heilig. Sie sind begnadete Sänger und Musikanten, gleichzeitig aber unerschrockene Kämpfer. Und die Art, wie eine walisische Frau sich in der Liebe schenkt, ist unvergleichlich.«

»Ihr scheint dieses Volk wahrlich gut zu kennen, Sir Gilbert«, sagte Marie, als Gilbert nun in versonnenem Schweigen versank.

Der Ritter sah sie ausdruckslos an. »Das war vor vielen Jahren«, sagte er schließlich. »Es ist lange her.« Wie ein Umhang, den er sich überwarf, kehrte die ihm eigene Unnahbarkeit zurück, und Marie musste den Rest der Mahlzeit wohl oder übel mit einem schweigenden Tischgefährten hinter sich bringen. Immerhin hatte sie nun einen Einblick in die ungeahnte Tiefe der Seele dieses Mannes erhalten. Sie empfand Mitleid mit ihm. Der arme Sir Gilbert war dazu verdammt, der Kerkermeister der Königin zu sein, und hatte dazu noch einen erbarmungslosen Drachen zur Frau. Und bei alledem schlummerte in ihm die Erinnerung an die Süße einer längst verflossenen walisischen Liebe. Ach, wie hart das Leben doch manchmal war. Die Träume und Leidenschaften der Jugend wurden zur Bitterkeit und Traurigkeit des Alters!

Als Marie bald darauf in ihrem Bett lag, wollte sie noch ein wenig darüber nachsinnen. Doch der Schlaf übermannte sie schon nach wenigen Atemzügen.

Und wieder war sie in dem Rosengarten. Diesmal trug die verschleierte Frau wunderschöne gelbe Rosen und strahlend goldene Ginsterblüten in den Armen. Diese Arme waren weich, weiß und zart gerundet, und sie waren völlig unverletzt. Die Frau lächelte Marie an und hielt ihr den Schatz aus lebendem, duftendem Gold entgegen. In ihrem Traum nahm Marie die Rosen entgegen und hielt sie in den Armen wie kleine Sonnen, die vom Himmel gefallen waren. Die Blumen wärmten Marie wie ein Feuer, und einen Augenblick lang verspürte sie tiefe Zufriedenheit. Sie trug die herrlichsten Blüten durch einen sonnendurchfluteten Garten voll süßen Duftes.

Dann sagte Marie: »Oh, edle Dame, wollt Ihr mir nicht sagen, wer Ihr seid? Denn ich würde Euch gern danken.«

Nun sprach die verschleierte Frau zum ersten Mal. Ihre

Stimme war kühl und leicht wie das Wasser eines Baches im Wald. »Ich bin die Herrin der Blumen.«

»Die Herrin der Blumen«, murmelte Marie. Dann spürte sie ein Brennen an den Armen, und als sie an sich hinabblickte, sah sie, wie die Blumen schmolzen und sich in ihr Fleisch brannten. Ihr Fleisch aber schälte sich von den Knochen. Das Brennen ließ dabei nicht nach, und der Schmerz hatte kein Ende. Marie schrie laut um Gnade, dann um Hilfe. Doch die verschleierte Frau wandte sich von ihr ab und ging davon. Sie entschwand in das Labyrinth, zu dem der Garten nun geworden war. Und sie sah sich dabei nicht ein einziges Mal nach Marie um.

13

Marie erwachte mit tränennassen Wangen. Ihr Herz war schwer. Doch nicht der Schmerz und die Todesgefahr machten ihr zu schaffen, sondern das Gefühl, betrogen und verlassen worden zu sein.

Eine Zeit lang blieb sie still liegen. Langsam gewann sie in der friedlichen Stille der silberschwarzen Nacht ihre Fassung zurück. Die Wolken hatten sich inzwischen verzogen und gaben den Blick auf einen hohen, klaren Nachthimmel frei. Sternenlicht strömte durch das Fenster herein. Isabelle atmete ruhig. Langsam schwand Maries Trauer, und ihre Tränen trockneten. Nun begann ein Gefühl der Ehrfurcht sie zu erfüllen. Eine Erkenntnis reifte in ihr heran: Der Traum war kein böser Alptraum gewesen und die Herrin der Blumen kein spöttischer Dämon, sondern eine Erscheinung aus dem Ort, der im Inneren lag. Genau wie den Besuch des Falken musste sie den Traum als Geschenk betrachten. Etwas – jemand – wollte in Verbindung mit ihr treten, wollte sie vielleicht sogar beschützen. Marie war verwirrt. Beschützen? Wovor? Und was hatte der Traum tatsächlich zu bedeuten?

Bald hielt sie es nicht länger in ihrem Bett aus. Sie erhob sich und ging auf bloßen Füßen zum Fenster. Über ihr standen die Sterne am Himmel. Dieser strahlende Hofstaat wartete noch auf das Erscheinen seines Königs, des Mondes. Maries Vater, Godefroi de Valoiz, hatte sie die Namen der Sternbilder gelehrt und ihr die Geschichten erzählt, die man mit ihnen verband. Marie erkannte den juwelenbesetzten Gürtel, an dem der Jäger Orion seinen Dolch trug, während er, dicht gefolgt von seinem Hund Sirius, über das Firmament schritt. Als Kind hatte Marie sich Orion wie ihren Vater vorgestellt, der im Dunkel der Nacht in den Wald ging, um dort Jagd auf Wildschweine zu machen.

Ach, wenn sie nun schon wach war, konnte sie auch in die sternenklare Nacht hinausgehen, anstatt nur ihre Nase zum Fenster hinauszustecken. Schließlich war sie kein ängstlicher Maulwurf, der nur die Spitze seiner Schnauze aus seiner Höhle streckt, weil er sich vor der Freiheit des weiten Himmels fürchtet. Marie warf sich ihren Pelzmantel über das Nachthemd, schlüpfte in ihre Schuhe und verließ auf Zehenspitzen die Kammer.

Schon der Blick aus dem Fenster war erhebend gewesen. Aber draußen vor der Tür wurde Marie von der Schönheit des Nachthimmels geradezu überwältigt. Über das tiefe Mitternachtsblau des Sommers legte sich nun schon die dünne schwarze Seide des nahenden Winters. Wie Hunderte von Brillanten – nein wie Tausende! – funkelten die Sterne. Die Milchstraße wand sich wie ein trüber Fluss voll blitzender Edelsteine über die weiten Felder des Firmaments, und die Sternbilder waren die strahlenden Säulen, Türme und Zinnen einer anderen Welt. Das funkelnde Licht der Sterne mit seinem Wechsel von Blau, Weiß, Gelb und Rot war das Signalfeuer, das die Grenzen eines unvorstellbar fernen Reiches markierte. Vor Maries Augen fiel eine Sternschnuppe zum Horizont wie ein silberner Reiter, der sich von einer hohen Klippe stürzt.

Im nächsten Augenblick spürte sie einen Luftzug an ihrer Schulter. Sie wandte sich um und war nicht weiter überrascht, als sie den Falken erblickte. Er hatte sich ein kleines Stück von ihr entfernt auf einer niedrigen Mauer im Schlosshof niedergelassen und schaute sie aufmerksam an. Sein Gefieder hatte die silbrige Farbe der Sterne, doch seine Augen strahlten hell und wild wie die Sonne. Im Schnabel hielt er noch immer die weißrote Blüte.

»Ihr seid zurückgekommen«, flüsterte Marie. »Werdet Ihr mir nun sagen, was Ihr von mir wollt?«

Der Falke starrte sie unverwandt an. Er bewegte sich nicht. Marie machte einen Schritt auf ihn zu. Noch immer blieb er reglos sitzen. Sie wagte einen weiteren Schritt und dann noch einen.

»Gevatter Falke, bitte sprecht mit mir. Wie soll ich wissen, was Ihr ...« Sie sah geradewegs in die heißen goldenen Augen, und plötzlich verstand sie, was dieser Blick ihr sagen wollte. »Ihr kommt aus dem Königreich der Vögel? Kommt Ihr ... Kommt Ihr von Llew? Oh, bitte, Gevatter Falke, sagt es mir, wenn es so ist. Und sagt mir auch, was ich tun muss.«

Noch immer verharrte der Falke in seiner Reglosigkeit. Marie trat noch ein wenig näher. Sie konnte schon beinahe die Hand nach ihm ausstrecken, und aus der Nähe erkannte sie nun auch endlich, was der Vogel in seinem Hakenschnabel trug. Was aus der Ferne ausgesehen hatte wie eine rotweiße Blume, war in Wirklichkeit etwas ganz anderes. Marie schrie entsetzt auf und fuhr zurück. Denn im scharfen Schnabel des erbarmungslosen Räubers steckte die blutbefleckte Feder eines Schwans. Nun wusste Marie, dass sie zu lange gewartet hatte. Llew war verwundet, vielleicht sogar schon tot. Eine Welle tiefer Trauer schlug über ihr zusammen, drohte, sie mit gewaltiger Kraft mit sich zu reißen.

»Und wozu soll all das Getue gut sein?«, fragte eine sanfte Stimme, in der leiser Hohn mitschwang. Mit tränenverhangenem Blick sah Marie auf. An Stelle des Falken stand ein zartgliedriger Jüngling vor ihr, dessen Haar so silbern war wie die Sterne. Er hatte die goldenen Augen und das scharfe Profil des Raubvogels und hielt die blutbefleckte Feder in der Hand. Der Jüngling trug eine kurze graue Tunika und darüber ein Wams aus Leder und Silber, außerdem einen silbernen

Umhang. Seine Beine waren bloß, doch seine Füße steckten in Stiefeln aus matt glänzendem Leder.

»Still jetzt, still. Kommt her. Ich werde Euch nicht die Augen auskratzen, das verspreche ich Euch!« Er ließ ein kühles Lachen hören. »Ich habe Euch auf der ganzen Welt gesucht! Nein, nein, Llew ist nicht tot. Er ist noch nicht einmal verwundet. Aber er braucht Eure Hilfe. Nun könnt Ihr nicht länger davonlaufen und Euch hinter Eurem goldenen Prinzen verstecken. Endlich kann nichts mehr Euren unsteten kleinen Geist von Eurer eigentlichen Aufgabe ablenken.«

Die beleidigenden Worte hatten auch ihr Gutes. Sie ließen jede Angst von Marie abfallen. »Wie könnt Ihr es wagen, so mit mir zu sprechen, Ihr unverschämter Federwisch!«, rief sie mit geballten Fäusten.

»Oho«, antwortete der silberne Jüngling spöttisch. »Hieß es denn nicht gerade noch ›Gevatter Falke‹ – und nun bin ich plötzlich ein unverschämter Federwisch?«

Marie starrte in an. Ihr Ärger verflog. »Vergebt mir, Gevatter Falke.«

»Den ›Gevatter‹ könnt Ihr getrost weglassen. Ich bin Gwalch, der Falke, das ist wahr. Aber Ihr könnt mich Gayain nennen, wenn Ihr wollt. Das hat in Eurer Sprache einen besseren Klang.«

»Und welche Sprache sprecht Ihr selbst, Sir ... Gayain?«

»Unsere eigene natürlich«, antwortete er. »Aber wir sind inzwischen allesamt Meister im Erlernen anderer Sprachen. Das bringt diese Zeit so mit sich. Aber genug davon. Berührt dies.«

Er hielt Marie die Feder hin. Maries Hand zitterte ein wenig, als sie den Finger ausstreckte. Die Feder war lang, glatt und blütenweiß, außer an den Stellen, wo sie von Blut getränkt war. Die Tropfen glichen roten Sternen an einem blassen Himmel. Wo die Feder ihre Haut berührte, spürte Marie eine pulsierende Wärme. Wieder füllten sich ihre Augen mit Tränen.

»Wie ...« Die Tränen erstickten ihre Stimme. Sie konnte ihre Frage nicht aussprechen.

Gayain verstaute die Feder sorgsam unter seinem Wams. Maries Blicke hingen wie gebannt an jeder seiner Bewegungen.

»Ein Pfeil hat ihn getroffen. Nein! Seht mich nicht so an. Er ist fast unverletzt. Aber das wird sich bald ändern. Er zog über alle Himmel der Erde, fand aber keine Heimat für sein Herz. Der Pfeil, der ihn traf, war kein tödliches Geschoss, er sollte ihn heilen. Aber er ist seiner Spitze ausgewichen. Er kann seine wahre Heimat nicht finden, wenn Ihr ...«

»Wenn ich mein Versprechen nicht erfülle.«

»Ihr sagt es. Und Ihr habt keine Zeit zu verlieren.«

»Bitte sagt mir, Sir Gayain«, bat Marie, »sagt mir, wo ich Llew finden kann.« Oh, wie weich und warm die Feder gewesen war! Marie dachte an den Schwan, der sich so mühelos in die Lüfte geschwungen hatte, und an die beinahe unerträgliche Schönheit des weißen Vogels. Sehnsucht und Angst machten ihr das Atmen schwer.

Der Jüngling schüttelte den Kopf. »Das kann ich Euch nicht sagen, denn das steht mir nicht zu. Ich bin nur ein Bote und Ihr müsst mit mir kommen. Noch heute Nacht.«

»Gleich heute Nacht?« Marie musterte ihn erstaunt.

»Sucht Ihr schon wieder nach Ausflüchten, holde Dame? Nun, was wäre Euch denn genehm? Ihr könnt nicht gehen, weil ihr Euch noch von der Königin verabschieden müsst? Ihr müsst noch packen, und dazu braucht Ihr einen halben Tag? Oder wie wäre es hiermit: Es würde Eurem Prinzen nicht gefallen?«

Marie funkelte ihn zornig an. »Wer seid Ihr, dass Ihr so mit mir sprecht? Ihr könnt nicht in mein Herz sehen.«

Gayain zuckte gelassen die Achseln. »Oh, das ist nicht nötig, edle Dame. Dass Ihr Angst habt, ist wohl offensichtlich.«

»Natürlich habe ich Angst.« Ihre Stimme war nun ruhig. »Ich bin ein Wesen der sterblichen Welt, und die Angst ist unser stetiger Begleiter. Das lernte ich in der Unterwelt und es war eine harte Lektion.« Sie hielt einen Augenblick lang inne und fügte dann stolz hinzu: »Ich weiß, ich habe die Reise nach Wales vor mir hergeschoben, Gayain. Aber täuscht Euch nicht. Ich bin bereit.«

Gayains goldene Augen bohrten sich in ihre. Nun lag kein Spott mehr in seinem Blick. Er nickte bedächtig. »Ja, ich glaube, das seid Ihr in der Tat.«

»Ich hole auf der Stelle meine Sachen. Und wir brauchen ein Pferd. Ich habe keine Flügel, falls Euch das entgangen sein sollte«, sagte sie als Antwort auf seine hochgezogenen Augenbrauen.

Gayain grinste. »Ah, schon besser! Ich fürchtete schon, wir hätten uns in Euch getäuscht.« Plötzlich veränderte sich sein Tonfall. »He, du da drüben! Was drückst du dich da herum, Mädchen?«

Marie fuhr herum. Wenige Schritte hinter ihr stand Isabelle. Das gelöste rote Haar fiel ihr um die Schultern, ihr Gesicht war totenblass. Mit weit aufgerissenen Augen starrte sie Marie an.

»Sagt Eurer kleinen Freundin, sie braucht keine Angst zu haben«, sagte Gayain. »Sie sieht aus, als habe sie den Verstand verloren.« Er warf sich in die Brust. »Wenn ich auch sagen muss, dass mein Anblick beim weiblichen Geschlecht häufig diese Wirkung hat.«

Trotz ihrer Aufgewühltheit konnte Marie ein Lachen nicht unterdrücken. »Isabelle«, sagte sie freundlich, »fürchtet Euch nicht. Gayain ist ein Freund.«

Isabelle stammelte: »Ich erwachte … und Ihr wart nicht da. Ich … ich dachte, Ihr wärt vielleicht traurig, weil …«

»Sie ist nicht traurig«, sagte Gayain. »Warum auch? Immerhin ist es mir endlich gelungen, sie ausfindig zu machen. Und nun, Lady Marie, solltet ihr mich der Dame vorstellen, sonst tue ich es selbst. Und ich weiß doch, dass ihr Sterblichen für diese Dinge besondere Regeln habt, die euch aus mir unerfindlichen Gründen furchtbar wichtig sind.«

»Ihr Sterblichen …«, wiederholte Isabelle. Dabei wurden ihre Augen riesengroß.

»Lasst das, Gayain. Ihr seid unmöglich. Dies hier ist Lady Isabelle Fitzhenry. Sie ist die Tochter von Gilbert Fitzhenry, der die Wachen der Burg befehligt, und von Lady Hawise, der Kammerfrau der Königin.«

Gayain machte eine übertriebene Verbeugung. »Ich bin sehr erfreut, Eure Bekanntschaft zu machen, Lady Isabelle, Tochter des Sir Gilbert und der Lady Hawise.« Er richtete sich wieder auf. »Ja, in der Tat. Ihr kommt wie gerufen.«

Isabelle musterte ihn mit kühlem Blick. »Was wollt Ihr damit sagen, Sir?«

»Hört zu, meine kleine Isabelle. Lady Marie und ich müssen so schnell wie möglich aufbrechen. Wir werden uns von niemandem verabschieden, und Ihr werdet uns behilflich sein. Ich sage Euch nun, was Ihr tun müsst.« Er beugte sich zu Isabelle, strich ihr Haar beiseite und flüsterte ihr etwas ins Ohr.

Marie sah, wie Isabelle erst errötete, dann blass wurde. Sie bemerkte die Schauer, die dem Mädchen über die Haut liefen, und dachte an den Tag, an dem die Anderwelt sie zum ersten Mal berührt hatte – vor langer Zeit im Wald von Broceliande. Wie Feuer und Eis war diese Berührung gewesen, hatte sich durch ihre Haut, ihr Fleisch und ihre Knochen bis in ihr Herz und ihre Seele gebrannt.

Gayain hörte auf zu flüstern, blieb aber neben Isabelle

stehen. »Geht nun und holt, was Ihr braucht, Lady Marie. Wir satteln inzwischen das Pferd.«

Isabelle stand wie erstarrt. Marie verspürte ein wenig Mitleid mit dem Mädchen. Fortan würde sie mit dem Wissen leben müssen, dass es nicht nur die greifbare, sichtbare Welt gab, sondern noch etwas ganz anderes. Nie wieder würde Lady Isabelle sich in der Oberflächlichkeit ihrer täglichen Verrichtungen ganz zu Hause fühlen.

Gayain ging in Richtung der Ställe davon, und nach kurzem Zögern rannte Isabelle hinter ihm her.

Die Kammer war still und leer. Marie warf sich in ein Überkleid und raffte dann schnell alles zusammen, was ihr in die Hände kam. Wahllos stopfte sie ein paar Dinge in die Satteltaschen: ein Kleid, ein Unterkleid, ihre Bücher, die Wachstafeln, ein paar Pergamentbögen, Gruffydds Brief und das Schreiben König Heinrichs, das ihr zu einer sicheren Reise verhelfen sollte. Dann öffnete Marie die kleine Schachtel, in der sie ihre kostbarsten Schätze aufbewahrte. Darin lag ein Stück von einer goldenen Saite. Sie stammte von der Harfe, auf der Llew in der Unterwelt gespielt hatte. Marie nahm die Saite heraus und schob sie in ihren Ausschnitt. Sie wollte die Saite auf dem Herzen tragen. Dann holte sie auch die byzantinische Halskette ihrer Mutter aus der Schachtel und legte sie an. Das Schmuckstück würde ihr als schützendes Amulett dienen, wie es das bereits in der Vergangenheit getan hatte. Noch einmal sah sie sich in der Kammer um. Auf der Truhe lag *Das Buch von Himmel und Erde* in seiner seidenen Schutzhülle. Sie packte es ebenfalls in die Satteltasche.

Draußen im Burghof hielt Gayain ein kleines Pferd am Zügel. Das Fell des Tieres schimmerte im Mondlicht wie Silber. Es war das walisische Pony, das Marie am Tag zuvor bei ihrem Ausflug zum *Giant's Dance* geritten hatte.

»Gringalet nennen sie ihn hier – ein ziemlich alberner Name für ein cymrisches Pferd. Aber er versteht uns«, sagte Gayain. Tatsächlich stand der kleine Schimmel ganz ruhig und blickte den schimmernden Fremden aus fruchtlosen Augen an. »Ich habe Gringalet erklärt, was er zu tun hat, und er hat nichts dagegen einzuwenden«, fuhr Gayain fort. Das Pony drehte den Kopf zu Marie. Es war beinahe, als wolle es die Worte des Jünglings bestätigen. Die Haare in Maries Nacken stellten sich auf, als sie die Zügel erblickte, die auf dem Hals des Pferdchens lagen. Diese Zügel hatte Richard ihr einst geschenkt. Sie waren aus weichem, schimmerndem Leder und er hatte sie an seinem sechzehnten Geburtstag von seiner Mutter bekommen. Man schrieb diesen Zügeln magische Kräfte zu. Und Marie hatte sie mit ihrer Stute Liane im Anjou zurückgelassen ...

Gayain grinste über Maries Verwunderung. »Wusstet Ihr nicht, dass Falken meisterliche Diebe sind, Mylady?«

»Oh ja, das sind sie«, sagte Isabelle. Das waren ihre ersten Worte, seit Gayain sie berührt hatte. Marie war erleichtert zu sehen, dass Isabelles Blick nun nicht mehr traumwandlerisch, sondern beinahe schelmisch war. »Sie sind die unverschämtesten Diebe, die man sich vorstellen kann. Gringalet ist der Liebling meines Vaters!«

In Gayains Augen lag ein ganz ähnliches Blitzen. »Ach, bekommen wir jetzt etwa doch noch Skrupel, süße Lady Isabelle?«

»Aber woher denn? Gringalet solltet Ihr allerdings zurückbringen, sobald Ihr seine Dienste nicht mehr benötigt.«

Gayain zuckte nonchalant die Achseln. »Es liegt mir fern, eine Dame zu enttäuschen.«

»Ach, ihr seid unmöglich!« Aber Isabelles Gesicht strahlte. Dann wandte sie sich zu Marie und sagte ernst: »Sorgt Euch nicht um die Dinge hier.« Die Art, wie sie nun sprach, und ihre veränderte Haltung zeugten von einer Reife, die Marie zuvor noch nicht an ihr wahrgenommen hatte. »Aber seid vorsichtig, oh, seid bitte vorsichtig, Lady Marie! Ich werde für Eure sichere Rückkehr beten und unter den Sternen nach Euch Ausschau halten.«

Marie warf die Arme um das Mädchen und küsste sie auf beide Wangen. Sie waren eiskalt. »Ich danke Euch, beste Isabelle«, murmelte sie. »Und achtet bitte auch auf Euch, meine Liebe.«

Sie befestigte die Taschen am Sattel des Ponys und sprang entschlossen auf seinen Rücken. Gringalet begann erwartungsvoll zu tänzeln.

Isabelle machte plötzlich ein Gesicht, als wolle sie in Tränen ausbrechen. »Lebt wohl, Marie. Lebt wohl, Gayain. Und Gottes Segen.«

Gayains goldener Blick verschmolz mit den Augen des Mädchens. Er streckte seine Hand aus und sie legte die ihre hinein. Einen Augenblick lang verwoben sich ihre Finger ineinander. »Werdet Ihr auch nach mir unter den Sternen Ausschau halten, Mylady?«, fragte Gayain leise.

»Oh, was bleibt mir anderes übrig? Schließlich habt Ihr das Lieblingspferd meines Vaters gestohlen«, antwortete Isabelle mit zitternder Stimme.

Gayain lachte. »Gut. Und bitte steht zu Eurem Wort und sucht den Himmel nach mir ab.«

Er legte eine Hand auf Gringalets Hals. »Nun, Lady Marie, hört genau zu. Legt eine Hand auf meine Schulter und haltet die Zügel in der anderen. Lasst sie auf keinen Fall los, ganz gleich, was passiert. Seid Ihr bereit? Gut. Eins, zwei, drei! LASST MICH LOS!«

Marie fasste mit beiden Händen in die Zügel. Sie hörte einen wilden Schrei, spürte einen Schwindel erregenden Luftstrom und einen heftigen Ruck. Einen Augenblick lang glaubte sie, *Giant's Dance* unter sich zu sehen. Steinerne Klauen streckten sich nach ihr aus, dann schlug die Nacht wieder über ihr zusammen. Dunkelheit lag über ihren Lidern, ein galliger Geschmack füllte ihren Mund, und der Magen schien ihr in die Füße zu rutschen. Gleichzeitig wollte ihr das Herz aus der Brust springen, während die Welt um sie wirbelte und in tausend Stücke zerbrach. Doch sie war grimmig entschlossen, die Zügel nicht loszulassen, und schmiegte sich eng an den warmen Körper des Schimmels.

Es erschien ihr wie eine Ewigkeit, doch es dauerte kaum eine Minute, bis die Welt wieder ins Gleichgewicht kam. Marie schüttelte ihren schmerzenden Kopf, um ein wenig Klarheit in ihre Gedanken zu bringen, und sah, dass Gringalet sich schnell und behände durch die dunkle Landschaft bewegte, in der hier und da schwache Lichter funkelten. Sie wandte sich nach Gayain um, konnte ihn aber nirgendwo entdecken. Kein schimmernder, spöttischer Jüngling, kein mondfarbener Falke zeigte sich ihr. Wo war er nur geblieben? Ein plötzlicher Zweifel ließ Marie frösteln.

Die Nachtluft wehte ihr ins Gesicht. Sie roch süßes Gras und den fernen, beißenden Gestank eines Feuers. Marie hörte Gringalets eiligen Hufschlag und seinen keuchenden Atem. Sie spürte seine warmen Flanken unter ihren Schenkeln und fühlte sich getröstet. Diese Dinge bildete sie sich nicht ein. Sie waren Wirklichkeit, und sie musste am Leben sein, um zu hören, zu riechen und zu sehen. Aber sie hatte nicht die geringste Ahnung, wo sie sich befand und wohin Gringalet sie trug.

Plötzlich spitzte der Schimmel die Ohren. Mit dem den Pferden eigenen scharfen Gehör hatte er ein entferntes Geräusch wahrgenommen. Bald hörte Marie es auch. Es war ein Donnern von Hufen, das sich ihnen von hinten näherte. Sofort war sie sich sicher, dass ihnen jemand nachsetzte. Gayain hatte sie verraten! Mit einem Schrei spornte sie Gringalet zu noch schnellerer Gangart an. Das Pony folgte ihrer Aufforderung willig. Es legte die Ohren zurück und spannte jede Faser seines muskulösen Körpers. Sein heißer Atem kam schnell und wild. Doch ewig konnte kein Pferd so dahinjagen, wie Gringalet es nun tat. Er ermüdete zusehends, und der Hufschlag hinter ihnen wurde lauter.

Ein Schluchzen brach aus Maries Kehle. »Schneller, Gringalet, schneller, schneller!« Das Pony gab sein Bestes. Schweiß bedeckte das silberne Fell. Mit fliegendem Atem streckte es in einer letzten ungeheuren Kraftanstrengung den Kopf nach vorn. Dieses halsbrecherische Tempo konnte das treue Tier nicht mehr lange überleben. Marie fasste einen verzweifelten Entschluss. Sanft zog sie die Zügel an und flüsterte: »Bleib stehen, Gringalet. Halt an, mein Freund. Es hat keinen Zweck.«

Gringalet stemmte die Hufe in den Boden und kam strauchelnd zum Stehen. Er zitterte am ganzen Körper. Sein Atem ging hart und flach. Er schlug mit dem Kopf und rollte die Augen. Marie legte die Arme um seinen schweißnassen Hals und wollte ihn beruhigen. Doch ihre eigene Haut war trotz des wilden Galopps eiskalt.

Schon im nächsten Augenblick war sie von donnernden Hufen und flatternden Umhängen wie eingehüllt. Ihre Verfolger hatten sie eingeholt.

DRITTER DISKURS

Himmel und Erde sind in Harmonie miteinander verbunden. Diese Harmonie zeigt sich in den vielen verschiedenen Mustern, die uns umgeben. Sie drückt sich in vielen verschiedenen Tönen und Schattierungen aus, und alles auf der Erde hat seine Entsprechung im Himmel mit seinen Planeten und Sternen. Die Alten sagen, die Form dieser Harmonie gliche dem Regenbogen, und jede Farbe darin habe ihre eigene Bedeutung.

Ich aber entdeckte, dass die Harmonie in unserer Zeit eher die Form einer Blume auf einem Stängel angenommen hat.

Der Stängel steht für die Erde mit allem, was sich unter ihrer Oberfläche verbirgt und was sich auf ihr befindet. Das sind die lebenden und leblosen Dinge dieser Welt und die Sterne der Erde, die wir Edelsteine nennen. Der Name der Blume ist derselbe wie der des Regenbogens: Kosmos oder Harmonie. Wer die kosmische Blume kennt, kennt auch die Farben und Schattierungen ihrer Blütenblätter. Wer dieses Wissen sein Eigen nennt, der hegt es sorgfältig und hält es geheim. Die Musik des Kosmos entsteht, wenn man all seine Töne erklingen lässt, einen jeden zur rechten Zeit. Doch keinem Menschen ist diese Gabe geschenkt, und kein Sterblicher sollte nach ihr streben, denn Sorge und Unglück befällt alle, die solches versuchen. Jeder Ton ist von solcher Feinheit, so rein in seinen Nuancen, dass selbst die kleinste Abwandlung die Melodie zerstört und zu einem Instrument des Bösen macht. Es gibt Wesen, die es vermögen, diese Töne erklingen zu lassen, aber keines von ihnen kennt alle. Denn Gott hat keinem Bewohner seines Universums die allumfassende Erkenntnis geschenkt, seien es nun Engel, Menschen oder andere Wesen. Die wahre Harmonie der Sphären, das wahre

Erblühen der Blume ist die Frucht von allem, was war und noch sein wird. Sie blüht allein am Throne Gottes, und ihre Melodie ist von so unsagbarer Schönheit, dass selbst ihr Echo alles übertrifft, was auf der Welt je gesprochen oder gesungen wurde.

Musik ist von allen menschlichen Künsten diejenige, die der Ordnung des Kosmos am nächsten kommt, denn sie ist der Blume am ähnlichsten. Musik besänftigt nicht nur wilde Tiere, sie kann, im Gegenteil, auch die Wildheit erst wecken. Der große Pythagoras erzählte einst von einem Jüngling, den die Traurigkeit einer bestimmten Melodie mit Todessehnsucht erfüllte. Der weise Grieche befahl daher den Musikanten, eine muntere Weise anzustimmen, und gab damit dem Jüngling seinen Lebenshunger zurück. Der große griechische Meister sah in der Musik ein unübertroffenes Heilmittel für seine Anhänger. Nie fehlte in seinem Haus oder in seinem Hof ein Musikant. Er lehrte, Musik könne das Gedächtnis eines Menschen erfrischen, es aber auch ganz und gar zerstören. Das macht die Musik zu einem Instrument der Heilung und gleichzeitig zu einer starken Waffe.

Man berichtet von Musikanten wie Orpheus, welche dem Verständnis von der kosmischen Harmonie so nahe kamen, dass ihre Musik wilde Tiere anlockte und ihnen selbst Ungeheuer tot zu Füßen fallen ließ. Doch selbst Orpheus brachte seine Suche nach vollkommener Harmonie kein Glück. Er verlor sein Weib Eurydike an die Unterwelt und wurde am Ende von thrakischen Frauen zerrissen.

Schlangen erliegen dem Zauber der Musik und kommen aus weiter Entfernung heran, um ihren Tönen zu lauschen. Dabei wiegen sie ihren Körper im Takt. Schlangen sind die Kreaturen, welche die Musik am besten kennen, denn sie waren einst die Quelle von Evas Versuchung. Manche sagen gar, die Frucht, mit der die Schlange unser aller Mutter verführt hat, sei das Wissen um die Harmonie der Sphären gewesen – ein Wissen, das Gott den Menschen verboten hatte.

Noch heute werfen sich Fischer, die das Lied der Sirenen hören, ins Meer, um den süßen Tönen zu folgen. Diejenigen aber, die einen Pakt mit den Meerjungfrauen geschlossen haben, vermögen es, mittels ihres Gesangs Schwertfische und andere Bewohner des nassen Elements in ihre Netze zu locken. Denn jede Kreatur, alles, was den Atem des Lebens hat, aber auch jedes unbelebte Ding – selbst ein Stein –, hat einen eigenen Ton. Dieser Ton drückt das ganze Sein dessen aus, zu dem er gehört, und niemand kann sich dem Ruf des eigenen Tones entziehen. Es heißt, besonders die Wassergeister hätten Kenntnis von den Tönen des Seins. Das mag daran liegen, dass Wasser den Klang auf ganz eigene Weise festhält und ihm eine Fülle und Größe gibt, die er sonst nicht hat. Deshalb können die Wasserwesen auch die feinste und leiseste Nuance eines Tones hören.

Das Buch von Himmel und Erde

DRITTER TEIL

DIE BAHNEN DER STERNE

»Ich war der Lichtstrahl eines Sterns ...
Ein Wort in einem Brief, einem Buch,
mit dem alles begann ...
Ich war die Saite einer Harfe ...
Im Wasser, in der Gischt, ein Funke im Feuer,
ein Stück Holz in der Glut;
Ich bin der, der nicht singt;
ich sang seit meinen Kindertagen.
Ich sang in dem Heer von Ästen an den Bäumen ...«

Mittelalterliches Walisisch
Das Lied von Taliesin

14

Es waren vier Reiter mit Umhängen und Kapuzen, die auf gewaltigen schwarzen und silbernen Pferden saßen. Weder die Reiter noch die Pferde schienen von der wilden Jagd ermüdet. Sie bildeten einen Kreis um den keuchenden Gringalet.

Marie hob trotzig das Kinn, doch Angst und Kälte trieben ihr Schauer über die Kopfhaut. Wenn es keinen anderen Ausweg gab, würde sie ihr Leben teuer verkaufen. »Was wollt ihr von mir?«

»Beim Mond und den Sternen, Lady, was für ein fröhlicher Tanz!«

Kaltes Gelächter klang durch die Nacht, als einer der Reiter seine Kapuze abwarf und die Hand sanft auf den Hals des Ponys legte.

»Gayain!« Gringalet beruhigte sich sofort. Sein Atem verlangsamte sich, das Keuchen hörte auf. Doch Marie hielt die Zügel eisern fest.

»Kein anderer bin ich, Lady«, sagte der Jüngling. Dabei deutete er auf seine spöttische Art eine Verbeugung an. »Lord Gwyn bittet Euch zu sich. Denn die Nacht ist zu dunkel für einen so wilden Ritt und dazu noch sehr einsam.«

»Ich fürchte mich weder vor der Nacht noch vor dem, was sich in ihr verbirgt«, antwortete Marie hochmütig.

»Ach, tatsächlich? Und warum habt Ihr dann vor uns Reißaus genommen? Warum glaubtet Ihr, wir wollten Euch etwas zu Leide tun?«

»Ihr habt mich an einem unbekannten Ort mir selbst überlassen, und ich wusste nicht, dass Ihr es wart, der uns folgte. Darum dachte ich …«

»Ah! Ein schlimmer Fehler. Ich Narr! Nun, Ihr werdet mir

wohl oder übel vertrauen müssen. Wie Ihr richtig sagtet, befindet Ihr Euch allein an einem fremden Ort.«

Marie verlor langsam die Geduld mit diesem spöttischen Gesellen.

Stolz und Zorn gewannen die Oberhand. »Ich muss einem unverschämten Gecken wie Euch nicht trauen. Ich werde mich allein auf mein eigenes Gefühl verlassen, auf meine eigene ...«

»Nennt es, wie Ihr wollt.« Gayain hielt inne. »Außerdem behaupte ich auch gar nicht, dass Ihr euch fürchtet, Mylady. Ich sagte nur, die Nacht sei dunkel und einsam.«

Von den anderen Reitern kam ein silberhelles Lachen.

»Ach, Ihr seid unmöglich!«, fauchte Marie. Dann fuhr sie widerstrebend fort: »Ihr sagt, Lord Gwyn bittet mich zu sich. Warum sollte ich dieser Aufforderung folgen? Wer ist er überhaupt? Ich wusste noch nicht einmal, dass es in Wales einen Lord Gwyn gibt.«

»Das könnt ihr auch nicht, denn er ist kein walisischer Fürst.« Die Einfachheit dieser Erklärung machte Marie sprachlos. »Ihr seid in der Welt Annufen, Mylady. Das ist der Ort im Inneren, der auf der Insel der Mächtigen liegt. Ihr Menschen nennt diese Insel Britannien. Im Augenblick befindet Ihr Euch in Wybren, dem Reich meines Onkels, Lord Gwyn. In unserer Welt ist er der Prinz der Sterne. Und meine Begleiter ...« Er deutete auf die anderen Reiter, die nun ebenfalls ihre Kapuzen abstreiften. Darunter erschienen die schimmernden langen Zöpfe und die zarten Gesichter dreier junger Frauen. »... gehören zur Jagdgesellschaft der Nachtreiter meines Onkels. Warum er Euch sehen will? Nun, weil er mit Sir Llew verwandt ist. Ich spreche von dem Ritter, dem ihr einst ein Versprechen gabt. Vielleicht erinnert Ihr Euch ja daran.«

Marie warf ungeduldig den Kopf zurück. Sie wollte sich

ihre Verwunderung nicht anmerken lassen. »Also schön. Worauf warten wir noch?«

Gayains Antwort war ein Grinsen, das ihm das Aussehen eines Raubtiers verlieh. Dann griff er so grob in die Zügel, dass sein Pferd sich erschrocken aufbäumte.

Eine Zeit lang ritten sie schweigend durch die Dunkelheit. Das Funkeln einiger Lichter in der Ferne wies ihnen den Weg. Als sie sich den Lichtern näherten, wurde auch deren Quelle sichtbar: ein riesiger steinerner Palast mit einem gewaltigen grauen Portal, welches der Mondschein versilberte. Die Mauern des Palastes waren mit Tausenden von roten, grünen und kristallklaren Edelsteinen besetzt. Von ihnen ging das Funkeln und Leuchten aus, das Marie aus der Ferne gesehen hatte. Außerdem erhellten inzwischen unzählige Fackeln die kahle Anhöhe. Eine große Schar von menschlichen Gestalten näherte sich mit ihnen dem Palast. Der Anblick war atemberaubend. Marie erschien der Ort, an dem sie sich befand, gleichzeitig fremd und vertraut. Dann fiel ihr plötzlich ein, woran er sie erinnerte. So wie der Palast auf der Anhöhe hätte *Giant's Dance*, das nun wie eine gewaltige Ruine erschien, als vollständiges Gebäude aussehen können.

Marie und die anderen stiegen von den Pferden. Stallburschen übernahmen die Zügel und führten die Tiere davon.

Ein hoch gewachsener Mann mit langem, wallendem Haar kam Marie und ihren Begleitern entgegen. In der Hand trug einen herrlichen Schild, der über und über mit Sternen bemalt war.

»Du sollst unverzüglich eintreten, Gwalch«, sagte er nach einem neugierigen Blick auf Marie zu Gayain. »Er verliert langsam die Geduld.«

»Was habe ich Euch gesagt?« Gayain zuckte mit gespielter Resignation die Achseln und führte Marie durch das Portal.

Der große Saal, in dem jeder Schritt ein Echo erzeugte, wurde von einem Rund aus Fackeln erhellt. Inmitten dieses Kreises saß Gwyn, der Herrscher von Wybren und Hausherr des Sternenpalastes, auf einem Thron aus weißem Stein, der über und über mit funkelnden Edelsteinen besetzt war. Zu seiner Rechten stand eine Frau mit silbernem Haar. Sie hielt einen Speer in der Hand. Zu Gwyns Linken stand ein Mann mit goldenen Locken und einer goldenen Harfe. Auf den beiden gegenüberliegenden Seiten des Saales hatten sich junge Männer und Frauen von ausnehmender Schönheit in langen Reihen aufgestellt. Die Männer waren gekleidet wie Gayain, trugen ein ledernes Wams über einfachen knielangen Hemden in den verschiedensten Farben. Der Halbkreis, in dem die jungen Männer sich aufgestellt hatten, erinnerte Marie deshalb auch an einen schillernden Regenbogen. Die jungen Frauen hingegen waren in blass schimmernde Gewänder gehüllt, über denen sie einen leichten, silbernen Brustpanzer trugen. Manche der Männer hatten kurzes, andere langes, wallendes Haar, aber fast jeder trug einen auffallenden, langen Schnurrbart. Das lange Haar der Frauen hing ihnen in dicken Flechten über den Rücken, und jede von ihnen trug einen grünen oder roten, in Silber gefassten Edelstein auf der Stirn.

Marie folgte Gayain und seinen Begleiterinnen durch die Halle. Sie spürte die Blicke aus unzähligen Augenpaaren wie Nadelstiche auf ihrer Haut und gab sich große Mühe, Sicherheit und Entschlossenheit in ihren Schritt zu legen.

Gwyn war größer als alle Männer, die Marie bisher gesehen hatte. Jeden anderen hätte die riesenhafte Halle wie einen Zwerg erscheinen lassen. Doch auf dem weißen Thron saß ein Gigant. Marie gelang es nicht, sein Alter zu schätzen, denn sie entdeckte keine einzige Falte auf seiner glatten brauen Haut. Gwyns Haar glänzte im samtigen Schwarz der tiefsten Nacht, und doch war dieser Mann so Respekt gebietend und Ehrfurcht einflößend, wie nur ein weiser Alter es sein konnte.

Lord Gwyn trug, genau wie seine Männer, eine einfache Tunika. Die seine war strahlend blau. Seinen Hals schmückte ein breites Band aus kunstvoll geschmiedetem Gold. Aus Goldbrokat war auch der Umhang, den er trug, und seine Füße steckten in herrlich gearbeiteten, reich verzierten hellbraunen Stiefeln. Vor seinem Thron lagen zwei silbern schimmernde Jagdhunde, deren Ohren zu Maries Verwunderung allerdings so rot wie Tollkirschen waren. Einen Herzschlag lang dachte Marie an einen anderen merkwürdigen Saal, in dem sie ebenfalls einem Mann von unbestimmbarem Alter gegenübergestanden hatte: Fürst Ysengrin. Die Erinnerung an den Herrn der Dunkelheit, den Prinzen der Unterwelt ließ sie erschauern. Doch sie schüttelte ihr Unbehagen entschlossen ab. Vor ihr saß kein Ungeheuer, wie Ysengrin es gewesen war, kein bemitleidenswertes Halbwesen. Nein, an Lord Gwyn gab es wahrlich nichts Mitleiderregendes und nichts Halbes. Er war ein stolzer Fürst aus dem Ort im Inneren und kein Verdammter, auf dem der Fluch eines bösen Zauberers lastete.

Als Erstes sprach die Frau zu seiner Rechten. »Im Namen von Lord Gwyn heiße ich Euch im Lande Wybren willkommen, edle Dame«, sagte sie ernst. »Ich bin Olwen White-Track, Lord Gwyns Schwester und die Herrin der Nachtreiter.«

»Ich danke Euch, Lady Olwen«, sagte Marie und verbeugte sich tief. Sie konnte nicht verhindern, dass ihre Beine dabei ein wenig zitterten.

»Willkommen im Lande Wybren, edle Dame, im Namen von Lord Gwyn.« Diesmal hatte der Mann mit dem goldenen Haar zur Linken des Sternenprinzen gesprochen. »Ich bin

Gwion Bach, ein Vetter von Lord Gwyn und der höchste Barde von Wybren.«

»Ich danke Euch, Herr«, sagte Marie mit einer zweiten Verbeugung.

Nun endlich erhob auch Lord Gwyn selbst die Stimme. »Ja, seid uns willkommen, edle Dame«, sagte er, nicht mit der tiefen, kräftigen Stimme, die Marie erwartet hatte, sondern mit dem leichten Ton einer Lerche, die sich in den Himmel schwingt. Die Iris seiner Augen war von einem kräftigen Violett, sein Blick durchdringend und fest.

Noch einmal verbeugte sich Marie. »Ich danke Euch, Herr.«

Lord Gwyns nächste Worte versetzten sie in Staunen. »Ihr tragt die Steine von Wybren.«

»Herr?«

Er deutete auf Maries Halskette. »Eure Edelsteine. Sie stammen aus meinem Land.«

Marie dachte an die Juwelen an den Mauern des Palastes und die sonderbare Vertrautheit, die sie bei ihrem Anblick empfunden hatte. »Ich wüsste nicht, wie das sein könnte, Herr. Mein Vater kaufte dieses Schmuckstück in unserer Welt, in Byzanz.«

»Ah!« Ein kurzes Schweigen. »Wie dem auch sei. Der Falke hat Euch also endlich zu uns geführt.«

»Ja, Herr, das hat er.«

»Warum habt Ihr uns so lange warten lassen?«

Marie wand sich unter Lord Gwyns Blick. »Herr, ich weiß, das war nicht recht. Ich habe einen Fehler gemacht, den ich nun zutiefst bereue.«

»War es denn zu viel verlangt, das Versprechen, das Ihr gegeben hattet, zu erfüllen? Kümmerte Euch das Schicksal dessen, der Euch seine Freundschaft schenkte, denn nicht? Bedeutete mein Verwandter, Llew, Euch gar so wenig?«

Marie hielt dem durchdringenden Blick stand. Ihr war, als

ob ein Licht ihren Geist erhellte. »Herr, es ist wahr, Llew war mein Freund, doch er wollte das Versprechen, das ich ihm gab, nicht«, antwortete sie ruhig. »Er wollte mich nicht durch einen Schwur gebunden wissen. Ich selbst erlegte mir dieses Versprechen auf, und ich tat es aus Trauer und weil ich mich schuldig fühlte, als er in seiner menschlichen Gestalt im Wald von Chenemeton im Sterben lag. Llew wollte nicht, dass ich mich um ihn sorge. Doch seinetwegen bin ich nun hier.«

Gwyns Augen verengten sich. Er stieß geräuschvoll den Atem aus. Marie wappnete sich für einen Wutausbruch des Fürsten. Doch nichts dergleichen geschah.

Erstaunt hörte sie seine nächsten Worte. »Oh, Lady Marie, wenn ich auch hart mit Euch ins Gericht gehe, so gilt meine Bitterkeit doch vornehmlich mir selbst. Hinter mir liegen Jahre des quälenden Wartens. Denn ich bin machtlos, den Schaden, den ich gemeinsam mit der mir so teuren Morgaine, der Herrin der Heiligen Insel, angerichtet habe, wieder gutzumachen. Aus wildem Stolz und aus grausamer Rachsucht haben wir Unrecht getan. Und deshalb steht Annufen nun denen offen, die uns nicht lieben, sondern uns nur benutzen wollen.«

Maries Pulsschlag beschleunigte sich. »Herr, ich fürchte, ich verstehe Euch nicht.«

»Lady Morgaine und ich hatten eine Tochter«, sagte Lord Gwyn leise. »Sie war ein wunderschönes Kind, silbern wie der Mond, lieblich wie die Nacht. Ihr Name war Angharad, und ein großes Schicksal war ihr vorherbestimmt. Sie würde ein Kind empfangen und damit die Welten endlich wieder vereinen. Darum wollten wir dafür sorgen, dass sie ihre Gunst nur einem Manne schenkte, der ihrer wirklich würdig war. Wir fürchteten, es könne zum Schaden der Welten sein, wenn sie dem Falschen das Kind gebar. Jahrelang suchten wir alle

Reiche nach dem richtigen Gefährten für unsere Tochter ab. Am Ende verlobten wir Angharad mit dem Herrn der Grünen Wälder. Doch ohne unser Wissen hatte sie ihr Herz und ihre Jungfräulichkeit bereits einem anderen geschenkt. Er war ein gewöhnlicher Sterblicher ohne jede Macht, ein junger Adeliger zwar, doch ohne Land und Einfluss. Sie weigerte sich, ihn aufzugeben, obwohl der Herr der Grünen Wälder sehr verärgert war und Angharads Verbindung mit dem Sterblichen das Ende all unserer Hoffnungen für die Welten bedeutete. In unserem Zorn sprachen wir damals schreckliche Worte der Verdammnis über sie. Angharad wurde an das Ende aller Welten verbannt. Dort sollte sie getrennt von all jenen, die ihr lieb und teuer waren, leben. Sie sollte vergessen, woher sie stammte und wer sie wirklich war. Nie wieder würde ihr Geliebter sie zu Gesicht bekommen. Und das Kind ... Das Kind, das sie in sich trug, würde dazu verdammt sein, in der Welt umherzuirren und weder Frieden noch Glück zu finden. Es war dazu verurteilt, sich stets für andere zu opfern, stets das zu tun, was andere von ihm erwarteten. Erlösung würde es erst finden, wenn die Wasser wieder ineinander flössen und die Welten wieder vereint wären. Oh, Lady Marie, wenn die Bewohner Annufens im Zorn sprechen, haben ihre Worte bindende Kraft und lassen sich nicht widerrufen. Wie oft haben wir uns gewünscht, wir könnten das Gesagte zurücknehmen, wie oft! Aber diese Gnade ist uns nicht geschenkt.«

Er hielt inne und wandte das Gesicht ab. Stille breitete sich aus.

»Herr«, sagte Marie.

Dabei klang ihre Stimme selbst in ihren eigenen Ohren zu laut. »Wie war der Name von Angharads sterblichem Geliebten?«

Der Herr des Sternenreiches wandte ihr das Gesicht wieder

zu. Die tiefe Trauer in seinen Augen berührte Marie. »Elfric«, sagte er endlich. »Sein Name war Elfric, Mylady.«

»Dann ist Llew das Kind, welches Eure Tochter ihm gebar.« Marie bebte am ganzen Körper.

Lord Gwyn lächelte traurig. »Ja«, sagte er. »Llew ist ihr Sohn.«

»Aber in diesem Fall«, rief Marie aufgeregt, »in diesem Fall muss er hierher zurückkehren. Der Fluch, der auf ihm lastet, muss von ihm genommen werden. Denn in Llew sind die Welten bereits wieder miteinander vereint. Oh, Herr, hört meine Geschichte.« Marie erzählte Lord Gwyn und seinem ganzen Hofstaat alles, was sich in der Bretagne und in der Unterwelt zugetragen hatte. Sie berichtete von Llew und dessen Harfe, von den großartigen und wundersamen Gaben, die er hatte, und wie er am Ende nicht gestorben war, sondern in Gestalt eines Schwans die Freiheit erlangt und Randals Verdammnis ein Ende gesetzt hatte. Marie verhaspelte sich immer wieder, so eilig drängten die Worte aus ihr heraus. Vor ihrem geistigen Auge sah sie, wie Llew sie anlächelte, und es war, als würde ihr eine große Last vom Herzen genommen. Sie war frei, weil auch er es war. Doch an die Stelle der Last trat ein bohrender Schmerz.

»Oh, Herr«, sagte Marie, als sie am Ende ihrer Ausführungen angekommen war, »ich ... ich war töricht und blind, denn ich wollte Llew zurückholen, ihm seine menschliche Gestalt zurückgeben.« Oh, Llew! Eigentlich müsste ich mich für ihn freuen, dachte Marie aufgewühlt. Um wie viel freier und glücklicher war er doch in der Gestalt des Schwans. Als Mensch hatte er nur Knechtschaft und Aufopferung gekannt. Der Fluch seiner Großeltern verdammte ihn dazu. Maries Versprechen, ihm die menschliche Gestalt zurückzugeben, war im Grunde selbstsüchtig gewesen. Sie hatte damit ihre Trauer und ihre Schuldgefühle vertreiben wollen.

Aber wenn es Llew nun als Schwan um so vieles besser ging, warum war ihr Herz noch immer so sorgenschwer? Warum brannte jeder Atemzug schmerzhaft in ihrer Kehle?

In Gwyns Augen war ein harter Ausdruck getreten. »Ihr vergesst, welches Schicksal ihm bestimmt ist, edle Dame. Ihr sagt, in Llew seien die Welten vereint. Aber woher nehmt Ihr diese Sicherheit? Ist es denn Euer Schicksal, diese Dinge zu wissen?«

Maries Stimme wurde zu einem Flüstern. »Herr, ich kann Euch nur sagen, was ich tief in meinem Herzen zu wissen glaube. Ihr sprecht von Schicksal. Aber ich folge keinem vorbestimmten Pfad. Ich suche mir meinen eigenen Weg. Das habe ich in der Unterwelt gelernt, und diese schmerzhafte Lektion werde ich nie vergessen. Ich bin ein Mensch und kann mich irren. Gott gab mir einen freien Willen, doch mein Schicksal kenne ich nicht. Das ist das Los aller Menschen. Und Llews Los ist es ...« Marie verstummte. Sie dachte an den herrlichen Schwan, der sich auf starken Schwingen in die Lüfte erhob. Noch einmal hörte sie in Gedanken sein Lied, dessen Töne die ganze Welt umfassten. Dann erinnerte sie sich an ihre Träume vom Fliegen und an das Gefühl, ein weiteres Herz schlüge unter dem ihren. Die sonderbaren und seltsam erregenden Empfindungen, die nun in ihr aufkeimten, vermochte sie nicht zu benennen.

Lord Gwyn betrachtete sie stumm. Dann nickte er. Das Lächeln, das nun um seine Lippen spielte, erhellte seine Züge, wie der Mond die finstere Nacht erhellt. »Dann ist die Zeit wohl gekommen, Gwalch!«

»Ja, Herr«, sagte Gayain, und seine Augen tanzten.

»Die Nacht neigt sich dem Ende zu, und bald wird es dämmern.« Lord Gwyn erhob sich von seinem Thron. Der Falke saß reglos auf seinem Arm. »Holt die Pferde. Wir reiten nach Penalarc.«

Gwyn und die Seinen bestiegen ihre gewaltigen Rösser. Sie waren ebenso groß und mächtig wie die Pferde, die Gayain und seine Gefährtinnen geritten hatten.

Marie saß noch immer in Gringalets Sattel, doch an diesem Ort erschien ihr das Pony größer und schöner als je zuvor. Das konnte allerdings auch an der Aufregung liegen, die jeden Muskel des Schimmels erzittern ließ. Seine Hufe schlugen Funken auf dem steinigen Untergrund, und er rollte wild mit den Augen. Doch sobald Marie ihm die Hand auf den Hals legte, wurde er ruhig und folgte willig jeder ihrer Bewegungen.

»Ihr stammt aus dem Geschlecht der Don«, sagte Gwyn, der sie beobachtete. »Das Pferd erkennt den Geruch.«

»Wenn es so ist, so weiß ich nichts davon«, sagte Marie, deren Herz noch immer so wild schlug wie vorher in Gwyns Palast. »Der Name ›Don‹ ist mir fremd.«

»Don ist die Mutter der Anderwelt«, erklärte Gwyn. »Sie ist unser aller Mutter und Königin seit dem Anfang der Zeit, als Gott die Welten schuf. Sie ist die Mutter der Lieder, der Sprache und der Wildheit, die in uns pulsiert. Sie ist die Mutter der Krieger und Magier, der Jungfrauen und der Bauern, der Schafhirten und Könige. Sie ist die Königin der Sterne, des Wassers und der geduldigen Erde. Don hatte viele Kinder, und die Frucht ihres Leibes ist in alle Welten verstreut. Viele rufen ihren Namen an, und die größten unter ihnen sind die Barden, deren Lieder niemals verstummen werden.« Er wies mit seiner Peitsche auf die große Landkarte des Himmels, über die sich der glitzernde Fluss der Milchstraße wand. »Seht, dort, das sind die Pfade der Don: hinauf, hinauf, dann im Kreis und wieder hinunter zur See, zu den Brunnen, den Quellen und Flüssen.«

Das Bild der Heiligen Jungfrau Maria, der Mutter aller Heiligen, gnadenreich, strahlend und voller Mut drängte sich in

Maries Gedanken. »Auch in unserer Welt kennt man eine solche Mutter.«

»Ja, das ist wahr! Aber nun hinauf, hinauf zu den Pfaden der Don, zu den Wegen, die zu den Sternen führen, nach Penalarc, denn es ist Zeit!« Lord Gwyns Stimme übertönte den plötzlichen Lärm, das Klirren des Zaumzeugs, das Klappern der Hufe, die Rufe der Reiter, das Wiehern der Pferde und die allgemeine Erregung, die sich ins beinahe Unerträgliche steigerte.

»Ja, hinauf!«, erscholl es aus Hunderten von Kehlen und in diesem Augenblick sprangen die Pferde nicht nach vorn, sondern nach oben. Ihre Bahn war so steil, dass Marie sich erschrocken am Sattelhorn festhielt. Immer weiter ging es hinauf in den Nachthimmel, wo riesengroß der Polarstern hing und der samtene Mantel der Nacht über und über mit Sternen besetzt war. Der frostige Mond und die Sternbilder drehten sich und kreisten um die Flanken der Pferde. Hier wurden Helden zu Sternen, schwangen Fabeltiere ihre brillantbesetzten Schweife. Marie blickte in den offenen Rachen des wilden Draco, in dem zahllose eiskalte Zähne aufblitzten. Sie sah die Lyra, die himmlische Leier, an deren Ende Wega als hellster Stern strahlte, wie eine Perle, die auf Saiten gefädelt wurde. Der Kleine Bär folgte dem Großen und wandte sich neugierig nach der Schar der Reiter um, die höher und höher stieg und dabei stets Gwyns durchdringendem Schrei nachfolgte. Die Milchstraße glitzerte wie ein Fluss voller noch unentdeckter Edelsteine. Nicht einmal der Mantel einer byzantinischen Ikone war reicher geschmückt. Am fernen Horizont, da, wo er sich zur Erde neigt, machte der prahlerische Orion noch immer Jagd auf himmlisches Wild. Das blutrote Licht von Beteigeuze markierte seine Schulter, das blauweiße Licht des Doppelsternes Rigel seinen Fuß. Er schwang seinen Schild und seine Keule weit weg von dem Bild des grausamen Skorpions, der ihm den Tod gebracht hatte. Und dort drüben war Cygnus, der Schwan mit den weiten Schwingen. Er wandte sein Haupt aus Sternen nach den wilden Reitern.

»Schaut Euch gut um, edle Dame, und hört gut zu, denn heute Nacht sind die Sterne Eure Poeten und Seher!« Gwyns Stimme hallte schwach durch die kalte Dunkelheit.

Und Marie sah mit ihrem wild hämmernden Herzen und ihrer tanzenden, erregten Seele. Sie hörte die Sterne alle Legenden und Geschichten erzählen, die sich um einen jeden von ihnen rankten; sie entdeckte ein Buch, das auf den schäumenden Wellen eines Flusses aus Sternen tanzte, und sah die Buchstaben aus Rubinen, Gold und Silber und das diamantene Licht auf seinem Umschlag. Das Buch trug ihren eigenen Namen. Mit einem Aufschrei wollte Marie den Schimmel anhalten, damit sie dem Fluss das Buch entreißen und es lesen konnte. Denn auf seinen Seiten war ihr Leben niedergeschrieben, wie die Sterne es ihr bestimmt hatten. Doch Gringalet schüttelte seine vor Sternenstaub glitzernde Mähne und hielt nicht an. Marie drehte sich im Sattel, um noch einen letzten Blick auf das Buch zu erhaschen. Sie sah, wie der Fluss es davontrug, dem Horizont und dem Ende der Welt entgegen. Bald hörte sie das Raunen Tausender, ja Millionen von Stimmen. Es drang an ihre Ohren wie das Pfeifen der Schafhirten hoch auf einem Hügel, das der Wind mit sich reißt. Wieder andere Stimmen dröhnten wie Donnerhall, und dann erhob sich ein Chor, dessen betörender Gesang nicht aus menschlichen Kehlen stammen konnte. Die Töne klangen hoch und tief, süß und schrill zugleich, sie hoben und senkten sich. Tränen gefroren auf Maries Wangen, denn sie wusste, sie hörte das Lied der Sterne. Wenn es ihr gelang, die Worte zu verstehen, so würde sich wohl die ganze Geschichte der Erde von ihrer feurigen Geburt bis zu ihrem dunklen Tod vor ihr ausbreiten. Doch die Bedeutung des Liedes blieb ihr verschlossen. Gleichzeitig wusste sie, dass es nur wenigen Sterblichen geschenkt war, auch nur die Melodie dieses wundersamen Liedes zu hören, und sie empfand eine tiefe Dankbarkeit.

»Herr«, sagte Marie, als Lord Gwyn sein Pferd an ihre Seite lenkte, »Ihr habt eine Macht, wie man sie in meiner Welt nicht kennt.«

»Ihr seid eine Poetin«, antwortete er. Nun war seine Stimme so ruhig und hell wie beim ersten Mal, als er zu ihr gesprochen hatte. Dennoch übertönte das Lied der Sterne sie nicht. »Poeten hören den Gesang der Sterne und besingen ihrerseits den Himmel der Nacht. Ohne sie würden die Menschen nur helle Lichter am Firmament sehen und keinen Gedanken an sie verschwenden.«

»Ja, aber was sind unsere armseligen Lieder gegen diese mächtige Melodie? Wenn ich nie geboren wäre, ja, wenn das Geschlecht Adams und Evas nie die Welt bevölkert hätte, so gäbe es dennoch die Sterne und die Hand Gottes, die die Wasser bewegt! Und Ihr, Herr, würdet dennoch über die Bahnen der Sterne reiten und Eure feurigen Spuren am Himmel hinterlassen.«

»Ja, die Sterne zögen sicher ihre Bahn«, antwortete Gwyn. »Aber mich würde es nicht geben. Denn ich bin ein Kind der Don, der Mutter aller Barden. Und Annufen, der Ort im Inneren, zu dem mein Reich gehört, liegt in der Welt der Menschen und nicht jenseits von ihr. Ohne Menschen gäbe es die Spuren, die wir in den Himmel schreiben, nicht. Es gäbe niemanden, der unsere Musik, den glänzenden Spiegel unserer Träume, hören könnte. Darum ist Eure Art ebenso groß wie die unsere.«

Marie dachte eine Weile über diese Worte nach. Dann flüsterte sie: »Aber wenn es Euch nicht gäbe, Lord Gwyn, dann wäre unsere Welt um so vieles ärmer. Wenn sich die Tore nach Annufen verschließen, dann verschließen sich auch die Wege zu unseren eigenen Seelen.«

»Dann versteht Ihr nun«, antwortete Gwyn, »warum wir uns gegenseitig brauchen. Wir können ohne einander nicht sein. Aber wir müssen aus innerem Drang und in wilder Liebe nach einander suchen, nicht aus kalter Berechnung und aus der Gier nach Macht.«

Er ließ sein Pferd um die eigene Achse tänzeln. »Männer und Frauen von Annufen! Wir reiten nach Penalarc!«

»Ja, wir reiten!«, kam das Echo aus allen Winkeln des riesigen Sternenlandes, und von überallher sammelte sich die Schar um den strahlenden Polarstern. Marie betrachtete die Reiter, die sich nun zu einer endlos scheinenden Reihe aufstellten. Sie sahen aus wie Schachfiguren, die sich auf einem gewaltigen Spielbrett in Stellung brachten. Als schiebe ein unsichtbarer Spieler sie von einem Feld aufs andere, ließen nun alle ihre Pferde auf den Rücken des Polarsterns steigen. Doch ob sie nun Bauern waren, Springer oder Türme, die Hand des Spielers fegte sie einen nach dem anderen vom Brett. Plötzlich war die Reihe an Marie. Eine unsichtbare Kraft griff nach ihr, und sie wusste, das war kein Spiel, sondern tödlicher Ernst. In wilder Fahrt ging es in die Tiefe. Das silberne Pfeifen des Windes und die durchdringenden Angstschreie der Pferde dröhnten ihr in den Ohren. Dann verlor sie das Bewusstsein und fiel tief in ihren Traum.

Sie war über dem Meer, ließ die letzten hohen Klippen hinter sich. Der Mond war aufgegangen, und die kalte, vom Sternenlicht durchflutete Luft drängte gegen ihre Brust, während sie gegen die unbarmherzige Kraft ankämpfte, die sie in die Tiefe reißen wollte. Die Angst schnürte ihr die Kehle zu, doch der Trotz beherrschte ihren Geist. Gleichzeitig aber fühlte sie das Verlangen, sich fallen zu lassen und den hungrigen Mäulern des Meeres entgegenzugleiten. Das Meer hob sich ihr entgegen, nahm die Form eines großen Seeungeheuers an, das den Kopf aus den Wellen hebt, um Luft zu schöpfen. Dann war ihr plötzlich, als stoße jemand eine stählerne Klinge zwischen ihre Schulterblätter, und sie schrie auf. Der Schrei war aber nicht ihr eigener, sondern der eines anderen, dessen Herz unter und in ihr schlug.

Doch es folgte kein Sturz, kein Zerschellen von Körper und Geist, sondern ein Teppich aus Blüten, tief und weich, und ein süßer Duft. Er befand sich auf einer Insel, und auch sie war dort. Nicht mit ihm, nicht länger in ihm, sondern neben ihm. Sein Kopf war auf ein Lager aus Blumen gebettet, auf weiße und rote Rosen, auf Lilien, auf Mädesüß, auf die goldenen Blüten des Ginsters, die alle gemeinsam einen betörenden Duft verströmten. Sein Gesicht konnte sie nicht sehen. Es drängte sie, zu ihm zu gehen, doch sie konnte sich nicht bewegen.

Eine helle Stimme flüsterte ihr etwas zu, doch sie verstand es nicht. Dann hörte sie das Geräusch vieler Schritte, die sich ihnen näherten, und sah die Jünglinge in lilienweißen Gewändern. Sie waren mit roten Rosen und den schaumweißen Blüten des Weißdorns bekränzt und hatten sich Girlanden aus Wildblumen um die Schultern gelegt. Die jungen Männer trugen eine Sänfte aus den verschlungenen Zweigen von Kletterrosen, und diese Zweige waren noch voll vom Saft des Lebens, denn sie trugen kleine rosafarbene Knospen. Den Jünglingen voran ging eine verschleierte Frau in blütenweißen Gewändern. Sie alle kamen näher, sahen aber nur den Mann, der zu ihren Füßen auf dem Bett aus Blumen lag. Der erste Jüngling beugte sich zu ihm hinab, seine silbernen Locken so voller Leben wie die jungen Triebe von Pflanzen. Er nahm den Ohnmächtigen in die Arme und legte ihn auf die Sänfte. Dann breitete er die purpurne Decke eines Königs über ihn. Vor-

sichtig hoben die jungen Männer die Sänfte auf ihre Schultern und gingen mit ihrer kostbaren Last davon. Und sie blieb zurück, unerkannt und unsichtbar, unfähig, sich zu bewegen, und erfüllt von einer Sehnsucht, die sie schier zerreißen wollte. Heiße Tränen der Trauer strömten über ihre Wangen, denn sie hatte nicht einmal sein Gesicht sehen können, und er hatte sie nicht angeschaut.

Doch im letzten Augenblick, bevor sie und ihre Begleiter entschwanden, drehte sich die verschleierte Frau noch einmal um. Sie winkte mit der Hand und bedeutete ihr mit einer einzigen kurzen Bewegung, der Sänfte zu folgen.

DIE LEIDEN DER RHIANNON

Nun regierten Pwyll und Rhiannon das Land Dyfed zwei Jahre lang und alles war gut. Doch im dritten Jahr begannen sich die Männer von Dyfed zu sorgen, dass ihr Herr, der Mann, den sie wie einen Bruder liebten, nie einen Nachkommen haben würde. So riefen sie Pwyll nach Preselleu. »Herr«, sagten sie, »wir wissen wohl, dass Ihr noch längst nicht so alt seid wie viele Männer in diesem Land, doch Ihr seid auch längst nicht mehr so jung, wie Ihr es einmal wart, und wir fürchten, Eurer Weib wird Euch niemals ein Kind schenken. Ihr müsst eine andere zur Frau nehmen, denn Ihr braucht einen Erben. Ihr werdet nicht ewig leben, und wir können es nicht zulassen, dass Ihr von uns geht, ohne einen Nachkommen zu hinterlassen.«

»Nun«, sagte Pwyll, »wir sind noch nicht lange Mann und Weib, und noch kann alles geschehen. Gebt uns noch ein Jahr. Am Ende dieser Zeit werden wir noch einmal zusammenkommen und ich werde mich Eurer Entscheidung beugen.« Und so legten sie einen Tag fest.

Doch bevor das Jahr vorüber war, gebar Rhiannon Pwyll in Arberth einen Sohn. In der Nacht, in der das Kind geboren wurde, kamen sechs Frauen, um nach der Mutter und dem Säugling zu sehen. Aber um Mitternacht waren sie alle eingeschlafen, und auch Rhiannon hatte der Schlaf übermannt. Die sechs Frauen erwachten beim ersten Hahnenschrei und sahen, dass der Säugling verschwunden war. Sie ließen Rhiannon schlafen und suchten überall nach ihrem Kind. Doch sie fanden es nicht. »Das Kind ist verloren«, sagte eine der Frauen.

»Ja«, sagte eine andere, »und man wird es für eine gerechte Strafe halten, wenn man uns dafür verbrennt!«

»Was sollen wir tun?«, fragte die dritte.

»Ich habe einen Plan«, antwortete die vierte.

»Und wie lautet der?«, fragten alle anderen gemeinsam.

»Seht, im Hof ist eine Jagdhündin, die geworfen hat. Wir töten einige der Welpen, beschmieren Rhiannons Gesicht und ihre Hände mit dem Blut und verteilen die Knochen um sie. Dann sagen wir, sie habe ihr eigenes Kind getötet und aufgegessen. Ihr Wort wird gegen das von sechs ehrbaren Frauen stehen, und wir werden alle Zweifel an ihrer Schuld leicht zerstreuen.« Und so geschah es.

Als der Morgen erwachte, erwachte auch Rhiannon. »Ihr Frauen«, sagte sie, »wo ist mein Sohn?«

»Herrin«, antworteten sie, »warum fragt Ihr nach Eurem Sohn, wo wir doch die ganze Nacht mit Euch gekämpft haben? Wir alle sind erschöpft von dem Ringen mit Euch. Nie haben wir eine Frau so rasend gesehen, doch all unsere Mühen waren umsonst.«

»Ihr armen Seelen«, sagte Rhiannon, »bei Gott unserem Herrn, der alles sieht, legt kein falsches Zeugnis über mich ab. Gott weiß, dass Ihr lügt. Wenn Ihr Euch fürchtet, so werde ich Euch beschützen, das schwöre ich.«

»Gott weiß«, sagten sie, »wir würden nie um einer anderen willen Unglück über uns bringen.«

»Ihr armen Seelen«, sagte Rhiannon, »wann war es je ein Unglück, die Wahrheit zu sagen?« Doch ob sie freundlich mit ihnen sprach oder mit ihnen schalt, Rhiannon bekam stets dieselbe Antwort von den sechs Frauen.

Dann erwachte Pwyll, der Edle von Annwvyn. Mit ihm erwachten all seine Männer und sein Gefolge, und man erzählte ihm, was geschehen war. Die Kunde ging durch das ganze Land, und alle, nobel oder gering, hörten sie. Die Noblen gingen zu Pwyll und verlangten, dass er Rhiannon für das Verbrechen, das sie begangen hatte, aus seinem Haus verstieß. Aber Pwyll sagte: »Ihr wolltet, dass ich mir ein anderes Weib suche, weil Rhiannon mir keine Kinder schenkte. Nun hat sie ein Kind geboren. Es gibt also keinen Grund, sie zu verstoßen. Aber wenn sie ein Unrecht begangen hat, muss sie dafür bestraft werden.«

Rhiannon ließ Beichtväter und weise Männer darüber beraten, wie sie bestraft werden sollte. Denn sie wollte lieber eine Strafe auf sich nehmen, als ewig mit den Frauen zu streiten, die sie eines Verbrechens beschuldigten. Und so wurde beschlossen: Sieben Jahre musste sie am Hof von Arberth verbringen und jeden Tag neben dem Stein am Tor sitzen, von dem aus die Reiter ihre Pferde bestiegen, und einem jeden, der sie noch nicht kannte, ihre Geschichte erzählen. Sie sollte auch jedem Gast und jedem Fremden, der durch das Tor kam, anbieten, ihn auf dem Rücken zu tragen. Aber nur wenige machten von Rhiannons Angebot Gebrauch.

Pwyll, Pendeuic Dyuet-Powell, Prinz von Dyfed
von Gruffydd ap Rhodri, Schreiber

15

Der Traum war vorüber. Marie versuchte, sich zu bewegen, wollte jenen nacheilen, die ihn davontrugen. Doch sie stürzte und versank im Meer. Ihr Mund, ihre Augen und Ohren füllten sich mit Wasser. Etwas krallte sich an ihrem Rücken fest. Es war wie die widerwärtige, eisige Umarmung eines Steins. Sie wehrte sich, kämpfte dagegen an, und als sie schließlich die Augen aufschlug, stellte sie fest, dass sie sich tatsächlich in einer Welt voller Wasser befand.

Wahre Sturzbäche fielen aus einem Himmel, den die Morgendämmerung grau färbte. Rinnsale und Pfützen bedeckten den Boden zu ihren Füßen, und obwohl sie unter einem halb verfallenen Dach lag, waren ihre Kleider feucht. Ihr Gesicht war nass, nass von ihren Tränen.

Im Rücken fühlte sie harten, rauen Stein. Es waren die Steinwände des vergessenen Palastes eines Giganten. Ein steinernes Portal hob sich grau und leer in den bleiernen Himmel. Es bildete das Dach, unter das sie sich geflüchtet hatte. Keine juwelenbesetzten Mauern, kein von Fackeln erleuchteter Saal, keine ungestüme Schar von Reitern auf gewaltigen Rössern und keine Hunde mit roten Ohren. Nicht einmal ein Kreis aus schlafenden, steinernen Giganten, nur ein merkwürdiges, halb verfallenes Bauwerk, das den Blick auf den Himmel freigab.

Unter ihrer Haut spürte Marie ein Beben, das mit einer Brise aus einer anderen Welt herbeigeweht worden war. Sie hörte ein Raunen, konnte aber kein einzelnes Wort, keine einzelne Stimme darin unterscheiden.

Marie ließ sich gegen den Stein sinken. Dieser sonderbare Ort musste Gwyns Palast sein, wenn er auch kaum noch an dieses prächtige Bauwerk erinnerte. War sie durch die Zeit gereist? Hatte man sie in einer unbekannten Zeit und an einem fremden Ort zurückgelassen? Der Gedanke hätte Marie mit Angst erfüllen müssen, doch die Angst fand nicht zu ihr an diesem stumpfen, grauen Ort. Wenigstens ist Llew in Sicherheit, dachte sie benommen. Denn er war nicht nur ein Mensch, sondern auch ein Prinz der Anderwelt und musste wahrlich über große Kräfte verfügen.

Llew ... Llew! Er war ihr entrissen worden. Nun wusste sie, warum ihr Herz so wehtat. Llews Freundschaft hatte ihr stets Kraft gegeben; sein Ehrgefühl hatte verlangt, dass er stets zu ihr hielt. Llew hatte sie geführt und sie beschützen wollen – und noch viel mehr, viel mehr. Seine Träume waren es, die ihren Geist erfüllten, seine Gegenwart wärmte ihre Seele mit ihrem Licht. Aber nun war er für sie verloren – für immer. Der Fluch, der seit seiner Geburt auf ihm lastete, konnte ihm in der Gestalt des Schwans nichts anhaben. Das war es, was der Traum ihr hatte sagen wollen, und das hatte auch Lord Gwyn gewusst, als er sagte, es wäre Zeit. Das schwere Schicksal, das Llew bestimmt worden war, hatte sich nicht erfüllt. Er war frei.

Eigentlich hätte sie dafür dankbar sein sollen. Doch Marie fühlte sich, als wäre ihre Welt in sich zusammengestürzt. Sie hatte sich noch nicht einmal von Llew verabschieden können; weder in dieser Welt noch in Annufen, weder wachend noch im Traum. Er lebte nun in einer Gestalt, die seiner wahren Natur entsprach.

Erst nach langer Zeit hob Marie den Blick und straffte sich. Es tat nichts mehr zur Sache, ob sie Llews Freundschaft wert war oder nicht. Auch ihr Versprechen war nicht mehr von Bedeutung. Sie hatte ihr Leben zu leben und musste es an dem Ort, an den sie gehörte, tun – wo immer er sein mochte. Sie würde mit Richard leben oder ohne ihn, aber doch immer als wahre Poetin, denn Lord Gwyn hatte sie so genannt. Sie würde ihr Dasein als Frau, als Kind Gottes, in Demut vor ihrem Schöpfer, aber auch mit den Gaben, die er ihr in seiner Gnade geschenkt hatte, meistern. Und sie würde versuchen, ehrsam und gut zu sein, wie auch Llew es gewesen war.

Marie verließ die steinerne Ruine und ging langsam von ihr fort. Sie wusste nicht, wohin ihr Weg sie führte, doch das beunruhigte sie nicht. Während sie einsam durch den Nieselregen schritt, entstand vor ihrem geistigen Auge das Bild eines jungen Mannes, allein und erfüllt von Liebesschmerz, am Hof eines großen Königs. Sie sah ihn so deutlich vor sich, als wäre er tatsächlich bei ihr. Allein in dieser grauen, vom Regen durchtränkten Landschaft flüsterte sie seinen Namen: »Lanval, Ritter am Hofe König Arthurs.«

Ein leises Schnauben ließ sie herumfahren. Sie blieb stehen. Gayain kam heran. Er führte Gringalet am Zügel.

Der Jüngling legte einen Finger an seine Lippen. Er wies in die Ferne und flüsterte: »Seht!«

Nun sah auch Marie einen dunklen Fleck und bemerkte den Geruch nach Feuer, den der Wind zu ihnen trug. Sie warf Gayain einen fragenden Blick zu.

»Ein cymrisches Lager«, sagte er.

Marie verspürte Erleichterung, in die sich aber auch Bedauern mischte. Gayain deutete ihren Gesichtsausdruck richtig. »Ja, wir sind zurück in Eurer Welt, in Dyfed, jenem Teil von Wales, der unter Lord Rhys Herrschaft steht. Die Gegend hier nennt man Penalarc. Das heißt ›Schwanenhaupt‹.«

Maries Herz, das gerade noch so ruhig und still geschlagen hatte, machte einen Sprung. Unwillkürlich griff sie sich an die Kehle, nahm die Hand aber gleich wieder fort. Ihre Fingerspitzen glänzten rötlich, als habe sie sich verbrannt.

Gayain lächelte. »Die Sternensteine. Sie sind zum Leben erwacht, denn ein Prinz von Annufen hat sie berührt. Seht: Der durchsichtige Stein verleiht Euch einen klaren Blick, der grüne schützt, der rote gibt Macht. Beim Mond und bei den Sternen, den roten brauchen wir nun! Nein, nehmt das Halsband nicht ab. Es genügt, wenn Ihr es berührt. Denkt ›unsichtbar‹. Denkt, dass wir die Ebene überqueren. Man wird uns nicht sehen, und wir werden das Lager ungefährdet erreichen.«

Der rote Stein fühlte sich warm an. Marie war, als summe er leise. Sie tat, was Gayain ihr gesagt hatte, und fühlte eine pulsierende Kraft, die immer stärker wurde. Auf eine ihr selbst unerklärliche Weise wusste sie, dass sie das Richtige tat. Licht begann, sie einzuhüllen.

»Genug. Wenn Ihr den Stein zu lange berührt, verbrennt Ihr. Und nun aufs Pferd mit Euch. Wir müssen weiter.«

Gayain verschlang die Finger beider Hände ineinander, damit Marie den Fuß hineinstellen konnte. Mühelos gelangte sie in Gringalets Sattel. Der Jüngling sprang hinter ihr auf das Pony. Maries Gedanken jagten. Ohne um deren große Kraft zu wissen, hatte sie drei Steine aus ihrer Halskette hergegeben. Den drei Menschen, die ihrem Herzen am nächsten standen, hatte sie sie als Andenken gegeben: den roten Stein Mutter Philomena, den klaren Richard, den grünen Llew.

Aber ihr blieb nicht viel Zeit, über die Bedeutung ihres Tuns nachzudenken, denn schon nahm der dunkle Fleck, den sie aus der Ferne gesehen hatten, Gestalt an. Er wurde zu einem Gehölz, vor dem ein großes, rauchendes Feuer brannte. Männer, die aussahen wie Wachen, wärmten sich daran. Es waren dunkle, gefährlich aussehende Gesellen mit kurz geschnittenem Haar und gewaltigen Schnurrbärten, und sie unterhielten sich angeregt in einem cymrischen Dialekt. Marie erkannte die Sprache sofort. Da sie dem Bretonischen verwandt war, verstand Marie, was die Männer sagten.

Doch als hätte ein sechster Sinn sie gewarnt, verstummten die Waliser nun und begannen, misstrauisch mit den Augen die Umgebung abzusuchen. Marie zog die Zügel an. Sie zwang sich, ganz stillzusitzen. Dann lenkte sie Gringalet vorsichtig auf die Seite des Feuers, nach der der Wind den Rauch trieb. Die Qualmwolken waren dicht und beißend, und Gringalet zögerte, denn kein Tier schätzt die Nähe von Feuer und Rauch. Marie berührte einen grünen Stein an ihrer Kette und sprach dabei leise mit Gringalet. Gayain hatte nicht zu viel versprochen. Der Schimmel schritt nun so willig durch den dichten Rauch, als wäre er eine frische Frühlingsbrise.

»Großartig, wunderbar«, flüsterte Gayain an Maries Ohr. Marie nickte stumm. Stolz und Freude rieselten warm durch ihren Körper.

Nun waren sie in dem Gehölz und konnten das Lager sehen. Auch hier brannte ein Feuer, um das Menschen saßen. Jagdhunde lagen zu ihren Füßen, und auch weiter vom Feuer entfernt waren Männer, die alle sehr beschäftigt schienen. Zwei tote Hirsche hingen an den Ästen eines Baumes, daneben ein Bündel von Vögeln mit blutbeflecktem Gefieder. Über dem Feuer wurde Fleisch gebraten. Der Duft ließ Marie das Wasser im Munde zusammenlaufen.

»Dort hinüber«, flüsterte Gayain. Er zeigte auf eine Stelle unter den Bäumen. Als sie dort ankamen, glitt er lautlos von Gringalets Rücken, und auch Marie stieg aus dem Sattel. Sie band das Pony im Schutz der Bäume an und schlich sich ans andere Ende des Gehölzes, wo eine Gruppe von Buchen in farbiger Herbstpracht stand. Dort saßen unzählige Gestalten reglos im Dämmerlicht: Es war Lord Gwyn mit seinem Gefolge. Mit ausdrucksloser Miene und ohne den geringsten Anflug eines Lächelns erwiderte Gwyn Maries Blick. Dann bedeutete er ihr, weiterzugehen.

Marie wagte kaum zu atmen, während sie sich, gefolgt von Gayain, dem lodernden Feuer näherte. Wenige Schritte davon entfernt kauerte sie sich hinter einem Busch zusammen.

Nun konnte sie auch die Gesichter derer, die am Feuer saßen, erkennen. Zwei Männer stachen besonders aus der Gruppe heraus. Der erste war sehr kräftig und hatte dickes braunes Haar, der zweite war ein hoch gewachsener und überaus gut aussehender junger Mann mit blonden Locken. Beide trugen, genau wie die Wachen, gewaltige Schnurrbärte. Ihre Kleidung bestand aus einfachen langen Hemden und wollenen Umhängen. Ihre nackten Beine steckten in hohen Stiefeln aus ungegerbtem Leder. Trotz ihrer schmucklosen Kleidung strahlten die Männer eine Art urwüchsiger Eleganz aus.

Gayain zischte Marie ins Ohr: »Maelgwyn und Owain. Lord Rhys von Dyfeds Sohn der erste, sein Neffe der zweite. Beides junge Heißsporne und immer für ein Scharmützel gut!«

Sehr reizbar und kampflustig schienen die beiden jungen Prinzen an diesem Morgen nicht zu sein. Sie aßen mit herzhaftem Appetit und unterhielten sich mit leisen Stimmen. Anfangs fing Marie nur das ein oder andere Wort ihrer Unterhaltung auf und stellte ein wenig enttäuscht fest, dass die Männer offenbar nur Belanglosigkeiten über das Wetter, das Wild und den Geschmack des Bratens austauschten. Von Zeit zu Zeit hielten sie inne und tätschelten die Hunde, die ihnen zu Füßen lagen.

Marie begann sich zu fragen, warum Gayain sie in dieses Lager geführt hatte. Das alltägliche Treiben einer walisischen Jagdgesellschaft war wohl kaum von Interesse für sie. Dann dachte sie an die Wachen vor dem Gehölz. Sicher hätte man die Männer bei einem gewöhnlichen Jagdausflug oder einem freundschaftlichen Treffen unter Verwandten nicht dort postiert.

Kaum hatte Marie den Gedanken zu Ende gebracht, schon kam Bewegung in das bislang so friedliche Bild des Lagers. Stimmen erhoben sich, Pferde wieherten, dann brach einer der Wächter aus dem Dickicht, hinter sich einen Reiter in voller Rüstung. Ein Helm verdeckte den größten Teil seines Gesichts.

Die Männer am Feuer schienen durch die Ankunft des Reiters nicht beunruhigt. Der Blonde winkte dem Wächter beschwichtigend zu. »Es ist gut, dass er kommt, wir erwarten ihn.«

Zu dem Reiter sagte er: »Ihr macht mir die Leute nervös, Mann. Steigt ab und gebt Elidyr Euer Pferd.«

Der Angesprochene tat wie ihm befohlen und reichte dem Wächter die Zügel. Dann verbeugte er sich. »Vergebt die Verspätung, aber ich bin die ganze Nacht hindurch geritten.« Marie horchte auf. Diese Stimme hatte sie schon einmal gehört.

Der Reiter nahm den Helm ab und schüttelte sein Haar. Dann gesellte er sich zu der Gruppe am Feuer. Marie unterdrückte einen Aufschrei, als der Mann das Gesicht in ihre Richtung wandte. So zerzaust, so unrasiert und erschöpft er auch sein mochte, sie erkannte ihn sofort. Es war Arnaud de Beroul, der aquitanische Ritter, der ihr den Brief aus dem Kloster von Sankt David gebracht hatte.

Nachdem sich Maries erstes Erstaunen etwas gelegt hatte, begann sich in ihrem Kopf eine Frage zu regen. Warum traf sich Arnaud, ein Untertan des Königs von England, heimlich mit zwei walisischen Prinzen? Marie berichtigte sich selbst in Gedanken. Arnaud de Beroul war nur auf indirekte Weise König Heinrichs Untertan. Er stammte aus Aquitanien. Seine wahre Loyalität gehörte nicht der englischen Krone, sie gehörte dem goldenen Herzogtum. Und wer war der rechtmäßige Herrscher dieses Herzogtums?

Marie wollte unbedingt hören, was die Männer miteinander zu bereden hatten. Sie ließ Gayain in dem Gebüsch zurück und schlich noch ein wenig näher ans Feuer. Bald hätte sie nur die Hand ausstrecken müssen, um die ahnungslosen

Männer zu berühren, doch nur die Hunde spürten ihre Gegenwart. Sie wurden unruhig, hoben die Nasen und jaulten. Marie legte schnell die Finger auf einen grünen Stein an ihrer Halskette und bald waren die Hunde so ruhig und gelassen wie zuvor Gringalet.

»Also? Habt Ihr Neuigkeiten?«, fragte der Blonde.

Marie hatte den sonst so fröhlichen Arnaud noch nie so grimmig dreinblicken sehen. Seine Stimme klang hart. »Ja, die habe ich, Maelgwyn.«

»Dann lasst hören.«

»Mein Teil des Handels ist erfüllt. Nun erfüllt erst den Euren.«

Owain richtete sich drohend auf. »Ihr zweifelt an unserem Wort?«

Maelgwyn machte eine beschwichtigende Geste. »Du bist zu ungeduldig, Vetter. Ich bin sicher, so hat Arnaud es nicht gemeint.« Er wandte sich dem aquitanischen Ritter zu. Dabei verengten sich seine Augen. »Sprecht Ritter, was wolltet Ihr damit sagen?«

Arnaud schien unbeeindruckt. »Ihr wisst genau, wovon ich spreche.«

Maelgwyn gab sich gelassen. »Nun gut. Wir wissen, dass Angharads Sohn, der König, von dem die Prophezeiungen sprechen, zurückgekehrt ist und dass Cymru und die Reiche von Annufen wieder gemeinsam in den Kampf ziehen werden.«

Arnauds Augen blitzten auf. »Und was ist mit Euren Vätern?«

Maelgwyn machte eine wegwerfende Handbewegung. »Oh, wenn sie erst merken, dass es wirklich wahr ist, werden sie nicht zögern. Wir kennen die Worte, die das Bündnis mit dem neuen König besiegeln werden. Sie sind Teil der Prophezeiungen.« Er beugte sich mit einem dünnlippigen Lächeln zu

Arnaud. »Eines solltet Ihr Euch bei alledem stets vor Augen halten: Wir brauchen Euch nicht, Sir Arnaud. Ihr seid es, der uns braucht. Habt Ihr das verstanden?«

Arnaud schwieg. Ein Gefühl dumpfer Vorahnung ließ Marie erschauern.

»Oh, ich will nicht sagen, was Ihr uns bringt, sei nutzlos«, fuhr Maelgwyn fort. »Aber wir kämen auch ohne Euch zurecht. Wir hatten stets die Macht, die Herren von Annufen anzurufen. Überschätzt also nicht Eure Wichtigkeit.«

»Ich bin ein Bote.« Arnauds Stimme klang kalt. »Mehr beanspruche ich nicht für mich. Urteilt selbst, ob das, was ich zu sagen habe, Euch wichtig erscheint. Ihr mögt die Worte kennen, mit denen sich ein starker Bund schmieden lässt. Aber der Mann, den Ihr sucht, ist nicht allein ein Wesen aus Annfuen, er ist auch ein sterblicher Mensch. Er muss erst gefunden werden, und der Bund muss besiegelt sein, wenn sich die Vorsehung erfüllen und er zum Werkzeug des Schicksals werden soll. Doch um einen wie ihn zu binden, reichen Eure alten Zauberformeln nicht aus. Vertrauen und Treue, das ist es, was ihn hält. Und er hat einen Bund der Liebe mit der Dame seines Herzens. Nie wird er diesen brechen, denn das vermag er nicht.«

»Ihr solltet Euch reden hören!«, sagte Owain. In seinen Augen loderte ein gefährliches Feuer. »Wie kamt Ihr zu diesem Wissen, Ritter?«

Der Aquitanier zuckte die Achseln. »Was ich weiß, gelangt oft auf verschlungenen Wegen zu mir.«

Maelgwyn betrachtete ihn nachdenklich. »Das soll wohl heißen, Ihr wisst es von Eurem Herrn?«

Der Ritter zögerte nur kurz. Dann antwortete er: »Ja. Denn er kennt das verborgene Herz der Dame, obwohl sie selbst noch nicht darum weiß.«

In Marie dämmerte eine schreckliche Erkenntnis. *Denn er*

kennt das verborgene Herz der Dame, obwohl sie selbst noch nicht darum weiß ... Ohne es zu ahnen, hatte sie Llew verraten und war selbst verraten worden. Woher sollte Arnaud sein Wissen haben, wenn nicht von seinem Herrn? Sie hatte Richard Llews Geschichte erzählt. Sie hatte ihm ihre Erinnerungen an die großen Gaben des cymrischen Ritters anvertraut und von ihm als einem guten Freund gesprochen. Aber Richard hatte die wahre Bedeutung ihrer Worte erkannt, hatte verstanden, dass ihre Gefühle für Llew viel tiefer gingen, ohne dass sie selbst es wusste. Der Herzog von Aquitanien zählte nicht umsonst Undine, den Geist des Wassers, zu seinen Ahnen. Und auch er hatte Geheimnisse, seine Seele Untiefen, zu denen sie niemals vorgedrungen war.

Marie gestand Richard zu, dass er sie nicht absichtlich verraten hatte. Er hatte versucht, sie von Wales fern zu halten. Das war ihm auch lange Zeit geglückt, aber schließlich hatte er sie doch nicht aufhalten können. Richard kannte Llew nicht, war ihm nie begegnet. Marie wand sich vor Unbehagen, als sie an den Hof des Königs dachte, an die nicht enden wollenden Familienintrigen und Eifersüchteleien. In dieser Welt war Richard aufgewachsen, und sie war ihm zu einer zweiten Natur geworden. Selbst seine Liebe war durch die Jahre am Hof des Königs vergiftet. Übelkeit wollte in Marie aufsteigen, als sie sich an den Traum von den gelben Rosen erinnerte. Gelb war der Verrat ... und der goldene Ginster die Blume der Plantagenets.

Nun erhob Arnaud erneut die Stimme. »Ihr habt alles gehört, was ich weiß. Erfüllt nun also Euer eigenes Versprechen.«

»Aber gewiss doch«, sagte Maelgwyn lächend. »Gewiss.« Er beugte sich zu Owain und flüsterte ihm etwas zu.

Gütiger Himmel! Hatten die walisischen Prinzen am Ende versprochen, Richard gegen seinen Vater beizustehen? Sicher nicht. Der Gedanke war absurd. Richard ließ im Umgang mit seinem Vater größte Vorsicht walten. Er verstand sich auf das Spiel der Mächtigen und wusste, was er wollte. Immer wieder hatte er Marie gesagt, das Reich stünde für ihn über allem anderen. Niemals würde er seine Herrschaft über das geliebte Aquitanien durch eine erneute offene Auseinandersetzung mit seinem Vater gefährden. Aber was für dunkle Machenschaften würden sich ihr dann an diesem Ort offenbaren?

Wie dumm sie doch gewesen war. Dumm, einfältig und blind. Sie hatte sich für so stark gehalten und geglaubt, sie könne ihren Weg selbst bestimmen, und dabei war sie doch von Anfang an nicht mehr als ein Pfand gewesen. Sie hatte ihren Stolz und ihre Seele für ein paar armselige Krümel vom Tisch eines Prinzen verkauft. Sie hatte sich Richards Wünschen gebeugt, aber was hatte er für sie getan? Stets war alles nach seinem Willen gegangen. In allen Dingen. Und bei ihrer verzweifelten Jagd nach der Sonne hatte sie vergessen, dass es auch einen Mond gab. Ohne es zu wissen, hatte sie Llew, ihren liebsten Freund, in eine schreckliche Gefahr gebracht.

Maelgwyns Stimme riss Marie aus ihren finsteren Gedankengängen. »Herr von Wybren, ich rufe Euch! Prinz der Sterne zeigt Euch und steht uns bei!«

Und plötzlich erhob sich im Schein des Feuers die gewaltige Gestalt von Lord Gwyn.

16

Erbyn dibuilh paraut.

Wappne dich gegen das Unvorhersehbare.

Mittelalterlicher Sinnspruch aus Wales

Hier im Lager der walisischen Prinzen wirkte Gwyn noch viel größer als in seinem Palast. Er war ein Riese unter Zwergen. Die gewaltigen Rösser seines berittenen, wie Sterne strahlenden Hofstaates tänzelten nervös um das Feuer. Die Jagdhunde mit den roten Ohren sprangen aufgeregt zwischen den Hufen der Pferde umher. Es war ein beeindruckendes, ja geradezu Furcht erregendes Bild. Maelgwyn und Owain hatten sich zwar erhoben, sahen aber weder besonders beeindruckt noch ängstlich aus.

Arnaud hingegen starrte Lord Gwyn und sein Gefolge aus ängstlich aufgerissenen Augen an. Selbst wenn er auf Richards Anweisung hier ist, dachte Marie, hat er die Geschichten über den Prinzen von Annufen wahrscheinlich für einen Auswuchs der viel gepriesenen walisischen Phantasie gehalten. Seine sonst oft zur Schau getragene elegante Distanziertheit fiel von ihm ab wie ein zerschlissener Umhang. Trotz ihrer inneren Aufgewühltheit konnte sich Marie ein wenig Schadenfreude nicht verkneifen.

»Willkommen, Lord Gwyn von Wybren«, sagte Maelgwyn ernst. »Willkommen«, echote Owain.

Lord Gwyn neigte das Haupt zum Gruß. »Ich danke Euch für Euren Gruß, Nachfahr der Rhiannon, Maelgwyn, Sohn des Rhys, und auch Euch, Owain, Sohn des Caradog. Es ist lange her, seit wir uns zum letzten Mal sahen, meine Freunde. Befinden sich Eure Väter wohl?«

Maelgwyn sprach: »Ja, Herr, es geht ihnen gut. Sie würden erwarten, dass wir Euch auch in ihrem Namen aufs Respektvollste grüßen.«

Lord Gwyn lächelte. »Ach, tatsächlich? Warum sind sie dann nicht hier, um mir ihren Gruß persönlich zu entbieten?«

Maelgwyn und Owain tauschten einen kurzen Blick aus. Dann erklärte Maelgwyn: »Herr, sie sind nicht mehr so jung, wie sie es einmal waren.«

»Das ist wohl wahr«, antwortete Gwyn ernst. »Hier bei Euch jagt die Zeit so schnell dahin. Aber ich verstehe dennoch nicht, warum sie nicht selbst gekommen sind.«

Owain rief: »Herr, unsere Väter sind alt und zögerlich geworden. Aber wir sind es nicht.«

»Ja«, antwortete Gwyn trocken. »Ich weiß, dass Ihr das nicht seid. Ich erinnere mich noch gut an Euren Bruder Cadwallon.«

Owains Hand fuhr an seine Seite, als suche er nach seinem Schwert. Dann besann er sich und bemühte sich um einen freundlichen Ton. »Wir alle tun gelegentlich Dinge, die wir später bereuen, Lord Gwyn. Und unser Land leidet so sehr unter den fremden Herren, dass mitunter schreckliche Dinge geschehen können. Aber nun, da die Erlösung naht, hat sich alles geändert. Wir wissen, dass der König zurückgekehrt ist. Er kann uns zum Sieg führen. Die Reiche von Annufen und Cymru werden wieder vereint sein. Wenn Ihr und die anderen Herrscher von Annufen unter unserem ...«

Lord Gwyn unterbrach ihn. Er zeigte auf Arnaud und fragte: »Warum ist er hier?«

Als Maelgwyn sprach, klang seine Stimme kühl, klar und verächtlich. »Er ist hier, weil man es ihm befohlen hat.«

»Er scheint ein wahrhaft kühner Mann zu sein«, sagte Gwyn und sah dabei den aquitanischen Ritter an.

Einen Augenblick lang tat Marie der Bote beinahe Leid. Arnauds Wangen färbten sich scharlachrot. Sein Adamsapfel zuckte nervös. Aber er sprach mit nahezu fester Stimme. »Wie Ihr sagt Herr – wahrhaft kühn.«

Stille trat ein. Der sterbliche Ritter und der Prinz aus der Anderwelt musterten einander eingehend. Ohne dabei Arnauds Gesicht aus den Augen zu lassen, nickte Gwyn schließlich bedächtig.

Maelgwyn sprach. »Sagt, Lord Gwyn, seid Ihr nun auf unserer Seite? Haltet Ihr zu uns wie in den alten Zeiten, in denen Wybren und Cymru in Größe vereint waren? Und wie steht es mit den anderen Reichen Annufens? Was ist mit der Heiligen Insel? Was sagt Lady Morgaine dazu?«

Der Prinz des Sternenreiches wandte seinen Blick dem Sohn des Prinzen von Dyfed zu. »Rhiannons Nachfahr, wir waren schon immer die Freunde Cymrus, das wisst Ihr. Die großen Tage König Arthurs, in denen Annufen und Cymru wie ein Reich waren, sind unvergessen. Aber die Zeiten haben sich geändert, Annufen hat sich geändert und Cymru ebenfalls. Das solltet Ihr bedenken. Ihr seid jung und erinnert Euch nicht an die alte Zeit. Ihr kennt nur die Geschichten, die man Euch erzählt hat. Und Ihr könnt die alten Zeiten nicht wieder auferstehen lassen. Sie sind vorbei.«

»Nein!«, schrie Owain. »Das ist nicht wahr! Ein Nachkomme Arthurs ist zurückgekehrt, und die Blumen auf der Heiligen Insel blühen wieder. Sie steigt aus dem Meer. Die Zeit ist reif, Lord Gwyn! Wir können die Fremden für immer aus dem Land werfen und wieder ein Volk werden. Die Grenzen zwischen Annufen und Cymru werden fallen.«

»Die Fremden aus dem Land werfen? Aber mein Freund, ich sagte doch, wir haben uns verändert. Heute wissen nicht nur die Cymry von Annufen. Der Weg dorthin steht allen Menschen offen. Warum sollten wir jemanden verjagen wollen?«

»Ich bitte Euch, in Arthurs Namen, steht uns bei«, flehte Maelgwyn. »Herr, ich weiß, er würde es so wollen.«

Lord Gwyn wandte sich ab. »Ihr habt nichts verstanden. Der Sohn des Bären kann nicht zurückkehren. Er schläft in seiner Höhle aus Kristall – für immer. Er konnte nur einmal zu Euch kommen.«

Owain machte einen Schritt auf Lord Gwyn zu. »Aber er hat einen Nachfolger, Herr, Angharads verlorenen Sohn! In seinen Adern fließt das Blut derer von Avalon, und Avalon beschützt ihn. Dabei ist er zur gleichen Zeit ein sterblicher Mensch, genau wie Arthur es war. Der alte König ist nicht mehr, aber der junge wird seinen Mantel anlegen! Selbst in England spricht man schon davon.«

Lord Gwyns Stimme war hart. »Dieser Mann hat Recht.« Er deutete auf Arnaud. »Angharads Sohn wird euch nur nützlich sein, wenn Ihr ihn an Euch binden könnt. Dazu bedarf es ganz bestimmter Worte von großer Macht.«

»Ist ein solcher Bund denn eine so schlechte Sache?«, rief Maelgwyn. »Wir werden unserem Retter alle Ehren erweisen.«

Stille breitete sich aus. Dann sprach der Prinz des Sternenreiches langsam und zögernd. »Nein, mein Freund. Das Herz ist mir schwer, weil ich Euch das sagen muss, aber diesen Bund wird es nicht geben. In den alten Zeiten wäre ich sofort bereit gewesen, mich auf Eure Seite zu stellen. Aber in den alten Zeiten hätten wir auch nie einen solch verwerflichen Fluch ausgesprochen wie den, der den Mann traf, in welchen Ihr so große Hoffnung setzt.«

Maelgwyn reckte das Kinn in die Luft. Seine Augen blitzten. »Was sind das für Worte, Lord Gwyn? Haben die Jahre auch Euch mürbe und zahnlos gemacht? Ich dachte, der Herr von Wybren sei ohne Alter und das Feuer der Jugend würde ewig in ihm brennen! Aber ich sehe schon, Annufen ist wirklich nicht mehr das, was es einmal war. In den alten Zeiten gab es ebenso viele Flüche und Zauber wie heute, und man ging mit dem Schicksal eines Menschen nicht zimperlich um. Wenn Herzen gebrochen werden mussten, damit der Geist Annufens weiterlebte, dann zögerte man nicht.«

»Ach, Freund!« Die Worte stiegen aus Gwyns Kehle wie ein Schmerzensschrei. »Es ist leicht, so zu sprechen, wenn das Herz, das gebrochen wird, nicht das eigene ist. Vor Jahren dachte ich genauso wie Ihr. Ich glaubte, dass unser Fluch und das Opfer, das wir brachten, das Land retten würden. Aber das war ein Irrtum. Was wir taten, zerstörte nicht nur das Leben unserer Kinder und meine Liebe zu der Königin der Heiligen Insel, es führte auch zum Niedergang unserer Reiche, Maelgwyn. Denn was wir getan hatten, war falsch, war Unrecht. Der Fluch, den wir aussprachen, fiel auf uns zurück. Warum habt Ihr die Heilige Insel seither nicht mehr gesehen? Weil unsere Rachsucht sie zu einem Ort des Schmerzens gemacht hat, wo sie doch ein Ort der Heilung sein sollte.«

Stille breitete sich aus. Eine Trauer von der Tiefe des Ozeans schien sich über die Menschen am Feuer zu legen.

Schließlich erhob Maelgwyn wieder die Stimme. In sanftem Ton sagte er: »Aber die Heilige Insel ist wieder da, Herr. Sie steigt blühend und makellos aus dem Meer vor Mynyw. Es gibt Menschen, die sie gesehen haben. Der König ist zurückgekehrt, Herr, und er bringt Annufen Heilung. Wollt Ihr nicht, dass er auch Cymru Segen bringt?«

»Ach, mein Freund.« Lord Gwyns Hände hingen schlaff an seinen Seiten. »Ich wünsche Cymru nur das Beste.«

»Die Prophezeiungen sagen, Angharads verlorener Sohn wird die Welten wieder vereinen«, erklärte Owain voll Eifer. »Und so wird es sein, Lord Gwyn. Seht Ihr nicht, dass es so kommen muss? Denn wenn das Schicksal sich erfüllt, und das wird es, dann wird auch der Fluch von Angharad genommen. Sie wird zu Euch zurückkehren, und ihr Sohn wird der Herrscher der Welten sein!«

»Nicht so schnell«, sagte Gwyn leise. »Immer mit der Ruhe, Freund! Ihr sagt, er wird über die Welten herrschen. Aber Ihr kennt den Preis, den Arthur dafür zahlte.«

»Aber am Ende ging er nach Avalon«, sagte Arnaud. Die anderen fuhren zusammen, denn er hatte schon seit längerem kein Wort von sich gegeben. »Er ging nach Avalon ...«

Die Sehnsucht, die in seiner Stimme lag, erfüllte nun alle sterblichen Herzen mit ihrer süßen Schwere. In die Stille hinein wurde plötzlich eine Harfensaite angeschlagen. Eine Melodie erklang, und Stimmen vereinten sich zu einem Lied von solcher Schönheit, dass es nicht nur die Lüfte zu füllen schien, sondern die Luft selbst wurde. Es machte sie zu einem dicken, goldenen Strom, der alle am Feuer erfasste und einschloss, wie flüssiger Bernstein eine Mücke umschließt. Nur Marie konnte sich noch bewegen, langsam, wie ein Schwimmer in einem stillen, warmen Gewässer.

Mut est lanval bien herbergez,
Cum plus despendra richement,
E plus avrat or e argent.
»Ami«, fet ele, »or vus chasti,
Si vus comant e si vus pri,
Ne vus descovrez a nul humme!
De ceo vus dirai ja la summe:
A tuz jurs m'avriez perdue,
Si ceste amur esteit seue;
James ne me purriez veeir
Ne de mun cors seisine aveir.«

Nichts, was sein edles Herz begehrt,
dem edlen Lanval ward verwehrt,
Gold und Silber ihm den Beutel beschwert,
Doch hört, was die Dame zu ihm gesagt:
»Ist unsere Liebe Euch mehr wert als Gold,
diese Worte im Herzen Ihr tragen sollt:
Mein Freund, ich bitte Euch, komme, was mag,
Sprecht nie von unserer Liebe ein Wort,
Zu keiner Seele, denn sonst bin ich fort.
Nie wieder seht Ihr mein liebend' Gesicht,
Und meinen süßen Leib schenk' ich Euch nicht.«

Marie de France
Das Lai von Sir Lanval

17

Tear not to pieces the crown of joy.

Zerbrich nicht die Krone der Freude.

Sinnspruch des Pythagoras

Marie watete durchs flache Wasser, der Sandbank entgegen. Wellen kräuselten sich am Saum ihres Kleides wie lebendige Spitze. Der Stoff saugte sich voll, ihr Haar löste sich und umfloss sie wie Seetang. Auf ihrer nassen Brust spürte sie die warme Saite, die noch immer vibrierte. Sie tastete mit der Hand danach und zog sie hervor. Staunend legte sie die Saite an die Lippen und spürte, wie ihr Ton in ihre Haut, in ihr Fleisch und die Knochen floss, wie er ihr Herz und ihre Seele mit goldener Wärme füllte. Ein Gefühl des Friedens, wie sie es nie zuvor gekannt hatte, breitete sich in ihr aus.

Später setzte sie sich auf und blickte um sich. Vor ihr lag eine wunderschöne Insel. Nur das flache Wasser der Lagune trennte sie von ihrem Ufer. Dort mündete ein glasklarer Fluss ins Meer. Sie saß auf einem silbernen Sandstreifen, der sich aus der Lagune erhob. Das Wasser, das sie umgab, war durchsichtig wie Glas und dabei von tiefem Blau. Sie sah Schwärme goldener und silberner Fische, die sich wie lebende Edelsteine darin tummelten. Seltsame Pflanzen blühten in der Tiefe wie Sterne, die vom Himmel gefallen waren. Muscheln in allen Farben glühten wie Juwelen am Eingang von Höhlen und Grotten, die weit unter ihr dunkel lockten. Sie zog ihre Finger durch das Wasser und betrachtete die kleinen

Wellen, die sie hinterließen. Silberne Lichter tanzten darauf wie Diamanten. Dann führte sie die Finger zum Mund und staunte, denn der Geschmack des Wassers war nicht salzig und schwer, sondern süß und frisch.

Ein lebhaftes Zwitschern ließ sie aufblicken. Acht farbenprächtige Vögel flatterten wie ein lebendiger Regenbogen über ihr am Himmel. Manche hatten goldene Köpfe, andere purpurfarbene, und einer von ihnen glänzte in der Farbe des Mondes. Diesen letzten erkannte sie und rief leise seinen Namen. »Gevatter Falke! Gwalch ... Gayain ...«

Die acht Vögel zogen einen Kreis über ihr und stießen lockende Rufe aus, als wollten sie sie auffordern, ihnen zu folgen und durchs flache Wasser an Land zu waten. Sie tat es gern und fühlte bald den warmen Sand des Ufers wie einen seidenen Teppich unter ihren nackten Füßen. Obwohl ihre Kleider, ihre Haut und ihr Haar nass waren, fror sie nicht, denn warme Luft umhüllte sie gleich einem duftenden Umhang. Bald war sie wieder so trocken, als wäre sie nie in die warmen Fluten eingetaucht.

Sie sah, dass der Fluss sich durch smaragdgrüne Wiesen schlängelte, die von kleinen Blüten übersät waren. Gewaltige Apfelbäume, die gleichzeitig schaumweiße Blüten und rotbackige Früchte trugen, spendeten Schatten. Ein Stück weit entfernt grasten Pferde am Rande eines dunklen Gehölzes. Ihr Fell glänzte im goldenen Licht silbern, weiß und bläulich. Eines von ihnen hob den Kopf und wieherte leise: Es war Gringalet.

Sie folgte den acht Vögeln über den Strand zu den Wiesen. Der Falke stand noch hoch am Himmel, doch seine bunten Gefährten hatten sich in den Zweigen der Bäume niedergelassen. Sie zwitscherten ohne Unterlass, und ihr Lied war so schön wie der Tag selbst, aber auch so tröstend und beruhigend wie die Nacht. Selbst einem Sterbenden hätte es neue

Kraft gegeben. Die Schönheit, die Marie umgab, war von einer Vollkommenheit, die sie aus ihrer Welt nicht kannte. Jedes Teil, das sie erblickte, fügte sich in die Harmonie des Ganzen und ließ ihr Herz vor Freude über seinen Anblick überfließen. Mit jeder Faser ihres Körpers und ihrer Seele, mit jedem Herzschlag wusste Marie, dass sie sich nicht nur in einem verzauberten Land befand, sondern an dem Ort, an dem alle Zauber ihren Anfang nahmen.

Als sie an einem der Apfelbäume vorüberging, brach sie erst einen Zweig voller schaumweißer Blüten ab und dann einen Apfel, der schwer und glänzend wie ein roter Goldklumpen in ihrer Hand lag. Sie biss hinein, kostete die saftige Süße und aß dann die ganze Frucht. Dann steckte sie sich die Apfelblüten ins Haar. Sie blieben daran hängen wie Sterne, die zur Erde gefallen sind. Die Vögel begannen wieder zu zwitschern. Sie erhoben sich aus den Bäumen und flogen ihr um den Kopf. Dann teilten sie sich in zwei unregelmäßige Reihen. Ihre Flügelspitzen berührten einander beinahe. Zwischen den Reihen ließen sie ein wenig Platz. Marie fühlte sich an ein Ehrenspalier, wie es Ritter zu festlichen Anlässen bildeten, erinnert. Der Falke flog an der Spitze einer Reihe, als führe er ein Heer von Vögeln an. Am Himmel nahm ein heller Fleck Gestalt an: Ein majestätischer Schwan kam mit seinen starken Schwingen, die so weiß waren, dass sie das Auge blendeten, auf Marie zugeflogen. Bald schien der Schwan den ganzen Himmel auszufüllen, und der grüne Stein auf seiner Brust glänzte wie ein eigenes kleines Universum. Die Freude ließ das Blut in Maries Adern schneller pulsieren. Doch in die Freude mischte sich eine unbestimmte Angst, die ihr die Kehle eng werden ließ. »Llew«, flüsterte sie. »Oh, Llew, liebster Llew! Seid Ihr es wirklich? Seid Ihr wirklich zurückgekommen?«

Marie hörte ein leises Rascheln hinter sich im Gras. Sie

wandte sich um und sah neun Frauen, die sich in einer Reihe auf sie zu bewegten. Sie waren wunderschön und alle, außer der ersten, trugen Kränze aus weißen, rosafarbenen und gelben Blüten im Haar. Die Anführerin, die die Schönste unter ihnen war, hielt einen Bogen in der Hand.

Marie musste hilflos wie in einem Alptraum zusehen, wie die Frau den Bogen hob und einen Pfeil von der Sehne schnellen ließ, der schnell und tödlich war. Er traf den Schwan mitten in die Brust, und der herrliche Vogel fiel. Sein verwundeter Körper zeichnete Spiralen des Schmerzes in die klare Luft. Marie schrie auf. Angst und Verzweiflung rissen ihr die Worte aus dem Herzen. Dann rannte sie dem herabstürzenden Schwan mit ausgebreiteten Armen entgegen. Sie wollte ihn auffangen, bevor er den Boden berührte.

Die Vögel über Maries Kopf landeten im selben Augenblick, in dem die jungen Frauen bei ihr eintrafen. Sie teilten sich in zwei Reihen, in denen jede Frau einen Vogel zur Seite hatte. Nur die erste, die Bogenschützin, blieb allein. Vor Maries staunenden Augen breiteten die Frauen die Arme aus. Die Vögel aber verwandelten sich in schöne junge Männer, und bald hielten die Mädchen und Jünglinge einander umschlungen. Der letzte, der eine menschliche Gestalt annahm, war Gayain.

Aber Marie hatte keine Zeit, die Paare zu bewundern, denn nun lag der Schwan in ihren Armen. Voll Trauer hob sie sanft seinen hängenden Kopf. Doch die Augen waren wie im Tod geschlossen, und kein Lebensgeist schien mehr unter den Lidern zu wohnen. Marie entdeckte keine Wunde, die den makellosen Körper des Vogels entstellt hätte, und auch das Gefieder auf der Brust des Schwanes war nicht von Blut getränkt.

Voller Zorn und Verzweiflung schrie Marie: »Warum habt Ihr das getan? Warum?«

Der Blick der Bogenschützin war voll Freundlichkeit und Mitleid. Ihre Antwort kam sicher und schnell.

»Die Wunde war nötig und kam schon fast zu spät. In Eurer Welt ist der Schwan verletzt und dem Tod nahe. Einen weiteren Tag hätte er nicht überlebt, denn zu viel von seiner Kraft sandte er Euch. In unserer Welt aber kann er niemals sterben. Er ist der schöne Sohn der verlorenen Angharad, und er gehört hierher.«

Marie hörte kaum zu, denn in ihren Armen wurde der Schwan kälter und kälter. Gefühle der Schuld und der Trauer wollten sie ersticken. Sie drückte den Schwan dennoch mit aller Kraft an sich.

Plötzlich spürte Marie, wie Wärme sie durchflutete. Wie eine Quelle, die durch Gestein ans Tageslicht drängt, drang diese Wärme durch ihre Adern, ihr Fleisch und ihre Haut. Sie sang in ihren Knochen. Nein, Llews Verwandlung in Chenemeton war kein Opfer gewesen, denn Llew war kein Verlorener und kein Märtyrer, auch wenn sie das einmal geglaubt hatte. Es war nicht nur die Treue gegenüber seinem Herrn, Hoel de Broceliande, gewesen, nicht nur sein tiefes Ehrgefühl, das den cymrischen Ritter in die schrecklichen Tiefen der Unterwelt geführt und in große Gefahr gebracht hatte – es war die Liebe.

Llew liebte sie aus ganzem Herzen, das wusste sie nun. Er hatte es immer getan. Und diese Liebe hatte ihn geduldig darauf warten lassen, dass sie zu ihm kam; aber nicht aus Pflichtgefühl oder weil sie glaubte, ihm etwas zu schulden. Sie sollte zu ihm kommen, weil sie ganz dazu bereit war. Denn er wusste, Liebe durfte keine Prüfung und kein Opfer sein. Sie war ein edles Wagnis und ein Geschenk, das man aus freien Stücken gab.

Darum fühlte Marie nun nicht mehr Trauer und Verlegenheit, weil er sich ihr anbot und sie dieses Geschenk nicht annahm. Sie empfand eine wunderbare, alles durchdringende Freude, die sie mit Demut erfüllte. Den schönen Sohn der verlorenen Angharad hatte die Frau ihn genannt. Von dem König, der zurückkehrte, sprachen die cymrischen Prinzen. Der Nachfahr des großen Arthur, ein Waise, der ohne Rachegefühle oder Bitterkeit die Prüfungen einer harten Welt auf sich nahm, ein Mann, der keinen Neid und keine Eitelkeit kannte, weil sein Herz, seine Seele, sein Geist und sein Körper eins waren. Kalt lag er nun in ihren Armen, denn sie war zu spät gekommen. Das hatte man ihr gesagt, und das glaubte sie selbst. Aber es war nicht so.

Sie wandte sich an die Bogenschützin. »Oh, edle Dame, Ihr seid mit Llew verwandt und kennt ihn als einen von Euch. Ihr sagt, er gehöre hierher, und sein erster Gedanke gelte diesem Reich. Aber so schön Eure Welt auch sein mag, er kam nicht aus freien Stücken zu Euch. Ich weiß es, denn ich war auf seinem Flug bei ihm.«

»Ah!«, sagte die Frau und lächelte dann. »Wisst Ihr, mit wem Ihr sprecht, Kind? Wisst Ihr, wo Ihr seid?«

Marie blickte zu ihr auf, sah in das schöne weißgoldene Gesicht, das makellos war wie der Tag selbst. »In unserer Welt, edle Frau, spricht man von der Insel Avalon, der Heimat der großen Morgaine, die gemeinsam mit ihren acht Schwestern über König Arthur wacht.«

»Ah!«, sagte die Bogenschützin erneut und seufzte. »Ja, ich bin Morgaine, Tochter des Modron und Herrin von Avalon, der Heiligen Insel, die Annufens Ort der Heilung ist. Einst konnte ich über die Wege und Straßen von Annufen wandeln und auf den Bahnen der Sterne reiten. Lord Gwyn war mein Gemahl und Angharad meine geliebte Tochter. Aber ich lebe schon lange in Abgeschiedenheit, und meine Strafe ist es, das Licht, das ich einst verstrahlte, bedeckt zu halten. So war es bis heute.«

Leise antwortete Marie: »Ich kenne den Grund, große Königin.« Sie fühlte, wie eine Welle leidenschaftlicher Liebe für das Wesen, das vor ihr stand, ihr Herz erfasste. Diese Liebe galt nicht der großen Königin der Anderwelt, nicht der Legende voller Zauber und Magie, nicht dem Stern, der hoch über allen Sterblichen strahlte, sondern einer Frau in ihrer Machtlosigkeit gegen die Sorge und den Schmerz, die sie verzehrten.

»Ja, und nun wollen die Führer der Menschen und mein Gemahl, der Herr des Sternenreiches Wybren, zu unserem Heil gemeinsam in den Krieg ziehen.« Morgaines Stimme klang hart. »Sie sprechen von Kampf, und der, in dessen Adern auch Arthurs Blut fließt, soll sie zum Sieg führen. Nur daran denken sie. Angharads Schicksal und Llews große Schönheit kümmern sie nicht. Das Heilen haben sie vergessen. Sie sehen nur die Wunden, die ihrem Stolz geschlagen wurden, und wollen Rache. Sie glauben, ein Blutopfer würde das Land reinigen. Aber es wird das Land nur noch weiter vergiften.«

»Ich komme von Penalarc«, sagte Marie. »Und es ist wahr, die jungen Herren von Cymru sprechen so. Sie haben gekämpft, und sie haben verloren und wollen sich nicht damit abfinden. Aber Lord Gwyn denkt nicht so wie sie.«

Morgaine seufzte. »Ah, das ist gut. Aber gibt es nicht noch einen anderen, der Angharads Sohn an sich binden will?«

»Oh, edle Frau, den gibt es«, rief Marie. Obwohl die Trauer ihr das Herz zu brechen drohte, musste sie Worte des Trostes sprechen. »Aber die Macht von Worten allein reicht dazu nicht aus. Und niemals würde ich mich dazu hergeben, Llew, meinen wahren Freund, meine wahre Liebe, in einen solchen Bund zu drängen.«

Morgaine blieb stumm. Gayain, der bisher geschwiegen hatte, war es, der Marie nun an der Schulter berührte. In seinem Blick lag weder Spott noch Mitleid. Zuneigung und Anerkennung strahlten Marie entgegen.

»Liebste Lady Marie«, flüsterte er, »die heilenden Wasser der Quelle von Sankt Non entspringen dem Meer, das die Heilige Insel umgibt.«

DIE ENTDECKUNG VON RHIANNONS SOHN

Zu jener Zeit war Teirnon Twyrf Uliant, dessen Name Donner des Wassers bedeutet, der Herr von Gwent Ys Coed oder Gwent Unter den Wäldern, und er war der beste Mann der Welt. Teirnon besaß eine herrliche Stute, die beste im ganzen Land, und jedes Jahr in der ersten Maiennacht brachte sie ein schönes Fohlen zur Welt. Aber niemand bekam je eines ihrer Fohlen zu Gesicht, denn die jungen Pferde verschwanden alle in der Stunde ihrer Geburt. Eines Tages sagte Teirnon zu seinem Weib: »Frau, wir sollten die Fohlen unserer Stute nicht jedes Jahr verlieren.«

»Aber was können wir tun?«, fragte sie.

»Heute ist die erste Maiennacht«, antwortete Teirnon. »Gott möge mich strafen, wenn ich nicht herausfinde, was mit den Fohlen geschieht.«

So wartete er im Stall, und als die Nacht kam, fohlte die Stute. Sie gebar ein schönes Hengstfohlen, und es stand auch bald auf seinen Beinen. Teirnon ließ es nicht aus den Augen. Plötzlich erhob sich ein großer Lärm, und ein langer Arm mit einer riesigen Tatze schob sich durchs Fenster und packte den kleinen Hengst. Teirnon zog sein Schwert und hieb den Arm ab. Das Fohlen und die abgehauene Tatze lagen nun beide im Stall. Von draußen drang ein lauter Schlag und dann ein Schrei herein. Teirnon eilte aus der Tür, doch die Nacht war dunkel, und er konnte nichts sehen. Er wollte bereits nach der Quelle der Geräusche suchen, da fiel ihm ein, dass die Stalltür offen stand. Er ging zurück und fand neben der Tür einen Säugling, der in Windeln und in einen seidenen Mantel gewickelt war.

Teirnon nahm das Kind in die Arme und sah, dass es gut

entwickelt und für sein Alter kräftig war. Er schloss die Stalltür und ging in die Kammer seines Weibes.

»Frau«, sagte er, »schläfst du?«

»Jetzt nicht mehr, Herr«, antwortete sie. »Ich erwachte, als du ins Haus kamst.«

»Ich bringe dir etwas, was du noch nie im Leben hattest: einen Sohn.«

»Herr, wie kann das sein?«, fragte sie.

»Du sollst alles hören«, sagte Teirnon und erzählte ihr, was geschehen war.

»Sieh, Herr«, sagte sie, als er geendet hatte, »was ist das für ein Mantel, in den das Kind gewickelt ist?«

»Er ist aus Seide und Brokat«, antwortete er.

»Dann muss das Kind der Sohn nobler Leute sein. Herr, es wäre mir eine große Freude, wenn du mit meinem Plan einverstanden wärest: Ich werde einige Frauen ins Vertrauen ziehen und wir sagen ihnen allen, ich wäre schwanger gewesen.«

»Damit bin ich gern einverstanden«, sagte er. »Das wollen wir tun.«

Und so geschah es. Das Kind wurde getauft, wie es für diese Zeit üblich war, und bekam den Namen Gwri Goldhaar, weil das Haar auf seinem Kopf gelb war wie Gold. Er wurde am Hofe Gwent Ys Coeds aufgezogen, und bevor er ein Jahr alt war, konnte er laufen und war schon stärker als mancher Dreijährige. Am Ende seines zweiten Jahres war er so groß und stämmig wie ein Sechsjähriger, und als sein vierter Sommer anbrach, bedrängte er die Stallburschen, ihn die Pferde tränken zu lassen.

»Herr«, sagte Teirnons Weib, »wo ist der Hengst, den du in jener Nacht gerettet hast, in der Gwri zu uns kam?«

»Ich übergab ihn den Stallburschen«, antwortete er, »und trug ihnen auf, sich gut um ihn zu kümmern.«

»Wäre es nicht passend, ihn zuzureiten und ihn dann Gwri zu geben? Denn du hast den Hengst in derselben Nacht gerettet, in der du auch das Kind gefunden hast.«

»Das ist ein guter Gedanke – du darfst Gwri das Pferd geben.«

»Herr«, sagte sie, »möge Gott es dir lohnen. Das werde ich tun.«

Also ging Teirnons Frau hinaus zu den Stallburschen und trug ihnen auf, das Pferd zuzureiten und ihr zu berichten, wie sie vorankamen.

Und so bekam der Knabe das Pferd.

Doch auch Teirnon und sein Gefolge hörten von Rhiannons Strafe. Wegen allem, was geschehen war, und wegen seines Fundes hörte Teirnon sich die Geschichte an und stellte viele Fragen.

Von allen, die aus Arberth kamen, hörte er die Klage über Rhiannons Unglück und ihre Bestrafung. Teirnon dachte darüber nach und betrachtete Gwri genau. Kein Vater und kein Sohn waren einander je ähnlicher gewesen als Pwyll, der Edle von Annwvyn, und der Knabe. Wie Pwyll aussah, wusste Teirnon genau, denn er hatte einst zu dessen Männern gehört. Nun fand Teirnon keine Ruhe mehr, denn es schien ihm nicht recht, den Sohn eines anderen zu behalten und Rhiannon ihrer Strafe zu überlassen.

Als er mit seinem Weib allein war, sprach Teirnon mit ihr darüber.

Sein Weib war damit einverstanden, Gwri zu Pwyll zu bringen. »Herr«, sagte sie, »es gibt drei gute Gründe, warum er zurückkehren sollte. Zum Ersten ist uns Rhiannons Dankbarkeit sicher, wenn wir sie von ihrer Strafe erlösen. Zum Zweiten wird auch Pwyll uns dankbar sein, weil wir seinen Sohn behütet haben und ihn gesund zurückbringen; und zum dritten: Wenn der Knabe zu einem guten Mann heranwächst, wird er sich seiner Pflegeeltern erinnern und für uns tun, was er kann.«

Und so beschlossen sie, Gwri seinen Eltern zurückzugeben.

Pwyll, Pendeuic Dyuet-Powell, Prinz von Dyfed
von Gruffydd ap Rhodri, Schreiber

18

»Rosen müssen wir zwischen spitzen Dornen pflücken,
denn nur dort sind sie zu finden.«

Andreas Capellanus,
zwölftes Jahrhundert, *De Amore*

Nun war es wie in Maries Traum, denn die jungen Männer trugen Llew in seiner Schwanengestalt auf einer Sänfte zum Strand hinunter. Ihr Weg führte sie durch die von Blumen übersäten Wiesen, von denen der süße Duft des ewigen Sommers aufstieg. Die jungen Frauen folgten der Sänfte schweigend. Am Schluss ging Lady Morgaine. Marie aber blieb an der Seite des Schwans. Ihre Hand lag auf seiner weißen Brust.

Als sie das Meer erreichten, setzten die Jünglinge die Sänfte ab, und Marie nahm den Schwan in die Arme. Er war sehr schwer und kalt, und die Kälte griff nach ihrem Herzen. Aber sie nahm die eisige Last klaglos auf sich, watete ins flache, warme Wasser des Heilung bringenden Meeres und setzte sich dort mit dem Schwan nieder. Sie spreizte die Beine und breitete die Arme aus. Ihr Körper sollte der Hafen des Schwanes sein, aus dem ihn das Meer nicht forttreiben konnte. Dann legte sie die goldene Harfensaite über den grünen Stein auf der Brust des weißen Vogels und hielt sie dort fest. Mit den Fingern ihrer anderen Hand berührte sie nacheinander einen roten, einen grünen und einen durchsichtigen Stein an ihrer Halskette. Dabei murmelte sie Worte der Sehnsucht, der Liebe und der Erlösung, Worte, die in ihr aufstiegen wie das warme Wasser, das ihren Körper umspülte.

Anfangs sah sie keine Veränderung. Der Schwan lag nass, kalt und wie tot zwischen ihren Armen. Seine Augen waren geschlossen. Das goldene Wasser tränkte umsonst sein Gefieder, die süßen Worte kämpften vergeblich gegen die Bitterkeit des Todes. Marie hörte Morgaine leise weinen und fühlte Gayains Verzweiflung. Es erstaunte sie nicht, dass diese schönen Wesen aus der Anderwelt, Geschöpfe voller Magie und wundersamer Kräfte, die Hoffnung nicht kannten. Denn die Hoffnung war den Sterblichen vorbehalten. Marie betrachtete den Schwan und wartete. Wenn es sein musste, würde sie für immer mit ihm in den warmen Fluten sitzen. Sie dachte an Arnauds Worte im Lager von Penalarc und lachte leise auf. Vom Bund der Liebe hatte er gesprochen. Doch dies war kein Bund, es war ein Loslassen und Warten. Hier hatten Ungeduld und menschliche Gier keinen Platz, es war nicht die Zeit des Forderns und Verlangens. Langsam, sanft und in unbeschreiblicher Schönheit musste die Verwandlung sich vollziehen.

Und plötzlich spürte Marie die Veränderung. Im toten Körper des Schwans erwachte die Flamme des Lebens. Erst war es nur eine einzige Feder, die sich verfärbte. Das starre Weiß des Todes wurde erst grau und schließlich zu einem blassen Rosa. Dann veränderte sich der Kopf des Schwans. Das schmale Gesicht wurde breiter, rotbraune Locken drängten durch die Federn ans Licht. Die Beine streckten sich und verloren die stämmige Kürze des Vogelkörpers; die Flügel wurden zu Armen. Und mit einem Mal war es Llew, der auf dem Wasser trieb. Ein Mensch, kein Schwan, lag besinnungslos in den flachen Wellen, die ans Ufer spülten. Sein Gesicht, von langem, verfilztem Haar wie von Tang umflossen, war dem Himmel zugewandt.

Nur ein paar Lumpen hingen noch an seinem Körper und ein paar verlorene Federn, die an einen gerupften Vogel erinnerten. Seine Haut war blass wie die eines Gefangenen, der Monate in einem Kerker zugebracht hat, und seine Lider bedeckten die sonst so lebendigen, sonderbaren Augen. Marie betrachtete das Haar, das zu einer langen, verfilzten Mähne geworden war. Das Wasser färbte es dunkel. Ein struppiger Bart bedeckte Llews Wangen, die Nägel seiner Finger und Zehen waren lang und gelb. An Llews Knien entdeckte Marie frische und alte Wunden und Schrammen, seine Ellbogen waren schwielig. Die Muskeln der Arme traten knotig hervor; sie erinnerten noch an die starken Schwingen des Schwanes. Llews Beine sahen im Vergleich dazu dünn und kümmerlich aus. Überall an seinem Körper gab es Wunden, Risse und blutunterlaufene Stellen, die die Blässe der Haut noch unterstrichen. Marie betrachtete Llew ohne Angst und ohne Verlegenheit. Sie spürte nur Wärme und tiefe Dankbarkeit und einen Schmerz, für den sie keine Worte, ja nicht einmal die richtigen Gedanken fand. Seine Quelle war Llews erschreckende Schönheit, der Verlust der Anmut des Schwanes und die schwere Zeit, die er durchlitten hatte.

Sanft legte Marie ihre nassen Finger auf Llews Augen, seine Nase und seine Lippen unter dem struppigen Bart. Dann berührte sie Llews Kehle und schließlich seine Brust an der Stelle, wo über dem Herzen zwischen den Lumpen der grüne Edelstein glühte. Llews Haut veränderte sich unter ihren Fingern. Die Blässe des Todes wich der sanften Röte erwachenden Lebens, doch seine Augen blieben geschlossen, und er bewegte sich nicht. Marie sprach nicht mit ihm und berührte ihn auch nicht mehr. Sie wartete auf seine Großmutter Morgaine, die durch das flache Wasser zu ihnen watete. Ihre Schönheit nahm Marie den Atem. Sie bewunderte Morgaines goldenes Haar und ihre ausdrucksvollen blauen Augen. Das Alter konnte ihr so wenig anhaben wie Lord Gwyn. Sie war das weißgoldene Gegenstück zu seinem dunklen Feuer.

»Königin«, sagte Marie, als Morgaine bei ihr anlangte, »bitte nehmt Euch seiner an. Er braucht Eure heilende Hand.«

Morgaine nickte, beugte sich zu Marie und küsste sie sanft auf die Wange. Ihr Kuss duftete nach Rosen. Dann beugte sie sich zu Llew, berührte vorsichtig seine Brust, die Arme, die Beine und das Gesicht. Die Wunden schlossen sich unter ihren Händen, und seine Haut wurde wieder glatt und unversehrt. Morgaine zog ihre Finger durch Llews verfilzte Mähne und schon gewannen die Locken ihren Glanz und ihren Schimmer zurück. Doch bei alledem blieben Llews Augen geschlossen, und aus Morgaines Zügen sprachen Zweifel und Sorge.

»Wir wollen ihn in den warmen Sand legen, Königin«, sagte Marie. Morgaine zögerte nicht, ihre königlichen weißen Arme auszustrecken und Llew an den Füßen zu fassen. Gemeinsam mit Marie trug sie den ohnmächtigen Llew an den Strand. Dort setzte Morgaine sich neben ihn, warf ihr langes goldenes Haar über seinen reglosen Körper und sang ein Lied, dessen Worte Marie nicht verstand. Nur die Melodie kannte sie. Sie war traurig und doch schön und berührte Maries Seele. Das Haar der Königin glitt über Llew hinweg wie flüssiges Gold. Sein Lichtschein umhüllte ihn mit heilender Wärme, war Balsam für seinen zerschundenen Körper und seine Seele zugleich. Der Anblick erfüllte Marie mit Ehrfurcht, aber noch immer erwachte Llew nicht.

Morgaine beendete ihr Lied und band ihr schweres Haar zusammen. Dann knieten ihre acht Schwestern und die jungen Männer, die Vögel gewesen waren, bei Llew nieder. Sie hüllten ihn in Kleider aus feinstem Linnen und Seide und salbten ihn mit duftenden Ölen. Nun sah er wahrhaft aus wie ein Prinz und er war schöner als je zuvor. Aber auch jetzt blieb er ohne Bewusstsein.

Schließlich sprach Morgaine: »Alle heilenden Kräfte, die

Annufen ihm geben kann, wurden ihm zuteil. Sein Körper und seine Seele sind wieder vereint. Doch sein Herz ist noch immer verloren. Mehr können wir nicht für ihn tun.«

Wortlos setzte Marie sich zu Llew und nahm seine schlaffen Hände in die ihren. Sie sah ihn an, als wolle sie sich seine Züge für alle Zeiten einprägen. Nur das kaum merkliche Heben und Senken seines Brustkorbs zeigte ihr, dass Leben in ihm war. Zu lang, zu lang, zu spät, zu spät – die Worte hämmerten in Maries Kopf. Der Zauber der Unterwelt war tödlich gewesen. Er hatte Llews Herz gebrochen, und nun lag er in einem Schlaf, aus dem er nie wieder erwachen würde. Nicht einmal Lady Morgaine und die heilenden Kräfte von Annufen konnten ihm noch helfen.

Aber, ach, wie sie sich nach ihm sehnte! Ihr ganzes Sein hatte er in Aufruhr versetzt, sein Blut und das ihre hatten sich vermischt. Maries Hände zitterten. Das seltsam vertraute Gefühl von Llews Haut unter ihren Fingern ließ sie erbeben.

Armer Llew, hatte sie oft gedacht. Der arme Llew kennt nur Pflichtbewusstsein und Ehre – Unbekümmertheit und Freude sind ihm fremd. Wie dumm sie gewesen war. Nicht Pflichtbewusstsein, sondern wahre Herzensgröße hatte all sein Tun bestimmt. Viel zu spät hatte sie das erkannt. Und noch immer konnte sie das Ausmaß seiner Güte und Großzügigkeit nicht fassen. Nur in den Träumen, in denen sie eins war mit dem Schwan, hatte sie die Wahrheit erahnt. Aber selbst dann ... Der Falke hatte sie erst in das Reich von Lord Gwyn und Lady Morgaine locken müssen, damit sie endlich ihre wahren Gefühle für Llew erkannte.

Morgaine griff nach Maries Hand. Die Berührung war trocken und warm. Einen Herzschlag lang herrschte Stille, dann sprach Morgaine.

»Mein liebes Kind, was ist das Leben anderes als eine Reise? Annufen verdankt Euch die Rückkehr seiner heilenden

Kräfte. Doch Euer eigenes Herz und Eure Seele werden noch lange brauchen, bis sie ganz geheilt sind. Aber der Anfang ist gemacht. Wer kann das schon von sich sagen?« Sie wandte sich an ihr Gefolge. »Kommt, meine Schwestern. Kommt, meine Freunde.«

Marie sah zu, wie die Prozession sich voll Würde und Anmut entfernte. Schon begann sie, sich verlassen und allein zu fühlen, und die Angst um Llew wollte übermächtig werden. Doch sie rief Morgaine und die ihren nicht zurück. Sie schämte sich auch der Tränen nicht, die ihr nun aus den Augen flossen. Nach einer Weile bettete sie Llews Kopf in ihren Schoß und streichelte sein schimmerndes, rotbraunes Haar. »Was fehlt dir, süßer Llew?«, murmelte sie. Dabei fiel ihr eigenes schwarzes Haar über sein Gesicht, und es war, als ob es ebenfalls flüsterte: »Oh, was fehlt dir, mein Liebster? Warum erwachst du nicht?«

Da schlug Llew die Augen auf und sah ihr ins Gesicht.

Quant il l'oi, mut fu dolent;
Del respundre ne fut pas lent.
Teu chose dist par maltalent
Dunt il se repenti suvent.
»Dame«, dist il, »de cel mestier
Ne me sai jeo nient aidier;
Mes jo aim, e si sui amis
Cele ke deit aver le pris
Sur tutes celes que jeo sai ...«

Die Worte der Königin trafen tief in sein Herz;
Sein Geist ward getrübt von dem grausamen Schmerz.
Und so hat er dann über die Liebe gesprochen,
Sein Versprechen vergessen und gebrochen.
»Vergebt mir, Hoheit, doch was Ihr sprecht,
Ist nicht nur falsch, es ist ungerecht.
Meine Liebe ist rein, das glaubet mir,
Und meine Geliebte viel schöner als Ihr ...«

Marie de France
Das Lai von Sir Lanval

19

Llew sah Marie an, und in seinem Blick lag weder Trauer noch Schmerz. Das eine blau, das andere braun – eigentümlich schöne Zeugen seiner doppelten Herkunft –, blickten Llews Augen mit einem Ausdruck in ihre, den Marie bei ihm noch nie zuvor gesehen hatte: Die Leichtigkeit, der freundliche Spott und die heitere Gelassenheit, die sich in diesem Blick vereinten, passten nicht zu einem Mann, dessen Körper bös zerschunden und vom Tod gezeichnet war.

»Madame«, sagte Llew mit krächzender Stimme. »Madame, mir fehlt nichts. Was sollte mir auch noch fehlen, nun, da ich hier bei Euch bin? Ich schlief und ich träumte. Aber nun bin ich im Duft Eures Haares erwacht, ich spüre Euren süßen Atem, die heilende Kraft Eurer Worte und Euren Herzschlag.«

Marie blieb der Mund offen stehen. Darauf fiel ihr keine Antwort ein.

»Mein Körper ist steif und meine Glieder schmerzen. Außerdem vermisse ich meine Schwanenflügel«, fuhr er fort. Dabei ließen seine Augen die ihren nicht los. »Ah, was für ein herrliches Gefühl, auf dem Strom des Windes dahinzusegeln!«

»Ja, das ist es«, sagte sie. »Es war unbeschreiblich schön. Oh, Llew ...«

Sie fühlte sich plötzlich so leicht, so leicht, leichter als Luft ...

»Ich bin nicht gekommen, um Euch festzuhalten, liebste Marie«, sagte er. »Ich verlange keinen Bund und kein Versprechen. Aber mein Herz ist voll Freude, dass Ihr es seid, die mich willkommen heißt, dass Ihr es seid, in deren Schoß mein Haupt ruht.«

Marie konnte nicht sprechen. Ein dicker Klumpen lag in

ihrer Kehle. Ihre Glieder zitterten, und ihr Kopf fühlte sich heiß und leicht an.

Llew lachte leise. Doch seine Stimme klang ernst. »Schaut nicht so ängstlich drein. Glaubt nicht, Ihr müsstet Euch erniedrigen oder Ihr würdet mir gar etwas schulden. Ihr seid gekommen, und das war genug.«

»Ich weiß«, sagte sie schließlich mit demselben Ernst. Und so, wie ihre Blicke nun miteinander verschmolzen, war Blut mit Blut verschmolzen, in den luftigen Höhen, hoch über dem Land. So war Haut zu Haut geworden an den nassen Ufern der Welt, und ein Lied hatte sich mit einem Lied vereint. Aber nur einer von ihnen hatte die wahre Bedeutung der Melodie gekannt. Der andere hatte sich abgewandt und nichts bemerkt ...

Erinnerungen begannen in Marie aufzusteigen. »Oh, Llew, oh, Llew, wie konnte ich nur so blind sein?«

»Wie soll man wahre Liebe erkennen«, antwortete er ruhig, »wenn man den Liebenden nicht kennt?«

Der Schmerz durchzuckte Marie wie eine heiße Klinge. Sie wusste so wenig von Llews Leben. Nie hatte sie sich gefragt, ob er vor ihr schon andere Frauen geliebt hatte, und nun war der Gedanke ihr unerträglich. Aber das durfte sie sich nicht anmerken lassen. Sie hatte kein Recht, ihm Fragen zu stellen oder gar eifersüchtig zu sein. Nicht nach allem, was sie getan hatte.

Llew nahm ihre Hand und hielt sie fest. Seine schönen Augen blitzten. »Wo immer wir auch waren, meine Geliebte, was immer wir getan haben, niemand kann uns nehmen, was jetzt ist und wo wir jetzt sind. Doch was gewesen ist, dürfen wir dennoch nicht vergessen. Was wäre sonst unser Leben wert? Ihr mögt noch nicht bereit gewesen sein, Eure wahren Gefühle zu erkennen. Aber auch für mich war die Zeit noch nicht reif. Dabei trug ich Euch stets in meinem Herzen, liebste

Marie, und Euer Bild versüßte meine Träume. Mein Herz, meine Seele, mein Körper sehnten sich nach Euch, all die langen Jahre. Aber ich weiß, ich hätte Euch nicht lieben können. Nicht ganz, nicht offen, so wie jetzt. Denn Liebe ist ein nobles Wagnis, und ich wagte nicht, mein Glück zu erkennen und es festzuhalten ...«

»Ihr solltet mich hassen!«, rief Marie mit tränenerstickter Stimme. »Ihr solltet mich hassen, Llew, denn ich bin flatterhaft, hochmütig und Eurer Liebe nicht wert!«

»Euch hassen?« Unvermittelt setzte er sich auf. Seine Augen flackerten, sein Gesicht war gerötet, und er zitterte am ganzen Körper. Einen Augenblick lang fürchtete Marie sich beinahe vor ihm. »Oh, hassen kann ich voller Leidenschaft, Madame. Ich bin nicht der sanftmütige Ritter, für den Ihr mich haltet. Ich hasse die Worte, hinter denen Ihr Euer Innerstes versteckt, und die Gefühle, die Euch zerreißen und Euch von Eurer wahren Seele trennen. Ich hasse den Hass, der in mir wohnt und der diejenigen verschlingen will, die Euch so viel nehmen, die Euch zum Weinen bringen und nicht wissen, welch einen kostbaren Schatz sie verschenken. Sagt so etwas nie wieder, Madame, denn auch ich vermag nicht alles zu ertragen!«

Marie war wie gebannt von der dunklen Leidenschaft und der Kraft seines Zorns. Dann verzog Llew das Gesicht und sank mit einem leisen Aufschrei zurück in den Sand. Sie kniete bei ihm nieder.

»Llew, mein liebster, süßer Llew, ich verspreche Euch ...«

»Keine Versprechen!«, erwiderte er matt. »Bitte. Haben wir einander in unserem Leben nicht schon genug Versprechen gegeben, Ihr und ich?«

Er zog sie an sich und nun war sie es, die in seinen Armen lag, die in seinem Körper einen Hafen fand. Tief atmete sie seine Wärme ein. Seine Lippen fanden die ihren, und die süße

Kraft seines Kusses durchströmte sie, jedoch nicht wie Rosenduft, nicht wie wilder Honig, nicht wie all die hübschen Dinge, die von Poeten gern besungen werden, sondern mit dem unbändigen Aufwallen von Leben spendendem Wasser, von Blut, Haut und Fleisch. Sie hielten einander fest umklammert und wollten sich nie mehr loslassen. Nichts in der Welt sollte sie mehr trennen. Ein jeder flüsterte den Namen des anderen, wieder und immer wieder. Sie konnten sich nicht satt hören an dem Klang und schwiegen nur, wenn sie sich küssten. So flossen ihre Seelen und Herzen ineinander, nur ihre Körper waren noch nicht völlig vereint. Und doch waren sie einander Stern und Mond, Wasser und Feuer, Erde und Luft. Welten trafen sich in ihrer Umarmung: leuchtend, brennend, schwerelos wie Luft, versengend wie Sonnenstrahlen, heilend wie Wasser, tanzend wie Sternenlicht, geheimnisvoll und tief wie die Erde.

Dann sahen sie, wie Lady Morgaine und ihr Gefolge über die Wiesen auf sie zugeschritten kamen. Hand in Hand mit Morgaine ging Lord Gwyn, und hinter ihm ritt sein ganzer Hofstaat. Die strahlende Schönheit dieser Prozession und das glückliche Strahlen auf den Gesichtern ließen die Worte aus Marie herausbrechen wie aus einem überfließenden Brunnen.

»Oh, Llew, sieh nur, da kommt deine Familie! Es sind Lady Morgaine und Lord Gwyn aus Annufens königlichem Geschlecht! Oh, Llew, Geliebter, deine Rückkehr hat sie wieder vereint!«

Sie wandte sich zu ihm um und erschrak. Ein Schatten glitt über seine Züge, und in seinen Augen lag ein tiefer Schmerz. »Nein Marie. Ich bin nicht von edlem Geblüt. Die grausame Wahrheit erfuhr ich schon vor langer Zeit. Mein Vater war ein Straßenräuber und meine Mutter eine Dirne. Ich hatte das Glück, dass ein freundlicher Mönch sich meiner annahm. Könnt Ihr mich dennoch lieben? Könnt Ihr meine Gemahlin werden, obwohl ich der Spross von verbrecherischem Gesindel bin?«

Marie lächelte. »Oh, mein Liebster, das ist nicht wahr! Denn was Ihr für Eure Vergangenheit haltet, sind nur die Lügen eines eifersüchtigen Knaben, und sie könnten nicht weiter von der Wahrheit entfernt sein. Euer Vater war ein englischer Edelmann namens Elfric und Eure Mutter Angharad, eine Prinzessin von Annufen. Weil sie einem machtlosen Sterblichen ihre Liebe schenkte und nicht den erwählte, den Mutter und Vater ihr zugedacht hatten, wurde sie verbannt. Und die Eltern der Prinzessin sind Lord Gwyn und Lady Morgaine.«

Marie wollte nach Llews Hand greifen, doch er entzog sie ihr. »Wer hat Euch das gesagt, Marie?«

Sie vernahm die Härte in seiner Stimme und spürte, wie die Angst nach ihrem Herzen griff. »Ich weiß es von Euren Verwandten selbst, Llew. Sie haben mir alles erzählt. Ihr wurdet verflucht und Eure Mutter verbannt. Euer armer Vater starb. Aber nun ist alles gut, und endlich werden Euch die Ehren zuteil, die Euch zustehen. Denn nicht nur in Annufen heißt man Euch willkommen, auch die Herren von Cymru erwarten ...« Die Worte blieben Marie in der Kehle stecken, als ihr bewusst wurde, was sie gesagt hatte.

Lady Morgaine und Lord Gwyn waren nun bereits ganz in der Nähe. Sicher würden sie nicht so freundlich lächelnd und würdevoll daherschreiten, wenn eine Gefahr drohte! Doch Maries Herz raste.

»Was wollen sie von mir, Marie? Sagt es mir.« Sie schwieg. Llews Augen wurden dunkel. »Ihr wollt es mir nicht sagen, weil es nicht wahr ist, dass ich aus dem Geschlecht derer von Annufen stamme. Es ist Euch unerträglich, den Sohn eines Straßenräubers und einer Dirne in den Armen zu halten. Als wir uns auf dem Schloss Eures Vaters zum ersten Mal begegneten, konntet Ihr mir Eure Liebe nicht schenken. Ich war ja nur ein armer Ritter ohne Burg, ohne Land. Mein Herr, Hoel von Broceliande, war es, mit dem Ihr Euch vermähltet. Und selbst jetzt, jetzt wo die Liebe uns vereint, versteckt Ihr die Wahrheit hinter schönen Geschichten. Denn in der Tiefe Eurer Seele glaubt Ihr nicht, dass ich Eurer wert bin …«

Mit offenem Mund starrte Marie ihn an.

»Marie, Marie …« Wie ein zerrissenes Schluchzen stieg ihr Name aus seiner Kehle, doch seine Augen waren trocken. »Ihr widersprecht mir nicht. Oh, Marie!«

Die edlen Damen und Herren von Annufen waren nun schon fast bei ihnen. Marie sah das Lächeln auf ihren Gesichtern. Nervös legte sie die Hand an ihre Kehle, um die Kette mit den Sternensteinen zu berühren. Doch sie waren kalt, ihr Feuer erloschen. Llew sah die Bewegung und lächelte traurig.

»Einst habt Ihr mir einen von den Steinen gegeben«, sagte er und hielt ihr den grünen Edelstein hin. »Hoffnung. Warum ließet Ihr mich hoffen, Madame, wenn Ihr doch nur einen Menschen lieben könnt, der schon von Geburt an ein Edelmann ist?«

»Nein, Llew, nein!« Marie ertrug es nicht länger, denn sie sah den Schmerz eines verwirrten Kindes auf Llews Gesicht. Sie empfand eine tiefe Zärtlichkeit für den, den sie einst für so stark, so gelassen, so unantastbar in seiner Ehre und in seinem tiefen Verständnis von allen Dingen gehalten hatte. »Ich liebe Euch, Llew! Ich liebe Euch aus ganzem Herzen und nur um Eurer selbst willen. Aber ich kann es nicht zulassen, dass Euch eine alte Lüge wie eine Wunde im Herzen brennt. Ihr seid ein Prinz von Annufen, Llew. Vielleicht gar der höchste, den es jemals gab, denn in Euch sind die Welten vereint.«

Er schrie, als bräche sein Herz entzwei, und Marie erkannte, dass sein Schicksal mit jeder Faser seines Seins verwachsen war. Er konnte dem Fluch, der schon lange vor seiner Geburt über ihn gesprochen worden war, nicht entkommen.

Die edlen Herren und Damen von Annufen waren nun um sie, doch ihre Reihen teilten sich und ließen eine Gasse frei. Durch diese Gasse schritt Arnaud de Beroul, ein triumphierendes Lächeln auf dem Gesicht.

In diesem Augenblick wusste Marie, dass sie Llew für immer verloren hatte. Denn ohne es zu wollen, hatte sie ihn mit ihrer Liebe verraten, ihn dem Schicksal ausgeliefert, das ihm prophezeit war. Sie hatte ihn mit ihrer Liebe wieder zu einem Menschen gemacht und ihn damit denjenigen preisgegeben, die seine menschliche Wärme zerstören und ein kaltes Opfer aus ihm machen würden. Schon verhärteten sich Llews Züge und seine Lippen wurden dünn. Seine Augen leuchteten mit dem kalten Licht einer steinernen Statue.

Das Meer um die Heilige Insel begann zu kochen. Schwarz und riesenhaft türmten sich die Wellen auf. Wie der Rachen eines schrecklichen Ungeheuers rollten sie heran, donnerten auf den Strand und verschlangen alles, was sich ihnen in den Weg stellte: alles Leben, alle Wärme, alle Erkenntnis.

Lanval fut seul e esagre,
Walwain i vait, ki l'a plevi,
E tuit si cumpainun apres.

Lanval war allein, er konnte nicht siegen,
Gawain, der es sah, ergriff für ihn das Wort,
Und die anderen Ritter führten es fort.

Marie de France
Das Lai von Sir Lanval

VIERTER TEIL

DIE HERRIN DER BLUMEN

20

Zu ihren Füßen gähnte ein tiefer, weiter Abgrund; vor ihr lag eine Brücke. Sie war aus Schwertern gebaut, deren Klingen nach oben zeigten. Die scharfen, todbringenden Schneiden blitzten, warteten darauf, sich in das Fleisch von Füßen und Beinen zu fressen und das Herz in Stücke zu schneiden. In ihrem Rücken spürte sie eine Hand aus Stein, die sie der Brücke und dem Abgrund entgegenschob. Weit, weit drüben, auf der anderen Seite, wartete ein langer dunkler Tunnel – seine Dunkelheit fast greifbar, seine Leere ein Sog. Dorthin musste sie gehen. Ihr blieb keine Wahl. Die grausame steinerne Hand schob sie unbarmherzig voran. Sie kämpfte dagegen an, wehrte sich und schrie. Manchmal gewann sie ein wenig Halt für ihre Füße. Aber sie musste den Kampf verlieren.

Zurück, voran, zurück, voran. Ah! Sie war auf der Brücke, fühlte, wie die erste Klinge sich in ihr Fleisch grub. Der Schmerz nahm ihr den Atem. Sie verlor das Gleichgewicht und drohte zu fallen. Die unsäglichen Qualen ließen den Abgrund plötzlich verlockend und freundlich erscheinen. Doch die steinerne Hand war noch immer in ihrem Rücken und schob sie weiter hinaus auf die Brücke aus Schwertern. Die Klingen schnitten ihr tief ins Fleisch, doch es floss kein Tropfen Blut. Alles war nur weißer, pulsierender Schmerz. Sie konnte ihm nicht entkommen. Für alle Zeiten würde sie nun über diese Brücke aus scharfen Klingen gehen müssen, konnte niemals fallen und nie auf der anderen Seite ankommen.

Das tödliche Blitzen erstreckte sich weit, weit über den Abgrund, und das scharfe Metall begann zu summen. Myriaden unheimlicher, kalter, triumphierender Stimmen fielen darin ein. Es war das Lied von Blut und Eisen, von Mordlust, Grausamkeit und endlosem Schmerz.

Dann plötzlich war sie auf der anderen Seite. Die Brücke endete, und der dunkle Tunnel lag vor ihr. Die Angst vor den Schwertern verblasste angesichts des Grauens, das sie nun befiel. Der Tunnel war eng wie der Eingang einer Grabkammer, stickig wie ein Sarg, die Dunkelheit gefüllt mit dem Atem unbekannter Geschöpfe. In der Luft lagen der Gestank der Verwesung und die Gewissheit einer lauernden Gefahr.

Sie versuchte umzukehren. Lieber die grausamen Klingen als der unbekannte Feind, der sie im Dunkeln erwartete. Oh, wie sie sich nach dem Abgrund sehnte! Aber die steinerne Hand schob sie voran.

Sie trat ein, stieg durch den Mund der Dunkelheit, um sich von ihr verschlingen zu lassen. Doch mitten in der atmenden Finsternis fiel alle Angst von ihr ab. Sie kannte diesen Ort, hatte ihn schon einmal gesehen. Der erstickende Kuss der Erde füllte ihren Mund, doch sie atmete durch die Nase, scharf, dünn und klar. Dabei starrte sie nach vorn, in die Schwärze, die wie ein haariges Tier war. Worte klangen in ihrem Kopf.

»Ich rufe dich bei deinen tausend magischen Namen: dergwenn, Weißbuche, koad-kren, Espe, skav-gwarch, Ahorn ... Ich rufe Euch, Ihr guten Geister der Erinnerung ...«

Aber die Worte verloren sich in der großen schwarzen Dunkelheit, wurden von ihren geifernden Mäulern verschluckt. In der Erinnerung lag kein Trost, sie bot keine Hilfe. Der Tunnel wurde enger und enger, doch noch immer drängte sie die steinerne Hand in ihrem Rücken weiter, und der schwere, erwartungsvolle Atem wurde lauter und immer bedrohlicher. Das Gewicht dessen, der sie ansprang, zerschmetterte sie. Der Schmerz war schärfer und noch durchdringender als die Klingen aller Schwerter. Er riss ihr die Brust auf mit seinem

Rasen, legte ihr Herz frei, das noch klopfte, aber schon blutete und starb. Darauf war das große, formlose Ungeheuer aus, danach suchten seine gierigen Pranken. Sie wollte ihm ihr Herz geben, denn sie brauchte es nicht mehr, wollte nur ins Nichts fallen und sich darin auflösen. Aber die steinerne Hand griff nach ihr und verschloss die klaffende Wunde. Dann stieß die Hand sie weiter, voran, immer voran.

Sie war hindurch. Sie sah das Licht, doch es war nicht freundlich. Es brannte und versengte ihr Gesicht, es ließ ihre zerschnittenen Füße pulsieren und ihr verwundetes Herz bluten. Der Verwesungsgeruch wich dem überwältigenden Aroma Tausender, ja Millionen von Rosen. Die Dunkelheit war voller Geheimnisse gewesen, hatte sie belauert und mit ihrem widerlichen Gestank bedrängt. Doch nun war ihr, als wäre der Duft der Rosen der Geruch des Bösen selbst: durchdringend, süßlich und unentrinnbar. Die Schönheit war nur der Köder in einer Falle und eine Schlange, die darauf wartete, sie in Versuchung zu führen, sie zu verlocken ...

Auch diesen Ort kannte sie. Sie war in einem Rosengarten, den strahlend weiße Wände umgaben. Ein Labyrinth aus ordentlich geharkten Pfaden führte durch das Blütenmeer. Es war endlos, und als sie über ihre Schulter zurückblickte, hatte es auch keinen Anfang mehr, denn der Eingang hatte sich in der silbernen Luft aufgelöst. Die steinerne Hand war nicht mehr in ihrem Rücken.

Wie hatte sie diese Hand gehasst, wie verbissen gegen sie gekämpft. Doch nun fürchtete sie sich, denn selbst die steinernen Finger hatten sie verlassen.

Sie begann zu laufen, obgleich sie keine Hoffnung hatte, aus dem Garten zu entkommen. Die Pfade führten nur ineinander und die Mauern waren aus Glas. Sie waren zu hoch, um hinüberzuklettern, und boten den Händen keinen Halt. Überall, überall, so weit das Auge reichte, blühten Rosen, rot und weiß, violett und golden und in einem blassen Rosarot. Die zarten Blüten standen zwischen Dornen, die scharf waren wie Messer, schärfer noch als die Brücke aus blitzenden Schwertern.

Scharf genug, um eine Brust zu durchbohren, die bereits verwundet war, scharf genug, um das Leiden für immer zu beenden. Mit einem Aufschrei warf sie sich in das Meer von Blüten, deren farbenprächtige Umarmung ihr den Tod bringen sollte. Sie warf sich in die gespreizten Klauen der grausamen Dornen.

Doch anstelle des durchbohrenden Schmerzes, statt des heißen Blutopfers, das sie gewollt hatte, hüllte Weichheit sie ein. Die Weichheit umfloss ihre Sinne, Kühle drang in ihren Mund. Stimmen streckten sie nach ihr aus und spannen sie ein wie zarte Ranken. »Oh, Marie«, flüsterten sie. »Oh, Marie … meine liebe Marie …«

Eine der Stimmen erkannte sie, wenngleich sie sie schon viele Jahre nicht gehört hatte. Oh, es war unendlich lange her! Und doch war ihr das Gesicht, das sich über sie beugte, so vertraut. Sie kannte die großen Augen und den weißen Schleier, der das sanfte, dunkle Antlitz umwehte. Sie schmiegte sich in die Arme, die sie hielten, fand Trost am warmen, liebenden Körper ihrer Mutter. Dort vergrub sie sich in der duftenden Wärme und ließ sich wiegen wie ein Kind. Sie hatte keine Worte, aber in all ihren Nerven, ihren Adern und in den Poren ihrer Haut begann ein süßes, tiefes Summen der Harmonie, die sie mit dem Anfang vereinte.

Nun endlich konnte sie sich fallen lassen, brauchte an nichts mehr zu denken. Und keine steinerne Hand schob sie mehr voran.

Marie schlief und schlief. Ein- oder zweimal erwachte sie und blickte in Gesichter, die sich über sie beugten. Manchmal hörte sie flüsternde Stimmen, spürte eine Hand an ihrem Hinterkopf, fühlte etwas Kaltes auf den Lippen und in der Kehle. Dann glitt sie zurück in die Dämmerung, die nicht undurchsichtig und Furcht erregend, sondern warm war und Geborgenheit spendete wie ein schützender Umhang. Aus der Ferne drang Licht durch das Halbdunkel. Es war wie das Leuchten einer schwachen Lampe. Marie sah es wohl, wollte sich dem Lichtschein aber noch nicht nähern. Das Leuchten blieb, es kam nicht näher und ging nicht fort. Sie fand Trost in seinem warmen Glühen.

Wieder fiel sie in einen tiefen Schlaf. Als sie daraus erwachte, wusste sie sofort, dass ein neuer Tag angebrochen war und dass sie in ihrer Welt sein musste. Sie befand sich an einem Ort, den sie nicht kannte, und lag in einem weichen, bequemen Bett. Auf einem Tisch am Kopfende stand eine erloschene Lampe. Daneben lag eine leere Flasche. Zwei Stühle waren an das Bett gerückt, und sie hörte einen leisen, zischenden Ton. Doch sie war allein. Dabei wusste sie, dass nicht weit von ihr entfernt Menschen sein mussten, denn die Lampe war zwar gelöscht worden, das Licht glühte aber noch immer in ihr nach.

Marie stützte sich auf den Ellbogen und sah sich um. Das Fenster stand offen. Goldenes Morgenlicht strömte herein, als verziere ein himmlischer Schreiber damit sein Manuskript. Es erleuchtete die grünen und blauen Wandteppiche an den steinernen Mauern, den hohen Schreibtisch, auf dem ein aufgeschlagenes Buch lag, und den Ring der Tierkreiszeichen, der die Fliesen des Fußbodens schmückte. Und es gab Blumen, Blumen überall. Sie waren nicht echt, sondern gemalt oder aus Seide und rankten sich um den Schreibtisch und die Tierkreiszeichen.

Marie schwang die Beine aus dem Bett. Die plötzliche Bewegung ließ sie schwindeln. Einen Augenblick lang saß sie still da und wartete darauf, dass sich der Nebel vor ihren Augen lichtete. Dann blickte sie an sich hinab. Sie trug ein dickes, langes Hemd aus einem weichen Leinenstoff. Die langen Ärmel reichten ihr bis auf die Handgelenke. Sie waren blass und sehr knochig. Marie zog das Hemd ein wenig hoch und betrachtete ihre Beine. Dunkle Härchen bedeckten lang und seidig die blasse Haut. Dann fuhr sie sich durchs Haar. Man hatte es ihr auf Kinnlänge recht kunstlos abgeschnitten, und es fühlte sich stumpf und kraftlos an. Vorsichtig betastete Marie ihr Gesicht. Das Kinn kam ihr spitzer und schärfer vor als sonst. Ich muss furchtbar aussehen, ging ihr durch den Kopf. Doch es war ihr einerlei.

Wie lange hatte sie in diesem Bett gelegen? Tage? Wochen? Sie wusste es nicht. Sie konnte nicht sagen, warum sie an diesem Ort war, was mit ihr geschehen war und wo sie sich überhaupt befand. Sie musste sehr krank gewesen sein. Doch auch daran hatte sie keinerlei Erinnerung. Ihren Namen kannte sie noch, aber viel mehr fiel ihr nicht ein. Ihr Geist schien seltsam leer zu sein, dabei leicht wie Luft und von der unschuldigen Gelassenheit eines Neugeborenen.

Sie atmete tief durch und versuchte noch einmal, aufzustehen. Diesmal gelang es ihr.

Die Fliesen unter ihren nackten Füßen waren kalt, und Marie fröstelte. Sie sah sich nach etwas um, was sie sich überziehen konnte, und fand ein paar weiche Hausschuhe, ein wollenes Überkleid und einen blassblauen Umhang. Es überraschte sie nicht, dass all das für sie bereitlag, denn kein Kind wundert sich, dass für es gesorgt wird. Marie trat ans Fenster und sah, woher das leise Zischen kam. Weit unter ihr lag das Meer. Saphirblaue und diamantene Wellen schlugen gleichmäßig gegen den Fuß der hohen Klippen. Das Wasser zischte, wenn es sich an den Felsen brach. Die Luft war erfüllt von dem salzigen Duft nach Tang, und die Schreie der Seevögel hallten zu Marie herauf. Sie klangen so klar, als wären die Möwen bei ihr im Zimmer ...

Marie wandte sich um. Jemand war hereingekommen. Sie hörte eine Art miauendes Geräusch. Aber es stammte nicht von einer Möwe. Marie wich unwillkürlich einen Schritt zurück.

Eine monströse Gestalt bewegte sich auf sie zu. Sie war in die Fetzen eines dunklen Gewandes gehüllt, dessen Kapuze das Gesicht des Wesens in Schatten hüllte. Marie vermochte nicht zu sagen, ob es männlich oder weiblich war. Der Teil des Körpers, den sie sehen konnte, schien ihr grotesk verformt. Die von Schmutz verkrusteten Hände, die aus den zerrissenen Ärmeln des Gewandes ragten, glichen Klauen. Der zerfranste Saum des Umhangs gab den Blick auf verkrüppelte, nackte Füße frei.

Die Gestalt blieb vor Marie stehen und hob den Kopf. Eine Seite ihres Gesichtes war durch eine schreckliche Narbe entstellt, die die Oberlippe hochzog wie bei einem knurrenden Hund. Marie sah abgebrochene, faulige Zähne. Die Haut des Wesens erinnerte sie an fleckiges Pergament. Eines der Augen war trüb, und ihm fehlte die Iris. Das andere, bernsteinfarbene, hatte einen unsteten, flackernden Blick. Die schreckliche Kreatur stieß erneut das miauende Geräusch aus.

Der Ekel und die Angst, die in Marie aufgestiegen waren, verebbten. Das Glühen der Lampe musste noch in ihr sein. Sicher gehörte das bedauernswerte Wesen an diesen Ort. Wahrscheinlich hatte es sich um sie gekümmert und sie gepflegt. Es musste ein Freund sein. Ein wenig unsicher streckte Marie die Hand nach ihm aus und sagte: »Ich wünsche Euch einen guten Morgen, lieber Freund.«

Das bernsteinfarbene Auge rollte, wieder kam das Miauen. Doch die Gestalt ergriff Maries Hand, umschloss sie mit der eigenen und schüttelte sie. Obwohl die Haut sich trocken und schuppig anfühlte, lag die Klaue leicht in Maries Handfläche, und sie empfand die Berührung nicht als unangenehm. Darum ärgerte es sie, dass ihr Zittern nun sogar stärker wurde. Sie gab sich die größte Mühe, ruhig zu bleiben.

Die Kreatur rüttelte sanft an ihrer Hand.

»Ihr wollt, dass ich mit Euch komme?«, fragte Marie erstaunt. »Gut, lasst uns gehen.« Sie folgte dem Wesen aus dem Zimmer.

Dahinter lag ein zweiter Raum. Er war gemütlich und gut durchdacht, denn er diente offenbar unterschiedlichsten Zwecken. An einem Ende befand sich ein großer offener Kamin. Über dem Feuer hing ein Topf, in dem etwas sehr Wohlriechendes vor sich hin köchelte. Große Bündel getrockneter Kräuter, Girlanden aus Zwiebeln und Knoblauch hingen von den Deckenbalken. An einem hölzernen Tisch standen zwei Bänke, und in den Regalen an den Wänden stapelten sich Töpfe, Tiegel, Geschirr und andere Gerätschaften.

Die Kreatur stieß wieder ihr Miauen aus. Marie nahm an, dass sie langsam ungeduldig wurde. Lächelnd folgte sie dem Wesen aus der Tür in einen Garten.

Sobald Marie ihn erblickte, erstarrte sie. Die Leichtigkeit, die sie soeben noch empfunden hatte, die wohltuende innere Gelassenheit, war wie weggewischt. Sie begann am ganzen Körper zu zittern. Die Kreatur, die nun an ihre Seite trat, sah sie kaum. Sie spürte nur, wie das Wesen mit sanftem Nachdruck ihre Hand ergriff. Widerstrebend ließ Marie sich in einen wunderschönen Garten führen.

Sie befand sich in einem weitläufigen, ummauerten Viereck voller Sonnenlicht und grüner Pflanzen, mit Pfaden, die einander kreuzten und sich in alle Winkel des Gartens wanden. Doch vor ihr breitete sich kein Meer von Rosen, Ginster und Mädesüß aus, und sie stand auch nicht in einem so perfekten Garten, wie ihn nur der ewige Sommer Annufens hervorbringen konnte. Sie befand sich in ihrer Welt, und dort war Herbst. Dennoch wusste Marie sofort, dass dies der Garten aus ihren Träumen war, der Garten der Herrin der Blumen. Vor nicht allzu langer Zeit hätte sie sich noch gefragt, woher sie diese Sicherheit nahm. Doch über solche Dinge wunderte sie sich inzwischen nicht mehr. Das Wundern hatte sie in den zugleich schönen und schrecklichen Reichen Annufens verlernt.

Das Wesen führte Marie zu einem ausladenden Baum, dessen Krone noch bunte Blätter trug. Darunter saß eine Frau. Sie war in weiße Gewänder gehüllt und trug einen weißen Schleier. Die Frau las in einem Buch. Die Klaue der Kreatur umklammerte Maries Hand mit eisernem Griff, und ihr blieb nichts anderes übrig, als hinter ihr herzustolpern. Mit jedem Schritt wurden neue Erinnerungen in ihr wach. Leicht fühlte sich nun nur noch ihr Körper an. Ihr Geist aber war schwer, und wo einmal ihr Herz und ihre Seele gewesen waren, fühlte sie nun eine beängstigende Leere. Das Licht in ihr war erloschen. Aber ihre Augen waren klar. Ihr war zum Weinen zumute, und doch blieben ihr die Tränen versagt.

Die Frau in den weißen Gewändern ließ das offene Buch in den Schoß sinken. Maries klarem, hartem Blick entging nicht die kleinste Einzelheit. Sie las die vertrauten Worte auf dem Deckblatt: *Das Buch von Himmel und Erde*. Dann bemerkte sie, dass die weißen Kleider der Frau zerknittert und ein wenig fleckig waren, nicht makellos wie in ihrem Traum. Die Hände, die das Buch umfassten, waren ebenfalls nicht von überirdischer Schönheit, sondern die ganz gewöhnlichen Hände einer älteren Frau: mit runzeliger Haut und ein paar dunklen Leberflecken. Marie sah die feinen, dunklen Härchen auf den Handgelenken der Frau. Die Ringe, die sie trug, schnitten ein wenig in das welke Fleisch ihrer Finger.

Schließlich wagte Marie, den Blick zu dem Gesicht unter dem Schleier zu erheben. Es war ihr gänzlich fremd. Vor ihr saß weder eine ätherische Schönheit noch ein todbringendes Ungeheuer, sondern ein ganz gewöhnliches menschliches Wesen mit dem Gesicht einer alten Dame, deren ehemals volle Wangen bereits ein wenig schlaff geworden waren. Aber inmitten der Falten leuchteten klare, intelligente Augen, die Marie freundlich ansahen.

»Ich habe Euch erwartet, Marie.« Die Stimme war tief und wohltönend. »Schön, dass Ihr nun wach seid. Kommt, setzt Euch zu mir.«

Marie entzog dem Wesen ihre Hand und setzte sich zu der alten Frau.

»Ihr seid die Herrin der Blumen«, sagte sie leise, und der Ort, an dem ihr Herz und ihre Seele sein sollten, erbebte.

»Ich bin Lady Phoebe von Mynyw«, erwiderte die Frau freundlich und lächelte dabei.

In Marie regte sich eine Erinnerung. »Ich danke Euch, Lady Phoebe, dass Ihr mich in meiner Not aufgenommen und gepflegt habt«, sagte sie matt. »Wie lange bin ich denn schon hier?«

»Wie lange, meine Liebe? Eine ganze Weile. Der Oktober ist bald vorbei.«

»Ah.« Marie wandte das Gesicht ab und schwieg eine Zeit lang.

Dann sagte sie: »Ich weiß nicht, wie ich hierher gekommen bin, aber ich danke Euch für Eure Fürsorge.«

Die klugen Augen blitzten. »Ihr braucht mir nicht zu danken, meine Liebe. Euch aufzunehmen war schlicht eine Notwendigkeit. Außerdem habt Ihr mir ein wunderschönes Geschenk gebracht.« Sie zeigte auf das Buch.

Marie betrachtete es und erinnerte sich an Königin Eleonore. »Ich bin froh, dass es unversehrt ist.« Die Worte bedeuteten ihr nichts, und auch das Buch war ihr gleichgültig. Es drängte sie weder, es zu berühren, noch, es zu lesen.

»Es traf sich wunderbar, dass Ihr es mir brachtet, denn inzwischen habe ich das letzte Kapitel geschrieben und kann es nun den anderen hinzufügen«, erklärte die alte Dame mit einem zufriedenen Lächeln.

Marie schwieg. Aber das Wesen, das wie eine riesenhafte Spinne neben ihr im Gras kauerte, miaute heftig, und das bernsteinfarbene Auge starrte sie an. Vor langer, langer Zeit hätte Marie sich vielleicht gefürchtet. Aber Angst, Ärger, Freude, Leidenschaft und Furcht hatten sie verlassen.

Sie betrachtete die Kreatur und murmelte schließlich: »Lady Phoebe, wie ist der Name Eurer Dienerin?«

»Ariadne«, antwortete Phoebe. »Sie ist nicht nur meine Dienerin, sondern auch meine Freundin. Ich fand sie in einer finsteren Gasse in Byzanz und nahm sie mit nach Hause. Den Namen Ariadne gab ich ihr später, denn sie war es, deren Gegenwart mir durch ein Labyrinth aus Angst und Verzweiflung hindurchhalf ...«

Marie nickte ohne Neugier. Sie betrachtete ihre Hände.

Phoebe legte Marie eine Hand aufs Knie und studierte ihr Gesicht. »Ihr ähnelt Raymonde, Eurer Mutter, sehr«, sagte sie endlich.

Das Licht flackerte wieder auf, wurde zu einer glühenden Flamme. Die Lampe war wohl nie ganz erloschen. Lady Phoebe mochte daherreden wie ein altes Tratschweib, doch in ihren Augen lagen Klugheit und Weisheit.

»Ja, in der Tat, beinahe wie Raymonde. Ihr wisst, dass sie eine halbe Byzantinerin war, nicht wahr, Marie? Raymondes Mutter stammte aus meiner Heimatstadt. Habt Ihr Eure Großmutter je kennen gelernt? Nein, was frage ich da! Sie starb ja schon vor Eurer Geburt. Sie hieß Elena und war die Tochter eines Seidenhändlers. Alle wohlhabenden Familien aus

Byzanz kauften ihre Stoffe bei Manuel Planoudes, so auch mein Vater. Manchmal nahm er mich mit, wenn er in das Haus des Seidenhändlers ging. So lernte ich Elena kennen. Sie war eine große Schönheit, selbst für damalige Zeiten. Und obwohl sie nicht aus einer Adelsfamilie stammte, warben die Männer – adelige und geringe – in Scharen um sie. Jeder dachte, sie würde eines Tages einen byzantinischen Fürsten erhören, denn sie bewegte sich wie ein Fisch im Wasser unter den Mächtigen und Reichen. Sie war kein einfaches Mädchen, müsst Ihr wissen. Sie war vornehm, temperamentvoll und belesen, und sie hätte jeden Mann bekommen können. Zu unser aller Überraschung schenkte sie ihr Herz einem jungen Mann aus dem Süden Frankreichs, einer Gegend, die wir für furchtbar wild und unzivilisiert hielten. Ach! Ich sagte Elena, sie würde am Ende der Welt leben müssen, wenn sie sich ihren Gaston de Laurac nicht aus dem Kopf schlug! Außerdem glaubte ich, er könne sein Glück, das Herz einer so kostbaren dunklen Flamme erobert zu haben, sicher kaum fassen und würde sich bald schwere Vorwürfe machen, weil er Elena aus ihrem überaus angenehmen Leben in Byzanz gerissen hatte. Doch ich täuschte mich. Er wusste, worauf sie für ihn verzichtete, obwohl sie es ihn nie spüren ließ. Dabei gab sie ihr Luxusleben unter den Adeligen und Gelehrten keinesfalls leichten Herzens auf. Dafür war sie viel zu sehr ein Teil dieser Kreise. Doch als sie den Schritt schließlich getan hatte, schien sie mit ihrem Schicksal zufrieden.«

»Dann kann sie von großem Glück sagen«, antwortete Marie matt. Ihre Augen erschienen riesig in dem schmalen, blassen Gesicht, und ihre Lippen zitterten.

Die alte Frau legte ihren rundlichen Arm um Marie und sah sie freundlich an. »Oh, meine Liebe! Wie gedankenlos von mir. Ich sitze hier und rede in einem fort. Dabei müsst Ihr hungrig und durstig sein!«

»Nein, ich ...«

Phoebe beachtete Maries schwachen Protest nicht weiter. »Ariadne, bitte geh und hol Pfefferminztee und Honigkuchen für uns drei. Ich danke dir, meine Liebe. Vielen Dank!«

Die groteske Gestalt machte eine Bewegung, die einer Verbeugung gleichkam. Dann schlurfte sie eilig zu dem kleinen Haus zurück. Die alte Frau aber plauderte unbekümmert weiter: über den Garten, die Pflanzen, die darin wuchsen, und deren Pflege. Sie sprach von ganz gewöhnlichen, alltäglichen Dingen, und Marie beruhigte sich ein wenig. Es gelang ihr sogar, die dunkle Leere, die sie in sich spürte, eine Zeit lang zu vergessen.

21

Tage vergingen. Das kleine Haus und der Garten am Meer wurden zu Maries Welt. Die schützenden Mauern waren die ihren, und auch die sonnenbeschienenen Fleckchen im Garten gehörten ihr. Der ruhige Rhythmus, in dem die Tage mit Lady Phoebe und Ariadne dahinflossen, ging über in friedvolle Nächte. Sie waren wie sanfte Wellen, die einen müden Schwimmer ans Ufer tragen. In den ersten zwei oder drei Tagen saß Marie meist mit Lady Phoebe unter dem ausladenden Kastanienbaum und hörte der alten Frau beim Vorlesen oder beim Erzählen zu. Selbst sprach Marie dagegen kaum. Phoebe las manchmal aus ihrem eigenen Werk, dem *Buch von Himmel und Erde*, manchmal aus anderen Schriften, die sie besaß. Von ihrem Leben in Byzanz erzählte sie ohne Bedauern oder Bitterkeit, sondern mit liebevoller Gelassenheit.

»Vor langer Zeit, als ich noch jung war, war ich unendlich stolz auf meine Klugheit und Gelehrtheit, denn ich übertraf darin alle anderen Menschen, die ich kannte. Ich diskutierte mit Lehrern und Denkern, und obwohl ich eine Frau war, geboten sie mir nicht zu schweigen. Nein, sie ermutigten mich sogar noch in meinem Streben nach Erkenntnis. Ach Marie! Es heißt, die Männer seien die Herren der Schöpfung. Aber das habe ich nie so gesehen. Jede Seele hat ihre starken und ihre schwachen Seiten. Frauen ist es erlaubt, ihre Stärke zu zeigen. Sie werden dafür bewundert. Männer aber dürfen niemals schwach sein, denn dann verachtet man sie. Und so wird alles, was schwach und zart ist, zertreten – von den Männern wie von den Frauen. Auch ich war entschlossen, stark zu sein und nie eine Schwäche zu zeigen. Darum war alles, was ich schrieb, voll klarer Schärfe und wurde von allen bewundert.

Ich schrieb über die Schönheit, die Harmonie und über den Platz, den jedes Ding in unserem Kosmos hat …«

Sie streifte Marie mit einem fragenden Blick, und Marie gab sich einen Ruck. »Es muss Euch schwer getroffen haben, als man Euch aus dieser Welt der Gelehrten verstieß. Ich hörte … nun, ich hörte, böse Leute hätten Euch aus Byzanz vertrieben.« Als Marie sich daran erinnerte, wo sie davon erfahren hatte, begannen ihre Lippen unwillkürlich zu zittern.

»Meine Liebe«, sagte Phoebe freundlich, »ich verdanke meine Verbannung meinen eigenen Taten. Töricht, wie ich war, glaubte ich, ich stünde außerhalb des Gesetzes, und beleidigte den Kaiser. Es mag wohl unabsichtlich geschehen sein, aber doch auch aus Hochmut. Allein weil meine Freunde sich für mich verwendeten, entging ich dem Tod und wurde stattdessen nur verbannt.«

»Nur!«, rief Marie aus.

»Ja, nur«, sagte Phoebe fest. »Denn Verbannung bedeutet nicht das Ende des Lernens oder dass man gar ein geringerer Mensch wird.«

In Maries Gedanken wurde eine Erinnerung wach. »Königin Eleonore sagte, sie wolle an den Papst schreiben und ihn bitten, seinen Einfluss in Byzanz geltend zu machen. Vielleicht würde man Euch dann erlauben, wieder nach Hause zurückzukehren.«

»Nach Hause? Mein Zuhause ist jetzt hier, und ich will es nicht mehr verlassen. Aber ich bin Königin Eleonore dankbar für ihre Fürsorge und Treue. Ist dies nicht der Beweis dafür, dass das Geschenk der Freundschaft den Vertriebenen genauso zuteil wird wie jenen, die zurückbleiben?« Sie deutete auf Ariadne, die im Garten arbeitete. »Mich hat das Leben mit Freundschaft überreich beschenkt.«

Phoebe hielt inne, um ihrem Gast die Möglichkeit zu geben, weitere Fragen zu stellen, doch Marie bemerkte es nicht.

Ihre aufkeimende Neugier war für den Augenblick bereits wieder gestillt. Im Übrigen erschien es ihr kaum sonderbar, dass Phoebe und Ariadne nicht nur Herrin und Dienerin, sondern Freundinnen waren. Die bedauernswerte verkrüppelte Frau erregte weder Abscheu noch Mitleid in Marie. Nicht, weil sie solcher Empfindungen nicht mehr fähig gewesen wäre, sondern weil sie gegenüber einem so freundlichen und geschickten Menschen wie Ariadne nicht angebracht waren – ganz gleich, wie er auch aussehen mochte.

Wenn Marie nicht gerade Lady Phoebes Geschichten lauschte, sah sie Ariadne bei der Gartenarbeit oder beim Zubereiten von Speisen in der Küche zu. Am Abend spielte die Dienerin oft auf einer einfachen Harfe. Anfangs dachte Marie sich nicht viel dabei, aber nach und nach begann sie sich darüber zu wundern, wie Ariadnes verkrüppelte Hände den Saiten derart betörende Töne entlocken oder aus ganz gewöhnlichen Zutaten so überaus schmackhafte Speisen zubereiten konnten. Auch versetzte es Marie in Erstaunen, wie Ariadnes kranke Augen mit scharfem Blick erkannten, was jedes Pflänzchen im Garten brauchte, um zu wachsen und zu gedeihen. Ohne dass Marie es ahnte, schlummerte dieses Staunen und Wundern im verdorrten, winterlichen Garten ihrer Seele wie ein verborgenes Samenkorn, das auf den Frühling wartet.

Jeden Abend sprach Lady Phoebe einige Gebete, denen Marie und Ariadne schweigend und mit gesenkten Köpfen lauschten. Marie fiel es schwer, selbst die vertrauten Worte des Dankes und der Fürbitte zu murmeln, und sie war froh, dass Phoebe sie nicht dazu drängte, sondern zufrieden schien, wenn sie mit gefalteten Händen zuhörte. Dann tranken die Frauen eine letzte Tasse von dem aromatischen Kamillentee, den Ariadne allabendlich bereitete, und Marie zog sich früh zurück. Stets glitt sie, kaum dass sie sich auf dem Bett ausgestreckt hatte, in einen ruhigen Schlaf.

In den ersten Nächten schlief sie noch in Phoebes Bett. Dorthin kehrte sie zurück wie ein Kind, das an einem vertrauten Ort Trost sucht. Sie schlief traumlos, obwohl sie in den meisten Nächten die Gegenwart anderer Wesen spürte, die an ihrer Seite flüsterten und wachten und sie in tiefer Liebe begleiteten. Von diesem Gefühl ließ sie sich wiegen wie ein Säugling, der vom Leben noch nichts weiß.

Eines Morgens erwachte sie früh, und ein neuer Gedanke füllte ihren Kopf. Schnell kleidete sie sich an und ging in die Küche, um mit Lady Phoebe zu sprechen. »Ich möchte Ariadne gern bei ihrer Arbeit helfen«, sagte sie. »Mir scheint, es gibt immer sehr viel zu tun.«

Phoebe sah sie an. »Ja, das ist wahr.«

»Ihr seid beide so freundlich zu mir, und ich möchte Euch dafür wenigstens einen kleinen Dienst erweisen.«

»Wenn Ihr es so wollt. Ariadne könnte ein wenig Hilfe sicher gebrauchen.« Lady Phoebes Stimme klang kühl, und einen Augenblick lang überlegte Marie, ob sie die alte Frau verärgert hatte. Vielleicht fand sie, es gehöre sich für eine Dame von Maries Stand nicht zu arbeiten. Oder fürchtete sie, ihr Gast könne Ariadne nur im Wege sein? Es war noch nicht lange her, da hätte Marie erbost und mit funkelndem Blick die Notwendigkeit ihrer Mithilfe beteuert. Nun aber breiteten sich ganz andere Gefühle in ihr aus.

»Vergebt mir die Anmaßung, Lady Phoebe. Wenn Ihr es nicht wollt, werde ich es lassen. Denn ein Geschenk, das dem Beschenkten aufgezwungen wird, verdient diesen Namen nicht.«

Lady Phoebe legte ihr einen kurzen Moment lang die Hand auf die Schulter. Ihr Lächeln war freundlich. »Meine Liebe, Euer Geschenk ist sehr willkommen.«

Und so waren Maries Tage bald mit Beschäftigungen ausgefüllt, die sie nie zuvor gekannt hatte. Ariadne war keine strenge Lehrmeisterin, doch sie hatte eine genaue Vorstellung von dem, was Marie für sie tun sollte. Zwar konnte sie nicht sprechen, doch es gelang ihr mühelos, sich verständlich zu machen. Es kam selten vor, dass Marie sie missverstand. Die Arbeit war schwer und folgte einem gleichmäßigen Rhythmus: beschneiden, jäten, pflanzen – immer umgeben vom tiefen, dunklen Geruch der Erde. Gemüse musste geerntet und geputzt, Eier wollten eingesammelt werden. Marie holte sie aus einem halb verfallenen Stall, in dem einige Hühner untergebracht waren. Sie fütterte das Federvieh, putzte und kochte. Klaglos tat sie alles, was auch Ariadne tat. Nur Wasser holte sie nie aus dem Brunnen, und darum bat Ariadne sie auch nicht. Anfangs fand Marie die ungewohnte Arbeit hart und ermüdend. Doch nach und nach fand sie Gefallen daran, und sie spürte, wie sie zaghaft, aber doch mit allen Sinnen die Schönheit und die Bedeutung der Welt wieder wahrzunehmen begann. Die Poren ihrer Haut und die winzigen Endungen ihrer Nerven begannen wieder zu fühlen.

Lady Phoebe folgte derweil ihrem eigenen Tagesrhythmus. Sie schrieb und las, und gelegentlich stellte sie aus Kräutern Pulver und Tinkturen her. Nachmittags machte sie lange Spaziergänge, die sie weit vom Haus wegführten. Nie fragte die alte Frau Marie, ob diese sie begleiten wolle. Dabei war sie stets freundlich und gelassen. Sie schien nichts dabei zu finden, dass ihr Gast wie eine Dienstmagd in Haus und Garten arbeitete.

Marie zog aus Lady Phoebes Schlafzimmer aus und schlief fortan bei Ariadne am Feuer. Es schien ihr unpassend, das Gemach einer Dame mit all seinen kleinen Annehmlichkeiten noch länger für sich zu beanspruchen. Nach und nach wurden Maries eingefallene Wangen wieder voller, und auch ihr

Gesicht bekam wieder Farbe. Ihr Haar gewann seinen alten Glanz zurück. Sie ahnte nichts davon, denn in Lady Phoebes Haus gab es keine Spiegel. Aber Marie fühlte sich wohl und war innerlich bald so friedvoll wie der Garten, wie Phoebe und Ariadne. Die Mauern, zwischen denen sie arbeitete, gaben ihr ein Gefühl der Sicherheit. Ihr Geist war schwer von Erinnerungen, ihr Körper aber von der Arbeit leicht, und sie erlaubte sich nicht, über ihr Herz und ihre Seele nachzugrübeln.

Dann, eines Nachts, erwachte sie in der Dunkelheit und wusste sofort, dass etwas anders war als sonst. Sie fühlte weder Schwere noch Leichtigkeit, nur einen sonderbaren Frieden, der auch eine Sehnsucht war. Diese Sehnsucht kam aus ihr selbst, aber auch von einem unbestimmbaren Ort in der Dunkelheit. Sie wandte den Kopf, sah aber nur die verglimmenden Reste der Glut im Kamin, daneben Ariadne, in Decken gewickelt. Tränen traten Marie in die Augen. Sie weinte weder aus Trauer noch aus Freude. Die Tränen waren warm und weich und weder bitter noch süß. Marie lag da, in Decken gewickelt und in Erinnerungen eingehüllt, die so unabwendbar waren wie das Weinen selbst. Sie kamen langsam und von weit her, sanft und hart, süß und schmerzhaft: Bilder aus ihrer Kindheit, von ihrem Vater Godefroi, ihrem Bruder Aymeric; dann die lange vergessene, aber nun wieder so deutliche Gegenwart ihrer Mutter Raymonde. Marie sah ihr dunkles, weiches Gesicht, den sanften Körper aus ihren Träumen. Bald dachte sie auch an die Bretagne, an Hoel, der mit ihr durch den Wald von Broceliande ritt, an den Ritter am Teich, das furchtbare Schicksal des Wolfsfürsten und an ihren Vetter Achard, der sich am Ende selbst in den Schlingen seines Verrates verfangen hatte. Danach kamen die Erinnerungen an Richard. Sie schmerzten Marie noch immer, und doch dachte sie auch mit Zärtlichkeit und einem gewissen Mitleid an ihn. Richard und seine Familie, König Heinrich, Königin Eleonore, die Brüder – alle waren sie so mächtig und schön und dabei doch so unglücklich. Die Plantagenets würden sich nie ändern. Es war, als laste ein sonderbarer Fluch auf dieser Familie. Marie verstand nicht mehr, warum sie geglaubt hatte, sie könne ein Teil ihrer Welt werden. Dort fand niemand Platz, der nicht selbst zu der Herrscherfamilie gehörte. Ihr einsames Strahlen war ihnen Erlösung und Verdammnis zugleich. Marie überlegte, ob Richard ihre Vertrauensseligkeit wirklich wissentlich missbraucht und sie, genau wie Arnaud, zu seinem Werkzeug gemacht hatte. Oder hatte er sie in Wirklichkeit nie verletzen wollen? War er vielleicht tatsächlich nur er selbst gewesen – der Königssohn, der die Fäden der Macht stets fest in den Händen hielt? Und welche Rolle spielte Arnaud? Marie fand keine eindeutige Antwort auf diese Fragen und konnte und wollte sich auch nicht allzu lange damit beschäftigen. Doch die Zeit würde kommen, in der sie über alles nachdenken und Erklärungen suchen würde, dessen war sie sich sicher.

All diese Gedanken und Erinnerungen umfluteten Marie und drangen sanft in ihr Herz. Dabei drängte sich immer wieder der Klang eines Namens in Maries Bewusstsein, ganz so, als wäre er mit einem jeden Gedankengang fest verwoben. Noch konnte sie diesen Namen nicht aussprechen, konnte ihn nicht einmal stumm denken. Aber er lebte in ihr, und in ihm wohnte die heilende Kraft eines Traumes.

Nach langer Zeit schlief Marie wieder ein. Das Morgenlicht, in dem sie Stunden später erwachte, war eisig und grau. Die Welt hatte sich über Nacht verändert. Der Himmel war dunstig, und eine beißende Kälte kroch durch das Mauerwerk. Das Jahr neigte sich dem Ende zu. Bald würde der Winter mit Frost und Stürmen hereinbrechen. Doch dieser Gedanke stimmte Marie nicht melancholisch, er ließ im Gegenteil einen Funken Freude in ihr aufglimmen. Der Winter war kein Tod, nur ein Schlaf, ein Warten. Samen mussten der Erde anvertraut werden, wenn im Frühjahr neues Leben erwachen sollte.

Marie verbrachte den ganzen Vormittag mit Ariadne im Garten. Sie arbeiteten mit sparsamen und doch rhythmischen Bewegungen. Einmal hielt Marie inne, um die alte Dienerin zu betrachten, die sich in stummer Liebe über die weiche, dunkle Erde und die Samen, die darin schlummerten, beugte. Ariadne spürte Maries Blick, sah von ihrer Arbeit auf und streckte die Hand nach ihr aus. Tränen traten in Maries Augen und flossen bald wie Leben spendendes Wasser. Sie ergriff die Hand, die Ariadne ihr bot – nicht aus Höflichkeit, wie sie es vor Wochen vielleicht getan hätte, sondern aus tief empfundener Freundschaft. Stumm sahen die Frauen einander an und machten sich dann wieder an die Arbeit.

Am Nachmittag ging Marie zu Lady Phoebe. »Darf ich Euch heute auf Eurem Spaziergang begleiten?«, fragte sie ein wenig ängstlich. »Es wird Zeit, dass ich einmal einen Blick hinter die Mauern werfe.«

»Ich habe mich schon lange gefragt, wann Ihr mich endlich darum bitten würdet«, antwortete Phoebe.

22

Dos i Rufain unwaith ac i Mynyw ddwywaith,
A'r un elw cryno a gei de yma ag yno.

Einmal Rom oder zweimal Mynyw die Seele heilt,
Die Pilgerfahrt erlöst den Sünder, der dort verweilt.

Mittelalterlicher Sinnspruch aus Wales

Als Erstes fiel Marie auf, wie groß die Welt war: die Weite des Himmels, die gewaltige, stürmische See, die turmhohen Klippen – es gab keine Mauern, keine Einfriedungen. Ihren Augen, die an das sanfte Grün und Braun von Lady Phoebes Garten gewöhnt waren, erschienen die Farben der Natur kräftig und hart. Da waren der bleierne Himmel, die eiserne See und das bronzene Gras. Selbst Lady Phoebes kleines Haus, so gemütlich es im Inneren sein mochte, wirkte aus der Ferne grau und abweisend. Tief unter dem engen Pfad auf den Klippen, wo sie nun standen, rollten die Wellen in eine kleine felsige Bucht, die im Sommer sicher sehr hübsch war. Zu dieser Jahreszeit aber war sie ein Furcht einflößender grauer Ort.

Doch der Schreck angesichts der Weite der Welt verblasste vor der ungeheuren Trauer, die Marie nun befiel. Innerhalb der Mauern war das Leben so übersichtlich gewesen. Alles war gepflegt, von Menschenhand angelegt, gezähmt, klein und sicher.

Dort gab es nur ihre eigenen Stimmen, doch hier herrschte eine wilde Freiheit. Hier gab es nichts Kleines, nichts Übersichtliches und keinen Schutz vor den Elementen. Der Wind und die See sprachen mit lauten Stimmen. Was sie sagten, hatte weder Worte noch Melodie, doch es wiederholte sich immer und immer wieder ...

Hier war es gewesen ... Ganz in der Nähe dieses Ortes war ein Waisenjunge aufgewachsen und hatte ein klein wenig Frieden gefunden. Mehr war jemandem wie ihm, dessen Geburt von einem Fluch überschattet wurde, nicht beschieden. Vielleicht war auch er einst über diesen schmalen Pfad gegangen, und seine Füße hatten loses Geröll in die Tiefe getreten. Vielleicht war er den steilen Pfad zum Strand hinuntergerannt, oder er hatte auf einem nahen Hügel gesessen und nach Westen in die untergehende Sonne geblickt, dorthin, wo Irland lag. Vor ihrem geistigen Auge konnte Marie das Kind im Gras sitzen sehen. Es wirkte zart und verletzlich. Der Wind zauste ihm die rotbraunen Locken. Sie sah nur den Rücken des Knaben, dabei wollte sie so gern einen Blick auf sein Gesicht erhaschen. Doch sie war stumm, sie konnte nicht nach ihm rufen, damit er sich zu ihr umdrehte. Sie konnte nicht mit ihm sprechen, dem mutterlosen Kind keinen Trost spenden. Der Knabe war der Sohn einer Legende, geboren von einer Mutter, deren einzige Aufgabe darin bestand, ihn zur Welt zu bringen ...

Marie spürte einen schmerzhaften Klumpen in der Kehle, einen Stein in ihrer Brust. Sie ertrug es nicht. Es war ein Fehler gewesen, hier herzukommen. Das Leben war zu schwer, zu sehr angefüllt mit Trauer und endloser Verzweiflung. Wenn sie nur flüchten, sich für immer hinter den Gartenmauern verbergen könnte!

Doch Lady Phoebe hielt ihren Arm mit eisernem Griff. Die alte Frau plauderte so unbefangen vor sich hin, als ahne sie nichts von dem Aufruhr der Gefühle, in dem Marie sich befand. Immer weiter ging es, den Pfad auf den Klippen entlang.

»An klaren Tagen – leider also nicht heute, meine Liebe – kann man in der Ferne die Berggipfel Irlands erkennen. Die Klippen sind von geheimnisvollen kleinen Höhlen durchzogen. Es gibt unzählige Buchten und Strände. Das weite Halbrund dort drüben ist die Bucht Sankt Brides – ich habe erst vor kurzem angefangen, sie zu erkunden. Vielleicht können wir eines Tages einmal zusammen dorthin gehen. Überall in der Nähe der Klippen findet man heilige Quellen und kleine Kapellen, die regelmäßig von Pilgern aufgesucht werden. Im Winter verirrt sich kaum jemand hierher«, fuhr Phoebe fort, »aber im Sommer strömen die Massen nur so über den engen Pfad. Die Menschen kommen aus ganz Britannien, von Irland und auch aus der Bretagne. Sie pilgern nicht nur wegen des heiligen David hierher – so groß dieser Mann auch gewesen sein mag. Fast ebenso viele Gläubige kommen wegen seiner Mutter, der heiligen Non, nach Mynyw. Denn hier gebar sie in großer Angst und unter großen Leiden ihren Sohn. Dort, wo sie in den Wehen lag, sprudelte bald darauf eine Leben spendende Quelle aus dem Felsen. Erst fanden Mutter und Kind dort Schutz, später wurde die Quelle vielen zu einem Hort des Friedens und der Stärkung. Ich werde Euch eines Tages dorthin führen, meine Liebe, denn die Quelle der heiligen Non ist ein segensreicher Ort voller Schönheit.«

Marie blieb stehen. Endlich fand sie ihre Stimme wieder. »Lady Phoebe, würdet Ihr mir von meiner Mutter erzählen? Ihr habt mir in Eurer Freundlichkeit schon an jenem Tag, an dem ich erwachte, ein paar Dinge über sie gesagt. Damals hörte ich Euch kaum zu; ich vermochte es nicht. Doch jetzt, wenn Ihr so freundlich wärt ...« Die Worte blieben ihr in der Kehle stecken.

»Ach, meine Liebe«, sagte Lady Phoebe, »meine Liebe, das will ich gern tun.« Die alte Frau nahm diesmal ganz sanft Maries Arm und führte sie über den steilen Pfad zum Strand hinunter. Dort setzten sie sich an eine windgeschützte Stelle zwischen den Felsen und blickten auf das wogende, kalte Meer hinaus, während Lady Phoebe erzählte.

»Als Gaston und Elena, Eure Großmutter, ein paar Jahre verheiratet waren, luden sie mich zu sich nach Frankreich ein. Es war meine erste Reise in den Westen, und in meinen Augen konnte es nichts Besseres geben als unseren Osten, unser zivilisiertes, goldenes Byzanz. Nach Frankreich ging ich nur Elena, Eurer Großmutter zuliebe, denn sie war meine Freundin.« Phoebe lächelte. »Aber das ist es nicht, was Ihr hören wollt, nicht wahr? Euch geht es um Raymonde, Elenas Tochter. Nun, Eure Mutter war ein hübsches Kind, meine Liebe. Sie hatte das dunkle Haar und die rehbraunen Augen vieler Byzantinerinnen. Doch ihr Geist war von Leichtigkeit und Heiterkeit geprägt. Sie hielt nichts von verschlungenen Gedankengängen oder umständlichen Umschreibungen. Was sie sagte, sagte sie ohne Umschweife, und sie traf damit stets den Nerv der Dinge. Ich hatte mir nie Kinder gewünscht, Marie, denn meine Arbeit ging mir über alles. Ich war die Mutter meiner Bücher. Ich glaubte nicht, dass es möglich wäre, zu tun, was ich tat, und dabei gleichzeitig das Leben einer ergebenen Gemahlin und aufopfernden Mutter zu führen. Der Preis, den ich zahlte, erschien mir gering genug, denn ich entging dem schweren Los der Frauen, das sie an die Erde bindet und es ihnen unmöglich macht, den Himmel zu erkunden. Aber durch die Leichtigkeit dieses Kindes und durch das Glück seiner Eltern entdeckte ich einen Zug an mir, den ich nie zuvor bemerkt hatte. Ich spielte und sang mit Raymonde. Ich erzählte ihr Geschichten, und sie stellte mir Fragen – unzählige Fragen. Oh, sie war noch viel wissbegieriger als all meine Schüler und Anhänger in der Heimat. Und sie zwang mich zu klaren Antworten, brachte mich dazu, noch genauer über alles nachzudenken. Durch ihre Fragen gelang es mir, die Helligkeit des Tages mit der dunklen Weisheit der Nacht zu verknüpfen. Als ich nach Byzanz zurückkehrte, hatte ich das Gefühl, gesegnet worden zu sein. Kurz darauf begann ich *Das Buch von Himmel und Erde* zu schreiben. Allerdings war mir damals noch nicht bewusst, dass Raymonde meine Inspiration gewesen war. Ich dachte, es wäre mir ohne fremde Hilfe gelungen, die westliche und die östliche Gedankenwelt miteinander zu verknüpfen.«

»Vielleicht war es beides, Lady Phoebe«, murmelte Marie. Sie sagte es nicht aus Höflichkeit, sondern aus aufrichtigem, neu erwachtem Interesse. Die alte Frau lächelte und drückte ihre Hand. »Vielleicht habt Ihr Recht, meine Liebe. Nun, die Jahre vergingen. Ich widmete mich ganz meinen Studien und war auf dem besten Weg, ebenso berühmt zu werden wie mein Vater. Frankreich, Raymonde und Elena verblassten in meiner Erinnerung. Ja, ich muss gestehen, ich hatte meine Freunde in der Ferne schon beinahe vergessen, als mir eines Tages einer der Diener einen jungen Mann meldete, der mich zu sprechen wünschte. Sein Name war Godefroi de Valoiz ...«

»Mein Vater!«, rief Marie überrascht. »Vater hat Euch in Byzanz aufgesucht! Aber warum hat er mir nie davon erzählt?«

»Ach, meine Liebe, Ihr wart damals noch gar nicht geboren. Für ihn war es außerdem sicher nur ein Höflichkeitsbesuch. Er befand sich auf einem Kreuzzug und hielt sich notgedrungen für ein paar Tage in unserer schönen Stadt auf. Seine Verlobte, Raymonde de Laurac, hatte ihm einen Brief für mich mitgegeben. Ich war sehr beschäftigt und konnte Eurem Vater nicht viel von meiner Zeit widmen, doch Elena zuliebe empfing ich ihn und sprach mit ihm. Ich freute mich über Raymondes Brief und über die Neuigkeiten von meiner alten Freundin. Leider erfuhr ich, dass Gaston gestorben und Elena nun eine Witwe war. Godefroi zeigte mir eine Miniatur von seiner Verlobten, und ich sah, dass Raymonde zu einer sehr schönen jungen Frau herangewachsen war.« Lady Phoebe tätschelte Maries Knie. »Weil Euer Vater mir dieses Bild zeigte, weiß ich auch, wie ähnlich Ihr Eurer Mutter seid. Godefroi wollte Raymonde nach seiner Rückkehr heiraten, und er wollte ihr aus Byzanz eine kleine Kostbarkeit mitbringen, etwas, das sie bei der Hochzeit tragen konnte. Godefroi de Valoiz unterschied sich sehr von den Menschen, mit denen ich sonst zu tun hatte. Er war jung, voll ehrlicher Begeisterung, sehr verliebt und voller Pläne. Ich fand ihn äußerst anziehend und sehr ungewöhnlich, und es tat mir nun sehr Leid, dass ich meine Freunde in Frankreich so lange nicht gesehen hatte. Wir redeten nur etwa eine Stunde lang miteinander. Später erhielt ich eine kurze Nachricht von ihm, in der er mir dankte. Er schrieb, er habe inzwischen das richtige Geschenk für Raymonde gefunden: eine Halskette aus den herrlichen Edelsteinen, die man in Byzanz ›Tränen Christi‹ nennt. Die roten Steine stehen für das Blut, das unser Erlöser unschuldig für uns vergossen hat, die grünen für die Hoffnung, die er uns schenkt. Die durchsichtigen Steine symbolisieren das Licht seiner Liebe und Gnade.«

»Ich besitze diese Halskette noch immer«, sagte Marie. Ein Schauer lief ihr über den Rücken. Blut, Hoffnung, Liebe und Gnade. Rot für die Macht, grün zum Schutz, durchsichtig wie Wasser für einen klaren Blick. Die Sternensteine von Wybren. Das grüne Glühen zwischen den Lumpen auf seiner Brust. Die Hoffnung, die nicht schwand, die Licht ins Dunkel brachte, die erblühte wie eine Knospe ...

Stille trat ein. Schließlich zog Lady Phoebe sich ihren Umhang fester um die Schultern, seufzte und erhob sich. »Wir sollten zurückgehen«, sagte sie. »Es wird schon sehr kalt, und bald wird die Nacht hereinbrechen. Marie? Seid Ihr bereit, meine Liebe? Kommt, nehmt meinen Arm.«

Die Zeit verging. Jeden Tag, wenn die Morgenarbeit vollbracht war, machte Marie gemeinsam mit Lady Phoebe einen Spaziergang. Sie wanderten über die stillen Pfade auf den Klippen und über einsame Strände. Dabei begegneten sie nur selten anderen Menschen. Aber alle grüßten Lady Phoebe mit Respekt. Meist blieb sie stehen und redete ein wenig mit ihnen: über das Wetter, über die Schafe oder über ihre Familien. Marie hörte nur mit einem Ohr zu. Immer wieder staunte sie darüber, dass die große Philosophin, die *Das Buch von Himmel und Erde* geschrieben hatte, diese matronenhafte alte Dame sein sollte, die für jeden ein freundliches Wort übrig hatte. So wanderte sie an Lady Phoebes Seite durch die immer kürzer werdenden Herbsttage, und ihr Körper und ihre Seele fanden dabei fast unbemerkt wieder zueinander.

DIE RÜCKKEHR DES SOHNES

»Arglwydes«, heb y Pendaran Dyet,
»da yd enweist dy uab, Pryderi ...«

»Frau«, sprach der Clanoberste derer von Dyfed,
»der Name Eures Sohnes *Pryderi* ist gut gewählt,
denn er bedeutet Verlust ...«

Am nächsten Tag machte sich Teirnon mit drei Begleitern, unter ihnen der Knabe mit Namen Gwri Goldhaar, auf den Weg nach Arberth. Als sie den Hof erreichten, sahen sie Rhiannon bei dem Stein sitzen, von dem aus gewöhnlich die Reiter in den Sattel stiegen. Rhiannon sagte: »Oh, ihr Herren, haltet an. Ich muss einen jeden von Euch auf meinem Rücken in den Hof tragen. Das ist meine Strafe, denn ich habe meinen eigenen Sohn getötet.«

»Edle Dame«, antwortete Teirnon, »keiner von uns wird von Eurem Angebot Gebrauch machen.«

»Wer da will, soll sich von Euch tragen lassen«, sagte der Sohn. »Aber ich will es nicht.«

»Gott ist unser Zeuge, liebe Seele«, sagte Teirnon, »keiner von uns will von Euch getragen werden.«

So traten sie in den Hof, und viele freuten sich über ihre Ankunft. Eilends wurde ein Festessen für sie vorbereitet, deshalb gingen sie und wuschen sich. Pwyll selbst kam gerade von einer Reise durch Dyfed zurück. Er hatte alle Orte besucht, an denen man ihm Gefolgschaft schuldete, und er freute sich, Teirnon zu sehen.

Sie setzten sich an die Tafel und so saßen sie: Teirnon zwischen Pwyll, dem Prinzen von Dyfed, und Rhiannon, seiner Gemahlin. Die beiden Gefährten Teirnons nahmen den Knaben in ihre Mitte und fanden an Pwylls anderer Seite Platz.

Nachdem die ersten Speisen verzehrt und die ersten Becher geleert waren, wurde an dem Tisch viel geredet, und in dem Saal herrschte Fröhlichkeit. Teirnon erzählte die Geschichte von der Stute und dem Knaben, und wie er und seine Gemahlin das Findelkind in ihre Obhut genommen und aufgezogen hatten. »Edle Frau, seht dort Euren Sohn«, sagte Teirnon dann zu Rhiannon. »Als ich von Eurem Schicksal erfuhr, ließ es mir keine Ruhe. Ich glaube nicht, dass jemand daran zweifeln will, dass dieser Knabe Pwylls Sohn ist.« So sprach Teirnon.

»Nein, wir sind uns alle sicher«, sagten die Männer.

»Gott ist mein Zeuge«, antwortete Rhiannon, »wenn dem wirklich so ist, was für eine Freude Ihr mir bringt!«

»Frau«, sprach der Clanoberste derer von Dyfed, »der Name Eures Sohnes, Pryderi, ist gut gewählt, denn er bedeutet Verlust. Pryderi, Sohn des Pwyll, des Edlen von Annwvyn, ist der Name, der am besten zu ihm passt.«

»Wartet«, sagte Rhiannon. »Vielleicht passt ja sein eigener Name noch viel besser zu ihm.«

»Wie lautet dieser Name?«, fragte der Clanoberste derer von Dyfed.

»Wir nennen den Knaben Gwri Goldhaar.«

»Pryderi«, sagte der Clanführer, »so sollte er heißen.«

»Er soll heißen«, sagte Pwyll, »wie seine Mutter ihn nannte, als sie die frohe Kunde erhielt.«

Und so einigten sie sich auf einen Namen für den Knaben.

»Teirnon«, sagte Pwyll dann. »Gott lohne Euch alles, was ihr an dem Knaben getan habt. Wenn er ein Mann geworden ist, soll er Euch Ehre erweisen.«

»Herr«, sagte Teirnon, »meine Frau hat den Knaben aufgezogen, und nun trauert sie über seinen Verlust. Um ihretwillen und meinetwillen geziemt es sich, dass er sich einst daran erinnert, wie wir für ihn sorgten.«

»Gott ist mein Zeuge«, antwortete Pwyll, »ich werde meine schützende Hand über Euch und Euer Land halten, solange ich lebe und es vermag. Und wenn der Knabe ein Mann geworden ist, schuldet er Euch Dank. Da er bisher bei Euch lebte, werde ich ihn nun mit Eurem Einverständnis und dem dieser Männer hier dem Clanobersten derer von Dyfed anvertrauen. Doch Ihr alle sollt die Gefährten und Ziehväter des Knaben sein.«

»Ja, es ist gut«, antworteten die Männer, »so soll es sein.«

Und so zog der Knabe mit dem Clanobersten derer von Dyfed, und alle Nobelmänner versprachen ihm Gefolgschaft. Teirnon Twyrf Uliant, den man auch Donner des Wassers nannte, und seine Gefährten kehrten glücklich auf ihre eigenen Ländereien zurück. Bevor sie aufbrachen, bot man ihnen die kostbarsten Edelsteine, die besten Pferde und Hunde an. Doch sie nahmen keines der Geschenke an, denn was sie getan hatten, war ihnen Belohnung genug.

Pwyll, Pendeuic Dyuet-Powell, Prinz von Dyfed
von Gruffydd ap Rhodri, Schreiber

23

An einem windigen Novembernachmittag brachen Lady Phoebe und Marie wie üblich zu ihrem Spaziergang auf. Diesmal aber lenkte Phoebe ihre Schritte auf einen Pfad, der vom Meer fortführte. Dabei plauderte sie, wie immer, unablässig und schien nicht zu bemerken, dass Marie immer stiller wurde und ihre Schritte sich zusehends verlangsamten. Der Pfad führte in ein Tal, in eine sanfte, einladende Senke, durch die ein kleiner Fluss plätscherte. Hier zwitscherten Vögel, der Wind rauschte in den Bäumen und eine ansehnliche Zahl von Menschen war mit den unterschiedlichsten Arbeiten beschäftigt. Am Ende des Tales erhoben sich eine Kathedrale und die Mauern eines alten Klosters, um die sich die Häuser einer kleinen Stadt scharten. Marie erinnerten sie an graue Küken, die sich um eine prächtige Henne drängten. In den Gärten wuchs Lauch, und auf vielen Büschen war Wäsche zum Trocknen ausgebreitet. Überall spielten Kinder, und hier und dort wurden Schafe gemolken. Dieser Ort war längst nicht so karg und rau wie die vom Wind umtosten Klippen, doch mit jedem Schritt, der sie weiter in das Tal hineinführte, flatterte Maries Herz ein wenig mehr. Als sie schließlich die Wiese am Rande der Siedlung erreicht hatten, konnte Marie kaum noch atmen. Doch ihre Füße trugen sie immer weiter. Sie merkte nicht, dass Lady Phoebe sie längst nicht mehr am Arm hielt. Recht zufrieden ging sie neben Marie her.

Die neugierigen Blicke der Stadtbewohner streiften die beiden Frauen, die durch die Gassen wanderten. Manche Kinder winkten Phoebe zu. Sie unterbrach ihren Redefluss kein einziges Mal; ihre Lippen bewegten sich genauso fleißig wie ihre Füße. »Das ist die Stadt von Sankt David, meine Liebe. Ein recht hübscher kleiner Ort. Die Kathedrale steht noch nicht lange hier, doch das Kloster ist sehr alt. Es war das zweite, das der heilige David gründete. Das erste lag draußen auf den Klippen. Man nannte den heiligen David auch den Wasserman, müsst Ihr wissen, Marie, denn er lebte von Wasser und Brot. Er war ein stattlicher Mensch, hoch gewachsen und kräftig. Man sagt, er habe die Brust eines Ochsen gehabt. Meist trug er Gewänder aus rauem Wollstoff, und er war so stark, dass er den Pflug ganz allein ziehen konnte und keine Ochsen brauchte, um das Land des Klosters zu bestellen.«

Dies war das Kloster, da waren der Kreuzgang und der Garten. Knaben, die noch viel zu jung waren, um selbst Mönche zu sein, spielten darin und rannten ausgelassen zwischen den Obstbäumen herum. Hier ... hier vor den Klostermauern war die Wiese, auf der Schafe Gräser und Kräutlein zupften. Kinder wachten über die kleinen Herden. Vor langer Zeit saß dort ein Hirtenjunge mit einer Harfe. Er widmete seine Melodie dem hohen, wilden Himmel. Welches Lied hatte der Knabe gespielt? Marie glaubte, es zu wissen. Sie konnte die Saiten unter seinen Fingern sehen, sah, wie sie unter seinen Berührungen vibrierten, hörte die Welt ihm antworten, spürte die Sehnsucht. Nur diese Sehnsucht blieb zurück, als das Kind in die Dunkelheit entschwand. Die Harfe und einen Schild nahm es mit. Ihre Lippen formten ein Wort. Dann sprach sie mit ihrem ganzen Sein den Namen aus, den sie so lange in sich getragen hatte.

»Llew«, sagte Marie.

»Was sagt Ihr da, meine Liebe?« Lady Phoebe blieb stehen.

»Llew«, wiederholte Marie ein wenig lauter. »Hier wuchs er auf, Lady Phoebe. Dies war das Heim, das er verlor, noch bevor er ein Mann geworden war.«

Marie vermochte den Gesichtsausdruck der weisen Alten nicht zu deuten. Aber nun waren die Worte heraus. Sie hatte Llews Namen ausgesprochen, einem anderen Menschen gesagt, was mit ihm geschehen war. Die Bahn seines und ihres Lebens lag klar und deutlich vor ihr. »Liebe Lady Phoebe, in diesem Kloster gibt es einen Mönch namens Gruffydd ap Rhodri. Er war Llews Ziehvater. Ich ... ich würde gern mit ihm sprechen.«

»Ich kenne Gruffydd«, sagte Phoebe ohne das geringste Anzeichen des Erstaunens. »Wenn Ihr es wünscht, kann ich einen Besuch bei ihm arrangieren.«

In Lady Phoebes Stimme schwang nun etwas mit, was Marie erröten ließ. »Vergebt mir, Lady Phoebe. Ich habe Euch nie etwas von Llew gesagt. Ich war so sehr in meinem Schmerz gefangen, fühlte mich im Schutz Eurer heilenden Gegenwart so behütet – ich vergaß, wie wenig Ihr von alledem wisst. Darf ich ... könnte ich Euch von ihm erzählen?«

Anstelle einer Antwort legte die Philosophin Marie eine Hand auf die Schulter. Dann verließen die beiden Frauen die Stadt und gingen wieder zu den Klippen hinaus. Diesmal redete Marie. Die Worte strömten aus ihrem Inneren wie ein Fluss, der niemals versiegen wollte. Lady Phoebe hörte ihr schweigend zu.

Erst als sie das Haus schon fast wieder erreicht hatten, hatte Marie alles gesagt, was es zu sagen gab. Die hereinbrechende Nacht färbte das Meer schon dunkel. Wolken türmten sich am Himmel. Die letzten Schritte bis zum Haus legten die beiden Frauen in tiefer Eintracht beinahe im Laufschritt zurück. Marie empfand eine sonderbare Zufriedenheit. Annufen hatte sich wieder in ihr geregt – gemeinsam mit der sterblichen Welt. Nun drang Annufen nicht mehr von außen durch die Poren ihrer Haut, nein, sie trug es in sich, und aus ihr stieg es auf, hinaus in die Welt.

Vor dem Gartentor wandte Marie sich noch einmal zu der Stelle um, wo ihr vor Wochen der Knabe Llew erschienen war. Nun sah sie ihn wieder. Sie erkannte ihn im Zwielicht.

Doch er war kein Kind mehr, sondern ein erwachsener Mann. Auch drehte er ihr nicht mehr den Rücken zu. Marie spürte, wie tiefe Empfindungen in ihr aufwallten. Ein seliges Lächeln legte sich über ihre Züge. Doch dann sah sie, dass Llews Blick nicht zärtlich auf ihr ruhte. Seine Augen blickten an ihr vorbei. Es war, als habe auch er eine Vision. Der Traum von ihm, der über den Klippen schwebte, verblasste und verschmolz mit der Dämmerung.

Doch Maries Gefühle verebbten nicht. Sie wurden zu einer sprudelnden Quelle, klar und hell und rein. Marie versuchte nicht, das schwindende Bild festzuhalten. Sie wandte sich staunend an Lady Phoebe. »Oh Lady«, murmelte sie. »In all meinem Schmerz und meiner Liebe dachte ich nicht ein einziges Mal an die Leiden der anderen. Ich vergaß, dass der Fluch nicht allein auf Llew lastet, sondern auch auf dem armen verstorbenen Elfric und der verlorenen Angharad. Nie dachte ich an Elfrics Schmerz, nie an Angharads Qualen. Dabei riss man sie von ihrem Geliebten fort und nahm ihr den Sohn. Elfric war wenigstens die Gewissheit vergönnt, den Knaben in sichere Hände gegeben zu haben. Und ich ... ich hatte immerhin meine Erinnerungen an Llew, und sein Name sang in mir fort, auch wenn ich ihn nicht aussprechen konnte. Aber Angharad – sie ist in ewigem Vergessen gefangen, weiß nicht einmal, wer sie selbst ist.«

»Was ich für Euch tun konnte, habe ich getan«, sagte Lady Phoebe ruhig. Dabei beobachtete sie Marie genau. Plötzlich hatte sie die Haltung einer Königin, und ihr Gesicht war voll Anmut, obwohl es noch immer die unscheinbaren Züge einer alten Frau mit freundlichen, klugen Augen trug. »Marie, meine Liebe, meine heilenden Kräfte haben ihre Aufgabe erfüllt. Euer Körper und Eure Seele sind wieder vereint. Allein für das Herz kann ich nichts tun.«

Marie sah sie lächelnd an. Sie legte die Arme um die alte

Frau und murmelte: »Ich weiß, liebe Phoebe. Doch ein frohes Herz will verdient sein. Man bekommt es nicht geschenkt.« Die Frauen umarmten einander in tiefer Zuneigung.

»Oh, Phoebe«, begann Marie erneut. Dann hielt sie inne, denn endlich war die Knospe der Erkenntnis in ihr aufgebrochen. »Bei Gott! Angharad wurde durch ewiges Vergessen verkrüppelt; das Leben hat sie entstellt, denn sie ahnt nicht, wer sie ist. Und der Fluch lastet noch immer auf ihr. Noch immer! Oh, wir müssen uns beeilen! Denn, Phoebe, die heilenden Wasser der Heiligen Insel sprudeln aus der Quelle von Sankt Non!«

Kaum hatte sie diese Worte ausgesprochen, da stieß der Falke aus dem dunklen Himmel und landete zu Maries Füßen. Als er den Boden berührte, verwandelte er sich in den schimmernden Gayain, der mit einer raschen Bewegung die Gestalt des Vogels abschüttelte.

»Endlich, edle Dame, endlich!«, beklagte er sich mit gespielter Ungeduld. »Ihr habt Euch wirklich Zeit gelassen.«

»Lieber Gwalch, ich bin kein Wesen aus Annufen«, antwortete Marie sanft. »Und Ihr werdet mit meiner Langsamkeit und Dummheit Nachsicht üben müssen. Doch nun lasst uns gehen.«

»Ja, meine Lieben«, sagte Phoebe. Voll Staunen lächelte sie die beiden an. »Lasst uns gehen. Denn die verlorene Angharad muss endlich Erlösung finden.«

24

Sie eilten durch die Pforte in den Garten. Doch sie entdeckten Ariadne nicht gleich, denn ihr armer, entstellter Körper war so klein, und ihre Gewänder hatten die Farbe der Erde, auf der sie lag. Phoebe erblickte sie als Erste. Angharad lag zusammengekauert in der entferntesten Ecke des Gartens vor der Mauer, und Phoebes Gesicht wurde bei diesem Anblick aschfahl. Ihre Beine begannen unter ihr nachzugeben, und Marie und Gayain mussten sie stützen, damit sie nicht fiel.

Die verkrüppelte Dienerin lag da, als hätte eine riesenhafte Hand sie zu Boden geworfen. Ihre zerbrechlichen Glieder waren sonderbar verdreht und ihr dünnes Haar klebte an ihrem Kopf. Der Atem rasselte in ihrer Brust, und ihre Augen waren nicht geschlossen, sondern so schmerzlich verdreht, dass nur noch das Weiße zu sehen war.

»Gütiger Gott ... Gütiger Gott!«, rief Phoebe mit sich überschlagender Stimme. »Sie sieht aus wie an jenem Tag, an dem ich sie fand. Damals war sie fast verhungert. Verletzt und beinahe zu Tode geprügelt lag sie in einer der finstersten Gassen von Byzanz. Ich pflegte sie gesund, doch ich wusste, dass ihr Herz gebrochen war. Aber den Grund dafür erfuhr ich nie – bis heute.«

Die anderen beiden sagten nichts. Vorsichtig hoben sie Ariadne auf und trugen sie zum Haus. Schmutzig und verdreckt, wie sie war, legten Marie und Gayain sie auf Phoebes Bett, deckten sie zu und entfachten ein Feuer im Kamin. Phoebe stellte zwei Stühle an das Lager. Gayain setzte sich neben sie. Jeder von ihnen ergriff eine von Ariadnes Händen, die schlaff und beinahe leblos auf der Bettdecke lagen. Das schöne Gesicht des Jünglings aus der Anderwelt war angespannt und voller Erwartung, doch Phoebe liefen die Tränen in Strömen über die Wangen.

Marie wunderte sich nicht darüber, dass diese starke und überaus gelehrte Frau so sehr von Trauer überwältigt wurde, denn die Fähigkeit zu trauern macht die menschliche Seele erst zu dem, was sie ist. Marie versuchte nicht, Phoebe mit Worten zu trösten. Sie berührte die alte Frau nur sanft an der Schulter, bevor sie in die Küche ging, um einen Krug zu holen.

Als Marie das Zimmer verließ, stimmte Gayain ein Lied an. Es war eine liebliche, Trost spendende Melodie ohne Worte. Marie sah noch, wie Phoebe sich ihm zuwandte. Die alte Frau weinte noch immer, aber die Tränen hatten ihre Bitterkeit verloren.

Mit dem Krug in der Hand eilte Marie durch die Dämmerung. Die losen Steine auf dem Pfad knirschten unter ihren Schritten. Sie fragte sich nicht, woher ihre Füße wussten, wohin sie gehen mussten. Für den Pfad, den sie entlanghastete, hatte sie sich nicht entschieden, und er war ihr auch nicht vom Schicksal zugedacht. Sie hatte ihn sich verdient. Endlich.

Nach einer Weile erreichte Marie die kleine graue Steinkapelle der heiligen Non, von der aus man aufs Meer hinausblicken konnte. Ein Stück davon entfernt, am Fuße einiger roh behauener steinerner Stufen, sprudelte die Quelle still aus dem Fels hervor. Dunkel floss das Wasser in eine offene Rinne. Rings um die Quelle wuchs ein verfilztes Dickicht, und in den Büschen hingen die Gaben der Pilger: Muscheln, Blumen, Kräuter, kleine Steine, in die Löcher gebohrt waren, und farbige Stofffetzen. Rechts und links neben der schmalen Rinne standen Steinbänke, und Marie sah die Abdrücke vieler Füße in der feuchten Erde. Auch die Knie der Pilger hatten tiefe Kuhlen hinterlassen. Nun war es an ihr, an der Quelle niederzusinken. »Oh, heilige Non, oh süße Mutter Maria«, flüsterte sie. »Ich komme nicht, um Euch um etwas zu bitten, sondern um Euch für Eure Liebe und Euren Segen zu danken und dafür, dass Ihr uns Eure Söhne geschenkt habt.«

Marie blickte hinab in das Wasser. In seinen dunklen Tiefen sah sie ihr Spiegelbild. Kleine Wellen bewegten es wie eine Melodie. Sie hörte den leisen Schlag ihres Herzen wie gemurmelte Worte. Vor ihren Augen verwandelte sich ihr Antlitz im Wasser. Farben und Formen veränderten sich, und schließlich war es Llews Gesicht, das sie aus dem Zwielicht und der Stille heraus anlächelte. In der Quelle erkannte Marie die Gesichter all der Wesen, die sie liebte, und auch die Züge derer, die ihrem Herzen fern waren. Es waren Gesichter aus der Unterwelt, aus Annufen und aus der sterblichen Welt der Menschen, Gesichter von Lebenden und Toten. Sie alle umfloss das Wasser der Quelle dunkel und still. Nun endlich verstand Marie den Sinn ihrer Reise.

In der Unterwelt hatte sie ihre eigene Kraft erfahren. Sie hatte den Ritter der Tiefe gespürt, der in ihrer eigenen Seele wohnte. Die Unterwelt hatte sie gelehrt, dass sie kein blindes Opfer des Schicksals war, sondern die Gabe hatte, ihren eigenen Weg zu wählen. Auf dieses Wissen um ihre Unabhängigkeit, um ihren freien Willen und auf die Fähigkeit, sich selbst zu genügen, war sie stolz gewesen. So stolz, dass sie nicht gemerkt hatte, was ihr alles noch fehlte, um ein ganzer Mensch zu sein. Was hatte Renard, der auch der Ritter der Tiefe war, im Wald von Chenemeton zu ihr gesagt? *Quält Euch nicht mit der Entscheidung, welcher Weg der richtige ist. Manchmal muss der Weg auch Euch erwählen.*

Diesen Rat hatte sie nicht befolgt. Mit den dunklen Erinnerungen an die Unterwelt behaftet, hatte sie ihre Schritte stets allein und ohne jede Hilfe selbst lenken wollen. Nie wieder hatte sie ein willenloser Spielball des Schicksals sein wollen. Sie hatte Richard *gewählt,* weil sie sich ihr eigenes Bild von ihm gemacht hatte. In ihren Augen war er so stolz und so stark gewesen wie sie selbst. Sie hatte sich dafür entschieden, ein Teil seiner Welt zu werden und alles Gewesene zurückzulassen. Von Llew hatte sie sich abgewandt, hatte sein wahres Herz nicht erkannt und die Rufe seiner tiefen Seele nicht gehört. Denn sie wollte nie wieder in Dunkelheit leben.

Sie wollte nur noch das strahlende Licht des Tages sehen. Für all das hatte sie sich selbst entschieden und daraus auch eine Zeit lang große Kraft geschöpft.

Aber die Fähigkeit, ihren Weg selbst zu wählen, und ihr eigener Wille – beides Kinder des Tages – waren nicht genug. Für sich genommen mochten sie viel bewirken, doch sie reichten nicht aus. Das menschliche Leben war nicht allein vom Willen bestimmt. Bedeutung gewann es erst durch eine tiefe, dunkle Verbindung zu anderen Wesen, eine Verbindung, die man Liebe nannte. Wandte man sich von ihr ab, so versiegte die Quelle der Freude und der Inspiration. Der tiefe Brunnen der Weisheit versandete, und das Herz und die Seele verkrochen sich. In Avalon, dem Ort der Heilung, dem Königreich der Seele, hatte Marie das erkannt. Sie hatte erlebt, dass ein Mensch in der Liebe erst wahrlich er selbst sein konnte. Nie waren Llew und sie einander so ganz und gar geschenkt gewesen wie in den Augenblicken der tiefen Liebe.

Aber der Schlüssel zu Weisheit und Erkenntnis lag weder allein in Annufen mit seinen Myriaden von Reichen, noch im gleißenden Tageslicht der sterblichen Welt. Man fand ihn im Wechsel von Tag und Nacht, von Licht und Dunkel, von Sonne und Mond. Dabei gab es aber stets noch mehr als diese beiden Pole. Es gab die Dämmerung und das Grenzland zwischen den Welten. Und in dieses trübe, sanfte Licht tauchte sie nun nach ihrer schmerzensreichen Reise ein.

Die Liebe war nicht nur ein heller, blendender Lichtschein, nicht nur ein tiefer, dunkler Brunnen. Sie war auch ein Grenzland, ein Zwielicht, durch das man sich vorsichtig tastete, mehr ahnend als wissend. Doch so wie das Morgengrauen den Tag ankündigte und die Abenddämmerung in die Nacht mündete, führte dieses tastende Suchen zu Leidenschaft und Weisheit. Liebe war nicht nur der Weg zu größeren und tieferen Dingen, sie war wahrlich sie selbst. In ihr lagen alle kleinen und stillen Dinge, in ihr lag noch Ungeformtes, schlummerten die Samen, die einst blühen sollten. In ihr verbargen sich noch unausgesprochene Worte, Melodien, die noch kein Ohr gehört hatte, die Ahnung, die einmal Wirklichkeit werden sollte. Ohne die Liebe gab es nichts, ganz gleich in welcher Welt.

Wie lange Marie an der Quelle kniete, wusste sie nicht. Allzu viel Zeit konnte sie nicht dort verbracht haben, denn bei ihrer Ankunft war die Nacht bereits hereingebrochen gewesen, und nun rissen die Wolken auf und gaben den Blick auf den Mond frei, der soeben erst aufging. Still und schwerelos schien die große, strahlende Scheibe über den windigen Himmel zu segeln. Marie tauchte den Krug in das Wasser der Quelle und eilte dann zurück zum Haus. Auf dem ganzen Weg waren ihre Seele, ihr Körper und ihr Geist zu einem freudigen Lied vereint, das gleichzeitig ein Gebet war.

Kalt und silbern schimmerte der Garten im Mondlicht. Still wartete er auf die Hand, die ihm wieder Leben schenken würde. Das Haus war dunkel; Phoebes Weinen und Gayains Lied waren verstummt. Marie betrachtete die beiden schweigenden Gestalten und das reglose Wesen, das zwischen ihnen auf dem Bett lag. Niemand sprach. Es war, als sei alles gesagt. Phoebe und Gayain blickten nicht auf, als Marie eintrat. Ihre Augen hingen an Ariadne.

Marie trug den Krug mit dem Wasser ans Bett. Vom Tisch nahm sie einen silbernen Becher. Dann kniete sie nieder und sah in Ariadnes Gesicht. Noch immer sang die Freude in ihr. Nicht, dass sie Ariadnes Hässlichkeit und ihren gequälten, verkrüppelten Körper nicht mehr gesehen hätte. Auch kam ihr nicht der Gedanke, Ariadnes Martern seien nicht von Bedeutung. Was konnte es für eine strahlende Prinzessin Annufens Schlimmeres geben, als in einer so abstoßenden Hülle gefangen zu sein? Marie hatte auch nicht vergessen, dass einst ein junges Mädchen ihre verbotene Liebe über das Heil der Welten gestellt hatte. Aber an diesem Ort zwischen Licht und Dunkelheit, zwischen Schönheit und Abscheulichkeit, in dem Wesen, das vor ihr auf dem Bett lag, sah Marie nicht nur Ariadne und noch längst nicht Angharad, sondern viel mehr. Sie sah den Samen der Freude und Gnade, in dem die Kraft der Verwandlung lag. Er würde sein strahlendes Licht auf alles werfen, was sie gewesen war und noch sein würde.

Marie füllte den silbernen Becher mit dem Wasser aus der Quelle. Sanft hob Phoebe Ariadnes Kopf ein wenig an. Gayain öffnete Ariadnes schlaffe Lippen, sodass Marie ihr ein wenig von dem kühlen Nass einflößen konnte. Doch es gelang ihr nicht, das Wasser über Ariadnes Lippen zu bringen. Stattdessen benetzte es ihr Kinn. Mit ihrer freien Hand wischte Marie es von Ariadnes rauer Haut und berührte dann sanft ihre trockene Zunge.

»Oh, Herrin der Blumen«, murmelte Marie, »Lenkerin meiner Träume und Prinzessin von Annufen: Die Wasser fließen wieder zusammen, die Welten sind in Euch wieder vereint.«

Wie ein silberner Finger tastete sich das Mondlicht durchs Fenster. Der Lichtstrahl trug den betörenden Duft von Rosen herein.

Die Herrin der Blumen erhob sich von ihrem Lager. Ihre Leiden hatten ein Ende. Sie war wieder ganz sie selbst.

25

Sire cumpain, ci en vient une,
Mes el n'est pas fave ne brune;
Ceo est la plus bele del mund,
De tutes celes ke i sunt.

Hört, Ritter, eine andere ist jetzt zur Stell':
Sie ist weder dunkel, noch ist sie hell,
Doch eine Schönere findet ihr kaum,
Weder in dieser Welt noch in einem Traum.

Marie de France
Das Lai von Sir Lanval

Sie trug keinen Schleier wie in Maries Träumen. Auch ihr Äußeres war längst nicht so makellos, wie Marie es von den anderen Wesen Annufens kannte. Die Zeit der Leiden hatte ihre Spuren hinterlassen. In Angharads schwarzem Haar schimmerten silberne Lichter. Es war die Farbe des vom Mond beschienenen Meeres, doch das Silber rührte von den Qualen und der Trauer her, die sich mit den tiefen Wassern ihrer Schönheit vermischten. In ihren braunen Augen entdeckte Marie nur wenige goldene Sprenkel. Das Gold stand für den wachen Geist von Annufen, der in der verkrüppelten Dienerin noch nicht ganz erstorben war. Ihre Haut war weiß wie die Gischt des Meeres und trug die Narben vieler qualvoller Jahre. Gebeugt war nun der Rücken der Frau, die einst von hoher, schlanker Gestalt gewesen sein musste. Ihr schleppender Gang und die gebückte Haltung zeugten von den Martern, die sie so lange ertragen hatte. Noch immer steckte sie in den unscheinbaren Gewändern der Dienerin, und doch war sie das schönste Wesen, das die Welten je gesehen hatten. Denn in ihr verschmolz der strahlende Glanz der Anderwelt mit den Sorgen und Schmerzen der sterblichen Welt. Mit ihrer Befreiung gab sie beiden Welten zurück, was ihnen so lange gefehlt hatte, und in dem Kind, dem sie das Leben geschenkt hatte, waren die Welten vereint. So sagte es die Prophezeiung. Doch sie hatte sich auf andere Weise erfüllt, als Lord Gwyn und Lady Morgaine es erwartet hatten. Nur weil Angharad ihr Kind in Einsamkeit und Verzweiflung unter dem Herzen getragen und dann allein und unter Schmerzen geboren hatte, war ihre ganze Kraft und die Tiefe ihrer Seele zutage getreten. König Arthurs wahre Erbin, die Nachfolgerin des großen Herrschers und Hüterin des Grals, war zurückgekehrt.

Marie fiel nicht vor ihr auf die Knie, denn der Respekt, den sie für diese Frau empfand, vertrug sich nicht mit Selbsterniedrigung. Sie empfand nur Dankbarkeit und Freude. Marie versuchte auch nicht, Llews Mutter in gemeinsamer Sorge um den walisischen Ritter zu umarmen; sie ergriff nur die Hand, die Angharad ihr bot. Genauso hatte sie Ariadnes Hand in tiefer Freundschaft ergriffen.

Dann nahm Angharad auch Phoebes Hand. Liebevoll hielt sie sie fest und sah dabei tief in die Augen ihrer Freundin und Beschützerin. Phoebe erwiderte überglücklich den Blick und den Händedruck, doch sie sagte kein Wort.

Schließlich wandte Angharad sich Gayain zu, und ein Lächeln glitt über ihre Züge. Maries Herz machte einen Sprung. Dieses Lächeln erinnerte sie an ein anderes von ähnlicher Leichtigkeit und Wärme ...

Als die Tochter der großen Morgaine nun sprach, war ihre Stimme so leicht wie ihr Lächeln. »Wo sind sie, Gwalch? Wo hast du sie versteckt? Segelten sie mit dir im Wind?«

Gayain seufzte nur tief und schüttelte den Kopf. Angharad antwortete ihm so unbekümmert und heiter, als gähnten nicht die Jahre des Leidens und der Verbannung zwischen ihnen. »Nein, Vetter, natürlich nicht! Doch wenigstens der sture kleine Schimmel wird es sich nicht nehmen lassen, hier zu erscheinen. Nur leider ist er nicht der Schnellste, sosehr er sich auch stets bemüht, Schritt zu halten. Ich nehme an, er hat gerade erst den Huf auf ... Ah!«

Gwayain rannte zur Tür und riss sie auf. Dort draußen im Mondlicht stand Gringalet, und auf seinem Rücken saß Llew.

Niemand hätte zu sagen vermocht, wer sich zuerst bewegte. Llew glitt im selben Augenblick aus dem Sattel, in dem Marie sich ihm entgegenwarf. Sie fielen einander in die Arme. Ein Gefühl, das zu tief war für Freude und zu freudig für Tränen, verband sie in diesem magischen, zeitlosen Augenblick, in dem ihre Herzen einander wiedererkannten.

Dann trat Marie ein wenig zur Seite und flüsterte: »Lady Angharad, seht hier, Euren Sohn.« Sie machte Angharad Platz.

Mutter und Sohn standen wie erstarrt. Ungläubig betrachteten sie einander. Nur wenige Schritte trennten die Prinzessin von Annufen von dem walisischen Ritter, und doch lagen die Jahre wie eine Unendlichkeit zwischen ihnen. All die Leiden und Qualen konnten nicht leichthin abgetan werden; die verzweifelte Leere und die verlorene Zeit wogen schwer. Marie fühlte einen Klumpen in der Kehle, und in ihren Augen brannten Tränen. Doch Phoebe legte ihr sanft die Hand auf den Arm, und sie beruhigte sich ein wenig.

Lady Angharad sprach als Erste. »Oh, Llew, mein Sohn«, sagte sie voller Staunen. »Oh, Llew, wie sehr du gewachsen bist!«

Llew rührte sich noch immer nicht. Erst Gayains kaltes Lachen durchbrach das Schweigen.

»Beim Mond und den Sternen, Kusine, was hast du denn erwartet? Wolltest du ihn etwa in Windeln wickeln und ihn auf den Knien schaukeln? Aus dem hübschen Knaben ist ein grobschlächtiger, wilder Gesell geworden; das ist leider nicht zu ändern.«

»Schweig still, Vetter!«, sagte Angharad. Dabei lachte und weinte sie zugleich. »Schweig, denn du weißt nicht, was du sagst!«

»Oh doch, das weiß er«, sagte Llew mit strahlendem Blick. »Er weiß es, Mutter, denn er ist Gwalch.« Nun endlich war er aus seiner Erstarrung erwacht und ging Prinzessin Angharad entgegen. Als Mutter und Sohn sich in den Armen lagen, war es, als sänge die Luft, die sie umgab, vor Freude.

Phoebe, Marie und Gayain zogen sich still zurück. Sie gingen hinaus in den nächtlichen Garten. Als Erstes brachten sie Gringalet in den verfallenen Stall. Sie fütterten und tränkten ihn zwischen den schläfrigen Hühnern, die aufgeplustert auf den Balken saßen.

Marie wollte noch ein wenig bei Gringalet bleiben, während die anderen wieder in den Garten gingen. Sie streichelte den schimmernden Hals des Schimmels. »Ich danke dir«, flüsterte sie ihm zu. »Danke.« Das Pony blickte sie mit seinen warmen dunklen Augen an und stieß sie sanft in die Seite. Seine Gedanken schienen sich ihr mitzuteilen. Es war eine Sprache ohne Worte, die von Müdigkeit und von der Sehnsucht nach der Heimat erzählte. Marie streichelte Gringalet noch eine Weile. Dabei flüsterte sie unablässig beruhigende, tröstende Worte, und bald stand das kleine Pferd zufrieden kauend zwischen den schlafenden Hühnern in der Dunkelheit.

Marie ging hinaus zu den anderen in die kalte, klare Nacht. Die Sterne schienen zum Greifen nahe. Eine Zeit lang betrachteten sie schweigend das winterliche Firmament. Das galt zumindest für Lady Phoebe und Marie, die sich fröstelnd ein wenig fester in ihre Umhänge hüllten. Gayain hingegen wanderte umher und pfiff dabei leise vor sich hin. Hin und wieder bückte er sich und betrachtete die dunkle Erde, dann wieder betastete er voll Neugier eine Pflanze.

»Ich muss schon sagen, der Anblick meiner Kusine, wie sie auf der Erde kauerte und im Dreck wühlte, überraschte mich«, sagte er so unvermittelt, dass Marie und Phoebe zusammenzuckten. »Ich weiß nicht, woher sie diese Schwäche für derlei niedere Arbeiten hat. Ganz sicher nicht von uns. In Annufen streckt man einfach die Hand aus, um eine Blume erblühen zu lassen. Bestimmt wäre meiner Kusine das auch hier bei Euch möglich gewesen. Sie hätte mitten im Winter den schönsten Sommergarten haben können.«

»Aber das wollte sie offenbar nicht, Gayain«, sagte Marie leise.

»Nein. Stur war sie schon immer, meine liebe Kusine.«

»Gayain«, sagte Lady Phoebe lächelnd, »Ihr könnt uns nichts vormachen. Ich habe Euch immer wieder in Gestalt des Falken auf der Gartenmauer sitzen und über uns wachen sehen. Oft wart Ihr auch bei Eurer Kusine im Garten, und mit Eurem scharfen Raubvogelblick fandet Ihr die Samen, die den armen trüben Augen Eurer Kusine entgangen waren. Ich weiß, wessen Treue ihren Geist während all der schrecklichen Jahre am Leben hielt.«

Nun sah Marie etwas, das sie nicht für möglich gehalten hätte: Eine leichte Röte legte sich über das schimmernde Gesicht des Jünglings aus Annufen. Aber Gayains Stimme klang so unbekümmert wie eh und je, als er antwortete: »Ha, das verdankt sie sicher nicht mir. Ich leistete ihr nur gelegentlich ein wenig Gesellschaft. Den schwersten Teil der Arbeit habt Ihr getan, Lady Phoebe. Eine Fremde war der Tochter Annufens eine größere Hilfe als ihre ganze schillernde Sippschaft zusammen. Eine Magierin aus der sterblichen Welt, die trotz aller Beschränkungen, welche die menschliche Natur ihr nun einmal auferlegt, nach Weisheit und Erkenntnis strebt, zeigte sich barmherziger als die Anderwelt mit all ihrem Zauber.«

»Nein, Gayain«, widersprach Lady Phoebe. »Nein, mein Lieber. Ich kümmerte mich um Eure Kusine, das ist wohl wahr. Aber anfangs war sie für mich kaum mehr als ein Objekt für meine Studien. Sicher wisst Ihr, dass ich sie in einer dunklen Gasse fand. Sie war schwer misshandelt worden, und man hielt sie wohl für tot. Die Menschen sind dumm. Sie fürchten die Hässlichkeit, und ich hatte noch nie zuvor eine so abstoßende Kreatur erblickt. Ich wollte herausfinden, ob die alten Lehrer Recht hatten, wenn sie sagten, hinter der Hässlichkeit lauere das Böse. Und später, später folgte Ariadne mir einfach in die Verbannung. Mit ihrer Treue half sie mir durch das Labyrinth der Verzweiflung. Sie führte mich hierher, das weiß ich nun. Und durch sie fand ich meinen inneren Frieden. Ihr seht also, ich bedurfte ihrer Hilfe mehr als sie der meinen.«

Gayain zuckte die Achseln. »Das mag Euch so erscheinen. Aber Ihr wart die treue Freundin meiner Kusine. Ihr führtet sie auf den Weg der Heilung.«

»Ein klein wenig vielleicht«, sagte Lady Phoebe. »Aber das reichte nicht aus. Sie brauchte *Euch*. Ihr seid ein Wesen der Anderwelt. Ich glaube, man sagt, es läge nicht in Eurer Natur, Flüche zu brechen und die Verbannten zu beschützen, weil Ihr die Kinder des Schicksals seid. Aber Ihr, Gayain, habt Euch von diesen Fesseln befreit. Ihr habt nach Prinzessin Angharad gesucht, und als Ihr sie gefunden hattet, setztet Ihr Euch bei den Herrschern Annufens für sie ein. War es nicht so?«

»Was das angeht«, sagte Gayain, »so war man in Annufen mehr als willens, mir Gehör zu schenken. Diejenigen, die

Prinzessin Angharad verflucht hatten, bereuten ihre Verwünschungen längst aufs Bitterste. Aber wir konnten nichts ...«

»Auch nach Llew habt Ihr gesucht, nicht wahr?«, unterbrach Phoebe ihn sanft. »Und Ihr habt ihn gefunden. Es war schon beinahe zu spät, denn auch auf ihm lastete ein Fluch. Ihr wart die Verbindung zwischen Prinzessin Angharad und ihren Verwandten in der Anderwelt. Ihr wart der Mittler zwischen ihr und Marie ...«

»Das stimmt. Ein Bote bin ich, aber mehr auch nicht«, erklärte Gayain achselzuckend. »Meine Aufgabe war es, Botschaften vom einen zum anderen zu tragen.«

»Gehört es auch zu den Aufgaben eines Boten, sich in Gefahr zu begeben, ein Beschützer zu sein und Weisheit und Freude zu bringen? Und welchem gewöhnlichen Boten reicht als Lohn die Gewissheit, anderen zu ihrem Glück verholfen zu haben?« Phoebe wandte sich an Marie. »Meine Liebe, sicher ahnt Ihr es längst. Es war Gayain, der Euch wohlbehalten durch die lauernden Untiefen des Wahnsinns führte. Es war Gayain, der Euch hierher zu uns brachte.«

Die steinerne Hand, die sie schob ... Der harte, kalte Druck in ihrem Rücken ... Die Brücke aus Schwertern ... Der dunkle Tunnel ... Und der Rosengarten, der sie am Ende erwartete ...

»Ich weiß nicht, was ich sagen soll«, murmelte Marie leise. »Was Ihr für mich getan habt, ist zu viel für bloße Worte des Dankes. Ich verehre und liebe Euch zutiefst, Gevatter Falke.«

Einen Herzschlag lang blieb es still. Gayains goldener Blick senkte sich in Maries braune Augen. Marie fragte sich, ob es Trauer war, die dabei im Blick des Jünglings aufflackerte. Sie wusste, dass er sich gleich von ihr abwenden würde. Mit leisem Spott würde er die unerschütterliche Selbstsicherheit eines Sohnes der Anderwelt hervorkehren. Dabei hatte er wissentlich gegen Annufens Gesetze verstoßen, indem er sich gegen einen ungerechten Fluch gestellt und nach seiner verbannten Kusine gesucht hatte. Schnell sagte Marie: »Gayain, vergesst nicht, Ihr habt Lady Isabelle Fitzhenry versprochen, ihr Gringalet zurückzubringen. Der Schimmel will nach Hause. Er muss zurück. Und Lady Isabelle rechnet fest damit, dass Ihr ihn ihr bringt.«

»Ah, das gefällt mir schon besser«, antwortete Gayain sogleich. »Der Bote muss seine Pflicht erfüllen, sonst wird die edle Dame ungehalten.« Doch es lag kein Spott in seiner Stimme, und das Blitzen in seinen Augen wurde zu einem weichen Schimmer. Marie wusste, dass sie Gayain, fast ohne es zu wollen, etwas gegeben hatte, das er als ein Wesen Annufens nicht selbst finden konnte: Es war die Hoffnung, das sterblichste und doch ewigste aller Gefühle. Aber ebenso sicher wusste sie, dass er das niemals zugeben würde, denn er war und blieb ein Wesen der Anderwelt und durfte ihre ungeschriebenen Gesetze nicht verraten.

»Ich weiß nicht, wie es Euch geht, meine Lieben«, sagte Lady Phoebe, die aufmerksam von einem zum anderen blickte. »Aber ich bin ziemlich hungrig. Was haltet Ihr von einer Schüssel Eintopf mit in Wein gesottenem Hammelfleisch und einem gemütlichen Platz am Feuer?«

»Das ist das erste vernünftige Wort, das ich heute Nacht gehört habe!«, sagte Gayain. »Also lasst uns …«

In diesem Augenblick zog eine Sternschnuppe, dann eine zweite und schließlich eine dritte ihre Bahn zum Horizont. Es war, als würden sich wilde silberne Reiter von einer hohen Klippe stürzen. Vom Stall her wieherte Gringalet. Sein Ruf war durchdringend und voll Sehnsucht. Aus dem Meer erhob sich ein goldener Ton der Harmonie, und der Klang vieler Stimmen erfüllte die kalte Nachtluft.

Kaum einen Augenblick später ließ das Schnauben und

Stampfen unzähliger Rösser die Nacht erbeben. Riesige Schatten tanzten auf den Mauern des Gartens.

»Angharad, zeig dich uns!« Der jubilierende Ton der Lerche erklang.

»Angharad, zeig dich uns!« Die warme goldene Stimme hob und senkte sich wie eine sanfte Welle.

»Angharad, zeig dich uns!« Es war ein Flüstern, ein Ruf, ein Schrei aus tausend Kehlen.

Lord Gwyn von Wybren und Lady Morgaine von Avalon waren gekommen, um ihre Tochter zu holen.

26

Marie fing sich als Erste. Sie sprang ans Gartentor und öffnete es weit. Dann stellte sie sich aufrecht und stolz der schrecklichen Schönheit der Herrscher von Annufen entgegen und rief. »Ihr könnt nicht über sie gebieten, oh Herr und Herrin von Annufen! Oh, Lord Gwyn, oh Lady Morgaine, Ihr könnt nicht über sie befehlen. Nicht nach allem, was geschehen ist!«

»Das war kein Befehl, Marie. So äußert man in Annufen eine Bitte.« Prinzessin Angharad war lautlos hinter sie getreten. »Ich bat Gayain, sie herzuführen, denn ich wusste, wie sehr sie bereuten, wozu sie sich in einem Augenblick voll hitziger Gefühle hatten hinreißen lassen. Längst hatten sie den Fluch gemildert, soweit sie es vermochten. In besonders sternenklaren Nächten kehrte manchmal die Erinnerung daran zurück, dass ich ein Wesen aus der Anderwelt bin. Dann konnte ich meine Gedanken beinahe wieder mit der alten Kraft hinausschicken. Doch ich will nicht leugnen, dass mich das übergroße Anstrengungen kostete. Die letzte Wunde, die sie mir zufügten, war nicht zu vermeiden. Doch sie zeugte von Annufens Wunsch, mich endgültig von dem Fluch, der auf mir lag, zu befreien.«

Eine unvermeidbare Wunde, eine Wunde, die zur Heilung führte ... Marie dachte an den Schwan und an den Pfeil, der sich in seine schneeweiße Brust bohrte. »Ja«, sagte sie, »aber sosehr sie sich das gewünscht haben mögen, letzten Endes fehlte ihnen die Macht dazu.«

»Ihr habt Recht«, sagte Angharad. »Auch Annufens Macht hat Grenzen. Und ich kann Euch nicht verübeln, dass Ihr, nach allem, was geschehen ist, den Meinen misstraut, liebste Marie – meine Tochter. Doch bedenkt: Annufen kann nicht über die sterbliche Welt regieren, und die sterbliche Welt ist in Annufen ohne Macht. Und doch gehören beide zusammen. Wir müssen bis ans Ende der Zeit unseren Weg gemeinsam gehen.« Sie küsste Marie auf die Wange, nicht sanft und freundlich, sondern kräftig und voller Freude. Dann schritt Prinzessin Angharad an ihr vorbei und durch die Pforte in der Mauer. Sie trat hinaus unter den wilden Sternenhimmel, wo die Reiter von Annufen sie erwarteten. Marie spitzte die Ohren, doch sie verstand nicht, was Angharad zu ihnen sagte.

Dann stand plötzlich Llew an ihrer Seite. »Es ist kalt, meine Geliebte. Du zitterst.«

»Wie schön, dass das endlich jemandem auffällt. Wir wollten schon vor geraumer Zeit ins Haus gehen«, murrte Gayain. »Die gute Lady Phoebe erwähnte einen Eintopf mit in Wein gesottenem Hammelfleisch. Ich weiß nicht, ob dieses Angebot noch gilt, aber ...«

»Aber natürlich!«, rief Lady Phoebe. »Und Ihr könnt mir helfen, das Mahl zu bereiten, mein lieber Freund«, fügte sie mit Nachdruck hinzu. »Denn ich habe nur zwei arme alte Hände, und Llew und Marie haben einander bestimmt viel zu erzählen.«

Gayain verdrehte die Augen.

Im Kamin knisterte ein munteres Feuer. Davor saßen Marie und Llew, die Arme fest umeinander geschlungen. Sie unterhielten sich mit leisen Stimmen, während Gayain und Lady Phoebe geschäftig hin und her eilten. Bald war die Luft erfüllt vom deftigen Aroma der Zutaten für den Eintopf.

»Als du durch die Welten entschwandest«, murmelte Llew, »während ich an den Ufern von Avalon zurückblieb, wollte ich sterben. Ich sah, dass ich dich durch meine Kleinlichkeit und Engherzigkeit verloren hatte. Vor der Tiefe deiner zärtlichen Liebe verschloss ich den Blick. Selbst als unsere Herzen und unsere Seelen sich in Avalon trafen, erkannte ich die Wahrheit nicht. Die Schatten der Vergangenheit verfolgten mich noch immer. Ach, Marie, wie konnte das geschehen? Wie konnte ich noch immer so blind sein?«

»Du bist ein Mensch, Llew«, antwortete Marie sanft. »Du bist ein Mensch, genau wie ich. So lange Jahre musstest du stark sein. Für dich gab es nur Ehre, Mut und bedingungslose Treue. Und doch hast du dabei nie deine Seele verloren. Nur weil dir dieses große Kunststück gelang, hast du alle Prüfungen überlebt, und ich konnte dich am Ende finden. Doch auch ich fürchtete, dich nun für alle Zeiten verloren zu haben. Ich glaubte, du könntest dem Schicksal, das dir durch den Fluch deiner Großeltern bestimmt war, nicht entrinnen. Ich glaubte, du wärest denen, die dich benutzen und in einen Bund zwingen wollten, hilflos ausgeliefert. Oh, Llew! Wir beide sind nur schwache Menschen. Nicht immer sehen wir die tiefere Bedeutung hinter den Dingen, nicht immer erkennen wir die Wahrheit – nicht einmal wenn ein Wesen aus der Anderwelt uns führt und leitet ... In Avalon sagtest du, nichts könnte uns diesen Augenblick der Liebe nehmen, und das ist wahr. Aber es wird auch andere Momente geben, andere Zeiten, in denen wir unsicher werden, in denen die Liebe sich verbirgt, in denen sie zaudert und voller Angst ist ...«

Llews Lippen berührten ihr Haar. Sein Flüstern war wie das Flüstern des Blutes in ihren Adern. In diesem Augenblick wusste Marie, dass er dieselben schmerzhaften Prüfungen durchlitten hatte wie sie. Auch das paradiesische Avalon hatte das nicht verhindern können. »Ja, meine Geliebte, das ist wahr. Doch jeder Tag und jede Nacht wird uns auch Neues bringen. Im Kleinen, im Stillen, im unausgesprochenen Wort, in der stummen Melodie wartet in der Dunkelheit ein Samenkorn auf uns. Es wird wachsen und sich entfalten, langsam, aber doch unaufhaltsam: das Wunder der Gnade und Liebe. Oh, Marie, ich liebe dich!«

»Ich liebe dich«, antwortete sie erbebend. Das Feuer im Kamin wurde zu dem Feuer in ihren Körpern. Es spendete Hitze und Licht. Eine Zeit lang saßen sie noch eng aneinander geschmiegt und sahen Lady Phoebe und Gayain dabei zu, wie sie zwischen Tisch und Kochtopf hin und hereilten und die wundersame Alchimie der Erde ihr Werk tun ließen. Zu oft wurde die ungeheure Kraft, die in ihren Früchten schlummerte, leichthin abgetan und ihre Magie mit Nichtachtung gestraft.

Bald wurden sie zu Tisch gerufen und wollten gerade ihr Mahl beginnen, da öffnete sich die Tür, und Prinzessin Angharad trat ein. Mit ihr kamen Lord Gwyn und Lady Morgaine.

»Was ist denn noch?«, schimpfte Gayain. »Kann man hier denn nicht einmal in Ruhe seinen Eintopf verspeisen? Bald wird das Morgenlicht im Osten erwachen, und ich muss fort. Mit leerem Magen!«

»Wir wollen uns nur ein wenig zu Euch setzen«, sagte Prinzessin Angharad ruhig. »Hör also auf, dich zu beklagen, Vetter.« Bevor sie sich an den Tisch setzte, nahm sie drei hölzerne Schüsseln aus dem Regal in der Ecke. Zwei davon brachte sie ihren Eltern und schöpfte ihnen mit größter Selbstverständlichkeit etwas von dem duftenden Eintopf aus dem Kessel über dem Feuer. Dabei lag keine Unterwürfigkeit in ihrem Tun. Schließlich ließ Prinzessin Angharad sich zur Rechten ihres Sohnes auf der Bank nieder. Zu seiner Linken saß Marie. Lady Morgaine und Lord Gwyn aßen stumm. Doch nicht das bedrückte Schweigen, das von einem schlechten Gewissen herrührt, hing zwischen ihnen, sondern die Stille, die zwischen den Welten herrscht, die zu ihrer Verständigung keine Worte brauchen.

Nur Gayain konnte nicht schweigen. Er redete ohne Unterlass. Seine Scherze, sein heiterer Spott und sein munteres Geplauder brachten bald alle zum Lachen. Er rief die Musikanten aus Gwyns Gefolge herein und sang mit ihnen Lieder. Schließlich überredete er sogar Prinzessin Angharad, ihre Harfe zu holen und eine fröhliche Weise zum Besten zu geben. Selbst über das dunkle Antlitz des Herren von Wybren und über die anmutigen Züge der Herrscherin von Avalon liefen am Ende Tränen des Lachens. Ihre unbefangene Heiterkeit zeigte, dass sie wahrlich derselben Art angehörten wie Gayain, wie Gwalch, dem Inbegriff aller Falken, Prinz und Dieb, Sohn von Annufen und Freund der sterblichen Welt.

Die ausgelassene Runde feierte die ganze Nacht hindurch. Erst kurz vor dem Morgengrauen erhoben sich die Wesen Annufens, um Abschied zu nehmen und in das Reich der Innerwelt zurückzukehren.

Lord Gwyn sagte: »Lebt wohl, aber nicht für immer, denn Eure Wege sind in den Bahnen der Sterne ebenso vorgezeichnet wie in den Pfaden der Erde. Die Tore Annufens stehen Euch offen. Und dort wird man Euch Ehre erweisen, weil Ihr die seid, die ihr seid. Für immer.«

Lady Morgaine sagte: »Wir werden Euch wieder sehen, wenn Ihr es wollt, wenn Ihr uns braucht und Euch nach Annufen sehnt. Es gibt viel zu tun in den Reichen der Anderwelt, denn das Herz seines Lichtes, die Herrin der Blumen, war so lange von uns fort ...«

Prinzessin Angharad sagte nichts. Nacheinander umarmte sie erst Lady Phoebe, dann Llew und schließlich Marie. »Ich muss nun gehen, meine Liebsten. Es wird Zeit für mich, endlich wieder über die Bahnen der Sterne zu reiten und in die Wasser von Avalon einzutauchen. Aber ich werde bald wieder zurückkehren. Denn die Pfade der Erde sind auch die meinen geworden, und ich werde Euch finden, wo immer Ihr seid.«

»Ich spare mir die Abschiedsworte«, erklärte Gayain. »Ich sage nur gute Nacht, denn ich muss das sture weiße Vieh zu seiner hochnäsigen Herrin zurückbringen. Und so, wie ich Euch kenne, Lady Marie, wollt Ihr auch noch Eure Zügel wiederhaben. Ach, und wer weiß schon, wo man mich als Nächstes hinscheucht?«

»Ja, wer kann das schon ahnen, Gwalch?«, antwortete Marie mit einem Augenzwinkern. »Wer könnte das wissen, außer einem wahren Prinzen der Lüfte, wie Ihr einer seid?«

VIERTER DISKURS

Wenn die zwölf Tierkreiszeichen die Saiten der Harfe sind, wenn die Planeten und Fixsterne Glocken gleichen, deren Ton hell und klar erklingt, und wenn die Edelsteine und Pflanzen der Erde die Töne zurückwerfen – wer ist dann der Harfenspieler? Wer stimmt die Saiten und lässt die Melodie erklingen? Wessen Dichtkunst entspringen die Worte des Liedes?

Es gibt nur eine Antwort auf all diese Fragen: Gott selbst hält das himmlische Instrument in den Händen. Er entlockt ihm die Töne, die in seiner ganzen Schöpfung schwingen, in den Tieren, den Pflanzen und Steinen und in allem, was atmet und nicht atmet. Sein Wort lebt in den Fasern jedes menschlichen Wesens. Das Lied ist das Wort, und die Melodie ist die Liebe. Diese Paare sind so untrennbar miteinander verbunden wie Tag und Nacht.

Die Menschen glauben oft, Tag und Nacht, Liebe und Wort, Mond und Sonne stellten unvereinbare Gegensätze dar. Doch sie täuschen sich. Denn Licht und Dunkelheit sind zwei, doch das Dritte ist ihr Kind, die Morgendämmerung, und das Vierte ist das Zwielicht am Ende des Tages. Und so wird aus den Vieren ein Ganzes. Alles fügt sich zu einem, obwohl die Welten aus vielen Teilen bestehen, die sich umeinander bewegen und drehen.

Die Melodie, die Gott den Saiten entlockt, das Lied der Harfe der Welten, führt alles zu dem einen zusammen.

Das ist es, was die Herrin der Blumen, die wunderschöne und abgrundtief hässliche Prinzessin Angharad mich lehrte, mich, Phoebe von Byzanz, die als Strafe für ihre Sünden ans Ende der Welt verbannt wurde. Sie lehrte es mich in der sterblichen Welt. Doch geboren wurde sie an einem anderen Ort. Jenen Ort findet man in der Innerwelt, jenseits des

Sonnenuntergangs. Jene Welt ist ein Kind des Lichtes und der Dunkelheit. Sie ist weder Himmel noch Hölle, aber auch nicht die Erde. Sie liegt in der Mitte aller Dinge, ist das Mittlere Reich. Dort wird die Harfe der Welt gestimmt, dort kennt man ihr Lied, und das Leben währt ewig. Dieses Reich mag uns merkwürdig erscheinen, und seine Gesetze sind nicht die unseren. Ja, vielleicht halten wir sie sogar für grausam, und doch ist die Innerwelt der Ort, an dem wir erfahren, wer wir in Wahrheit sind, wonach wir suchen und wohin unser Weg uns führt. Das gelingt uns allerdings nur, wenn der Ort im Inneren und die Welt der sterblichen Menschen vereint sind. Nur dann finden wir ganz zu uns selbst und können den Weg gehen, den Gott uns zugedacht hat.

So beende ich nun dieses, mein Buch. Möge es im Dunkeln glühen wie ein Edelstein, möge es flüstern wie das Lied der Nacht und den Elementen trotzen wie eine Blume, die in einer Felsspalte blüht.

Das Buch von Himmel und Erde

27

Die Bewohner Annufens sammelten sich in der schwindenden Dunkelheit. Die prächtigen Rösser der Anderwelt schnaubten und scharrten ungeduldig mit den Hufen. Sie konnten es kaum erwarten, in wilder Jagd in die fernsten Winkel des Sternenhimmels und über die Weiten des Ozeans zu preschen. Erschöpft, aber doch stolz, stand Gringalet, die Ohren gespitzt, den edlen kleinen Kopf in die Höhe gereckt, zwischen seinen gewaltigen Vettern. Die Schar aus Annufen tauchte Mynyws Klippen in ein so gleißendes Licht, dass ein zufälliger Beobachter vielleicht geglaubt hätte, die Sonne sei zur Erde gefallen und der Jüngste Tag angebrochen, wie es in den Prophezeiungen der Bibel steht.

Doch nur zwei Menschen, die nicht in Lady Phoebes kleinem Haus gewesen waren, sahen den Glanz und das Licht derer von Annufen. Der eine eilte dem Strahlen verzweifelt und mit klopfendem Herzen entgegen. Der andere sank – Tränen der Dankbarkeit und Freude in den Augen – auf dem steinernen Boden seiner Klosterzelle auf die Knie und dankte Gott von ganzem Herzen.

Marie, Llew und Lady Phoebe gingen nach ihrem Abschied von den Söhnen und Töchtern Annufens nicht sofort ins Haus zurück. Die Sonne war noch nicht aufgegangen, und über den Klippen lag die eisige Nachtkälte. Aber die drei Menschen spürten die Kälte nicht, denn in ihnen war ein warmes Glühen. Sie gingen den steilen Pfad zum Strand hinunter und wanderten dort über Geröll und feuchten Sand. Dabei sprachen sie über die wundersamen und die schrecklichen Dinge, die geschehen waren, und über die schmerzensreichen, aber auch schönen Aufgaben, die vor ihnen lagen.

Briefe waren zu schreiben und Gespräche zu führen, Wahrheiten mussten ans Licht gebracht werden, und beschwerliche Reisen standen bevor. Sie würden alles tun, was nötig war, um das Licht und die Wärme ihr Leben lang festzuhalten.

Als alles gesagt war, sahen sie schweigend zu, wie die Strahlen der blassen Novembersonne, die in den wolkigen Himmel stieg, wie zaghafte Finger die Wellen des Meeres berührten. Als sich die letzten Schatten zwischen Meer, Himmel und Land verflüchtigten, schimmerten Gestalten im Dunst, den die schwache Sonne nur langsam vertrieb: Ein stattlicher goldblonder Mann in einer einfachen Mönchskutte, eine blasse junge Frau mit dunklen Augen, die einen Säugling in den Armen hielt, ein Boot voller wild aussehender Männer, die gehörnte Helme auf den Köpfen trugen und ihre stummen Schreie in den Morgenhimmel schickten ... Vor den Augen der drei Menschen am Strand zeigten sich bald noch viele andere schemenhafte Formen, nur um sich sogleich wieder in der dünnen Herbstluft aufzulösen. Die letzte Vision aber, ein zierlicher Knabe, der in einem viel zu großen Umhang aus Bärenfell steckte und an der Seite ein schweres Schwert trug, verblasste nicht wie all die anderen. Als der Knabe die drei Menschen ansah, bemerkten sie die goldenen Sprenkel in seinen braunen Augen. Einen Herzschlag lang verharrte er still, dann verschwand auch er. Doch der Ort, an dem er gestanden hatte, war nicht leer. Ein Hauch, ein Flüstern blieb zurück.

Arthur ... Nicht die Legende, die in der Höhle aus Kristall schlief, nicht der große König, der das Schicksal der ganzen Welt auf seinen Schultern trug, nicht der unglücklich Liebende, den das Schicksal um sein Glück betrog, nicht der Schützling und Eroberer von Annufen, nicht der Verwundete, der Zerstörer und Heiler, nein, nur ein unsicherer Knabe. Ein Knabe, der erst am Anfang stand, aber doch ahnte, dass das

Leben unsagbar schwere Prüfungen für ihn bereithielt. Als sterbliches Menschenkind war es Arthur nicht gegeben, sein Schicksal zu kennen. Doch trotz all seiner Verwirrung und Unsicherheit ahnte er schon früh, welch große Macht einst in seinen Händen liegen würde.

Marie sah, wie Llews Augen sich mit Tränen füllten. Sie legte den Kopf an seine Brust und dachte an einen anderen Waisenjungen mit einem sonderbaren und wundersamen Schicksal, der alles zurückließ, was ihm vertraut war: sein Heim und den Mann, der ihm ein Vater gewesen war. Dieser Mann hatte fortan an jedem Tag und in jeder langen Nacht nach dem verlorenen Kind Ausschau gehalten und es in seine Gebete eingeschlossen.

»Es wird Zeit, dass wir zu Bruder Gruffydd gehen«, flüsterte Marie. »Es wird Zeit, dass wir die Last von seinem Herzen nehmen.«

Als der hoch gewachsene Mönch an das Tor des Klosters kam, sahen sie sofort, dass er bereits alles wusste. Denn auf den Zügen Gruffydd ap Rhodris lag ein Strahlen, das nur von dem Anblick des gleißenden Lichtscheins auf den Klippen und von dem sicheren Glauben an die Allmacht und Güte Gottes herrühren konnte. Er begrüßte seine Besucher sehr gefasst, doch seine Augen hingen allein an Llew. Llew vergoss weder Tränen der Freude noch der Reue. Nur stille Freude strahlte aus seinen Zügen, als er mit seinem Ziehvater sprach. Marie dachte daran, was Gruffydd in seinem Brief über Llew geschrieben hatte: *Er war ein stilles Kind, dabei aber von durchaus heiterem Gemüt.*

Nun wusste Marie, wer das Siegel gebrochen und Gruffydds Brief gelesen hatte, bevor er in ihre Hände gelangt war: Richard. Sicher hatte eine dunkle Ahnung, ein unbestimmtes Gefühl an ihm genagt und ihn vermuten lassen, dass Llew mehr war als ein treuer Freund. Darum hatte Richard versucht, seine Geliebte von der Reise nach Wales abzubringen, sie immer wieder zu einem Aufschub gedrängt. Seine wahren Gründe dafür hatte sie allerdings nie erfahren. Aber von dem Augenblick an, in dem Richard Gruffydds Brief gelesen hatte, hatte er gewusst, was Llew ihr wirklich bedeutete und was geschehen würde, wenn sie ihr Versprechen erfüllte. Denn hinter dem forschen Auftreten des Prinzen verbarg sich eine große Feinfühligkeit. Dennoch hatte er Marie seine Vorahnungen verschwiegen und seiner Geliebten nicht anvertraut, was an seinem Herzen nagte. Nur kleine Hinweise und sonderbare Bemerkungen, deren tieferer Sinn Marie damals noch verborgen gewesen war, hatte es immer wieder gegeben. Es war, als habe Richard sie prüfen wollen – sie und sich selbst, als habe er eine Antwort auf die Frage gesucht, wonach sein Herz wirklich verlangte. Der Aufruhr ihrer Gefühle machte Marie das Atmen schwer. Nie hätte Richard sie in der Weise betrogen, wie sie es noch bis vor kurzem geglaubt hatte. Nicht sie und nicht Llew. Aber warum war er nicht mit ihr nach Wales geritten? Er hatte geahnt, dass er sie verlieren würde, und hatte nichts dagegen unternommen. Vielleicht hatte er gehofft, seine Mutter würde Marie von ihren Reiseplänen abbringen. Er selbst war zu seinem Ritt ins Poitou aufgebrochen, obwohl er fast sicher sein konnte, dass er Marie verlieren würde, wenn er in dem Augenblick, in dem sie ihr Versprechen erfüllte, nicht an ihrer Seite war. Dabei hätte ein Brief seiner Mutter vielleicht genügt, um Prinz Heinrich zur Vernunft zu bringen. Nein, Richards Ritt ins Poitou war eine Wunde gewesen, die er sich selbst zugefügt hatte. Nicht nur der Wunsch, seinen Bruder zu besiegen, nicht nur sein Streben nach Macht hatte ihn dorthin geführt. Er war in den Süden geritten, um Marie freizugeben – und um sich von ihr zu befreien.

Nicht einmal in der Stunde des Abschieds hatte er sich ihr offenbart. Doch sein Schweigen bedeutete nicht, dass er ihrem Herzen die freie Entscheidung zwischen dem walisischen Ritter und dem englischen Prinzen lassen wollte. Er hatte geschwiegen, weil der unerschrockene Krieger Richard Löwenherz, Sohn des mächtigen Königs Heinrich und Sonne des Westens, Angst bekommen hatte. Er fürchtete weder den Tod noch die Gefahr, weder seine Feinde noch die Intrigen seiner hoffnungslos entzweiten Familie. Nein, er fürchtete nur die Liebe und die Macht, die sie über den hatte, der ihr nachgab. Und aus dieser Angst heraus hatte er weder Marie noch Llew verraten, sondern nur sich selbst.

28

Bei ihrer Rückkehr fanden sie das Haus nicht leer vor. Am Feuer hockte ein Mann. Er hielt den Kopf gesenkt, als schäme er sich. Doch als sie eintraten, blickte er auf.

»Ich habe es nicht ausgehen lassen«, sagte er. Dabei stocherte er müde in der Glut. »Ich dachte es wäre Euch recht, wenn es weiterbrennt.«

»Ja«, sagte Lady Phoebe nach einem kurzen Augenblick der Verwunderung. »Das ist wahr. Ich danke Euch.«

Marie erkannte den Mann sofort, doch in seinen Zügen lag kaum noch ein Schatten der Unbekümmertheit und Kühnheit vergangener Tage. »Arnaud«, sagte sie. »Arnaud de Beroul.«

»Sie haben mich zurückgelassen«, murmelte Arnaud düster. »Ich ritt seit Avalon mit ihnen, aber das Pferd, das sie mir gaben, warf mich ab. Meilenweit von hier entfernt lag ich unten am Meer im Sand. Ich rappelte mich auf und rannte, so schnell ich es vermochte. Aber ich kam zu spät.« Er legte den Kopf in die Hände.

»Warum seid Ihr hier?«, fragte Marie.

Er sah sie an, und seine Züge wurden hart.

»Was soll diese Frage? Wollt Ihr Euch über mich lustig machen?«

Llews Augen blitzten auf, doch er blieb ruhig stehen.

»Einst hätte ich geglaubt, Herzog Richard habe Euch geschickt, um Llew in seinem Namen in einen Bund zu zwingen«, sagte Marie. Es kostete sie einige Überwindung, diese Gedanken in Llews Gegenwart auszubreiten. Aber wenn sie es jetzt nicht wagte, würde sie es nie tun. »Doch dieser Bund hätte nie die erhofften Früchte getragen, denn ihm fehlte die Liebe. Nur sie vereint das Herz mit der Seele und bürgt für die Treue der Bundesgenossen.«

»Meint Ihr, ich wüsste das inzwischen nicht ebenso gut wie Ihr?«, schrie Arnaud, ganz so, als verursachten Maries Worte ihm große Pein. »Aber wie kommt Ihr nur darauf, dass Herzog Richard mich hierher geschickt haben könnte? Er hat nichts damit zu tun. Warum sollte er sich in diese Dinge einmischen?«

Maries Mund wurde trocken. »Ich dachte, Ihr handelt in seinem Auftrag, denn er ist Euer Herr. Und noch bis vor kurzem glaubte ich, er wolle mit Annufens Hilfe nach der Macht greifen.«

Arnaud starrte sie an. »Nun gut, der Herzog mag sich manchmal ein wenig merkwürdig benehmen, aber ...«

»Wenn Ihr nicht in Herzog Richards Auftrag hier seid, Arnaud«, meldete Llew sich mit fester Stimme zu Wort, »wer schickt Euch dann?«

Arnaud seufzte. »Das ist eine lange Geschichte, und ich verstehe sie selbst nicht ganz. Aber ich will versuchen, sie Euch zu erzählen.« Er starrte ins Feuer. »Nun, es war im Mai, und wieder einmal wurde ich als Bote ausgeschickt. Eines Tages traf ich tief in den Wäldern des Marschlandes einen Zwerg, der sich Greenleaf nannte. Er fragte mich, ob ich mein Glück machen und dabei noch ein Abenteuer erleben wollte. Nun, einem Abenteuer war ich noch nie abgeneigt, und wenn ›mein Glück machen‹ bedeutete, dass dabei ein Batzen Geld zu verdienen war, wollte ich die Gelegenheit beim Schopfe packen. Denn außer meinem Schwert und den Kleidern auf meiner Haut habe ich keinen irdischen Besitz. So nickte ich auf die Frage des Zwerges, und er sagte, man würde mich bald nach Wales schicken. Dort müsse ich folgende Dinge tun: In einer ganz bestimmten Nacht solle ich mich in der Nähe von Sankt David auf einer genau bezeichneten Klippe hinter einem Felsen verbergen und beobachten, was sich dort im Schutze der Dunkelheit zutrug. Ich solle mir alles genau merken und dann zu dem Zwerg zurückkehren. Er gab mir ein Amulett, das mich schützen sollte. Der Zwerg behauptete, ohne diesen Talisman drohten mir unsägliche Gefahren. Seht her, ich zeige Euch, was er mir gab.« Arnaud zog eine Hand voll Steine aus seinem Gewand. Sie waren rot, grün und durchsichtig wie Wasser.

»Die Sternensteine von Wybren«, flüsterte Marie. Immer und immer wieder begegneten sie ihr. Was hatte das zu bedeuten?

»Er sagte, die Wesen, die ich auf den Klippen zu sehen bekäme, seien Kreaturen der Anderwelt«, fuhr Arnaud fort. »Deshalb bräuchte ich den Schutz der Steine und die klare Sicht, die mir dank ihrer Kraft gegeben würde. Dann sagte er noch, sein Herr wünsche es so. Auch sprach er von einem Bund, einem Opfer, einem Versprechen und von manch anderen wunderlichen Dingen. Später sollte ich mit den cymrischen Prinzen Maelgwyn und Owain zusammentreffen. Allein, ich verstand nicht, wie ich bei alledem mein Glück machen sollte, und das sagte ich dem kleinen Männlein auch. Der Zwerg lachte und erklärte, ich dürfe den Auftrag gern ablehnen. Dann würde ein anderer sich an meiner Stelle über diese Gelegenheit freuen. Nun, ich traute ihm nicht, aber ich dachte mir: Was habe ich zu verlieren? Wenigstens winkt mir ein Abenteuer, das nicht alltäglich ist. So willigte ich ohne weiteres Zögern ein ... Aber als ich hierher kam und in der bewussten Nacht auf den Klippen Lady Angharad sah – Gott steh mir bei –, da war nichts mehr wie zuvor! Danach ritt ich wohl wie vereinbart zu den walisischen Prinzen, sagte ihnen, was man mir aufgetragen hatte, und willigte in ein weiteres Treffen ein. Doch ich konnte nicht zurück ins Marschland. Der Gedanke an Lady Angharad ließ mich nicht mehr los. Ein tiefes Verlangen nach ihr verbrannte meine Seele. Ich wollte sie aus ihrem traurigen Schicksal befreien. Einer meiner Vorfahren, müsst Ihr wissen, war Bohort de Gannes. Er gehörte zu König Arthurs Tafelrunde … Zwar war er kein Blutsverwandter des Königs, doch er galt als einer seiner engsten Vertrauten, und ich dachte, wenn ich mich als Ersatz anböte, dann, dann …«

Der Strom seiner Worte versiegte. Die fiebrige Begeisterung, die während Arnauds Erzählung in ihm aufgeflammt war, fiel von ihm ab.

»Fragtet Ihr Euch denn nicht, worin der Sinn dieses sonderbaren Auftrages lag?« Marie vernahm Llews bohrende Frage mit Staunen. »Dachtet Ihr nicht daran, den Zwerg nach dem Namen seines Herrn zu fragen?«

Arnauds Augen flackerten. »Ich sagte es schon, mein Freund: Ich war auf ein Abenteuer aus. Ich wollte sein wie Bohort. Ich wollte die Tage König Arthurs wieder aufleben lassen. Und ich wollte nach Avalon. Doch mein größter Wunsch war es, die edle Dame zu retten. Wisst Ihr denn, was es bedeutet, ein Ritter ohne Burg und ohne Land zu sein, ein Mann, der dazu verurteilt ist, sein Leben lang den Laufburschen hoher Herren zu spielen?«

Marie warf Llew einen unsicheren Blick zu. Doch er sprach mit ruhiger Stimme und hoch erhobenem Kopf. »Oh ja. Ich weiß genau, wie ein solcher Mann sich fühlt, Arnaud. Jede Faser meiner Seele weiß darum.«

Arnaud errötete. »Gütiger Himmel! Was für ein einfältiger Trottel ich doch bin. Es ist wohl kein Wunder, dass das Pferd mich abwarf und dass die edle Dame sich von mir abwandte. Ich spreche, ohne vorher zu denken, und handle ohne Gefühl.«

»Ja«, sagte Lady Phoebe, und Marie wunderte sich über die Unerbittlichkeit in ihrer Stimme. »Ihr hättet großen, nicht wieder gutzumachenden Schaden anrichten können. Ihr hättet die Welten schwer verwunden und sie für alle Zeiten entzweien können. Lady Angharad sollte Eure Trophäe sein. Ihr liebtet sie nicht um ihrer selbst willen. Ohne Skrupel ließt Ihr Euch zum Werkzeug von kriegslüsternem, verschwörerischem Gesindel – wenn auch von hohem Stand – machen. Wusstet Ihr denn nicht, dass Prinz Owain seinen eigenen Bruder, Prinz Cadwallon, nach einem bösen Streit erschlug? Wusstet Ihr nicht, welch unverbesserlicher Hitzkopf Prinz Maelgwyn ist? Habt Ihr nie gehört, dass Lord Rhys und sein Bruder Caradog Söhne haben, die ihrer nicht wert sind, die sich unablässig streiten und beim geringsten Anlass wie Kampfhähne aufeinander losgehen? Sie würden einander ohne Zögern umbringen und selbst ihre eigenen Väter verraten, wenn es zu ihrem Vorteil wäre!«

»Von alledem wusste ich nichts, denn in meinem Beisein sprachen sie nur von einem Bund«, wehrte Arnaud sich ärgerlich. »Und außerdem – benehmen sich nicht überall auf der Welt die Söhne hoher Herren wie diese beiden? Nicht nur in Wales, auch in England, in Frankreich und in Aquitanien, wo immer man sich hinwendet, steht Bruder gegen Bruder, Vater gegen Sohn. Warum sollte es mich kümmern, wenn sie einander aus purer Machtgier gegenseitig den Garaus machen?«

»Es gibt so etwas wie Treue, die man seinem eigenen Herrn schuldet«, antwortete Lady Phoebe mit strengem Blick.

Arnaud lachte bitter. »Und wie steht es mit der Treue dieses ach so noblen Herrn? Wann scherte er sich je um mich? Meinem Vater nahm man sein Land, weil er nicht genug Geld hatte, um weiterhin für das Privileg, ein Ritter der Krone zu sein, zu bezahlen. Statt seiner erhielt ein Günstling des Herzogs von Aquitanien die Burg. Mir gab man einen bescheidenen Platz bei Hofe, denn es hieß, ich sei ein Mann von Ehre und verdiene, dass man mir Respekt erweist. Pah! Schon der Gedanke daran lässt mir übel werden. Die hohen Herren wüssten nicht, was Ehre ist, selbst wenn die Ehre persönlich ihnen ins Gesicht schlüge!«

»Wüsstet Ihr es denn, Sir Arnaud?«, fragte Llew ruhig. »Würde sich die Ehre denn überhaupt die Mühe machen, Euch ins Gesicht zu schlagen?«

Stille trat ein. Arnaud war blass geworden. Er legte wieder den Kopf in die Hände. »Vergebt mir«, sagte er. »Ich weiß, ich habe einen furchtbaren Fehler begangen und mache nun alles nur noch schlimmer. Ich weiß, ich werde die Reiche Annufens nie wieder betreten, denn ich bin ihrer nicht würdig.«

»Und doch gewährte man Euch eine gewisse Zeit in der Anderwelt«, sagte Marie, die nun endlich ihre Stimme wiederfand. »Wenn die Herrscher und Herrscherinnen von Annufen es gewollt hätten, wäre Euch der Weg zu ihnen von Anfang an versperrt geblieben. Eure Visionen und den kurzen Blick in Annufens Herrlichkeit konntet Ihr nicht erzwingen – noch nicht einmal mit den Sternensteinen von Wybren und den mächtigen Worten, die den Bund besiegeln sollten. Man gewährte Euch Einlass, Arnaud. Das war ein Geschenk.« Llews Hand legte sich über ihre, und Lady Phoebes Züge waren ausdruckslos, während Marie fortfuhr. »Und von nun an müsst Ihr Euch den Weg dorthin verdienen, mit allem, was Ihr seid: mit Eurem Herzen, Eurer Seele, Eurem Geist und Eurem Körper.«

Als ihre Worte verklangen, wurden Arnauds Züge starr. Es war, als wolle er das Gesagte festhalten wie eine flüchtige Melodie. »Ich danke Euch, Madame Marie«, murmelte er schließlich. »Ich weiß nicht, wie ich Euch Eure Freundlichkeit ...« Plötzlich wandte er sich ab und biss sich auf die Lippen.

»Nun, Ihr könntet damit beginnen, dass Ihr uns alles erzählt, woran Ihr Euch erinnert. Was hat Greenleaf über seinen Herrn gesagt?«, antwortete Marie mit fester Stimme. Ein leises Lächeln zuckte in Lady Phoebes Mundwinkel.

Arnaud blickte erstaunt auf. Dann sagte er: »Alles, was ich

weiß, Madame, ist, dass die Wälder, durch die ich ritt, ein Teil der Ländereien von Bestude und Estham sind. Aber ich glaube nicht, dass Greenleaf einem der Herren dort dient. Er stand ganz plötzlich vor mir, mitten auf einem Pfad, der durch das Unterholz führte.«

»Wer sind denn die Herren der beiden Anwesen?«, fragte Llew. »Wisst Ihr wenigstens das?«

»Wartet, ich will versuchen, mich zu erinnern. Ich war auf dem Weg zum Anwesen von Walter Clifford, und ...«

»Clifford?«, unterbrach Marie ihn scharf. »Ist das nicht ...«

»Ja«, sagte Arnaud. »Ja, Madame. Er ist Walter der Jüngere, ein Bruder von Rosamunde Clifford – der Frau, die König Heinrichs Geliebte war. Aber das tut nichts zur Sache, denn ich glaube nicht, dass Greenleaf der Diener eines gewöhnlichen Edelmannes ist. Ihr wart sicher noch nie in den Wäldern des Marschlandes. Glaubt mir, sie sind sonderbare und Furcht einflößende Orte. Dort gibt es wilde Tiere, verbrecherisches Gesindel und böse Geister. Im Unterholz und an dunklen Tümpeln verschießen Elfen ihre Pfeile. In einem solchen Wald stellt man nicht viele Fragen. Und ganz sicher erkundigt man sich nicht nach dem Namen des Herrn der Grünen Wälder.«

Als Arnaud schwieg, begann die Stille sich auszudehnen. Seine Worte waren wie Finger, die sich aus einer undurchdringlichen Dunkelheit herantasteten, bohrten und suchten ...

»Ha! Mir fiel gerade noch etwas ein«, sagte Arnaud plötzlich. »Der Herr von Bestude ist, wenn auch vielleicht nur entfernt, mit einem anderen Fürsten des Marschlandes verwandt. Der Mann heißt William Beauchamp. Er ist der Herr von Elmley Castle. Aber wie hieß der Herr von Bestude nur? Wie war nur gleich sein Name? Nicht Beauchamp, nein ...« Plötzlich lächelte Arnaud beglückt. »Ja, das ist es! Sein Name ist Roger de Saint Jean!«

Marie und Llew erstarrten. Aus dem Reich der Toten, aus der fernen Welt, aus der niemand zurückkehrt, rief er sie, streckte flehentlich die Hände nach ihnen aus. Es war Elfrics geisterhafte Stimme, die zu ihnen sprach. Elfric, Llews leiblicher Vater, der sterbliche Geliebte einer Prinzessin aus Annufen, hatte ihnen diesen Boten gesandt. Elfrics Blut war einst auf dem Pfad, der durch das Unterholz führte, versickert ... Gütiger Himmel! Sie konnten doch nicht ... Doch nicht gerade jetzt, nicht jetzt!

»Llew«, sagte Marie atemlos, »Llew, wir müssen ...«

»Ja, meine Geliebte«, antwortete er. Dabei zitterten seine Hände, die auf ihren Schultern lagen. »Du hast Recht. Wir müssen in die Wälder des Marschlandes reiten und dort nach Greenleaf suchen.«

Quant la pucele ist fort a l'us,
Sur le palefrei detriers li
De plain eslais Lanval sailli.
Od li s'en vait en Avalun,
Ceo nus recuntent li Bretun,
En un isle que mut est beaus;
La fu ravi li dameisaus.
Nul hum m'en oi plus parler,
Ne jeo n'en sai avant cunter.

Nun kehrt' sie den Rücken König und Hof,
Lanval stieg hinter ihr aufs Ross,
so verließen sie des Königs Tross.
Man sagt, sie ritten nach Avalon,
Und der Bretone sang mir davon,
Auf die Heilige Insel im Ozean
Führte sie den jungen Mann.
Kein Sterblicher sah je wieder sein Gesicht,
So endet denn Lanvals Geschicht'.

Marie de France
Das Lai von Sir Lanval

Die Geschichte geht weiter:

Im Wald der Träume III

DER KÖNIG DER ELFEN

Möchten Sie auch andere Geschichten voller Magie und Abenteuer kennen lernen?

Eine große Saga um Liebe, Macht und Magie!

Juliet Marillier bei Knaur:

Die Tochter der Wälder
Roman

Der Sohn der Schatten
Roman

Das Kind der Stürme
Roman

Aus Elementen keltischer Mythologie, dem großen Schatz irischer Märchen und historischen Fakten über das Irland des 9. Jahrhunderts webt Juliet Marillier den farbenprächtigen Stoff für ihre fantastische Familiensaga:

In *Die Tochter der Wälder* begibt sich die mutige und willensstarke Sorcha auf eine abenteuerliche Reise, um ihre Brüder zu erlösen, die Opfer der bösen Hexe Oonagh geworden sind. Ihre Tochter Liadan tritt in *Der Sohn der Schatten* in die Fußstapfen ihrer Mutter. In *Das Kind der Stürme* wächst Sorchas Enkelin, Fainne, zur machtvollen Zauberin heran. Nur sie kann die grüne Insel Irland retten – denn noch immer spinnt die Hexe Oonagh ihre Fäden.

Knaur Taschenbuch Verlag

Die Legenden von Phantásien

*»... aber das ist eine andere Geschichte
und soll ein andermal erzählt werden.«
Michael Ende*

Jede Generation muss das Reich der Phantasie
zu neuer Blüte bringen:
Michael Endes Weltbestseller
Die unendliche Geschichte
inspiriert die größten deutschen Erzähler
der Gegenwart zu den

Legenden von Phantásien.

Droemer

Die Legenden von Phantásien

Wolfram Fleischhauer
Die Verschwörung der Engel

»Das weiß doch jedes Kind.
Die Stierwächter haben Mangarath erbaut,
um Phantásien vor dem Nichts zu retten.«

Jeder Phantásier möchte einmal im Leben die Stadt Mangarath besuchen. Schon aus der Ferne sieht man sie glänzen, und bereits am Stadttor wird der Reisende von einem vielstimmigen Glückschor empfangen. Später locken andere Attraktionen wie die wohltuenden Klangtermen und ein Besuch im Geräuschdom. Doch Mangarath hat nicht nur hell klingende Seiten – sondern auch ein dunkles Geheimnis, dem der junge Schmetterlinger Nadil auf die Spur kommen muss ...

Droemer

Die Legenden von Phantásien

Tanja Kinkel
Der König der Narren

»Ich würde nicht auf einen Retter warten«, erwiderte Res energisch, »ich würde Phantásien selbst retten.«

In Phantásien kennt jedes Kind die Weberinnen von Siridom: Ihre Teppiche sind nicht nur schön, sie erzählen auch jene alten Geschichten, an die sich sonst niemand mehr erinnern könnte. Zu den Weberinnen zu gehören, gilt als Ehre; nur selten widersetzt sich eine Frau dieser Bestimmung. Res ist so eine Rebellin. Sie ist nicht bereit, sich den Traditionen zu beugen – und stößt so auf ein lange in Vergessenheit geratenes Geheimnis ...

Droemer

Die Legenden von Phantásien

Ulrike Schweikert
Die Seele der Nacht

»Was für ein herrliches Land!«
»Vielleicht«, brummte er leise, »vielleicht aber auch nicht.«
Er dachte an die seltsamen Gestalten in der Nacht.
Hatte dieses Land ein zweites, finsteres Gesicht?

In Phantásien ist alles möglich – auch, dass ein einzelnes Land wächst und wächst und wächst ... Und dies ist nicht das einzige Geheimnis von Nazagur. Die junge Tahâma muss sich auf eine gefahrvolle Reise begeben, um sie zu lüften. Dabei begegnet sie dem Jäger Céredas, zu dem sie sich leidenschaftlich hingezogen fühlt. Doch der trägt selbst ein dunkles Geheimnis in sich ...

Droemer

Die Legenden von Phantásien

Ralf Isau
Die geheime Bibliothek des
Thaddäus Tillman Trutz

»Was befindet sich eigentlich hinter diesem Regal?«
»Das hängt immer von dem ab,
der drum herum geht.«

Karl Konrad Koreander ist kein Held: Sein größter Wunsch ist es, in einer ruhigen Bibliothek zu arbeiten, umgeben von den Geschichten und Legenden, die ihm so wichtig sind. Als er das Antiquariat von Thaddäus Tilmann Trutz betritt, scheint er seinem Ziel einen Schritt näher zu kommen – denn noch kann er nicht ahnen, welche phantásischen Geheimnisse sich hinter Büchern verbergen ...

Die Legenden von Phantásien

Peter Freund
Die Stadt der vergessenen Träume

»Traumfänger? Heißt das, Ihr seid einem begegnet?«
»Einem?« Das Rasende Gerücht schien bestürzt.
»Es war bestimmt ein Dutzend!«

Was passiert mit Träumen, die nicht länger geträumt werden? Nachdem Kayúns Mutter ein Opfer des Vergessens geworden ist, muss sich der Junge auf die Reise nach Seperanza begeben, die Stadt der vergessenen Träume. Doch der Weg ist lang und gefährlich: Seit Phantásien vor dem Nichts gerettet wurde, verändert es sich immer mehr – und geheimnisvolle Traumfänger haben begonnen, durch das Reich der Phantasie zu streifen ...

Droemer